KB195765

에코 마운틴

나의 남편 리처드와
경이로운 우리 두 아들, 릴랜드와 캐머런에게
이 책을 바칩니다.

ECHO MOUNTAIN by Lauren Wolk

Copyright © 2020 by Lauren Wolk
All rights reserved.

This Korean edition was published by BALGEUNMIRAE PUBLISHING CO. in 2024
by arrangement with Lauren Wolk c/o Writers House LLC
through KCC(Korea Copyright Center Inc.), Seoul.

이 책은 ㈜한국저작권센터(KCC)를 통한 저작권자와의 독점계약으로 밝은미래에서 출간되었습니다.
저작권법에 의해 한국 내에서 보호를 받는 저작물이므로 무단전재와 복제를 금합니다.

에코 마운틴

로런 월크 | 옮김 이보미

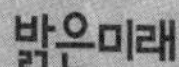

메인주 1934년

* 메인주는 미국 북동부 가장 끝에 위치한 주로, 캐나다와 이웃하고 있다.
대서양 연안에 인구 대부분이 살고, 내륙은 80퍼센트 이상이 숲으로 이루어져 있다.

1

내가 난생처음으로 살린 생명은 강아지였다.

엄마는 이미 죽었다고 했지만, 갓 태어나서 세상과 작별하기에는 너무 일렀다. 여전히 촉촉하고 윤기가 번지르르한 강아지는 무척 사랑스러워 보였지만, 숨을 쉬지 않았다.

"이제 그만 보내 주렴."

엄마가 오므린 내 손바닥에 강아지를 스르르 밀어 넣으며 말했다.

엄마 목소리는 차가웠다. 그래서였을까? 목소리에서 미세한 떨림이 느껴졌다.

하지만 난 우리 엄마를 잘 안다.

살아남은 새끼 세 마리는 어미인 메이지의 젖을 향해 주둥이를 정신없이 파묻었다. 메이지는 몸을 둥글게 말고 새끼들을 감싸안은 채, 구슬픈 눈으로 나를 올려다봤다.

메이지의 아픔이 내게 고스란히 전해졌다.

"이 강아지를 어떻게 하죠?"

난 엄마에게 물었다.

"우물 너머 멀리 떨어진 곳에 묻어 주렴."

엄마는 뒤돌아서서 밀짚으로 만든 보금자리를 정리했다. 밀짚은 크리스마스처럼 빨갰다. 그날은 우리 모두에게 힘든 밤이었다. 특히 막내로 태어난 강아지에게 가장 혹독한 시간이었다. 바로 내 손에 담긴 강아지 말이다.

난 강아지를 조심스럽게 가슴에 끌어안았다. 내게 두 개의 심장이 있지만, 그중 하나만 뛰는 기분이었다. 난 강아지를 안고 헛간을 벗어나 희미하게 쏟아지는 새벽빛을 향해 걸어갔다. 오두막집을 지나서 우물 너머에 있는 무덤으로 향했다.

그러다가 어느 순간 발걸음을 멈췄다.

그리고 뒤를 돌아봤다.

오두막집의 긴 돌계단에 놓인 나무 양동이가 보였다. 언제든 쓸 수 있게 찬물을 가득 담아 놓았다.

이때만 해도 무슨 일이 벌어질지 전혀 예상하지 못했다. 그런데 하늘과 나무가 파란빛, 초록빛으로 물들인 수면을 발견한 순간, 가슴속에 작은 불꽃이 일렁였다. 잔잔하고, 단순했다. 불꽃은 엄마보다 큰 목소리로 내게 말을 걸었다. 엄마는 피가 잔뜩 묻은 밀짚을 한 아름 안고 헛간 입구에 서서 내게 말했다.

"엘리, 그대로 쭉 가렴."

그러나 난 가지 않았다.

일렁이는 불꽃과 목소리에 홀린 듯, 양동이를 향해 발걸음을 옮겼다. 그리고 강아지를 차디찬 물속 깊이 담갔다. 잠시 뒤 손끝에서 바동거리는 움직임이 느껴졌다.

"엘리! 무슨 짓이야?"

엄마가 밀짚을 내동댕이치고 내게 달려왔다.

그러나 곧이어 걸음을 멈추고 날 뚫어져라 쳐다봤다. 난 강아지를 물속에서 건져 올린 다음 아까처럼 가슴에 끌어안았다. 흠뻑 젖은 몸뚱이가 꿈틀꿈틀 움직였다.

"살아 있어요. 죽은 게 아니었어요."

내가 환하게 웃으며 말했다.

엄마도 나를 보고 미소를 머금었다. 아주 잠깐이지만.

"이제 네가 주인이야. 계속 그렇게 하렴."

엄마는 이렇게 말하고는 밀짚을 주우러 갔다.

강아지가 죽지 않게 잘 보살피라는 건지, 앞으로도 쭉 내가 주인이라는 뜻인지 헷갈렸다. 어느 쪽이든 둘 다 해낼 자신이 있었다.

난 계단에 앉아서 옷자락으로 강아지를 닦았다. 번들대는 털을 벅벅 문질렀더니, 거칠게 숨을 내쉬었다. 나도 숨이 차올랐다. 우리는 공기에 굶주린 것처럼 받은 숨을 연달아 토해 냈다.

난 강아지를 어미인 메이지에게 데려갔다. 다른 형제들 사이에 강아지를 내려놓고 젖을 보여 주었다. 메이지가 고개를 들고 나를 쳐다봤다.

그러더니 고개를 다시 털썩 내려놓고 한숨을 내쉬었다.

털색이 짙은 강아지들은 하나같이 생김새가 비슷했다. 한마디로 완벽했다. 첫 번째 녀석은 한쪽 앞발이 하얬고, 두 번째는 몸집이 가장 컸으며, 세 번째는 무늬가 있었다. 마지막으로 내 강아지는 호랑이 무늬가 살짝 섞였고, 꼬리 끝은 흰색 페인트 통에 담갔다 뺀 것처럼 하얬다. 덕분에 구분하기 쉬웠다.

그러나 내겐 이런 표식이 필요 없었다.

난 내 강아지를 바로 알아볼 자신이 있었다. 내 강아지도 분명 날 알아볼 수 있을 것이다.

"네게 어울리는 이름을 생각해 봐야겠어."

난 생명 줄과 같은 어미젖을 꿀떡꿀떡 빠는 강아지를 내려다보며 말했다.

그날 아침, 집안일을 하는 내내 어떤 이름을 지어 줄지 고민했다.

감자밭에서 잡초를 뽑으면서 생각했다. 그림자라는 뜻의 '섀도'는 어떨까? 짙은 털색과 잘 어울렸지만, 이 이름은 쓰지 않기로 했다.

소에게 먹일 풀 더미를 옮기면서도 생각했다. 죽은 척한다는 뜻의 '포섬'은 어떨까? 실제로 죽은 줄 알았는데 살아났지 않은가?

가을에 심은 어린 시금치잎을 따면서도 고민했다. 수컷이니까 소년이라는 뜻에서 '보이'라고 지을까? 아니면 예쁘게 생겼으니까 아름답다는 뜻에서 '뷰티'라고 부를까?

불쏘시개를 옮기면서도 생각을 멈출 수 없었다. 꼬리 끝이 흰색이니까 꽁지라는 뜻에서 '티퍼'는 어떨까?

마침내 부엌 화로 옆에 장작을 쌓으면서 '콰이어트'라고 짓기로 결정했다.

우리 가족은 아침 식사로 말린 블루베리와 구운 감자를 먹고, 갓 짠 따뜻한 우유를 마셨다. 남동생인 사무엘이 아침을 먹으면서 말했다.

"이름이 참 마음에 들어. 심장 박동 같은 이름이야."

"뭐라고?"

엄마가 되물었다.

"심장 박동이요. 두근두근 두 박자로 뛰는 심장 박동이요."

사무엘이 대답했다.

난 동생의 생각이 참 마음에 들었다.

"콰이어트라니, 바보 같아."

에스더 언니가 말했다. 에스더 언니는 내가 하는 모든 일이 바보 같다고 생각했다.

"강아지가 어디론가 가 버리면 넌 '콰이어트(조용히 해)!'라고 목청껏 소리치겠지. 얼마나 바보 같니?"

에스더 언니가 고개를 절레절레 흔들었다.

하지만 난 그렇게 생각하지 않는다. 콰이어트란 이름이 좀 특이하다는 건 안다. 오히려 특이해서 더 좋다.

나 자신도 여러모로 특이한 점이 많다. 그리고 난 특이한 것을 좋아한다. 질문은 대답을 낳기 마련이다. 질문은 나를 스타피크 산봉우리로 이끌었고, 나이프를 노래하게 만드는 소년과 케이트라고 불리는 마귀할멈에게 데려갔다. 그리고 이때 겪은 낯선 경험을 통해 '다른 것'들도 알게 됐다. 좋은 것도 있고, 나쁜 것도 있었다. 그런데 이 모든 건 불꽃과 관련이 있었다. 콰이어트가 태어난 날, 그 어느 때보다도 밝게 타오르던 불꽃 말이다.

2

콰이어트의 할머니인 카프리콘은 나와 같은 날 태어났다. 아빠는 작은 도시에서 양복점을 했고, 엄마는 음악 선생님이었다. 그러나 증시 붕괴와 함께 모두가 가난해졌고, 우리 가족은 에코 마운틴으로 이사해야만 했다.

"뭐가 붕괴했다고요?"

우리 가족의 삶이 재앙의 소용돌이에 휘말릴 당시, 난 아빠에게 물었다.

아빠는 너무 많은 사람이 돈내기를 했고, 돈을 잃을지도 모른다는 두려움에 사로잡혔다고 설명했다. 그 두려움 때문에 오히려 더 많은 돈을 잃고 가난해졌으며, 덩달아 우리까지 휘말렸다는 것이다.

"이해가 안 돼요. 우리도 돈내기를 했나요?"

아빠가 더 자세하게 설명해 주길 바라며 이렇게 물었던 기억이 난다.

그러자 아빠는 고개를 저었다.

"그럼 왜 우리도 돈을 잃었어요?"

"우리가 돈을 잃은 게 아니란다. 사람들은 돈이 없으면 양복점에 옷을 주문하지 않거든. 원래 갖고 있던 옷을 입지, 새 옷을 사지 않는단다."

아빠는 평범함을 넘어선, 뛰어난 재단사였다. 아빠가 만든 옷은 살아 숨 쉬는 것처럼 몸에 딱 맞았다. 옷소매와 옷단에 수놓은 덩굴과 꽃문양은 미적 아름다움을 초월한 의미가 있었다. 그 문양들은 아빠의 서명과 다름없었다. 마치 화가의 서명처럼 말이다.

"하지만 엄마는 선생님이잖아요. 사람들이 학교도 못 갈 만큼 가난해졌나요?"

그러자 아빠가 또다시 고개를 저었다.

"아니, 그런 의미로 한 말이 아니란다. 오히려 반대지. 음악은 이런 시기일수록 모두에게 도움이 되기 마련이거든. 하지만 학교 사정이 힘들면 안타깝지만 음악 수업을 가장 먼저 없애더구나. 우리뿐만 아니라 많은 사람이 마을을 떠났단다. 주민 절반이 친척 집에 얹혀사는 신세가 되거나 그냥…… 어디론가 떠나 버렸지. 일거리를 찾아서 정처 없이 떠돌아다니는 거야. 결국 학생 수가 줄어들고, 학교는 예전처럼 많은 선생님을 고용할 필요가 없어졌단다."

우리 엄마가 필요 없다니!

우리는 그렇게 양복점과 집을 차례대로 잃었다. 그리고 우리에게 익숙했던 삶이 송두리째 날아가 버렸다.

이때 난 사람들이 말하던 '붕괴'의 또 다른 이름을 알게 됐다. 대공황. 사람들은 그걸 대공황이라고 불렀다. 난 그게 얼마나 암울하고 끔찍한 것인지 알 수 있었다.

아빠한테 그게 뭔지 물어볼 필요도 없었다. 엄마와 에스더 언니 얼굴에 고스란히 드러났으니까. 의연해지려고 애쓰는 아빠의 눈동자에서도 그 실체가 드러났다. 모두 같은 모습을 하고 있었다.

우리 가족은 도시를 떠날 때 카프리콘도 데려갔다. 개는 고사하고 우리 입에 풀칠하기도 힘든 상황인데 말이다.

산에 도착한 우리는 작은 공터를 마련했다. 숲에서 키우게 된 젖소들을 단단히 매어 두고, 짐이 비에 젖지 않게 천막 아래에 쌓아 뒀다. 우리는 오두막집을 완성하기 전까지 삐뚤빼뚤 엉성하기 짝이 없는 텐트에서 지내기로 했다.

불쌍한 카프리콘은 새로운 숲 생활에 쉬이 적응하지 못했다. 대공황 전에는 식탁 밑에서 우리가 식사를 마치길 기다리고, 침대 발치나 정원에 한가로이 드러누워서 행복한 시간을 만끽했었다. 그러나 숲에는 평안함을 주는 부엌도 식탁도 정원도 없었다. 그 대신 우리는 밤마다 카프리콘을 텐트 안에서 자게 했다. 사실 그렇게 함으로써 우리가 평안함을 얻었다.

한밤중에 곰이 텐트에 접근해 오면, 카프리콘이 으르렁거리며 경계경보를 보냈다. 그러면 아빠가 횃불을 들고 나가서 곰을 훠이훠이 쫓아냈다.

천둥번개가 치는 날이면, 카프리콘은 낑낑대며 온몸을 사시나무처럼 떨었다. 그 모습에 오히려 우리가 용감해진 듯한 기분이 들었다.

카프리콘은 내 생애 최고로 진기한 선물을 가져다주었다. 양을 조각한 작은 목각 인형이었는데, 카프리콘의 목걸이에 매달려 있었다.

"카프리콘, 그게 뭐야?"

어느 날 아침, 난 숲에서 튀어나온 카프리콘에게 물었다.

아빠도 그렇지만, 카프리콘도 난생처음 사냥하는 법을 배우느라 고새 삐쩍 말라 버렸다. 그러나 음식이라고는 들쥐 아니면 콩 수프밖에 없었기 때문에 울며 겨자 먹기로 사냥을 했다.

난 카프리콘의 목걸이에 매달린 작은 목각 인형을 풀어서 햇빛에 비춰 보았다.

"이걸 어디서 가져왔니?"

난 카프리콘의 눈동자를 들여다봤지만, 아무 대답도 얻을 수 없었다.

그 대신 숲 주변을 샅샅이 뒤졌다. 그러나 미루나무를 베고 있는 아빠 말고는 아무도 없었다. 에스더 언니는 장작을 줍고, 엄마는 개울에서 물을 길어 나르고 있었다. 사무엘은 엄마의 치마폭에 대롱대롱 매달려 있었다.

아무도 없었다.

이곳 주변에는 우리 말고 네 가족이 더 산다. 모두 메인주 출신으로 무뚝뚝하지만 건실하고 선량한 이웃들이다. 그리고 짧은 끈도 버리지 않고 모으며, 뼈에 붙은 살점까지 남김없이 쪽쪽 빨아 먹는 성격들이다. 이런 엉뚱한 목각 인형을 만든답시고 칼날을 무디게 만들 사람들이 아니었다.

하지만 카프리콘의 성격상 낯선 사람이 목에 물건을 매달게 내버려뒀을 리가 없다. 그래서 이웃 중 한 명이 나무를 조각해서 카프리콘 편에 보냈다는 결론을 내렸다. 그게 아니면 뭐겠는가?

아마도 사무엘이 찾길 바랐을 것이다.

하지만 사무엘이 가져가면 진흙탕에 빠뜨릴 게 분명했다.

그래서 난 아무에게도 알리지 않고, 내 신발 안쪽에 깊숙이 넣어 두었다. 절대 신을 일이 없는 교회용 신발이었다.

이 목각 인형이 누군가 풀어야 하는 수수께끼라면, 내가 그 주인공이 되고 싶었다.

3

에코 마운틴에서 보내는 첫봄이 찾아왔다. 이곳은 꿉꿉하고 더러웠고, 우리는 겨우내 쫄쫄 굶주렸다. 봄기운에 굴에서 슬금슬금 나오는 산짐승처럼 지치고 배고팠다.

오두막집을 짓는 여정은 노동이자 놀이였고, 교회이자 학교였다. 무거운 자재를 옮길 때는 이웃이 우리를 도와줬고, 우리도 이웃을 도왔다. 그러나 대부분 우리 가족이 알아서 해결해야만 했다. 일이 얼마나 느리게 진행되는지, 지붕을 올리는 날이 결코 오지 않을 것만 같았다.

사무엘은 집 짓는 일을 돕기에는 너무 어렸다. 그러나 우리에게 웃음을 주고 사랑을 샘솟게 만드는 역할만으로도 충분했다. 본연의 모습 그대로 있어 주는 것. 때로는 그것만으로도 충분하다.

에스더 언니와 엄마는 젖 먹던 힘까지 짜내어 일을 도왔다.

도시에서의 고왔던 손은 어느새 거칠거칠해졌고, 단정했던 머리는 산발이 됐다. 엄마와 에스더 언니는 매일 저녁 잠자리에 누워서 눈물을 흘렸다. 인간이 초래한 일을 두고 애꿎게 산을 탓했다.

폭풍우가 날카롭게 몰아칠 때면, 엄마가 일자리를 잃던 날이 생각났다. 엄마는 친자식처럼 아꼈던 학생들에게 눈물을 머금고 마지막 인사를 건넸다.

코요테가 울부짖는 소리에 잠에서 깰 때면, 아빠가 푸석해진 얼굴로 양복점을 폐점하던 날이 생각났다. 아빠가 옷소매와 옷단에 덩굴을 수놓아도, 가난해진 사람들은 아름다운 옷을 살 여유가 없었다.

우중충한 하늘에서 비가 추적추적 내려 허름한 텐트에 빗물이 샐 때면, 우리가 집을 어떻게 잃었는지 생각났다. 최소한의 물건만 남기고 모든 걸 팔아야 했고, 세상이 정상화될 때까지 살아남을 방법을 찾아야 했다.

하지만 난 산을 원망하지 않았다. 어쨌든 우리를 살린 건 산이었으니까.

처음에는 콩과 소금을 넣은, 묽은 수프로만 몇 주를 버텨야 했다.

아빠가 토끼 사냥에 성공하는 날에는 토끼 고기를 먹었다.

그러나 에코 마운틴의 토끼는 날쌔고 영리한 반면, 아빠는 느리고 서투른 사냥꾼이었다. 차라리 거북을 잡는 게 더 나을 정도였다.

주머니쥐는 쉽게 잡혔다. 그러나 엄마와 에스더 언니는 기름지고 비릿한 주머니쥐 고기 맛에 끝내 적응하지 못했다. 주머니쥐가 먹은 것을 고대로 우리가 먹는 기분이었다. 굶주린 주머니쥐는 뭐든 닥치는 대로 잡아먹는다. 그러나 굶주린 사람도 찬밥 더운밥 가리지 않는 법이다. 우리도 주머니쥐가 잡히면, 주머니쥐 고기를 먹었다.

하루하루가 힘들었다. 무엇 하나 쉬운 일이 없었다. 특히 엄마와 에스더 언니는 매일 두려움과 탈진감에 시달리며 과거의 삶을 무척 그리워했다.

그러나 내게 산에서 보내는 첫봄은 생각보다 자애로운 계절이었다.

아빠와 나는 숲을 사랑했다. 우리 둘은 처음부터 이 미지의 삶에 만족했다. 활기차게 날아다니는 새들, 밤하늘을 아름답게 물들이는 달무리, 싱그러운 산들바람에 경쾌하게 흔들리는 나무, 그 사이로 부드럽게 일렁이는 햇살 그리고 아빠와 내가 힘을 합쳐서 만든 우리 집…….

어려움에 부딪힐 때마다 우리가 할 수 있는 일을 찾아냈고,

그 일을 묵묵히 해냈다.

그러나 아빠와의 유대감과 산의 야생성은 엄마와 나 사이에 보이지 않는 벽을 만들었다. 특히 에스더 언니와는 돌이킬 수 없이 멀어졌다. 엄마와 에스더 언니는 자신들은 불행한데 나만 행복해해서 일종의 배신감을 느끼는 모양이었다.

에코 마운틴에서의 고된 삶보다 가족 간의 벽이 나를 더욱 힘들게 했다. 왜 내가 엄마, 에스더 언니와 다르다는 이유로 미안해해야 하는 걸까?

난 애초에 마음을 정했다. 엄마와 에스더 언니를 그리워할망정, 나와 두 사람이 다르다고 미안해하지 말자고.

난 산을 사랑한다. 내 마음을 뜨겁게 울리는 산이 좋았다. 그거면 됐다.

그러나 결코 쉬운 결심은 아니었다.

그해 5월의 어느 아침, 에코 마운틴을 사랑할 수밖에 없는 이유가 하나 더 늘었다. 온 세상이 윙윙거리는 소리로 가득했고, 향긋한 라일락 꽃 내음이 코끝을 간질이는 날이었다.

나무에 재킷을 걸어 두고 깜빡 잊었는데, 주머니에 '그것'이 들어 있었던 것이다.

이 재킷은 아빠가 대공황 전에 양복점에서 만들어 준 옷이다. 재킷에 봄꽃을 수놓고, 나무를 깎아 단추를 달아 주었다.

키가 자라도 오래오래 입을 수 있게 품도 넉넉했다. 난 일할 때도, 날씨가 궂은 날도, 더러운 곳도 아랑곳하지 않고 항상 이 재킷을 걸쳤다. 반면에 엄마와 에스더 언니는 옷이 상할까 봐 크라프트지로 정성스레 감싸 두었다. 내가 재킷을 망가뜨리거나 얼룩을 묻힐 때마다 잔소리를 퍼붓곤 했다.

난 나뭇가지에서 재킷을 내려 걸쳐 입었다. 주머니에 손을 넣자, 무언가가 만져졌다. 눈풀꽃이 새겨진 나무 조각이었다. 알뿌리에서 돋아난 고고한 자태를 어찌나 정교하게 표현했는지, 초원의 향기를 기대하며 조각을 코에 가져다 대 보았다.

이번에는 숲을 뒤지거나 하지 않았다.

이번에는 눈을 들어서 조각 너머로 숲을 바라봤다.

그런데 덤불 사이에 무언가 있었다. 얼굴이었다!

나뭇잎이 얼굴 주변을 액자처럼 감싸서 덤불과 한 몸처럼 보였다.

그리고 순식간에 자취를 감췄다.

"저기요!"

황급히 소리쳐 불러 봤지만, 아무 대답도 돌아오지 않았다.

난 눈풀꽃 조각을 주머니에 다시 넣고, 오후 내내 그 얼굴에 대해 생각했다. 그 눈, 날 뚫어지게 쳐다보던 그 눈이 쉽사리 머리에서 지워지지 않았다.

• • •

그날 이후 이웃을 마주칠 때마다 얼굴을 유심히 뜯어봤다. 너무 뚫어져라 쳐다봤는지, 이렇게 묻는 사람이 한둘이 아니었다.

"내 이에 뭐가 꼈니?"

아니면 이런 식이었다.

"내 아내가 예전에 쓰던 안경이 하나 있을 텐데, 너한테 꼭 맞을 것 같구나."

하지만 덤불에서 봤던 얼굴과 닮은 사람은 아무도 없었다. 다들 나이가 너무 많았다. 무엇보다 이웃 중에 그처럼…… 처절한 외로움이 사무친 얼굴은 없었다. 난 하는 수 없이 다시 일상으로 돌아갔다. 예전처럼 부지런히 일하고, 매일 넘치도록 배웠다. 이러다 내가 냄비 속 옥수수처럼 뻥 터질지도 모른다는 생각까지 들었다. 그러다가도 종종 덤불 사이로 시선을 던졌다. 누군가 날 지켜보고 있을까 봐.

드디어 첫 번째 방이 완성됐다. 우리는 마침내 텐트를 벗어나서 오두막집으로 입성했다.

그날이 아직도 생생하게 기억난다. 때는 6월이었고, 우리는 지독했던 추위에서 탈출했다. 어둠이 가장 짙게 드리우는 시간대만 제외하면.

난 그거면 충분했다.

하지만 엄마와 에스더 언니는 아빠에게 문에 빗장을 달아 달라고 졸랐다. 밤에 문을 꼭꼭 걸어 잠가야 안심하고 잠을 잘 수 있다는 게 이유였다. 쾌적하고, 안전하게 말이다. 그렇게 야생과 두 사람 사이에는 두꺼운 벽으로 가로막혔다.

우리는 산에서 첫 겨울을 맞이했다. 때마침 우리는 방 네 개를 갖춘 안전하고 안락한 보금자리를 완성했다. 어린이 방, 부모님 방, 부엌, 거실이었다. 여름 내내 기른 농작물을 보관할 지하 창고도 만들었다. 우리 가족이 새 출발을 시작한 장소이자, 새로운 세계를 개척하며 터득한 지식의 집결체였다. 적어도 우리 중 누군가는 자신이 축복받았음을 깨닫는 축복을 누렸다.

그러나 아빠의 사고 이후 모든 게 송두리째 바뀌었다.

4

"피터슨 씨가 암사슴을 잡았다는구나. 엘리, 아침 식사가 끝나면 사무엘을 데리고 피터슨 씨 댁에 가서 우리 몫을 받아 오렴."

콰이어트가 태어나던 날 아침, 엄마가 내게 말했다. 나와 사무엘은 식탁 앞에서 차를 마시는 둥 마는 둥 했다.

겨우내 꽁꽁 얼었던 얼음이 모두 녹아내렸다. 에코 마운틴의 서쪽 산비탈에 자리 잡은 다섯 가구는 얼음 없이도 고기를 신선하게 보관할 방법을 찾아야만 했다. 그 결과, 사냥한 고기를 다섯 가구가 나눠 갖기로 했다. 맛있는 부위는 빨리 먹어 치우고, 나머지 부위는 잘 말려서 육포로 만들었다.

이번 기회가 아니면 한동안 사냥한 고기를 구경하기 어렵다. 우리 모두 그 사실을 잘 알았다. 엄마의 사격 솜씨는 형편없었다. 무엇보다 사슴이 나타나길 잠복하고 기다릴 시간이 없었다. 에스더 언니는 총소리만 들어도 벌벌 떨었다. 사무엘은 아직 여섯 살이었다. 총을 쥐기에는 나이도 어리고, 설상가상으로 덩치도 또래에 비해 작았다.

나의 경우, 두 가지 상반된 이유로 갈등했다.

첫째, 난 타고난 산골 소녀다. 사냥, 낚시, 농사, 무엇 하나 빠짐없이 잘했다. 둘째, 난 자연을 사랑한다. 물고기를 죽여야 할 때면, 머리가 지끈거리고 온몸이 바르르 떨렸다. 덫을 놓아서 토끼를 잡을 때면, 덫에 걸린 고통이 내게 고스란히 전해졌다. 밭에서 당근을 뽑을 때면, 어두컴컴한 땅속이 그리워졌다.

한때는 이 양면성 때문에 몸을 양쪽에서 잡아당기는 듯한 괴로움에 시달렸다. 내 몸의 뼈들이 두 동강 나지 않으려고 삐걱삐걱 비명을 질러 댔다.

그러나 굶주림 앞에 장사 없다고 했다. 남동생, 언니, 엄마, 아빠가 호소하는 배고픔의 위력은 강력했다.

사고 이전에는 아빠가 고기, 장작, 민물고기, 털가죽, 꿀을 부족함 없이 구해 왔다. 그러나 이제는 내가 물고기를 낚고 토끼를 잡아야 했다. 앞으로 굶주림이 더 극심해지면, 결국 내 손에 총을 쥐고 사슴을 쏘아야 할 것이다.

내가 싫다고 피할 수 있는 문제가 아니었다.

부디 그런 상황이 오지 않길 바랄 뿐이었다.

이것이 바로 아빠가 하루라도 빨리 일어나야 하는 이유 중

하나다.

아빠가 누워 있는 동안 우리는 이웃에게 사슴 고기를 얻는 대가로 크림과 버터를 내주었다.

이웃이 키우지 않는 작물도 가져다주었다. 주로 감자였고, 당근, 비트, 양파, 순무, 설탕당근, 스웨덴순무도 있었다.

엄마는 이웃의 머리카락도 잘라 주었다. 명실상부한 숲속 최고의 미용사였다. 부드러운 사슴 가죽에 토끼털을 길게 덧댄 신발도 만들었다. 엄마는 가죽 신발을 도시의 물건과 맞바꾸었다. 주로 난로, 펌프 부품, 바늘 등 집에서 만들 수 없는 것이었다.

다섯 가구 중 어린이는 나, 에스더 언니, 사무엘이 전부였다. 그래서 엄마가 공부를 가르치고 고기와 금속 제품을 얻어 오는 일은 불가능했다. 엄마의 노랫소리는 봄바람처럼 화사하고, 만돌린 연주는 천사도 감동할 정도로 수준급이었다. 그러나 엄마는 음악을 돈벌이 수단으로 이용하길 거부했다.

"음악은 지갑 속에 든 돈이 아니야. 지갑을 연다고 꺼낼 수 있지 않아."

엄마는 단호하게 말했다.

"하지만 사람들은 엄마 노래만 들을 수 있다면 뭐든 갖다 바칠걸요."

내가 대꾸했다. 사고 직후, 우리는 아빠 없이 어떻게든 생활을 꾸려 나가려고 아등바등했다.

엄마는 산에 온 이후로 거의 노래를 하지 않았다. 아빠가 쓰러진 이후로는 그마저도 아예 볼 수 없었다.

산처럼 야생적인 장소에서, 그토록 아름답고 야생적인 목소리가 어찌 그리 잠잠해질 수 있을까?

엄마의 노래가 그리웠다. 노래하는 엄마가 그리웠다.

멈춘 건 노래만이 아니었다. 엄마는 우리 셋에게 만돌린을 가르치는 일도 그만두었다. 도시에 살 때는 엄마에게 공부를 배우는 시간이 학교와 교회에서 배우는 시간 못지않게 많았다. 그러나 지금 엄마는 읽기, 쓰기, 산수만 겨우 가르쳐 줄 뿐이고, 기도와 음악은 우리가 알아서 배워야 한다. 한쪽 구석으로 치워 버린 만돌린을 톡톡 건드리는 것만으로는 턱없이 부족했다.

카프리콘도 그리웠다. 카프리콘은 산에 온 지 일 년 만에 세상을 떠났다. 뼈만 앙상한 새끼 네 마리를 낳은 직후였다.

카프리콘은 야생에서의 삶이 죽음보다 두려웠는지, 미련 없이 생을 내려놓았다. 난 카프리콘을 땅에 묻고, 아주 오랫동안 통곡했다. 그리고 내 손으로 우유를 먹여 가며 카프리콘이 남기고 간 강아지들을 성심껏 길렀다. 그러나 결국 한 마리만 남고 모두 팔려 갔다(이때도 가슴이 찢어졌다). 누구를 남길지는 내가 결정했다. 하지만 아빠는 내가 아니라 에스더 언니가 강아지를 가져야 한다고 말했다.

"에스더도 강아지가 있으면 이곳에서 행복하게 지낼 수 있을 거야. 너랑 나는 이미 적응했지만, 에스더는 이곳에 정을 붙일 게 필요해."

아빠는 이렇게 속삭이고는, 내 품에서 강아지를 데려갔다.

내가 몇 주간 손수 우유를 먹여 가며 키운 강아지인데, 속절없이 내줄 수밖에 없었다. 그리고 에스더 언니가 강아지에게 하는 짓거리를 씁쓸하게 지켜봤다. 에스더 언니는 강아지를 윌로우라고 불렀다가 메이지로 바꾸고, 인형처럼 갖고 놀았다. 목에 천 쪼가리를 둘러서 리본을 매어 주고, 반질반질하게 털을 빗기고, '앉아'와 '기다려'를 가르쳤다.

마치 엄마와 에스더 언니가 머리를 깔끔하게 묶고, 신발에 광을 내는 것처럼 말이다. 그리고 엄마와 에스더 언니는 사무엘이 야생적으로 크지 않도록 전심전력을 다했다. 에코 마운틴에서 보내는 첫봄이 찾아왔다.

5

콰이어트가 태어났을 때쯤, 경이롭고 신기한 선물이 더욱 자주 발견됐다. 덤불에서 언뜻 봤던 낯선 얼굴이 두고 간 선물이었다. 선물들은 하나같이 별똥별처럼 작고, 거대했다.

한번은 오두막집 현관문 옆의 헛간에 놓인 메이지 물그릇 옆에서 발견됐다. 메이지를 쏙 닮은 강아지 조각이었다. 발랄하게 치켜세운 꼬리와 봉긋 솟은 머리 모양까지 빼닮은 게, 더할 나위 없이 훌륭한 작품이었다. 난 선물을 설탕 조각처럼 조심스럽게 집어 들었다.

난 강아지 조각을 자세히 들여다봤다. 게으른 시계처럼 이리저리 돌려 가며 천천히 뜯어봤다. 누가 이 조각을 놓고 갔는지, 사소한 단서라도 찾고 싶었다. 그때 자작나무 숲에서 움직임이 포착됐다. 난 과녁을 향해 날아가는 화살처럼 달음질쳤다. 이번에는 기필코 얼굴 말고 다른 곳도 볼 테다!

하지만 숲에 도착했을 때는 갓 부러진 나뭇가지와 둥글게 말린 톱밥만 덩그러니 남아 있었다. 방금 전까지 칼로 나무를 깎은 흔적이었다. 난 실망감을 감추지 못했다. 그러나 내가 무턱대고 달려오는 바람에 모든 걸 망쳤을까 봐 걱정도 됐다.

예상대로 그날 이후 며칠 동안 아무것도 발견되지 않았다. 새로운 조각도, 숲에서 지켜보는 얼굴도 없었다. 그날 참지 못하고 성급하게 굴었던 나 자신이 원망스러웠다.

다음에는 결코 똑같은 실수를 반복하지 않으리라. 참을성 있게 기다려서, 내가 두 번째 기회를 얻을 자격이 있다는 걸 증명해 보일 테다. 궁금증과 기다림 속에서 기나긴 일주일이 지나갔다. 아무래도 이번에는 내가 먼저 움직여야겠다는 생각이 들었다. 난 지난번처럼 재킷을 나무에 걸어 두고, 오두막집에 들어가서 밤새 기다렸다. 당신이 다시 다가와 주길 바란다는 초대장처럼 보이길 바랐다. 우정을 이어 주는 다리이자 표식이었다. 아침에 눈을 뜨자마자 재킷을 확인하러 갔다. 그러나 주머니는 텅 비어 있었다.

혹시 함정이라고 생각했을까? 무슨 먹잇감을 쫓듯 숲으로 달려가는 바람에 모든 걸 망쳐 놓았을지도 모른다. 그로부터 한 달이 지나서야 마침내 새로운 선물이 도착했다. 기나긴 장마 끝에 한 줄기 빛을 찾은 심정이었다. 이번에는 보름달 얼굴을 새긴 조각이었다. 내가 아침마다 눈에서 졸음을 씻어 내러 가는 개울가에 덩그러니 놓여 있었다.

난 주변을 둘러보지 않았다. 그 대신 미소 띤 얼굴로 보름달에게 키스를 했다. 선물을 놓고 간 사람이 날 지켜보고 있길 바랐다. 내가 이 아름다운 선물을 얼마나 마음에 들어 하는지 보여 주고 싶었다. 난 집으로 돌아가기 전에 목청을 높여 외쳤다.

"고마워요! 누군지는 몰라도 진심으로 고마워요!"

교회용 신발은 그다지 크지 않아서 양과 눈풀꽃 조각만 넣어도 꽉 찼다. 그래서 헛간 선반을 깨끗이 비우고, 그 안쪽에 조각들을 나란히 세워 두었다. 이곳이라면 발판에 올라서지 않는 한 아무도 발견하지 못할 것이다.

나도 하루하루 바쁘게 지내느라 조각을 자주 들여다보지 못했다. 하지만 하늘을 올려보지 않아도 해가 있음을 알듯이 조각들도 항상 그곳에 있음을 느꼈다. 그리고 만난 적은 없지만, 그 '친구'가 나와 가까운 곳에 있음을 알았다.

가끔 메이지가 느닷없이 몸을 곧추세우고 숲을 향해 짖을 때가 있다. 그러면 '친구가 나를 지켜보고 있구나.'라고 짐작할 수 있었다. 그러나 주변을 둘러보면 그림자밖에 보이지 않았다. 저녁에 메이지가 짖을 때면, 난 침대에 누워서 '내일은 어떤 선물을 발견하게 될까?' 하는 기대감에 부풀었다. 다음 날이면 외양간, 헛간, 지하 창고, 오솔길을 돌아다니며 선물을 찾았다. 그곳들은 내 삶을 중심으로 나침반 방위처럼 사방에 퍼져 있는 장소들이었다.

이 작은 선물들은 그 친구에 대해 알려 주는 단서였다. 이 조각들을 만든 사람은 분명 상냥하고 영리할 것이다. 나에게는 다른 사람이 무심코 지나치는 작은 부분도 놓치지 않는 능력이 있다. 그래서 나무 조각도 내 눈에 가장 먼저 띈 것이다. 보통 사람들의 눈에는 개울가의 나뭇잎 사이에 숨겨진 나무 조각이 보이지 않을 것이다. 하지만 내 눈은 다르다.

단서가 하나 더 있다. 아주 중요한 단서다. 바로 이 선물들의 주인이 나라는 점이다. 의심할 여지가 없었다. 이걸 만든 사람은 나를 잘 알고 있다. 내 발길이 닿는 곳곳에 조각을 숨겨 두면, 내가 기꺼이 찾아다닐 성격이라는 것도 알고 있다. 좋은 목재로 만든 조각들은 하나같이 살아 숨 쉬는 듯했다. 한쪽 귀를 내리고 다른 쪽 귀를 쫑긋 세운 젖소, 등을 잔뜩 웅크린 자벌레, 동글동글한 자두처럼 오동통한 박새…….

아빠의 사고 직후 선물이 하나 더 발견됐다. 이번에는 나를 닮은 조각이었다. 나무 조각은 우리 아빠를 죽음의 문턱까지 끌고 갔던 나무 그루터기에 놓여 있었다.

그날 벌어진 끔찍한 사건을 목격한 사람이 있는 걸까?

그날의 진실을 아는 사람이 나 말고 또 있단 말인가?

6

아빠의 사고 이후 온갖 종류의 어둠과 냉기가 우리를 덮쳤다. 그러나 콰이어트가 태어난 날 아침, 난 세 종류의 빛과 온기를 느꼈다. 봄, 콰이어트 그리고 거세지는 내면의 불꽃이었다. 하지만 엄마는 여전히 아빠가 쓰러졌던 1월의 어둠과 냉기에서 벗어나지 못했다.

"이제 네 할 일을 하러 가렴. 사슴 고기를 가져오는 것도 잊지 말고. 지금쯤이면 피터슨 씨가 살을 모두 발라내고 우리 몫을 챙겨 두었을 거야."

아침 식사가 끝나자, 엄마가 말했다.

"어째서 누나는 한 번도 고기를 가지러 가지 않아요?"

사무엘이 불만을 터뜨렸다. 사슴 고기도 좋아하고, 피터슨 아저씨네 가는 것도 좋아하면서 왠지 심통이 났나 보다.

"그럼 어째서 넌 양말에 구멍이 나도 한 번도 꿰매지 않는 건데?"

에스더 언니가 맞받아쳤다.

"케이크를 직접 만든 적도 없고."

엄마가 옆에서 거들었다. 여기서 케이크란 진짜 케이크가 아니라 옥수수빵이나 감자빵을 말하는 것이다. 촛불을 왕관처럼 둥글게 꽂는 케이크는 구경도 못 한 지 오래다.

"그럼 어째서 엘리 누나한테만 강아지가 있어요?"

사무엘이 이번에는 나를 걸고넘어졌다.

그러자 엄마가 심술궂은 눈초리를 던졌다.

"어젯밤에 엘리가 메이지 일로 엄마를 도울 때 넌 뭐 하고 있었지?"

"자고 있었어요."

사무엘이 한숨을 지으며 말했다.

"그럼 엘리가 죽은 줄 알고 땅에 묻을 뻔한 강아지를 살렸을 때는?"

"만약 내가 그 자리에 있었다면, 나도 살릴 수 있었을 거예요."

사무엘이 말했다.

"'만약'이라니. 그런 말은 아무 의미 없어."

에스더 언니가 핀잔을 줬다.

"너도 규칙을 알잖니. 강아지는 한 마리씩만 키울 수 있어.

메이지가 또 새끼를 낳으면, 그땐 너의 차례야, 사무엘."

엄마가 따뜻한 머그잔을 감싸 쥐고 손을 녹이며 사무엘을 타일렀다.

"하지만 엘리 누나에게는 이미 메이지가 있잖아요."

사무엘이 말했다.

틀린 말은 아니다. 에스더 언니는 메이지에게 귀여운 맛이 사라지자마자 싫증을 냈다. 그 후로 메이지에게 음식을 챙겨 주고 저녁마다 코요테나 곰에게 습격당하지 않게 헛간에 들여 놓는 일은 내 몫이 됐다. 유난히 추운 날이면 아무도 모르게 내 침대에서 메이지를 재우기도 했다. 메이지가 내 발을 따스하게 감싸면, 아무리 바람이 매섭게 몰아쳐도 잠을 설치는 일이 없었다.

그런데 이번에 진짜 나만의 강아지가 생겼다.

바로 콰이어트였다.

"어쨌든 때가 되면 네 차례가 올 거야. 그 전까지는 어림도 없어."

엄마가 딱 잘라 말했다.

난 부엌 싱크대에서 손을 씻고, 메이지에게 줄 물통에 물을 채웠다.

"전 이만 헛간에 가서 강아지들이 잘 있는지 살펴볼게요."

엄마는 머그잔을 감싸 쥔 채로 고개를 끄덕였다. 에스더 언니는 식탁을 치웠고, 사무엘은 내 뒤에 바짝 따라붙었다.

"나도 따라갈래!"

아빠의 사고 이후 사무엘은 나를 졸졸 따라다니기 시작했다. 내가 일하는 모습을 지켜보다가 궁금한 걸 물어봤다. 난 아빠가 가르쳐 준 것들을 사무엘에게도 가르쳤다. 그러나 사무엘은 일 자체를 하기 싫어하거나, 내 말을 제멋대로 해석할 때가 많았다.

그러거나 말거나 난 헛간에 들어가기에 앞서 사무엘에게 새끼를 막 낳은 어미 개를 어떻게 대해야 하는지 알려 줬다.

"지난밤에 메이지가 나한테 계속 으르렁거렸어. 내가 가까이 가니까 이빨까지 드러내더라니까."

내가 말했다.

"누나한테? 메이지가?"

난 고개를 끄덕였다.

"자기 새끼가 태어나면 우선순위가 바뀌는 거야."

그러자 사무엘이 얼굴을 찌푸리며 대꾸했다.

"누나도 겨우 열두 살이야. 그런 것까지 어떻게 알아?"

그래서 난 사무엘이 헛간에 먼저 들어가게 내버려뒀다.

사무엘이 헛간 문을 벌컥 열자, 메이지가 송곳니를 드러냈다. 그래도 난 가만히 지켜보기만 했다.

결국 사무엘은 당황한 나머지 뒷걸음질 치다가 엉덩방아를

심하게 찡고 말았다. 난 메이지가 우리의 방문에 익숙해질 때까지 인내심을 갖고 기다렸다. 난 부드러운 목소리로 메이지를 달래며 천천히 다가갔다. 그런 다음 조심스럽게 손등을 내밀고 메이지가 진정할 때까지 기다렸다. 잠시 뒤 메이지가 내 손등을 할짝할짝 핥았다. 여전히 가르랑거리긴 했지만.

"그래그래, 착하다, 우리 메이지."

난 메이지의 목덜미를 쓰다듬으며 부드럽게 속삭였다.

그릇에 물을 담아 주자, 메이지는 고개를 들고 몇 모금 할짝거리더니 이내 다시 드러누웠다.

강아지들은 새근새근 자고 있었다. 어미젖을 충분히 먹어서 배가 통통했다. 코이어트를 보니 품에 꼭 끌어안고 싶어졌다. 하지만 메이지의 신경을 건드리고 싶지 않아서 강아지들을 만지지는 않았다.

사무엘도 내 뒤에서 긴장을 풀고 부드럽게 메이지를 달랬다. 그리고 손을 뻗어서 메이지의 목덜미를 여러 차례 쓰다듬었다.

"메이지가 그렇게 화낼 줄 누가 알았겠어. 누나가 처음으로 맞는 말을 했네."

사무엘이 내게 속삭였다.

난 그 말을 무시해 버렸다.

첫째와 막내 사이에 낀 입장이 되면, 인내심이 강해질 수밖에 없다. 하지만 인내심이 강하다고 참는 게 쉬운 건 아니다.

사무엘이 강아지에게 정신이 팔린 사이, 난 조용히 구석에 놓인 발판을 딛고 올라섰다. 그런 다음 손을 뻗어서 선반 맨 위 칸에 숨겨 놓은 조각들을 더듬어 봤다.

나무 조각이 따뜻할 리 없는데도 따스한 온기가 느껴졌다.

내 모습을 본뜬 조각이 고요한 눈빛으로 나를 바라봤다. 나도 이 작은 소녀처럼 의연한 표정과 흔들림 없는 눈빛을 지닌 사람이 되고 싶었다.

"너무 못생겼어."

사무엘이 말했다.

난 사무엘을 내려다봤다. 사무엘은 무릎을 꿇고 강아지를 쳐다보고 있었다.

"너도 막 태어났을 때는 못생겼었어. 그거보다 훨씬 더 못생겼었어."

난 바닥으로 내려와서 발판을 벽에 밀어 두었다.

"안 그랬거든."

사무엘이 발끈하며 강아지에게 얼굴을 들이밀었다. 그러나 메이지가 고개를 쓱 들자, 황급히 몸을 뒤로 젖혔다.

"근데 죽은 강아지를 어떻게 물속에 빠뜨릴 생각을 했어?"

사무엘이 물었다.

난 대답 대신 사무엘을 헛간에서 데리고 나왔다. 메이지가 밖을 오갈 수 있게 문도 열어 두었다.

"어쩌다 보니 그렇게 됐어."

"아니야. 그냥 한 게 아니잖아. 죽은 강아지를 아무 이유 없이 물에 담그는 사람은 없어."

사무엘이 씩씩댔다.

그 말이 맞는다. 하지만 자칫 오해를 살 수도 있어서, 어떻게 설명해야 할지 막막했다.

그래서 대충 둘러댔다.

"네가 내 옷 속에 눈을 넣었던 순간을 떠올렸어. 그때처럼 강아지를 놀라게 하면, 숨이 확 돌아올 거라고 생각했어."

사무엘이 곧잘 하던 장난이었는데, 이렇게 둘러대는 데 유용하게 사용될 줄 몰랐다.

사무엘이 마지못해 고개를 끄덕였다.

"두 번째로 누나 말이 맞았네. 이번이 마지막이겠지만."

대꾸할 생각조차 들지 않았다.

그때였다! 갑자기 내면의 목소리가 내게 말을 걸었다. 가슴 속의 불꽃이 고요하게 작열하는 태양처럼 또 한 번 불타오르기 시작했다. 콰이어트가 죽음의 문턱에서 살아 돌아온 그날 새벽처럼.

이번에는 아빠에 대한 이야기를 하고 있었다.

7

"메이지는 괜찮니?"

우리가 오두막집에 돌아오자 엄마가 물었다. 엄마는 말린 옥수수를 갈아서 요리를 하고 있었다. 우리는 점심으로 옥수수빵과 달걀을 먹었다. 아마 마지막 남은 달걀이었을 것이다.

"메이지는 조금 힘들어하는데, 그래도 강아지는 모두 건강해요."

내가 대답했다.

"다들 벌레처럼 못생겼어요."

사무엘이 부츠를 벗으며 말했다.

"금세 예뻐질 거야. 일주일쯤 지나면 눈도 뜨고 털도 복슬복슬해질걸."

옥수수가 분쇄기에 갈리는 소음에 엄마가 목청을 높였다.

난 엄마와 사무엘을 등지고 부엌 싱크대에 서서 펌프질을 했다. 쏴, 물병에 시원한 물이 가득 찼다.

난 물병을 들고 부엌을 벗어나 대야와 비누가 있는 작은 방으로 향했다. 엄마는 내가 옆으로 지나가도 크게 신경 쓰지 않았다. 욕실에는 일주일에 한 번씩 목욕할 수 있게끔 큼직한 양동이를 들여놓았다. 바닥에는 물을 흘려 보낼 수 있는 배수공도 뚫어 놓았다. 가끔 뱀이 배수공을 타고 기어 올라오곤 했다. 그럴 때마다 에스더 언니가 기겁하며 비명을 지르면, 뱀은 다시 구멍으로 스멀스멀 도망쳤다.

아무튼 내 목적지는 욕실이 아니었다. 난 물통을 들고 욕실을 지나서 굳게 닫힌 문을 열고 들어갔다. 방 안쪽에 아빠가 누워 있었다. 자는 건 아닌데, 수면보다 깊은 상태에 빠져 움직이지 못하고 있다. 벌써 몇 달째다. 정수리에는 끔찍한 분홍색 상처가 있다. 도끼를 휘두르다가 나무가 아빠 머리 위로 쓰러져서 생긴 상처다. 퍼거슨 아저씨는 사고가 나자마자 황급히 말을 타고 의사를 부르러 갔다. 그러나 하루가 꼬박 지나서야 의사를 데리고 돌아왔다.

의사는 내가 본 남자 중에 가장 말쑥했다. 도시에서 오느라 힘든 여정이었을 텐데도 여전히 멀끔했다. 검은 양복에 모자를 쓴 의사의 동그란 얼굴은 정찬용 접시처럼 반들거렸다. 의사는 침대로 곧장 가서 아빠를 면밀하게 진찰했다. 바늘로 아빠 발가락을 찔러 보고, 청진기로 심장 박동을 확인했다. 그리고 의식을 잃었을 때 정신을 차리게 만드는 스멜링 솔트를 코 밑에 갖다 댔다.

"혼수상태입니다."

마침내 의사가 입을 열었다. 우리가 알지 못하는 단어였다.

"당장 내일 일어날 수도, 영영 일어나지 못할 수도 있습니다. 환자가 괜찮아질 거라고 장담할 수도 없습니다. 현재 말씀드릴 수 있는 건 환자는 다쳤고, 몸 자체가 휴식이 가장 필요하다고 판단한 상태입니다. 그래서 상태가 나아질 때까지 이대로 누워 있을 겁니다. 어쩌면 이 상태가 지속될 수도 있고요."

엄마와 우리 삼 남매는 꼭 붙어 서서 의사의 말을 들었다.

그 순간이 아직도 생생하게 기억난다. 의사 입에서 무서운 대답이 흘러나올까 봐 속으로 질문을 고르고 골랐다.

아득한 절망감이 밀려왔다.

엄마는 아빠가 결혼 선물로 사 준 만돌린을 집어 들었다. 만돌린이 네 번째 자식이라도 되는 듯 소중히 끌어안더니, 다시 내려놓았다. 그리고 할머니가 준 은목걸이를 목에서 끌러서, 아무것도 해결해 주지 못한 의사에게 값을 치렀다.

난 의사가 떠난 뒤 나무가 쓰러진 당시 상황을 설명하려고 했다. 아빠와 내가 뭘 하려고 했는지 말이다.

아득한 절망감이 밀려왔다.

그리고 난 입을 꾹 다물었다.

• • •

그날부터 우리는 아빠를 돌보는 법을 배워 나갔다. 먼저 아빠를 일으켜서 수프를 입속에 천천히 흘려 넣는다. 이때 사레들리지 않게 몇 방울씩 조금만 넣어야 한다. 그런 다음 턱을 내려서 가슴 가까이 붙인다. 그리고 볼을 톡톡 두드리고 목을 문질러서 음식물을 식도로 넘긴다.

사람이 꼼짝하지 않고 오래 누워 있다 보면, 몸에 욕창이 생기고 진물이 흐르기 시작한다. 우리는 수시로 아빠 몸을 뒤집어서 욕창과 끔찍한 전쟁을 벌였다. 엄마와 내가 식초로 욕창을 닦으면, 에스더 언니는 사무엘을 밖에 데리고 나갔다. 욕창으로 벗겨진 살갗에 식초와 같은 산을 바르면 매우 고통스럽다. 아빠에게 그런 끔찍한 고통이 느껴지는지, 우리로선 알 방도가 없었다. 혹시 아빠가 고통스러울까 봐 애가 탈 뿐이었다. 정작 눈물을 흘리는 건 아빠가 아니었지만.

우리는 아빠가 누워 있는 작은 방을 별세계처럼 가꾸는 데 정성을 다했다.

오두막집 밖에 봄꽃이 피면, 아빠의 방에도 꽃이 피었다. 노란 수선화, 붓꽃과의 여러해살이풀인 크로커스, 눈풀꽃을 작은 꽃병에 꽂아서 방 안 곳곳에 배치했다.

엄마는 방에 축음기를 끌어다 놓았다. 도시를 떠날 때 엄마가 무리해서라도 가져가야 한다고 끝까지 고집을 부렸던 물건이다. 결국 말은 축음기를 실은 썰매를 끌고 힘겹게 산을 올라야 했다. 엄마는 잠든 아빠를 위해 축음기를 틀었다. 아쉽게도 산에 오기 전처럼 축음기 소리에 맞춰 춤추는 일은 없었다.

한번은 엄마한테 만돌린을 연주하지 않는 이유를 물었다. 의사에게 진료비 대신 주려고 만돌린을 집었다가 다시 내려놓은 이후, 단 한 번도 연주하지 않았다. 엄마는 대답 대신 한숨을 푹 내쉬었다. 가슴에 손을 얹고 힘없이 고개를 가로젓는 모습을 본 이후, 난 다시는 만돌린에 대해 묻지 않았다.

사고가 나기 전, 에스더 언니는 매일 밤 잠자리에서 나와 사무엘에게 책을 읽어 주었다. 이제는 아빠에게 책을 읽어 준다. 나와 사무엘은 아빠 발치에 누워서 함께 이야기를 듣는다. 에스더 언니는 절대 슬픈 책은 읽지 않는다. 오직 행복한 이야기만 읽었다.

사무엘의 역할은 아빠 옆에 누워서 그날 있었던 일을 재잘재잘 이야기하는 거였다. 주로 개랑 놀거나 산에서 벌어진 소동에 관한 이야기였다. 앤더슨 아줌마가 엘크 때문에 야외 화장실에 갇혀서 옴짝달싹 못 했던 일, 피터슨 아저씨가 손전등 불빛이 침침해서 스컹크를 딩키(아저씨가 키우는 고양이)로 착각한 일 등 잔잔하고 악의 없는 이야기들이었다.

나도 아빠 방에는 언제나 아름답고 화사한 것만 가져갔다. 우리 모두 약속이라도 한 듯 아빠가 예전에 누렸던 삶으로 돌아오고 싶게끔 만들었다. 아빠가 쓰러지기 전에 우리가 누렸던 삶으로 말이다. 그러나 콰이어트가 태어나던 날, 난 평소와 다른 것을 가져갔다.

창문으로 비스듬히 비치는 햇살이 미동도 없는 아빠의 메마른 얼굴에 쏟아졌다. 난 아빠가 호흡하는 모습을 쳐다봤다. 그리고 아빠의 얼굴과 가슴에 다짜고짜 찬물을 들이붓고, 콰이어트처럼 다시 소생하길 기다렸다.

"엄마!"

에스더 언니가 문간에 서서 비명을 질렀다. 손에 쥔 책을 털썩 떨어뜨리고, 침대로 달려왔다.

곧이어 엄마도 헐레벌떡 뛰어 들어왔다. 엄마가 내 손에 들린 빈 물병을 쳐다봤다. 이어서 흠뻑 젖은 아빠를 한 번 쳐다봤다. 축축해진 이불이 아빠의 앙상한 뼈마디에 철썩 들러붙어 있었다.

"엘리! 대체 뭐 하는 거야?"

엄마가 침대로 달려왔다. 아빠를 끌어당겨서 품에 안고 몸을 덮혀 주었다. 에스더 언니는 축축한 침구를 걷어 냈다. 그리고…….

난 아빠 오른손을 보고 그대로 얼어붙었다.

아빠 오른손이 순간적으로 꿈틀했다!

8

“그 둘은 달라. 강아지하고…… 방금 일어난 일은…… 서로 달라.”

엄마가 말했다. 아빠 몸은 다시 보송보송해졌고, 방도 다시 별세계로 돌아왔다.

“뭐가 달라요? 아빠 손이 움찔했다고요. 아주 잠깐이지만, 저 물이 아빠를 깨웠다고요!”

내가 소리쳤다.

나도 안다. 엄마가 얼마나 지쳤는지. 얼마나 아빠가 돌아오길 바라는지. 힘겹게 찾은 평정을 깨뜨리는 게 얼마나 불쾌한지. 하지만 난 평정한 상태가 지겹고 진저리 났다.

“엄마! 아빠가 움직였어요. 사고 이후 처음으로 움직였다고요.”

엄마에게 희망을 주고 싶었다. 적어도 희망을 품길 바랐다.

그러나 엄마는 내 어깨를 붙잡고 이렇게 말했다.

"어쩌면 움직였을 수도 있지. 전혀 불가능한 일은 아니야. 우리 몸은 시키지 않았는데도 일할 때가 있어. 엘리, 네가 아빠 몸을 차갑게 만들었기 때문에 손이 움찔한 거야. 그뿐이야."

난 납득할 수 없었다.

"만약 아빠가 갇혀 있어서 우리가 빠져나오게 도와줄 수 있는 상태라면요?"

엄마가 슬픈 동시에 인내심이 바닥난 표정을 지었다.

"우리가 매일 그러고 있잖니. 매일 돕고 있단 말이야."

부드러운 목소리로 아빠에게 말을 걸고, 책을 읽어 주고, 막내아들이 곁에 찰싹 달라붙어 재잘대고, 내가 손을 잡아 주는 것. 이런 행위가 바로 엄마가 말한 도움이다.

사태를 더 심각하게 만들고 싶지는 않았지만, 할 말은 해야 했다.

"우리가 아빠에게 해 주는 모든 건, 자장가일 뿐이에요. 조용한 자장가를 부른다고 아빠가 깨어나겠어요?"

그러자 엄마는 내 어깨에서 손을 떼고, 뒤로 물러났다.

"아빠한테 가서 사과하렴."

이게 무슨 터무니없는 소리인가? 찬물 세례에도 못 깨어날 정도로 깊게 잠들었는데, 내가 미안하다고 사과한들 목소리가 들리겠는가?

이때 처음 깨달았다. 희망이란 얼마나 복잡한 감정인지.

하지만 "미안해요."라는 말밖에 나오지 않았다. 진심이었다. 엄마가 너무 많은 걸 잃어서, 그리고 앞으로 더 많이 잃을지도 몰라서 안쓰러웠다.

"사과는 아빠한테 해야지."

엄마가 등을 돌리며 말했다.

난 아빠 방으로 들어가다가 에스더 언니와 쿵 부딪혔다. 에스더 언니는 축축한 이불을 한 아름 들고 급하게 방에서 나오는 길이었다.

"넌 정말 끔찍한 짓을 저질렀어. 아빠가 아팠으면 좋겠니?"

난 대꾸하지 않았다. 우리 중 아빠가 아프길 바라는 사람은 아무도 없다.

하지만 아빠는 이미 아픈 환자다.

침대에 누운 아빠를 수개월째 보고 있노라니, 불현듯 내가 뭐라도 해야 한다는 확신이 들었다.

엄마는 나를 보고 오만하다고 할 것이다.

에스더 언니는 어리석다고 할 테고, 사무엘은 바보 같다고 할 것이다.

하지만 내게는 아빠 의견이 가장 중요했다.

"아빠."

난 아빠 귓가에 대고 속삭였다. 아빠한테서 풍기던 기분 좋은 땀, 나무, 흙, 강아지 냄새가 사라지고, 시큼한 냄새가 코끝을 찔렀다. 난 아랑곳하지 않고 아빠한테 바싹 붙었다.

"엄마가 아빠한테 사과하래요. 그러니까 사과드릴게요."

난 잠시 말을 멈추고 숨을 크게 들이마셨다.

"만약 물이 너무 차가웠다면, 사과드릴게요."

그때 에스더 언니의 말이 떠올랐다. '만약'은 의미 없는 말이라던.

그래서 곧바로 고쳐 말했다.

"물이 너무 차가웠죠? 미안해요. 하지만 아빠가 그걸 느끼길 바랐어요."

난 아빠에게 콰이어트 이야기를 들려주었다. 강아지가 차가운 물속에서 되살아났다고.

"아빠도 그걸 느꼈죠, 그렇죠?"

난 아빠에게 물었다. 그러나 아빠가 다시 움직이는 일은 없었다. 조금의 미동도 없었다.

난 고개를 뒤로 젖히고 문가에 아무도 없는 걸 확인한 후 다시 몸을 숙였다.

"아빠, 우리는 모두 아빠 없이 힘든 시간을 보내고 있어요. 엄마는 항상 지쳐 있고, 절대 웃지 않아요. 절대로요. 아빠가 다친 이후로 노래도 부르지 않고, 만돌린도 연주하지 않아요. 사무엘도 철없는 애처럼 굴지만, 뭉텅 잘린 나무처럼 슬퍼하는 게 제 눈에는 다 보여요. 에스더 언니는 하루아침에 어른이 된 것처럼 행동해요."

난 잠시 말을 멈추고 애써 마음을 가다듬었다.

"그리고 저는 숲에 있는 나무를 모조리 불태워 버리고 싶어요."

이 말은 진심이면서도 진심이 아니었다. 난 나무를 사랑한다. 죽은 나무도, 쓰러지면서 아빠를 다치게 한 나무까지도.

"아빠, 아빠가 없으니까 모든 게 엉망진창이에요. 제발 우리 곁으로 돌아와요."

이건 자장가가 아니었다.

내 입에서는 더 이상 자장가가 흘러나오지 않았다.

"그날 사고가 제 잘못이 아니라는 사실은 아빠밖에 몰라요."

목소리가 파르르 떨렸다.

그러나 이건 사실이 아니었다.

나도 알고 있다.

그리고 숲에서 누군가 지켜봤다면, 그 사람도 알 것이다.

하지만 아빠가 깨어나기만 한다면, 아무 상관 없다.

아빠만 깨어난다면…….

방을 나서기 전에 아빠 이마에 뽀뽀를 했다. 상처가 난 자리였다.

입술에 닿은 상처가 지도처럼 느껴졌다.

그래서 그 지도를 따라가기로 했다.

엄마, 에스더 언니, 사무엘은 점심으로 옥수수빵과 버터에 요리한 달걀프라이를 먹었다.

난 귀리죽을 먹었다.

"넌 사리 분별을 좀 할 필요가 있어. 다음부터 엉뚱한 생각이 들거든 두 번씩 생각하고 행동해라."

엄마가 말했다. 다행히 화난 목소리는 아니었다.

"아니면 세 번씩 생각하든가."

에스더 언니가 말했다. 머리는 한 올도 흐트러짐 없이 단정했고, 셔츠는 소매 끝까지 단추가 채워져 있었다. 에스더 언니는 나보다 세 살밖에 많지 않았지만, 마치 어른 세계에 속한 것처럼 행동했다. 작은 행동 하나하나 규칙을 따라야 하는 깔끔쟁이 나라에 사는 것처럼 말이다. 물론 그런 곳은 없지만.

난 잠자코 귀리죽을 먹은 뒤 접시를 닦았다. 불평은 한마디도 하지 않았다. 가슴속의 불꽃을 따른 대가가 엄마와 에스더 언니의 잔소리라면, 별로 어려운 일도 아니었다.

설거지를 끝낸 뒤, 접시에 남은 음식을 챙겨서 메이지한테 갔다. 우리는 아무리 배고파도 메이지를 위해 일부러 음식을 남겼다. 난 밀짚에 누워 있는 메이지에게 손수 한 입 한 입 떠먹였다. 강아지들도 어미젖을 허겁지겁 빨았다. 메이지도 강아지들 못지않게 목마르고 배고팠는지, 내 손이 깨끗해질 때까지 핥고 또 핥았다. 그리고 강아지가 젖을 빠는 동안, 메이지는 내가 가져온 우유를 마셨다.

나는 천천히, 아주 천천히 강아지들을 향해 손을 뻗었다. 메이지도 그런 나를 막지 않았다. 강아지들의 작은 머리를 어루만졌다. 콰이어트에게 살포시 손을 얹자, 콰이어트가 내 손에 살짝 기댔다. 마치 '지금은 바쁘지만 조금만 기다려 주세요. 금세 혼자가 될 테니까요.'라고 말하는 것 같았다.

난 헛간을 나와 산길을 따라 걷다가 솔송나무 숲으로 들어섰다. 사방이 그늘진 탓에 고목들 사이에는 다른 식물이 전혀 자라지 못했다. 발밑에는 죽은 솔잎이 두껍게 깔려 있었다. 거대한 괴물이 폭신한 갈색 털옷을 입고 벌러덩 누워 있는 것 같았다. 나 하나쯤은 그 위에 올라서도 전혀 티가 나지 않았다. 부츠 아래로 괴물의 폭신한 등을 밟는 듯한 느낌이 전해졌다.

이윽고 오래된 터가 등장했다. 머리가 복잡할 때마다 찾는 장소였다.

우리 가족이 숲에 오기 훨씬 전에 있던 사람들이 이곳에 오두막집을 짓고 살다가 버리고 떠났다. 이제는 벽돌과 돌덩이로 둘러싸인 커다란 구덩이와 와르르 무너진 우물만 남아 있었다. 나무는 궂은 날씨를 견디지 못해 닳고 썩었으며, 벌레와 새가 파먹은 흔적이 파다했다.

돌덩이에 손을 얹어 보았다. 오두막집이 내리누르는 묵직한 안정감을 그리워하는 마음이 느껴졌다. 자신이 쓸모 있었던 시절에 대한 그리움이었다.

눈보라와 우박을 막으며 꿋꿋하게 자리를 지키던 대들보에 손을 대 보았다. 돌풍보다 강인했던 시절을 꿈꾸는 마음이 느껴졌다.

이 장소에 오면, 슬픔과 외로움이 느껴졌다. 그럴 때면 무너진 오두막집 한가운데로 가서 가만히 앉아 있었다. 돌덩이가 오목한 손바닥처럼 주변을 감싸고, 그 위에 자란 나무가 보호막을 만들어 주었다. 그 안에 있으면 나 자신이 더욱 강해진 느낌이 들었다. 무엇이든 할 수 있다는 자신감이 샘솟았다. 꾸준히 지혜의 길을 걸어가는, 영리하고 재빠른 산골 소녀가 된 기분이 들었다.

가끔 오래된 병이나 녹슨 쇳조각을 발견하기도 했다.

한번은 인형 머리를 발견했다. 파란 눈을 여전히 동그랗게 뜨고 있었지만, 삶의 흔적은 오래전에 사라진 상태였다. 그곳에서 발견한 모든 사물은 과거에 대한 그리움을 품고 있었다.

나를 위한 선물도 발견한 적 있다. 이번에는 통통한 박새 조각이었다. 내가 곧잘 앉는 바위에 놓여 있었다.

콰이어트가 태어난 날에도 난 돌 더미 사이에 앉아서 깊은 생각에 잠겨 있었다. 아빠 상처를 지도 삼아서 내가 아는 모든 치료법을 하나하나 되짚어가며, 어떻게 하면 아빠를 깨울 수 있을지 고민했다.

발삼전나무는 코감기, 베인 상처, 쓰라린 상처 등에 여러모로 유용하게 쓰였다.

물봉선화는 옻독에 효험이 좋았다.

매자나무 덕분에 겨울에도 괴혈병에 걸리지 않았다.

겨자 연고는 폐를 맑게 해 준다.

벌에 쏘이거나 거미에게 물리면 진흙을 발랐다.

양파와 마늘은 배탈에 좋고, 장을 다스리는 데는 식초도 유용했다.

식초는 상처가 곪았을 때도 쓰였다.

일단 이 치료법을 모두 시도해 보고, 다른 방법도 생각해 내야겠다.

노란 수선화를 침대 머리맡에 놓는 방법은 아빠를 깨우는 데 무참히 실패했다. 그래서 정반대로 생각해 보다가 퍼뜩 어떤 계획이 떠올랐다. 이 계획을 진짜 시행한다면, 난 일주일간 죽만 먹는 신세가 될 게 뻔했다. 어쩌면 더 심한 벌을 받게 될지도 모른다.

엄마가 틀어 놓은 축음기도 아빠를 깨우는 데 실패했다. 그래서 내 목소리를 들려주면 어떨까 고민하다가 겨자무를 한입 가득 먹여보자는 계획까지 떠올랐다. 그런데 겨자무를 생각하니까, 또 다른 아이디어가 꼬리를 물고 스쳐 갔다.

이제 더 이상 생각나는 게 없었다. 지금까지 떠올린 방법들을 생각하니 속이 쓰렸다. 엄마를 화나게 만드는 게 썩 유쾌하지 않았다. 아빠를 깨운답시고 아프게 하는 것도 속상했다. 하지만 내 길을 밝혀 주는 불꽃이 진실이자 용기라고 생각했다.

이게 바로 아빠가 바라는 내 모습이다.

이게 바로 내게 필요한 내 모습이다.

그러므로 난 그 길을 갈 것이다.

9

"사슴 고기는?"

내가 오두막집으로 돌아오자, 마당에서 빨래를 널고 있던 엄마가 물었다.

고기에 대해 새카맣게 잊고 있었다.

"사무엘!"

난 큰 소리로 동생을 불렀다. 잠시 뒤, 오두막집 아래 개울가에서 사무엘의 우렁찬 대답 소리가 들려왔다. 개울물이 비탈면을 따라 흐르다가 잠시 고이는 지점에 얕은 웅덩이가 생겼는데, 사무엘이 손을 벌리고 기다리면 어리석은 가재들이 제 발로 기어 들어왔다.

"엘리, 피터슨 씨네 갔다가 집으로 곧장 와야 한다."

아빠가 우리에게 조심하라고 신신당부한 장소가 두 곳이 있다. 그중 하나가 강이었다. 큰비가 내려서 강물이 불어날 때도 물론 위험하지만, 강은 언제나 무엇이든 집어삼킬 수 있는 위협적인 존재였다. 다른 하나는 우리 다섯 가구가 사는 구역보다 높은 곳에 있었다.

"저 위에는 곰이랑 코요테가 살아. 가파른 암벽도 있고, 깎아지른 듯한 절벽도 있어. 그러니까 위쪽으로는 절대 가지 말렴. 내 말 알겠니?"

아빠는 여러 차례 당부했다.

우리는 아빠 말대로 했다. 아빠 목소리가 경고처럼 들렸기 때문이다. 뭔지는 몰라도 곰을 만나거나 뼈가 부러지는 일보다 무시무시한 것이 도사리고 있는 게 분명했다.

강 너머에는 도시로 이어지는 도로가 있다. 그 도로를 넘어가면 셀 수 없이 많은 사람과 건물, 다리, 기차, 그 밖에도 수많은 것이 있다는 걸 안다.

산꼭대기 너머에는 무엇이 있을까? 산, 오래된 숲, 동굴 그리고 내가 아는 것보다 모르는 것들이 훨씬 더 많다.

우리가 사는 강 위쪽 산비탈에는 이것저것이 조금씩 섞여 있다. 인간 손에 길들여진 것과 야생적인 것, 내가 아는 것과 모르는 것이 고루고루 섞여 있다.

이웃과 함께 사는 산비탈에서는 대낮에 곰이나 코요테를 마주칠 일이 거의 없다. 특히 남자애 열 명에 버금가게 시끄러운 사무엘과 함께 있으면 아무 걱정이 없다.

하지만 숲속에서 신선한 사슴 고기를 들고 다니는 것은 육식 동물 입장에서 '이리 와서 가져가 보라'고 유혹하는 신호나 다름없었다.

난 엄마 눈을 바라보며, "곧장 올게요."라고 대답했다. 서로 마주한 시선에서 부드러운 기색이라고는 전혀 찾아볼 수 없었다. 내가 먼저 눈길을 피했다. 자장가에 관해서는 내 말이 옳았다. 하지만 그렇다고 엄마가 틀린 건 아니었다.

난 젖은 옷가지를 집어서 탈탈 털었다. 아빠 잠옷이었다. 욕창에서 흘러나온 피 때문에 갈색 얼룩이 졌다.

난 빨랫줄에 잠옷을 널고 집게로 고정했다.

"왜 불렀어?"

숲에서 튀어나온 사무엘이 마당으로 뛰어오면서 물었다. 모자챙의 그림자에 얼굴이 가려져도, 양팔을 힘차게 흔들며 경사진 마당을 오르는 모습이나 두 어깨만 봐도 사무엘임을 알아챌 수 있었다. 사무엘은 여러모로 아빠를 닮았다. 마치 아빠의 어린 시절을 보는 것 같았다.

"나랑 같이 피터슨 아저씨네로 가야 해."

내가 말했다.

"누구 마음대로."

사무엘이 궁얼거렸지만, 엄마와 내 귀에는 다 들렸다.

"내 마음대로지."

엄마가 사무엘을 돌아보며 말했다.

"그러면…… 내가 먼저 가야지!"

사무엘은 우리를 쌩하고 지나쳐서 오두막집 너머 피터슨 아저씨네로 달음박질쳤다.

사무엘은 툭하면 저렇게 앞도 보지 않고 냅다 달렸다.

"작은 황소 같다니까."

엄마가 머리를 절레절레 흔들었다.

엄마가 속이야기를 한 건 정말 오랜만이었다.

나도 그러고 싶었다. 엄마한테 헛간 선반에 숨겨 놓은 보물에 대해 이야기하고 싶었다. 내가 얼마나 외로운지, 아빠가 다치던 날 실제로 무슨 일이 있었는지 털어놓고 싶었다. 하지만 속내를 끄집어내는 대신 고개를 끄덕이며 이렇게 말했다.

"맞아요. 황소 같아요. 강아지 같기도 하고요. 참, 그런데 콰이어트는 언제부터 안아도 돼요?"

대화가 자연스럽게 콰이어트에 대한 이야기로 넘어갔다.

엄마는 어깨를 으쓱했다. 엄마 손에 들린, 사무엘의 내복이 머리 없는 인형처럼 축 늘어졌다.

"메이지가 허락하면 가능하겠지."

그렇다면 사슴 고기를 가져온 다음에 강아지를 다시 보러 가야겠다.

내 몸에서 무해한 사슴과 먹음직스러운 음식 냄새가 동시에

풍긴다면, 메이지도 강아지를 안도록 허락해 줄 것이다.

"피터슨 아저씨한테 내가 나중에 감자 한 보따리를 들고 가겠다고 전해 주렴. 넌 우물 옆에 놓아둔 우유를 들고 가렴."

엄마가 말했다.

우유는 우리 가족이 에코 마운틴에서 대가를 지불하는 수단 중 하나였다.

우리는 비너스와 주피터라고 불리는 젖소 두 마리를 키우고 있다. 오두막집 아래쪽에 작은 우리가 있었지만, 아빠는 주변 나무에 가시철조망을 엮어서 넓은 울타리를 만들어 주었다. 파리가 왱왱대는 진흙탕에 가둬 두기에 음매음매 우는 덩치 큰 아가씨들은 너무나 사랑스러웠다. 젖소들은 아침이면 우리를 벗어나서 숲을 돌아다니며 풀과 이끼를 뜯고, 나무에 등을 비비고, 그늘에서 낮잠을 잤다. 그리고 해가 지면 다시 우리로 돌아왔다. 공간이 넓진 않았지만, 둘이 지내기에는 충분했다. 바닥에 건초를 깔고, 여물통에 물만 채워 주면 충분했다.

한번은 살쾡이가 지붕에 올라간 적이 있었다. 살쾡이는 젖소를 향해 으르렁거렸다. 젖소들은 공포에 질려서 음매음매 울부짖었다. 결국 아빠가 횃불을 들고 달려가서 살쾡이를 쫓아냈다.

나중에 아빠한테 살쾡이 이야기를 꺼내면서, 젖소들도 아빠가 필요하다고 말해 줘야겠다.

난 우유 통을 들고 피터슨 아저씨네로 가면서 이런 생각들을 떠올렸다. 사무엘은 이미 저만치 앞서가고 있었다.

산길은 가파르고, 우유 통은 무거웠다. 나무뿌리에 걸려서 넘어지기라도 한다면, 그다음 일은 불 보듯 뻔했다. 그래서 땅만 보고 걸어가는데, 눈앞에 나무 한 그루가 나타났다. 나이 든 커다란 발삼전나무였다. 마치 기다리고 있었다는 듯, 바람에 건들건들 흔들렸다.

난 우유 통을 조심스럽게 내려놓고, 주머니에서 나이프와 가죽 조각을 꺼냈다. 뾰족뾰족한 나뭇잎 아래로 몸을 숙이고, 거칠거칠한 나무껍질을 손으로 더듬었다. 최근에 전나무 가지를 잘라서 엄마에게 차를 끓여 줬는데, 그때 잘라 낸 부분이 기포처럼 볼록 솟아 있었다.

전나무는 자신의 일부를 내주었는데도 한없이 평온해 보였다. 가지를 잘라 낸 부분에 엄지손톱만 하게 솟아오른 기포는 거칠고 딴딴했다. 칼끝으로 쿡 찌르니까 칼날을 타고 진액이 흘러내렸다. 칼날을 가죽 조각에 여러 번 문대니까, 진액이 조금씩 뭉쳐져서 덩어리가 됐다. 난 가죽 조각으로 조심스럽게 진액을 감싼 다음 주머니에 넣었다.

나이프도 주머니에 넣기 전에 깨끗이 닦았다. 칼날에 흙먼지를 충분히 묻힌 다음 바위에 여러 차례 문지르면 된다.

우리는 전부터 전나무 진액을 작은 상처를 치료하는 데 썼다. 엄마가 조각칼에 손가락을 베었을 때도 전나무 진액은 덜렁거리는 살점을 감쪽같이 붙여 주었다. 다친 부위에 전나무 진액을 바르면 새살이 돋을 때까지 피부처럼 상처를 덮어 주었다. 흉터에 발라도 효과가 있는지는 모르겠지만, 시도해 봐서 나쁠 건 없다. 주변이 좀 지저분해지겠지만 말이다.

하지만 주변이 더러워지는 건 별로 큰 문제가 아니다.

아직 이른 봄이라서 물봉선화는 구하지 못하기 때문에, 일단 전나무로 만족해야 한다. 그래도 부엌 찬장에 머스터드 가루가 남아 있어서 다행이다. 계피도 많지는 않지만 아직 남아 있다. 식초와 양파도 있고, 진흙은 필요할 때 얼마든지 만들 수 있다. 꿀도 구할 수 있을 것이다. 벌 수천 마리를 따돌리고 무사히 훔쳐 올 수만 있다면 말이다. 그리고 록하트 가족이 커피와 소금을 사러 시장에 갈 때 생강을 사 달라고 부탁해야겠다. 생강값을 어떻게 치를지는 고민해 봐야겠지만.

난 이런저런 생각에 잠긴 채 축 늘어진 전나무 밑에서 몸을 일으켰다. 그리고 우유 통을 다시 집어 들고 피터슨 아저씨네를 향해 돌아섰다.

그런데 이곳에 나 혼자만 있는 게 아니었다.

내 앞에 난생처음 보는 생명체가 있었다. 두 다리를 꼿꼿이 펴고 머리를 숙인 채 귀를 쫑긋 세우고 있었다. 처음에는 코요테인 줄 알았는데, 코요테치고는 덩치가 너무 컸다.

혹시 늑대가 아닐까? 실제로 한 번밖에 보지 못했지만, 늑대라기에는 주둥이가 너무 뭉툭했다. 그러면 개가 아닐까? 하지만 저렇게 생긴 견종은 처음 보는데…….

아마 들개인가 보다.

머리는 크고, 몸은 날렵했다. 털은 갈색, 빨간색, 회색이 골고루 섞인 근사한 호랑이 무늬였다.

겨울을 난 지 얼마 되지 않아서 털과 꼬리가 북슬북슬했다.

다섯 걸음이나 떨어져 있었는데도, 한쪽 눈에 커다란 벼룩이 붙은 게 보였다. 개가 호기심 가득한 얼굴을 갸웃거릴 때마다 피를 먹어서 빵빵해진 벼룩이 달랑달랑 흔들렸다.

난 움직이지 않았다.

"넌 누구니?"

내가 조심스럽게 입을 뗐다.

그러자 개는 대답이라도 하듯, 천천히 내 쪽으로 다가왔다. 내 얼굴을 응시하다가 시선을 떨어뜨려서 내 손에 들린 우유 통을 흘깃 보더니, 다시 내 얼굴을 올려다봤다.

난 조심스럽게 우유 통을 내려놓고 뚜껑을 열었다. 그리고 고개를 다시 들었을 때, 아무도 없었다. 만약 내가 주인이었다면, 그 개를 '고스트'라고 불렀을 것이다.

10

난 개가 다시 나타나길 기다렸다. 그러나 돌아올 기미가 전혀 없었다. 조금 더 기다려 봤다. 다시 돌아오길 바라면서도, 오지 않길 바랐다.

끝내 아무도 나타나지 않았다.

난 우유 통 뚜껑을 닫고, 피터슨 아저씨 집으로 다시 발걸음을 옮겼다. 무서운 건 아니었다. 정말이다. 그래도 혹시 개가 없는지 주변을 살피며 산길을 올랐다.

"사무엘!"

난 동생을 불렀다. 사무엘은 평소처럼 내 부름을 무시했다. 특히 피터슨 아저씨와 함께 있을 땐 더욱 그랬다. 사무엘은 그림자처럼 아저씨한테 붙어서 시시콜콜한 이야기를 하며 응석을 부렸다. 요즘 들어 부쩍 남자들과 어울리고 싶어 했다. 그런 동생을 나무랄 수는 없었다. 사무엘은 엄마, 에스더 언니, 나를 사랑한다. 하지만 그만큼 아빠도 그리운 것이다.

"말 옆에 있을 때는 항상 조심해야 해. 아무리 순한 말이라도. 만약 실수로 말을 다치게 하면, 널 뻥 차서 언덕 너머로 날려 버릴지도 몰라."

피터슨 아저씨가 사무엘에게 말했다. 내가 마당에 들어섰을 때, 두 사람은 '스코치'라고 불리는 우람한 황갈색 말의 발굽을 살펴보고 있었다.

나도 피터슨 아저씨가 말발굽 청소하는 법을 알려 주는 걸 옆에서 지켜봤다. 왼손으로 발굽을 부드럽게 감싸고 오른손으로 벅벅 닦아 냈다. 사무엘은 발굽 사이에 낀 배설물 찌꺼기를 조심스럽게 긁어냈다.

"그렇지. 그렇게 하는 거야. 아주 타고났구나!"

피터슨 아저씨가 사무엘을 칭찬했다.

사무엘이 피터슨 아저씨를 올려다보며 환한 미소를 지었다. 곧이어 길목에 우유 통을 들고 서 있는 나를 발견했다.

"왜 이렇게 늦었어?"

사무엘이 스코치의 다리를 내려놓고 일어섰다.

"혹시 커다란 개가 이곳을 지나가지 않았니?"

내가 물었다. 그러나 두 사람 모두 고개를 가로저었다.

"아니, 개라고는 구경도 못 했는걸."

피터슨 아저씨가 마당을 휙휙 둘러보며 말했다.

"무슨 개였어?"

사무엘이 물었다.

"나도 그게 궁금해."

내가 대답했다.

"어떻게 생겼니?"

피터슨 아저씨가 물었다. 얼굴에는 근심 어린 표정이 스쳐 갔다.

난 기억을 더듬으며 말했다.

"조금…… 거칠어 보였어요. 호랑이 무늬를 가졌고, 긴장한 것 같았어요."

피터슨 아저씨가 산꼭대기를 올려다봤다. 잠시 생각에 잠기더니 이윽고 입을 열었다.

"나도 한두 번 마주쳤던 개인 것 같구나. 하지만 그 개가 여기에서 뭔가 얻어 갈 건 없어."

피터슨 아저씨가 스코치를 향해 다시 몸을 돌렸다.

"무슨 문제라도 있나요?"

그러자 피터슨 아저씨가 나를 보지 않은 채 고개만 저었다.

"그건 들개야. 네가 원하는 개가 아니란다."

"아니요, 전 스코치를 말한 거였어요. 스코치한테 무슨 문제가 있나 해서요."

내가 원하는 개가 아니라는 말을 들으니까, 그 들개를 원하는 마음이 오히려 명확해졌다.

"아저씨는 스코치의 발굽을 관리하고 있어. 내가 깨끗하게 닦아 줬지."

사무엘이 피터슨 아저씨의 목소리를 따라 하며 말했다.

우리가 계속 지켜봤지만, 스코치는 아픈 발굽을 내디딜 때마다 앞쪽 끝에만 체중을 실었다.

"그래도 계속 절름거리는구나."

피터슨 아저씨는 스코치의 발굽을 햇빛에 대고 자세히 살펴봤다.

사무엘도 겁 없이 얼굴을 들이밀고 발굽을 살펴봤다.

"저거 가시 아니에요?"

사무엘이 손가락으로 슬며시 가리키며 말했다. 그때 스코치가 힘을 실어서 고개를 뒤로 홱 젖혔다. 피터슨 아저씨는 하는 수 없이 발굽을 놓고 뒤로 물러섰다.

"가시 아니면 뾰족한 나뭇가지가 박혀 있어. 내가 빼려고 하면 스코치가 싫어할 텐데."

피터슨 아저씨가 얼굴을 찡그리며 말했다. 그리고 마구간에 들어가더니 펜치를 들고 다시 나타났다.

"내가 머리를 잡을게요."

난 스코치가 발을 굴러도 닿지 않을 거리에 우유 통을 내려놓았다.

"사무엘, 다치지 않게 뒤로 물러서 있어."

피터슨 아저씨가 스코치의 발굽을 잡으며 말했다.

하지만 사무엘은 뒤로 물러서는 대신 내 옆으로 왔다. 난 굴레 양옆을 두 손으로 단단히 붙잡고, 스코치 얼굴에 내 얼굴을 맞댔다.

"그래, 착하지. 아픈 건 아주 잠깐이야."

난 계속해서 스코치를 어르고 달랬다.

그러자 스코치의 대답이 내게도 전해졌다. 피터슨 아저씨를 사랑하는 마음이 느껴졌다.

"아주 못된 가시야. 아주……."

사무엘이 꿍얼거렸다.

그때 피터슨 아저씨가 가시를 확 뽑아냈다. 스코치는 날뛰기 시작했고, 난 커플 댄스를 추는 것처럼 질질 끌려 다녔다. 피터슨 아저씨가 황급히 스코치를 붙들었고, 사무엘도 고삐를 향해 손을 뻗었다. 난 여전히 굴레를 단단히 쥐고 있었다. 스코치는 아랑곳하지 않고 껑충껑충 날뛰었다. 이윽고 움직임이 서서히 잦아들다가 마침내 잠잠해졌다. 우리는 일제히 안도의 한숨을 내쉬었다.

"이런 가시가 내 발에 박힌다면, 정말 끔찍할 거야."

피터슨 아저씨가 펜치를 높이 들며 말했다. 펜치 사이에 피 묻은 긴 가시가 있었다.

"스코치가 배설물을 밟아서 상처가 곪지는 않을까요?"

내가 이렇게 묻자, 피터슨 아저씨가 한숨을 쉬었다.

"어차피 스코치가 싼 배설물인걸. 그렇다고 말한테 부츠를 신길 수도 없는 노릇이고."

난 주머니에서 가죽 조각을 꺼내어 피터슨 아저씨에게 내밀었다.

"전나무 진액이에요."

"말발굽에 바르라고?"

"손에도 효과가 있었는데 말발굽이라고 없겠어요?"

피터슨 아저씨는 가죽 조각을 펼쳐서 전나무 진액의 냄새를 맡았다.

"상태가 아주 좋구나."

"전나무 진액을 항상 주머니에 넣고 다니는 거야?"

사무엘이 모자챙 너머로 눈을 흘기며 물었다.

"운 좋게 오늘은 주머니에 들어 있었네."

우리는 피터슨 아저씨가 전나무 진액을 바르는 걸 지켜봤다. 피터슨 아저씨는 주머니에서 나이프를 꺼내 진액을 살짝 덜어 낸 다음 스코치의 상처에 펴 발랐다.

스코치가 머리를 빙 돌려서 나를 쳐다봤다. 그 눈동자를 보고 있자니 뼛속까지 따뜻해졌다.

"오늘 네게 신세를 졌구나."

피터슨 아저씨가 말했다. 하지만 신세를 졌으면 우리가 졌지, 피터슨 아저씨는 아니라는 사실을 우리 모두 알고 있었다. 피터슨 아저씨가 남은 진액을 내게 내밀었다.

"에이, 그냥 가지세요. 전 얼마든지 또 구할 수 있어요. 그리고 제가 우유도 좀 가져왔어요."

난 우유 통을 건네며 말했다.

"'우리'가 같이 가져왔어요."

사무엘이 끼어들었다. 그러나 당당함은 금세 사라지고 다른 감정이 그 자리를 대신했다.

"동물을 잡았으면 고기를 가져왔을 텐데……. 물고기라도 잡아 올 걸 그랬어요."

"하지만 나한테는 이미 고기가 있잖니. 그리고 난 우유가 필요한걸. 전나무 진액도 필요하고."

피터슨 아저씨가 부드럽게 말했다.

피터슨 아저씨는 우리를 커다란 솔송나무 그늘로 데려갔다. 작은 구멍을 막고 있던 돌을 치운 다음에 천으로 감싼 고깃덩어리를 꺼내어 우리에게 건넸다. 이 구멍은 피터슨 아저씨의 은닉처였다. 구멍이 꽤 깊어서 안에 냉기가 돌았다. 혹시 곰, 코요테, 퓨마가 돌을 밀어 내더라도, 구멍 입구가 좁아서 안을 침범할 수 없었다.

"이 정도면 한동안 충분히 먹을 거야."

피터슨 아저씨가 다시 구멍을 돌로 막고, 오두막집으로 돌아섰다.

“잠깐만 기다리렴. 수지(동물성 기름)도 있단다.”

피터슨 아저씨는 한 걸음 내디디며 큰 소리로 외쳤다.

“몰리!”

몰리 아줌마가 현관으로 나오는 중인데도 피터슨 아저씨는 또 소리쳤다.

“몰리!”

앞치마를 두른 몰리 아줌마 손에 흰 밀가루가 묻어 있었다.

“좋은 아침이야. 엄마는 좀 어떠니?”

몰리 아줌마가 우리를 보고 미소를 지었다.

“엄마는 괜찮아요.”

“아빠는?”

난 아빠 손가락이 움찔했던 것이 떠올라서 잠시 망설이다가 이렇게 대답했다.

“여전히 똑같아요.”

몰리 아줌마가 고개를 빠르게 끄덕였다.

“수지를 가져올게.”

몰리 아줌마는 현관문으로 들어가서 낡은 스카프로 포장한 사슴 수지를 가져왔다.

“자, 내가 잘 감싸 뒀어.”

몰리 아줌마는 마당까지 내려와서 우리에게 수지를 건네주었다. 우리가 양쪽에서 든 고기 가방에서 피가 뚝뚝 떨어져 바닥을 흥건히 적셨다.

산길을 갈 때는 절대 이런 흔적을 남기면 안 된다. 난 피가 고인 가방 중앙을 바닥에 문질러 닦았다. 사무엘도 내 의도를 바로 알아채고, 가방을 쥔 손을 아래로 낮췄다. 피터슨 아저씨가 가방 위쪽에 수지를 넣어 주었다.

"수지가 이 정도 있으면 비누를 꽤 많이 만들 수 있을 거야. 아니면 양초를 만들어도 좋고."

우리는 고개를 끄덕이며 고맙다고 인사했다. 그리고 작별 인사도 잊지 않았다.

"다음에는 엄마도 같이 오라고 전해 줘. 내가 가도 좋고."

몰리 아줌마가 말했다.

"그렇지 않아도 엄마가 좀 이따 감자를 들고 올라오실 거예요."

"우리도 스코치를 보러 또 올게요."

사무엘이 말했다.

우리는 대롱대롱 흔들리는 고기 가방을 들고 집으로 내려갔다. 사무엘이 든 쪽이 땅에 질질 끌리는 바람에 우리가 걸어간 길을 따라 핏자국이 줄줄이 남았다.

11

고약한 냄새를 모으는 건 만만치 않겠지만, 일단 어두워지기 전에 밖에 나가서 뭐라도 해 보기로 마음먹었다. 그러나 근사한 요리로 둔갑한 사슴 고기의 냄새가 어찌나 황홀하던지, 잠이 솔솔 오는 바람에 나가고 싶은 마음이 싹 사라졌다.

엄마가 프라이팬에 사슴 고기를 굽는 모습을 보고, "아빠가 저 냄새를 맡고도 일어나지 않는다면, 그 어떤 것도 아빠를 깨울 수 없을 거예요."라고 말하고 싶었다.

하지만 머지않아 엄마가 나 때문에 분통 터뜨리는 일이 생길 것이다. 그러니까 그 전까지는 엄마가 원하는 착한 딸처럼 굴기로 했다. 식사 준비를 돕고, 잘 먹었다고 인사도 했다. 식사를 끝내고 식탁 정리도 도왔다. 엄마가 바라는 대로 생글생글 웃고, 조용조용 말했다. 이 정도 했으면, 엄마와 에스더 언니도 아침에 아빠한테 물 부은 일을 용서해 줄지도 모른다. 물론 그 일이 아니라도 날 많이 원망하고 있을 테지만 말이다.

"메이지한테 저녁 갖다줄게요."

내가 말했다. 부엌 정리도 끝났고, 전등에도 불을 밝혔다.

"그래, 갔다 오면 비누를 만들자꾸나."

엄마가 말했다.

난 마지막 남은 달걀을 유리병에 넣고 뚜껑을 꽉 닫았다. 점심때 먹지 않고 남겨 둔 달걀이었다. 엄마는 아직 아무것도 모르는 눈치였다. 어쨌든 내 몫으로 나온 달걀이니까 내 마음대로 처분해도 되겠지. 하지만 엄마가 알 수도 있어서, 메이지에게 줄 잔반을 챙기면서 엄마 몰래 달걀을 가지고 나왔다.

"와! 오늘은 기운이 넘치는구나!"

난 메이지에게 말했다. 내가 헛간에 들어서자, 메이지가 일어서서 꼬리를 힘차게 흔들었다.

내가 무릎을 꿇자, 메이지는 내게 달려들었다. 강아지들이 낑낑대며 밀짚 보금자리 안에서 꿈틀거렸다.

메이지는 축축한 코를 내 목에 파묻고 킁킁댔다. 한쪽 앞발을 내 팔에 올리고, 내 뺨을 핥았다. 나도 메이지에게 뽀뽀를 하고 목덜미를 긁어 주었다. 난 부드러운 사슴 고기와 연골을 섞어서 한 조각씩 내 손에 올려놓았다. 메이지는 걸신들린 듯이 허겁지겁 먹어 치웠다.

이윽고 에코 마운틴에 황혼이 드리우면, 야행성 동물들이 하나둘씩 모습을 드러낼 것이다. 공터에 모닥불이 꺼지면 사슴이 나타난다. 사슴이 있는 곳에는 코요테가 나타난다. 라쿤도 몸을 숨기고 먹이를 약탈하러 나온다. 스컹크도 곤충이나 지렁이를 사냥하러 나온다. 봄날 저녁에 기척을 숨기지 못하고 시끄럽게 울어 대는 어린 개구리는 잡아먹히기 십상이다.

스컹크는 먹이 중에서 달걀을 가장 좋아한다.

그리고 내게는 큼직하고 먹음직스러운 달걀이 있다.

앤더슨 아줌마가 키우는 로드아일랜드레드종 암탉이 천수국과 밀알을 먹고 숲속의 다섯 가구를 위해 낳은 소중한 달걀이다.

난 오두막집 아래에 있는 커다란 그루터기에 달걀을 깨뜨려 놓아둘 계획이다. 예전에 스컹크가 흰개미를 잡으려고 썩은 그루터기를 파헤치는 걸 본 적이 있다. 나무 뒤에 숨어서 스컹크가 진득한 비린내를 맡고 다가오기를 기다리면 된다.

그때 메이지와 눈이 딱 마주쳤다. 갈비뼈가 앙상하게 드러난 몸통을 쓰다듬어 주었다. 그리고 강아지들에게 젖을 먹이느라 고생하는 메이지에게 달걀을 주기로 마음을 바꿨다.

난 한쪽 손바닥에 달걀을 깨뜨렸다. 메이지는 달걀이 흔적도 없이 사라질 때까지 정신없이 핥고 또 핥았다.

“이제 잠을 자렴. 하루빨리 헛간을 벗어나 봄을 즐겨야지.”

난 메이지의 부드러운 귀에 대고 속삭였다.

메이지가 내 품에 머리를 기대는 순간, 신기하게도 행복과 충만함이 파도처럼 밀려왔다.

난 강아지들이 있는 보금자리로 슬금슬금 기어 들어갔다. 메이지는 움찔했지만, 나를 막지는 않았다. 난 강아지들 사이에 슬며시 드러누웠다. 따뜻한 기운을 감지한 강아지들이 꿈틀꿈틀 배를 밀며 작고 단단한 머리들을 내게 들이밀었다. 콰이어트는 내 목덜미를 독차지했다. 내 목에 착 감겨서 맥박을 느끼며 드디어 원하는 자리를 찾았다는 듯 숨을 내쉬었다.

"그래그래, 나의 쪼그만 강아지. 나의 콰이어트."

내 목소리의 울림이 콰이어트의 작은 귀에 새로운 음악처럼 울려 퍼졌다.

잠시 뒤 메이지가 나를 향해 끙끙대기 시작했다. 난 메이지에게 보금자리와 강아지들을 내주었다. 스컹크 냄새를 모으려고 가져온 유리병을 헛간에 숨겨 놓고, 황혼 아래로 나왔다. 아무래도 치료약을 구할 방법을 처음부터 다시 생각해야겠다.

하늘에 석양이 아직 남아 있으니까 괜찮겠다는 마음에, 마당을 지나서 전나무가 있는 길로 향했다. 그러나 숲은 생각보다 어두컴컴했다. 그리고 사무엘과 내가 핏자국을 남겼다는 사실을 새카맣게 잊고 있었다!

12

나를 발견한 건 코요테도 곰도 여우도 아니었다.

전나무 근처에서 발견한 나무판자에 진액을 모을 때만 해도 아무 소리도 듣지 못했다. 긴 겨울을 보내고 여전히 냉기를 머금은 땅속에 깊이 파고든 전나무 뿌리의 속삭임 외에는 아무 소리도 들리지 않았다.

난 인내심 많은 늙은 나무를 톡톡 두드려 가며 필요한 진액을 갈취했다. 그때까지만 해도 아무것도 보지 못했다.

무언가 나를 지켜보고 있으리라고는 상상도 못 했다. 그러나 집으로 돌아가는 길목에 들어섰을 때였다. 지난번에 만났던 큰 개가 눈앞에 있었다!

어슴푸레한 빛 아래서 보니까 늑대와 비슷해 보였다. 그만큼 야생성이 물씬 풍겼다.

제발 핏자국을 보고 따라온 게 아니길 빌었다. 부디 상처 입은 먹잇감을 사냥하러 온 게 아니길 바랐다.

개가 고개를 낮추고 한 발짝 다가왔다. 순식간에 두려움이 온몸을 휘감았다. 그런데 울음소리를 자세히 들어 보니, 으르렁거리며 위협한다기보다는 궁금증에 가까웠다. 무언가 바라는 게 있는데, 날 어찌할지 결정하지 못했다는 듯이 말이다.

"엘리!"

그때 산길 끝에서 나를 찾는 엄마 목소리가 들렸다.

난 본능적으로 엄마가 있는 곳을 쳐다봤다.

그리고 다시 고개를 돌렸을 때, 개는 이미 사라지고 길은 텅 비어 있었다.

지난번처럼 말이다.

하지만 이번에는 개를 찾아서 숲속 깊이 들어가지 않았다.

어둠이 점점 짙게 드리우고 있었다. 이제 그만 집으로 돌아가라는 경고음이 머리에 울렸다.

엄마가 마당에서 나를 기다리고 있었다.

"저 위에서 도대체 뭘 하고 있었니?"

엄마가 손을 허리에 짚고 내게 물었다.

난 개에 대해 솔직히 털어놓으려고 했다. 그러나 나를 바라보는 엄마 표정이 그 개와 너무 똑같았다. 설명을 요구하는 표정. 말로 풀어내기 힘든 질문의 대답을 요구하는 표정이었다.

그래서 "그냥 산책했어요."라고 대답했다. 원래 평소에도 산책을 자주 했다. 저녁 식사를 끝내고 아빠와 함께 포근한 밤공

기를 종종 즐기곤 했었다.

"이제 그만하고 들어오렴. 비누를 만들려면 불을 피워야 하니까 불쏘시개도 좀 챙겨 오고."

엄마는 채석장으로 돌아서며 말했다. 우리가 집 밖에서 요리할 때 이용하는 장소였다.

'왜 에스더 언니는 비누를 만들지 않아요?'

나도 모르게 사무엘처럼 투덜거릴 뻔한 걸 겨우 참았다.

사실 에스더 언니도 자기 몫을 충분히 하고 있다. 에스더 언니가 집안일을 좋아하는지는 중요하지 않았다. 중요한 건 에스더 언니가 집안일을 함으로써 내가 바깥일에 전념할 수 있다는 점이었다. 마당 관리, 텃밭 손질, 낚시, 불 피우기 등 아빠가 하던 일을 말이다.

난 전나무 진액을 묻힌 나무판자를 등 뒤에 숨겼다. 엄마는 아무것도 알아채지 못했다. 나무판자를 헛간 뒤편에 세워 놓을 때까지 아무것도 눈치채지 못했다. 아마도 내가 아빠 흉터에 진액을 바를 때쯤 알아차리겠지. 나무에 부딪힌 상처는 아빠를 괴롭히는 것들 중 그나마 가장 가까이서 내 눈으로 실체를 확인할 수 있는 것이었다.

아빠가 내상을 입었다는 건 안다. 전나무 진액이 주로 외상에 효과가 있다는 것도 안다. 하지만 내가 모르는 방법들도 있지 않은가? 우리가 더 열심히 노력해서 아빠를 깨울 수 있다면? 닥치는 대로 시도해야 한다. 가능한 모든 걸 시도해 봐야 한다. 우리가 감히 이해하지 못하는 방법도 존재한다는 걸 인정해야 한다.

엄마와 나는 불을 피우고 비누를 만들기 시작했다. 잿물이 담긴 솥을 불에 올리고, 수지를 솥에 부어 가며 휘휘 저었다. 우리 사이에 감도는 침묵이 내 탓처럼 느껴졌다. 그래서 먼저 정적을 깨고 입을 열었다.

"사실 아까 산길에서 개를 봤어요."

노르스레한 불빛에 비친 엄마는 평소보다 부드러워 보였다. 그러나 나를 쳐다보는 표정은 전혀 그렇지 않았다.

"무슨 개?"

"저도 그게 궁금해요. 몸집이 크고, 호랑이 무늬에 귀가 쫑긋했어요. 얼핏 보니까 사람한테 길들여진 개는 아니었어요."

엄마는 불에 장작을 추가했다.

"코요테가 아닌 게 확실하니?"

"분명 개였어요. 위쪽에서 산길을 따라 내려왔나 봐요."

"언덕에 사는 사람들 중 누군가가 새로 데려온 개인가 보구나."

난 고개를 저었다.

"전혀 그렇게 보이지 않았어요. 피터슨 아저씨도 모른다고 했고요.”

“어쩌면 마귀할멈이 키우는 개일 수도 있겠네. 하지만 그 개는 집 주변을 떠난 적이 없는데.”

마귀할멈! 정말 오랜만에 듣는 단어다.

아주 오래전, 안개가 자욱한 아침이었다. 산봉우리가 안개 사이로 감쪽같이 사라진 광경이 신기했던 나는 아빠의 경고를 무시하고 산을 올랐다. 마지막 다섯 번째 이웃의 집을 넘어가니까, 더 이상 길이 없었다. 사슴과 엘크가 지나다닌 흔적만 남아 있었다. 그때 위쪽에서 무언가 타는 냄새가 났다.

‘산불이다!’

아빠에게 즉시 알려야 한다는 생각에 한달음에 내려갔다. 하지만 나의 단단한 착각이었다.

우리 집 마당에 도착하니, 아빠가 장작을 패고 있었다. 위쪽에 산불이 났다고 알리자, 아빠는 도끼를 내려놓고 말했다.

“엘리, 괜찮아. 거기에 마귀할멈이 살고 있어서 그래.”

아빠가 이마에 흐르는 땀을 닦았다.

“마귀할멈이라고요? 무슨 마귀할멈이요?”

마귀할멈 이야기는 동화책에서나 들어 봤다. 마귀할멈이란 주문을 외우고 어린아이를 잡아먹는 쭈그렁 할망구가 아닌가?

“내가 아는 유일한 마귀할멈이지. 여기 막 이사 왔을 때 딱 한 번 마주쳤어. 산꼭대기에 뭐가 있는지 살펴보려고 올라갔는데, 마귀할멈이 거기 있을 줄 상상이나 했겠니? 좁은 마당에서 사슴 가죽을 벗기고 있었는데, 엘리, 정말이지 그 여자를 본 순간 너무 놀라서 자빠질 뻔했어. 그만큼 기괴했단다. 그때 보니까 큰 개를 키우고 있었어. 한쪽 눈동자가 칠흑처럼 어두웠지."

"네? 그러니까 한쪽 눈은 검은데 다른 쪽 눈은 아니었단 말이에요?"

"아니, 그게 아니라 눈빛이 어두웠다고. 환영하지 않는 눈빛이었어. 개도 마귀할멈도."

아빠가 웃으며 말했다.

난 그 장면을 상상해 봤다.

"마귀할멈이 무슨 말을 했나요?"

아빠가 고개를 끄덕였다.

"마귀할멈이 이러더구나. '당신 귀를 보니 거머리가 필요하겠군. 귀가 뜨거워지면 꿀을 바르시오.'"

아빠가 내 표정을 보고 빙그레 미소를 지었다. 그때의 미소가 아직도 기억난다.

"넘어져서 귀를 다치는 바람에 퉁퉁 부어 있었거든. 마귀할멈이 습지에 가서 거머리 한두 마리를 잡아 귀에 고인 피를 빼내야 한다고 했어. 아니면 귀가 망가질 거라고."

"그래서 마귀할멈의 말대로 했어요?"

아빠가 고개를 저었다.

"그 대신 엄마가 퉁퉁 부어오른 부분을 절개해 줬어. 피가 어찌나 철철 흐르던지, 실수했구나 싶었어. 그때 고름이 피에 섞여서 흘러나오기 시작했어. 마귀할멈의 말이 생각나서 절개 부위에 꿀을 발랐어. 그랬더니 상처가 금세 아물더구나."

아빠가 다시 도끼를 들고 장작을 패기 시작했다. 그러나 내가 새로운 질문을 던지자, 도끼를 든 손을 멈췄다.

"그 후에 마귀할멈은 어떻게 됐어요? 다시 찾아가 봤나요?"

아빠는 말없이 고개를 저었다.

"그동안 마귀할멈에 대해 한 번도 이야기한 적 없잖아요. 왜 아무도 그 이야기를 하지 않죠?"

내가 물었다.

아빠가 그루터기에 장작을 올리고 도끼를 높이 쳐들었다.

"별로 할 이야기가 없어서 그래. 그리고 그런 사람은 홀로 내버려두는 게 나아. 너 같은 어린애한테 말해서 괜히 관심 갖게 할 필요가 없었어. 그러니까 엘리, 너도 명심해라. 마귀할멈을 그냥 내버려둬."

아빠 목소리에서 단호함이 느껴져서, 그 말을 따를 수밖에 없었다.

• • •

그로부터 많은 시간이 흘렀다. 엄마와 함께 불 앞에서 솥을 휘젓고 있다 보니, 자연스레 마귀할멈이 떠올랐다. 혹시 마귀할멈이 양과 강아지 조각을 만든 건 아닐까? 내가 이제껏 받은 선물이 모두 마귀할멈이 보낸 거라면?

"마귀할멈은 몇 살이에요?"

난 숲에서 봤던 얼굴을 떠올리며 엄마에게 물었다. 사실 마귀할멈이라 불릴 정도로 나이가 많아 보이진 않았다.

"나도 잘 모르겠구나. 하지만 너희 아빠 말에 따르면, 꽤 나이가 들어 보인다던데."

엄마가 말했다.

그러면 나무를 조각한 사람은 아니다. 어쩌면 훨씬 더 근사한 일을 하고 있을지도 모른다.

"마귀할멈한테 아빠를 봐 달라고 부탁한 적 있나요? 아빠가 쓰러지고 나서요."

내가 이렇게 묻자, 엄마는 나를 머리 두 개가 돋아난 사람처럼 쳐다봤다.

"마귀할멈한테? 의사도 더는 손쓸 수 없는 상태라고 말했는데? 바보 같은 소리 하지 말렴."

엄마가 불에 장작을 넣으며 말을 이었다.

"그 개가 마귀할멈이 키우는 개인지 떠돌이 개인지 모르겠지만, 다음에 또 만나면 절대 가까이 가지 말고 엄마한테 알려야 해. 알았지?"

엄마는 타다 남은 장작을 불 속에 깊숙이 밀어 넣었다.

"사람 손에 길들여졌든 아니든, 굶주리면 뭐든 잡아먹기 마련이야. 특히 네 남동생은 아직 몸집이 작기 때문에 개한테 물려서 끌려 갈 수도 있어."

사무엘이 개한테 물리는 장면을 상상하니 몸서리가 쳐졌다.

숲은 사무엘처럼 주변을 살피지 않고 무작정 앞서가는 작은 어린애에게 특히나 불친절한 곳이었다.

"그 개가 또 나타나면 엄마한테 꼭 말할게요."

진심이었다. 하지만 이때는 그 개가 나를 어디로 인도할지, 나를 어떤 모습으로 이끌어 줄지 미처 몰랐다.

13

그날 밤, 우리는 평소처럼 아빠를 둘러싸고 잘 자라는 인사를 했다. 난 손바닥으로 아빠 이마를 짚고 두 눈을 꼭 감은 채 속으로 아빠에게 말을 걸었다.

'아빠, 제가 반드시 아빠를 돌아오게 만들 거예요.'

이 생각에 너무 몰두한 나머지, 귀에서 맥박이 요동쳤다. 가슴속의 불꽃이 온몸으로 퍼져 나가는 듯, 차가운 이마를 짚은 손이 점점 뜨거워졌다.

"엘리, 뭐 하는 거야? 네 땀 나는 손을 아빠 얼굴에 올리지 마."

에스더 언니가 내 팔을 홱 잡아당겼다. 난 화들짝 놀랐다.

"너, 혹시 열이 있니?"

엄마가 내 이마에 입술을 갖다 대며 물었다. 엄마한테 키스를 받는 듯한 기분에 눈이 스르르 감겼다. 그러나 엄마는 이내 입술을 떼어 냈다.

"그만 가서 자는 게 좋겠다. 아픈 사람은 너희 아빠 하나로 충분해."

잠시 뒤 난 침대에 누워 잠을 청하면서, 엄마 입술이 닿은 부분을 만지고 또 만져 보았다. 딱히 다른 부분보다 더 부드럽거나 하진 않았다.

그래도 모처럼 엄마 입술이 닿았으니까, 오늘은 잠이 잘 올지도 모른다. 어쩌면 아빠가 벌떡 일어나서 걷는 꿈을 꿀지도 모른다. 꿈에서라도 햇볕에 그을린 건강한 모습을 본다면 얼마나 행복할까! 그러나 난 언제나처럼 어둠 속에서 밤새 뒤척였다. '그날'의 기억 때문에 신경이 바짝 곤두선 채로, 밤이 깊도록 잠을 이루지 못했다.

엄마, 에스더 언니, 사무엘 그리고 아빠까지 모두 깊이 잠들었다. 그러나 난 홀로 잠을 이루지 못하고 1월의 그날을 떠올렸다. 엄마는 집에서 스튜를 만들고 있었다. 에스더 언니는 마당 한쪽에서 사무엘을 지켜보면서 눈이 그나마 적게 쌓인 나무 아래에서 불쏘시개를 주웠다.

난 아빠를 도와 텃밭 한쪽에 우후죽순으로 자란 나무들을 뽑았다. 봄이 오면 이 자리에 콩과 호박을 심을 계획이었다.

아빠는 도끼를 휘두르기 전에 내가 어디에 있어야 하는지 알려 주었다. 나무가 쓰러지면서 성난 말처럼 튀어 오르는 걸 대비해 안전 거리를 유지해야 했다. 그리고 나무를 원하는 방향으로 쓰러뜨리려면 도끼를 어떻게 휘둘러야 하는지도 가르쳐 주었다. 이 경우에는 비탈길 아래로 쓰러뜨려야 했다. 아빠가 없는 곳으로, 내가 없는 곳으로, 아무도 다치지 않을 곳으로 말이다.

엄마는 스튜를 만드느라 정신없었다. 에스더 언니도 나뭇가지를 줍느라 정신없었다. 아빠도 도끼를 휘두르느라 정신없었다. 그 순간 공터를 가로지르는 사무엘을 발견한 사람은 나밖에 없었다. 눈이 흩어지고 차가운 맨땅이 드러난 공터에서 토끼를 뒤쫓는 사무엘을 발견한 사람은 나밖에 없었다. 사무엘의 시선은 오로지 토끼 꼬리의 하얀 얼룩무늬에 꽂혀 있었다.

바로 그때였다! 나무가 우지끈 부러지며 뒤로 넘어가기 시작했다. 거대한 반원을 그리며 사무엘을 향해 나뭇가지를 매섭게 후려쳤다. 그러다가 다른 나무에 걸려서 멈칫하더니, 이내 육중한 몸통을 데굴데굴 굴리기 시작했다. 난 그 아래로 돌진해서 사무엘을 안고 몸을 날렸다. 우리 둘은 쿵 하고 바닥에 내동댕이쳐졌다. 가까스로 참사는 피했다.

사무엘을 안고 차가운 바닥에 누워 있던 순간이 기억난다. 사무엘은 소리를 지르며 내 품을 벗어나려고 발버둥 쳤다.

"엘리 누나! 왜 그랬어!"

사무엘을 꽉 끌어안은 채 뒤돌았는데, 아빠가 나무 아래에 깔려 있었다.

새하얀 눈이 아빠 피로 벌겋게 물들었다.

이 광경을 어떻게 받아들여야 할지 몰라서 머릿속이 새하얘졌다.

사무엘이 아빠를 보기 전에 서둘러 오두막집으로 끌고 갔다. 사무엘은 내게 꽉 붙들린 손을 빼내려고 안간힘을 썼다. 난 사무엘을 데리고 텃밭으로부터, 나무로부터, 아빠로부터 최대한 멀리 떨어졌다. 그리고 눈밭에서 나뭇가지를 줍고 있는 에스더 언니 앞으로 밀어뜨렸다. 원래대로라면 사무엘을 지켜보고 있어야 했던 에스더 언니 앞으로 말이다. 내가 큰 소리로 엄마를 부르며 오두막집으로 뛰어 들어갈 때까지도 에스더 언니는 무슨 일이 벌어졌는지 알지 못했다. 엄마와 나는 아빠가 쓰러진 장소로 달려갔다. 에스더 언니도 "무슨 일이야?"라고 소리치며 우리 뒤를 따라왔다. 사무엘도 에스더 언니 뒤를 따라왔다. 눈과 흙이 뒤범벅된 나뭇가지가 정신없이 뒤엉켜 있었다. 우리는 나뭇가지를 파헤치고 아빠를 짓누르는 나무를 죽을힘을 다해 끌어당겼다. 우리가 나무를 당기는 동안 아빠는 미동도 하지 않았다. 난 꼼짝없이 아빠가 죽었다고 생각했다.

날카로운 나뭇가지가 얼기설기 얽혀서, 아무리 팔을 뻗쳐도 아빠에게 닿지 않았다. 에스더 언니가 아빠 이름을 부르짖었다. 엄마는 손이 찢겨 나가는 줄도 모르고, 앙상한 나뭇가지를 마구잡이로 잡아 뜯었다. 이윽고 나무가 움직이면서 아빠 위에서 살짝 비켜났다. 난 두 팔로 나무를 감싸서 꼿꼿하게 뻗은 잔가지들을 구부렸다. 그 사이로 엄마와 에스더 언니가 아빠를 조금씩 끌어냈다. 너무 어려서 아무것도 할 수 없었던 사무엘은 목 놓아 울면서 "아빠! 아빠!" 하고 연달아 외쳤다. 엄마는 나뭇가지 사이로 팔을 뻗어서 아빠 목에 손을 대고 맥박을 짚었다. 그리고 마지막 남은 힘까지 쥐어짜서 아빠를 단숨에 끌어당겼다. 드디어 마지막 순간까지 앞을 가로막던 나무 덩굴을 헤치고 아빠를 맨땅으로 끌어냈다. 엄마는 아빠를 바로 눕힌 다음 얼굴을 부여잡고 애타게 불렀다. 아빠 머리는 피범벅이었고, 얼굴은 충격 때문에 하얗게 질려 있었다. 우리는 일제히 아빠를 목 놓아 불렀다. 에스더 언니는 양손으로 아빠 손을 감싸 쥐고, 사무엘은 아빠 바짓단을 끌어당겼다.

아빠 옆에 무릎을 꿇고 앉아 있던 엄마는 갑자기 벌떡 일어서더니 고개를 홱홱 돌리며 주변을 살폈다. 엄마 손에서 피가 뚝뚝 떨어졌다. 그러더니 어디론가 뛰어가서 낡은 이불을 들고 왔다. 우리는 이불을 들것 삼아 아빠를 옮겼다. 아빠를 끌고 꽁꽁 얼어붙은 땅을 지나 오두막집 계단을 올라갔다. 한 계단 한 계단 오를 때마다 가엾은 아빠 몸이 통통 튀어 올랐다. 우리는 현관문을 지나 욕실로 들어갔다. 아빠를 배수구 근처에 눕히고, 따뜻한 물을 부어서 상처를 씻었다. 그리고 아빠가 깨어나길 간절히 기다렸다.

그 순간은 평생 잊지 못할 것이다. 우리는 모두 녹초가 돼서 하던 일을 멈추고 주저앉은 채로 서로를, 그리고 아빠를 쳐다봤다. 아빠 머리에서 분홍색 물이 계속해서 흘러나왔다. 우리는 모두 거칠게 숨을 몰아쉬었다. 사무엘은 눈물을 멈추지 못했다. 엄마한테 기어가더니, 콧물 범벅에 벌겋게 부어오른 얼굴을 엄마 무릎에 파묻었다.

"엘리, 당장 피터슨 씨 집으로 뛰어가."

엄마가 파르르 떨리는 목소리로 덧붙였다.

"의사를 불러 달라고 해. 빨리 서두르라고 해."

14

그로부터 며칠이 흘렀다. 그사이 의사가 왔다 갔고, 우리는 건강한 아빠가 웃으며 걷는 모습을 다시는 보지 못할 수도 있다는 현실을 힘겹게 받아들였다. 그제야 엄마는 내게 아빠가 왜 나무가 쓰러지는 쪽에 있었는지 물었다.

엄마가 나를 쳐다봤다. 에스더 언니도 나를 쳐다봤다. 그때 아빠와 함께 있었던 사람은 다름 아닌 나였으니까.

"엘리 누나, 그때 무슨 일이 있었는지 봤어?"

사무엘이 내게 물었다. 그리고 엄마를 보고 말했다.

"그때 엘리 누나가 나를 덮쳐서 쓰러뜨렸어요."

'널 덮친 이유는 널 구하기 위해서였어.'

난 차마 이렇게 말할 수 없었다.

'나무가 아빠를 덮친 이유는 사실 너 때문이야.'

난 도저히 이렇게 말할 수 없었다.

난 남동생을 너무 사랑했기에 도저히 사실대로 밝힐 수 없었다. 어차피 아빠가 일어나면 모두에게 사실을 말해 줄 것이다. 반드시 일어날 테니까, 그 전까지는 아무래도 상관없다. 사무엘이 토끼를 뒤쫓다가 나무가 쓰러지는 곳으로 왔다는 사실 따윈 아무래도 상관없다. 아빠는 다시 건강해질 것이다. 엄마도 미소를 되찾을 것이다. 그러면 모든 게 다시 괜찮아질 것이다. 난 그렇게 믿는다.

그래서 난 이렇게 대답했다.

"아니, 사무엘, 난 아무것도 못 봤어. 아빠는 나무를 베고 있었고, 난…… 나뭇가지를 모아서 쌓아 두고 있었어. 그때 나무가 쓰러졌어. 사무엘, 널 쓰러뜨리려고 한 게 아니야. 도움을 청하려고 급히 뛰어가다 보니 그렇게 된 거지, 널 쓰러뜨리려고 한 게 아니었어."

사무엘은 미간을 찡그린 채 한참 동안 나를 쳐다봤다. 난 속으로 '제발 알아차리지 마라. 제발 더 이상 진실을 파헤치지 마!'라고 빌었다.

"네가 나무가 쓰러지는 쪽에 있었던 거야, 그렇지?"

에스더 언니가 말했다.

처음에는 사무엘한테 하는 소리인 줄 알았다. 하지만 에스더 언니는 나를 쳐다보고 있었다. 바로 내게 하는 말이었다.

에스더 언니는 못된 사람은 아니지만 착해지려고 애쓰는 편도 아니었다.

지금 에스더 언니에게는 납득할 만한 이유와 설명이 필요했다. 더불어 원망할 대상도 필요했다.

엄마도 나를 뚫어지게 쳐다보며 대답을 기다렸다. 에스더 언니처럼 화난 얼굴은 아니었지만, 아빠 말고 다른 걸 감당할 여유가 전혀 없어 보였다.

한편으로는 나도 사무엘의 탓이라고 털어놓고 싶었다. 이 어린애가 가족의 원망을 감당할 수만 있다면 말이다. 하지만 사실을 밝힌 이후 벌어질 상황을 상상하니 속이 울렁거리고 가슴이 아팠다. 아빠를 이런 재앙에, 어쩌면 죽음에 몰아넣은 사람이 자신이라는 사실을 사무엘이 알게 된다면? 순식간에 참담한 기분이 들었다.

에스더 언니 마음도 걱정됐다. 원래대로라면 사무엘을 지켜봤어야 하는 사람은 에스더 언니였으니까.

그래서 책임을 전가하는 대신, 차라리 내가 떠맡는 게 낫다는 결론을 내렸다.

산과 아빠가 가르쳐 준 중요한 교훈이 있다. 힘든 일을 제대로 해내면 더욱 강해지고 행복해진다는 것이다.

그래서 난 침묵을 선택했다. 그리고 가족들은 내 침묵을 자백으로 받아들였다.

• • •

차가운 눈물이 얼굴을 적셨다. 어둠속에 누워서 그날을 떠올리면, 내가 잠자다가 깬 건지 아니면 밤을 홀딱 샌 건지 분간이 가지 않았다.

사방이 고요했다. 에스더 언니의 차분한 숨소리가 들려왔다. 사무엘은 꿈결에 한숨을 내쉬며 잠꼬대를 주절거렸다.

난 침대에서 내려와 밖으로 나왔다. 혹여 소리가 날세라 조심조심 현관문을 닫았다.

나무들은 별빛 드레스를 입고 있었다.

맨발에 닿는 이슬이 시원하고 감미롭게 느껴졌다.

산봉우리 어디선가 올빼미의 구슬픈 울음소리가 울려 퍼졌다. 쓸쓸하면서도 아름다웠다.

이토록 황홀한 밤을 두고 잠을 자는 건 부끄러운 일이다. 해가 떠오르기 전에 일어나서 참 다행이라고 생각했다.

난 헛간 문을 빼꼼 열고, 메이지를 작게 불렀다.

메이지가 고개를 들고 꼬리를 땅에 탁탁 내리쳤다. 난 헛간으로 슬그머니 들어가서 악취를 모으려고 숨겨 뒀던 유리병을 찾았다.

난 뚜껑을 돌려서 연 다음, 내 뺨을 유리병 입구에 대고 위에서 아래로 문질렀다. 눈물을 유리병에 담으려고 했지만, 아무것도 나오지 않았다.

난 유리병을 들고 다시 밖으로 나왔다. 이번에는 유리병 입구를 잔디밭에 대고 쓸어서 이슬방울을 모았다.

그다음에는 헛간 뒤편에 숨겨 둔 전나무 진액을 꺼내서 유리병에 긁어 담았다.

내일은 강이 흐르는 계곡으로 내려갈 참이다. 강줄기가 산을 깎아서 만들어 낸 계곡이다. 이곳에 흐르는 차갑고 투명한 강물은 언제나 아빠를 미소 짓게 만들었다.

개울 너머에 있는 꿀도 채집할 계획이다. 벌에 쏘일 게 분명하니까, 진흙 주머니도 챙겨 갈 생각이다.

하지만 지금 이 순간만큼은 머리 위에서 맥박 치는 별빛에 집중하고 싶다. 하늘 높이 뻗어 올라가는 나무들과 피부에 맞닿은 4월의 정취를 만끽하고 싶었다.

난 비누를 만들려고 피워 둔 장작불을 뒤적거렸다. 타다 남은 장작불이 배가 고픈 듯 붉은 혀를 날름거렸다. 난 불이 다시 피어오를 때까지 마른 장작, 나뭇잎, 솔방울을 조금씩 넣어 주었다.

"엘리, 너 제정신이니?"

엄마가 어깨에 담요를 두르고 현관문에 서서 내게 작게 외쳤다.

"잠이 안 와서요. 잠깐 메이지를 보고 왔어요."

내가 속삭이듯 말했다.

"그리고 장작불도?"

"장작불도 외로워 보여서요."

난 어깨를 으쓱했다.

그 말에 엄마 얼굴에 미소가 피어올랐다. 정말이지…… 예상하지 못했다. 캄캄한 현관에서 별빛 베일을 쓴 엄마 미소를 보리라고는 상상도 못 했다. 그러나 엄마는 이내 뒤돌아서 집 안으로 들어갔다. 하얀 미소도 눈 깜짝할 사이에 사라졌다.

난 잠시 그 자리에서 엄마 미소를 되새김했다. 장작불이 타닥타닥 타올랐다. 난 한참 동안 같은 자리에서 엄마 미소를 떠올렸다.

장작불이 차츰 사그라들었다. 난 눈물, 이슬, 전나무 진액을 담은 유리병을 헛간에 들고 갔다. 그리고 가장 높은 선반에 다른 비밀들과 함께 꼭꼭 숨겨 놓았다.

"내가 치료약을 만들고 있거든."

난 메이지 옆에 누워서 속삭였다. 메이지 배에는 강아지들이 검푸른 솜뭉치처럼 옹기종기 붙어 있었다.

"네 우유가 좀 필요할지도 모르겠어."

메이지는 아무 대답도 하지 않았다. 난 아무 꿈도 꾸지 않고, 다음 날 아침 해가 깨울 때까지 곤히 잠들어 버렸다.

15

다음 날 아침도 여느 때와 다름없이 시작됐다. 어제와 오늘의 경계에서 되똥되똥 줄타기를 하듯, 하품을 연거푸 하며 실눈으로 날씨를 확인했다. 그러나 이날 내 생애 가장 고단하면서도 흥미진진한 하루가 기다리고 있었다.

오늘은 아무런 벌도 받지 않고, 제대로 된 아침 식사를 할 수 있었다. 난 식사를 끝내고 오전 일과를 시작하러 나갔다.

기존 일과에 하나가 더 추가됐는데, 바로 메이지에게 아침을 먹이면서 짧은 노래를 불러 주는 일이었다. 내가 즉석에서 만든 노래인데, 노랫말은 헛간에 사는 고양이, 들쥐, 샛노란 머리를 숙인 미역취꽃에 대한 것이었다.

그런 다음 메이지를 살살 밖으로 꾀어내서 맑은 공기를 쐬게 했다. 난 메이지가 안심할 수 있도록 헛간에 남아서 강아지들을 돌봤다.

난 손바닥에 코이어트를 따뜻한 담요처럼 살포시 얹고 다정한 말을 속삭였다.

"넌 정말 예뻐. 작고 예쁘고 천진난만한 강아지야."

메이지가 다시 헛간으로 돌아왔다. 난 꿀과 강물을 구하러 가기로 했다. 퍼뜩 아빠 말이 떠올랐다. 아빠는 식량이 눈앞에 있을 때 절대 기회를 놓치지 말라고 했다. 언제 어떻게 없어질지 아무도 모른다며 말이다. 그래서 배낭에 유리병과 함께 아빠의 낚시 도구도 챙겼다. 잡은 물고기를 감쌀 방수 천, 목장갑, 부싯깃을 챙긴 배낭을 어깨에 들쳐 메고 강으로 떠났다.

사무엘이 날 따라왔다. '잠깐 저러다가 금세 지쳐서 집으로 돌아가겠지.'라는 생각에 그냥 내버려뒀다.

"엘리 누나, 어디 가는 거야?"

내가 강 쪽으로 걸어가자, 사무엘이 물었다.

"저녁에 먹을 물고기를 잡으려고."

낚시 말고 다른 계획도 있었지만, 난 이렇게 답했다.

"하지만 사슴 고기가 아직도 많이 남아 있는데?"

"이제 신선도가 떨어져서 엄마가 육포로 만들어 버릴 거야. 그리고 무엇보다 내가 생선을 좋아하잖아."

"난 별로인데."

사무엘이 말했다. 엄마는 매번 바삭하게 튀긴 생선에 피클과 크림을 얹어서 우리에게 주었다.

"아무튼 난 육포가 싫거든. 그렇다고 굶는 것도 싫고. 그럼 넌 생선 빼고 피클이랑 크림만 먹든지, 난 상관없어."

내 말에 사무엘이 "쳇!" 하고 삐죽거리더니 이내 입을 다물었다.

강가로 가는 길은 가파르고 바위투성이였다. 다행히 곳곳에 어린 나무들이 있었다. 특히 발을 딛기 힘든 곳에 자란 나무들은 잔가지가 없어서 잡기 편했다. 우리는 어린 나무들을 잡고 가파른 암석을 내려갔다. 난 예전에 배운 대로 발을 내딛기 전에 단단히 붙들 곳을 먼저 찾았다. 그러나 사무엘은 이 바위에서 저 바위로 풀쩍풀쩍 뛰어내렸다. 그러다 결국 얼마 안 가서 꽈당 넘어지고 말았다.

"에그, 이럴 줄 알았다. 얼마나 더 넘어져야 네가 산양이 아니란 걸 알겠니?"

난 바닥에 누워서 훌쩍이는 사무엘을 보고 말했다. 조금 다치긴 했지만 다행히 큰 부상은 아니었다.

사무엘이 눈물 젖은 얼굴로 나를 올려다봤다.

"난 산양이 아니야. 내가 왜 나를 산양이라고 생각하겠어?"

"됐어, 그냥 좀 천천히 가. 난 물고기를 꼭 잡아야 해. 도와줄 생각이 없으면 지금이라도 집으로 돌아가."

난 동생 손을 잡고 일으켜 주었다.

사무엘이 몸을 탁탁 털었다.

"도와주면 될 것 아니야. 그리고 집에는 내가 가고 싶을 때 갈 거야. 누나가 시킨다고 가진 않아."

난 그 말을 깡그리 무시했다.

우리는 다시 움직이기 시작했다. 강가에 가려면 아직 한참을 더 내려가야 했다. 드디어 평평한 길이 나왔다. 그제야 사무엘은 보란 듯이 나를 제치고 빠르게 앞서 나갔다.

난 사무엘이 하고 싶은 대로 하도록 내버려뒀다. 어차피 앞에 있어야 지켜보기도 더 편했다. 내 옆에 붙어 있는 게 더 좋긴 하지만 말이다.

그건 내 소원 중 하나였다. 사무엘이 항상 내 곁에 있는 것.

강가로 내려가는 길은 그냥 지나치기 힘든 유혹들로 가득했다. 가장 먼저 푸릇푸릇한 초원을 마주쳤다. 번개로 인한 산불에 나무가 모두 불탔지만, 비가 내려서 그 자리에 파릇파릇한 풀이 돋아났다. 봄철에만 생기는 늪지도 있었다. 달밤에 개구리들이 어찌나 우렁차게 울어 대는지, 산비탈에 사는 우리 집까지 그 울음소리가 들렸다. 햇볕을 쬐는 거북처럼 생긴 화강암 바위도 있었다. 내가 앉아도 될 만큼 충분히 큰 바위였다. 하지만 이 모든 유혹을 뿌리치고, 다음을 기약했다. 떡갈나무에 숨겨진 벌집도 일단은 그냥 지나쳤다. 꿀은 이따가 집에 돌아올 때 채취하기로 했다. 혹여 벌에 쏘여서 손이 퉁퉁 부으면 낚시하기 힘들어질 테니 말이다. 벌집에서 윙윙대는 소리가 들렸다. 망울이 터지고 나뭇잎이 돋아난 늙은 나무도 사락사락 정겨운 소리를 냈다.

떡갈나무 옆을 지나갈 때였다. 길 끝의 흰 바위에 새로운 선물이 놓여 있었다. 사무엘도 서둘러 앞서가지만 않았다면, 분명 선물을 발견했을 것이다.

이번에는 꿀벌 조각이었다. 어떤 나무로 조각했는지는 잘 모르겠다.

난 나무 조각을 들고 햇빛에 비춰 보았다. 행복한 미소가 절로 흘러나왔다. 난 '친구'가 듣고 있을지도 모른다는 생각에 숲을 향해 소리쳤다.

"선물을 줘서 고마워요. 근데 숨지 말고 나왔으면 좋겠어요. 당신을 만나고 싶어요."

"난 누나가 빨리 좀 왔으면 좋겠어. 이러다가 도착하기도 전에 강물이 모두 말라 버리겠어."

나보다 먼저 내려가 있던 사무엘이 말했다.

난 주머니에 꿀벌 조각을 넣고 손으로 꼭 감싸 쥐었다.

주변 숲을 둘러봤지만, 아무도 보이지 않았다.

사무엘이 굽어진 길로 모습을 감출 때까지 기다렸다가, 이렇게 말했다.

"당신이 왜 내 앞에 나타나지 않는지 모르겠어요."

나 자신이 살짝 바보가 된 기분이었다.

숲도 나의 기다림에 동참하듯 잠잠했다. 잠자코 기다렸지만 아무런 움직임도 대답도 없었다.

사무엘이 나보다 먼저 강가에 도착할 때까지 이대로 기다릴 수는 없었다.

난 서둘러 길을 내려갔다. 그런데 사무엘이 꼼짝 않고 가만히 서 있었다. 사무엘은 손을 들어 나를 멈춰 세우고는, 이렇게 속삭였다.

"엘리 누나, 저길 봐."

난 사무엘의 머리 너머를 쳐다봤다. 그때 그 개였다. 이번에는 길이 아니라 조금 떨어진 숲에 있었다. 입에는 축 늘어진 토끼를 물고 있었다.

개도 우리를 쳐다봤다.

내가 사무엘 옆에 다가서자, 사무엘이 천천히 내 뒤로 물러섰다. 개의 어두운 눈빛에서 심상치 않은 무언가를 느꼈던 모양이다. 그러고는 한 손으로 내 등을 짚고 슬며시 고개를 내밀었다.

"난 저 개가 마음에 안 들어."

개가 물고 있는 토끼가 불쌍했지만, 나도 전에 토끼 고기를 먹었다.

"우리를 해치지 않을 거야."

내가 작게 말했다.

"누나가 어떻게 알아?"

"전에도 두 번이나 만났는데 날 해치지 않았거든. 지난번에 피터슨 아저씨네 갔을 때 기억나지? 내가 개를 봤다고 했잖아."

마귀할멈에 대한 이야기는 꺼내지 않았다. 마귀할멈이 키우는 개일지도 모른다고 말하면, 사무엘은 분명 마귀할멈이 사는 곳까지 올라가 볼 것이다. 그러다 마귀할멈한테 잡혀서 파이가 될지도 모른다. 아빠, 엄마가 왜 우리에게 마귀할멈 이야기를 꺼내지 않았는지 이해됐다.

"그냥 굶주린 들개일 뿐이야."

"그럼 우리가 잡아서 집에서 키우자."

하지만 난 그럴 생각이 눈곱만큼도 없었다. 메이지와 콰이어트는 우리가 키우는 개다. 나머지 강아지들도 다른 집에 보내기 전까지는 우리 강아지다. 하지만 저 개는 아니다. 만약 마귀할멈이 키우는 개라면, 마귀할멈의 집에 변고가 생긴 게 틀림없다. 그래서 우리가 사는 곳까지 내려왔을 것이다.

도대체 무슨 일일까? 난 무슨 일인지 확인해 봐야겠다고 결심했다.

• • •

"훠이!"

난 손을 휘저으며 소리를 질렀다. 개는 축 늘어진 토끼를 입에 물고 덤불 속으로 사라졌다. 저 개는 왜 토끼를 바로 먹지 않았을까? 보통 굶주린 개는 먹이가 식기 전에 먹어 치우기 마련인데.

"대체 왜 그랬어? 내 개로 삼을 수도 있었는데."

사무엘이 내 그림자 뒤에서 나오며 날 째려봤다.

"네가 오히려 저 개한테 당할걸. 저 개는 너한테 너무 강해. 야성적이기도 하고. 아니면 네가 이렇게 내 뒤에 숨지 않았겠지."

내 말에 사무엘이 더 매섭게 노려봤다.

"숨지 않았어! 날 아기 취급 하지 마. 난 아기가 아니야, 엘리 누나."

"물론 아니지. 아주 오래전부터 아기가 아니었지."

내가 대답했다.

"아주 오래됐지. 누나가 맞는 말을 한 게 이번이 세 번째야."

사무엘이 말했다.

16

강은 여전히 같은 자리에서 흐르고 있었다. 끝없이 굽이치는 강물 위로 빛과 그림자가 번갈아 드리웠다. 쓰러져서 이끼로 뒤덮인 나무 아래를 너울대고, 물살에 닳아서 반질반질해진 돌덩이 위를 넘실거렸다.

누군가가 이 강에 '앤드로스코긴'이라는 이름을 붙였지만, 우리 가족은 그냥 '강'이라고 불렀다.

길 끝에 다다라서 습지 몇 군데를 건너가면 강가에 깊은 웅덩이가 있다. 그곳에 넓적한 바위가 하나 있는데, 낚싯줄을 던지기에 최적의 장소다.

"미끼를 좀 찾아 줘."

난 사무엘에게 말했다. 9월에는 귀뚜라미가 많지만, 4월에는 민달팽이가 많다. 사무엘은 귀뚜라미라면 신나서 잡으러 다녔지만, 민달팽이는 영 싫어했다.

"난 끈적거리는 건 질색이야."

사무엘이 인상을 찌푸리며 말했다.

"돕지 않을 거면 집으로 돌아가."

내가 이렇게 말하자, 사무엘은 깊은 한숨을 내쉬며 민달팽이를 찾아서 덤불 밑을 기어다녔다. 잠시 뒤 민달팽이를 나뭇잎 위에 올려서 가져왔다. 민달팽이가 지나간 자리에 번뜩이는 점액이 잎맥처럼 남았다.

"한 마리 더 잡아 와."

내가 말했다.

나도 끈적거리는 민달팽이를 미끼로 쓰기 싫다. 낚싯바늘에 꽂으면, 내장이 찍 하고 삐져나와서 가죽과 점액만 남는다. 지렁이를 잡으면 좋으련만, 삽을 가져오지 않아서 땅을 팔 수 없다. 그렇다고 큰 눈을 희번덕거리며 작은 손을 달랑거리는 도롱뇽도 쓰기 싫었다. 그래서 하는 수 없이 이를 꽉 깨물고 최대한 빨리 민달팽이를 바늘에 끼웠다.

"미안, 정말 미안해!"

난 민달팽이를 재빨리 웅덩이로 떨어뜨린 뒤 물고기가 잡히길 기다렸다. 낚싯줄 끝은 튼튼하고 좋은 낚싯대에 잘 묶여 있었다.

나처럼 민달팽이를 꺼려 하는 물고기도 있지만, 송어라면 민달팽이를 보고 그냥 지나치지 않을 것이다. 얼마 지나지 않아 송어 한 마리가 미끼를 물었다. 낚싯줄을 홱 낚아채자, 송어 입이 낚싯바늘에 꿰였다. 미안함을 무릅쓰고, 낚싯줄을 돌돌 감아서 송어를 바위 위로 끌어 올렸다. 미안함을 무릅쓰고, 돌멩이로 송어를 내리쳐서 죽였다. 미안함을 무릅쓰고, 바늘에 다시 민달팽이를 꽂아서 웅덩이에 던졌다.

그들의 고통에 온몸이 떨려 왔다. 그들의 죽음에 온몸이 움츠러들었다. 하지만 그 어떤 반응이 찾아와도, 내 할 일을 멈출 수는 없었다.

"나도 해 볼래."

사무엘이 낚싯대를 향해 손을 뻗었다.

사무엘도 낚시를 할 만큼 충분히 컸다. 아빠가 사무엘에게 직접 가르쳐 줄 수 없는 현실에 마음이 아려 왔다. 난 사무엘에게 낚싯대를 건네주었다. 그리고 두 손으로 낚싯대를 단단히 잡는 법, 낚싯줄을 슬슬 움직여서 죽은 민달팽이가 헤엄치는 것처럼 보이게 하는 법, 인내심 있게 기다리다가 잽싸게 낚아채서 물고기가 바늘에 꿰이게 만드는 법을 가르쳐 주었다. 그리고 일단 하기로 마음먹었으면 절대 망설이지 말라고 당부했다. 신속하고 정확하게 행동에 옮겨서 단번에 끝장내라고 말했다. 드디어 송어가 미끼를 물었다. 그런데 송어가 빠져나가려고 심하게 몸부림치는 바람에 우리 둘 다 낚싯대에 매달려야 했다. 사무엘은 혼자 힘으로 해결하고 싶어 했지만, 어쩔 도리가 없었다. 우리는 송어를 바위 위로 끌어 올렸다. 송어의 멋진 비늘이 햇빛에 반사되어 반짝거렸다. 그러나 내가 돌멩이로 내리치자, 송어 눈에서 야생성이 사라졌다. 이 부분만큼은 사무엘에게 시키지 않았다. 이 부분만큼은……. 나도 아빠가 쓰러지기 전에는 이런 일을 하지 않았다. 하지만 그날 이후부터 이런 일은 내 몫이었다. 그리고 언제나 죄책감에 시달렸다.

사무엘은 자신이 잡은 송어가 내 것보다 훨씬 멋지다고 쉴 새 없이 조잘거렸다. 그건 아무래도 상관없으니 사무엘이 생선을 조금이라도 먹었으면 좋겠다. 고기를 먹어야 근육이 자란다. 지금 사무엘은 너무 작다. 사무엘이 더 크고, 튼튼하고, 강인해졌으면 좋겠다.

신선한 생선을 먹으면 분명 좋아질 것이다.

그래서 난 사무엘이 잡은 생선이 훨씬 멋지다고 맞장구쳤다. 그리고 사무엘이 세 번째 물고기를 잡을 수 있게 민달팽이를 잡아 왔다. 이번에는 근처에 서 있되, 낚싯대는 건드리지 않았다. 사무엘 혼자서 낚싯대를 던지고 송어를 잡았다. 마지막 단계를 제외하고는 사무엘이 혼자서 처음부터 끝까지 해냈다.

난 사무엘에게 물고기 손질하는 법도 보여 주었다. 강 하류에 물고기 내장과 커다란 기생충을 흘려 보냈다. 이렇게 하면 거북, 바닥에 붙어 사는 물고기, 파리가 알아서 먹어 치우기 때문에 곰이 우리 낚시터까지 오는 일을 막을 수 있다.

"이렇게 멋진 물고기는 아무도 잡지 못할 거야!"

사무엘이 자신이 잡은 송어 두 마리를 보며 말했다. 그리고 이렇게 덧붙였다.

"그런데 누나가 잡은 것도 나쁘진 않아."

사실 송어 세 마리는 모두 비슷비슷했다.

"네 말이 맞아. 정말 맛있을 거야."

내가 맞장구치자, 사무엘이 씩 웃었다.

난 방수 천으로 송어들을 감쌌다. 그리고 유리병을 빼고 배낭 안에 송어를 넣었다.

"그게 뭐야?"

사무엘이 물었다.

배낭을 햇빛에 달궈진 바위 위에 놓았더니, 전나무 진액이 녹아서 눈물과 이슬이 예쁜 구릿빛으로 변해 있었다.

"아무것도 아니야. 네가 싫어하는 차야."

난 강가로 내려가서 유리병에 차가운 강물을 조금 담았다. 약간의 야생성을 더한 셈이다.

그리고 진흙을 뭉쳐서 손수건으로 감쌌다. 곧 벌에 쏘이게 될 테니 말이다.

17

우리가 벌집 근처에 도착했을 때, 벌들은 활발하게 활동 중이었다. 꿀이 필요한 입장에서 별로 좋은 소식은 아니었다. 하지만 눈앞에 벌집을 두고 빈손으로 돌아갈 수는 없었다.

"저기 앉아. 절대 움직이면 안 돼."

난 길 맞은편에 있는 통나무를 가리키며 말했다.

사무엘이 입을 삐죽거렸다. 그리고 통나무에 앉아서 내가 셔츠 단추를 목까지 잠그는 모습을 지켜봤다.

"벌에 쏘일까 봐 무섭지 않아?"

사무엘이 물었다.

"별로 무섭지는 않은데 그래도 쏘이지 않았으면 좋겠네."

난 주머니에서 나이프와 뾰족한 부싯돌을 꺼냈다. 부싯돌은 아빠와 감자를 심다가 발견한 것이다. 아빠는 내게 부싯돌을 건네며 이렇게 말했다.

"잘 갖고 있으렴. 언젠가 네 목숨을 구해 줄 거야."

처음에는 무기로 사용하라는 말인 줄 알았다. 그런데 아빠가 부싯돌을 삽에 내리치자, 불꽃이 튀었다.

"불이야. 세상에 몇 안 되는 귀한 존재지. 방법만 알면 필요한 건 뭐든지 만들 수 있어. 방법을 아는 것, 이게 바로 세상 모든 비밀을 푸는 열쇠란다."

"그럼 아빠가 제게 방법을 알려 주겠죠?"

이건 질문이 아니라 통보에 가까웠다.

"그래, 하지만 배움에 있어서 직접 해 보는 것만큼 좋은 가르침은 없단다."

난 아빠 말을 골똘히 곱씹어 봤다.

"직접 해 봐야 알 수 있다고요? 하지만 애초에 방법을 모르는데 어떻게 시작하죠? 마치 도돌이표 같아요."

아빠가 껄껄 웃으며 대답했다.

"네 말이 맞아. 그럴 때는 글을 통해서 먼저 배우는 방법도 있단다."

"하지만 가르치는 사람이 글을 쓸 줄 모르면요?"

에코 마운틴에 사는 몇몇 사람처럼 말이다. 그리고 아기나 개도 그렇다.

"글을 읽지 못하는 경우는요? 그럼 글을 배워야 할 텐데요."

"모든 일에는 가르침이 필요하지. 그래도 어느 시점부터는 네 스스로 배움을 얻어야 한단다."

아빠 말이 맞았다. 실제로 나 자신이 최고의 스승일 때가 있다. 아빠는 내게 부싯깃을 만드는 법, 부싯돌을 나이프에 내리치는 법, 불꽃을 살리는 법을 가르쳐 주었다. 그러나 역시 내가 직접 해 봐야 체득이 됐다.

"왜 더 이상 성냥을 쓰지 않아요?"

난 아빠에게 물었다.

그러자 아빠가 한숨을 푹 내쉬었던 게 기억난다.

"우리가 직접 오두막집을 짓고 식량을 재배하는 이유와 같단다. 엘리, 성냥을 사려면 돈이 들거든. 게다가 가장 가까운 상점도 한참을 가야 하니까."

결국 난 물집이 생길 때까지 부싯돌을 내리치는 연습을 했다. 그로부터 한참이 지난 뒤에야 겨우 불을 피울 수 있게 됐다. 처음으로 혼자 불을 피우는 데 성공한 날은 그야말로 최고의 날이었다.

"여기를 잘 봐."

사무엘이 통나무에 앉자, 난 사무엘의 발 근처를 깨끗하게 치웠다. 이어 배낭에서 새 둥지처럼 생긴 부싯깃을 꺼냈다. 떡갈나무 껍질을 굵은 실처럼 잘라서, 새 둥지처럼 뭉쳐 놓은 것이다. 난 배낭 맨 아래쪽에 부싯깃을 넣어 두고 외출할 때마다 항상 들고 다닌다.

"이건 너의 부싯깃이야. 너도 죽은 나무껍질이나 상태가 좋은 마른풀로 직접 만들 수 있어."

난 부싯깃을 내려놓으며 말했다. 자잘한 나뭇가지를 모아서 작은 피라미드를 만든 다음 그 안에 마른 나뭇잎을 넣었다. 그리고 부싯깃이 들어갈 공간도 남겨 두었다.

부싯돌을 나이프에 힘차게 내리치자, 불꽃이 튀었다. 불꽃이 부싯깃에 옮겨붙으면서 순식간에 작은 불씨가 일었다. 난 불씨를 달래듯 조심스럽게 후후 불었다. 불씨가 충분히 커졌을 때쯤 잽싸게 피라미드 안으로 밀어 넣었다. 이윽고 불길이 활활 타오르기 시작했다. 난 나뭇가지를 추가했고, 횃불로 사용할 두툼한 나무토막도 넣었다.

사무엘은 말 한마디 없이 휘둥그레진 눈으로 불 피우는 과정을 지켜봤다. 난 우쭐한 기분이 들었다.

"누가 가르쳐 줬어?"

사무엘이 진지한 얼굴로 물었다.

"아빠가 가르쳐 주셨어."

난 마른 나뭇잎을 추가한 뒤 후후 불어서 불을 더 키웠다. 이윽고 횃불에 고루고루 불이 옮겨붙었다.

"아빠가 왜 나한테는 안 가르쳐 주셨을까?"

그 순간 사무엘이 너무 작게 느껴져서 꼭 끌어안아 주고 싶었다.

"곧 가르쳐 주실 거야. 곧……."

내가 가르쳐 주겠다는 말은 하지 않았다. 아빠가 가르쳐 줄 테니까. 분명 그럴 테니 말이다.

난 기세 좋게 타오르는 횃불을 집어 들었다. 그리고 살살 달래듯이 허공에 휘휘 저어서 산소를 주입시켰다. 횃불이 더욱 뜨겁게 불타올랐다. 난 횃불을 높이 든 채, 모닥불에 흙을 뿌린 다음 발로 밟아서 불을 꺼뜨렸다.

"왜 그랬어? 진짜 멋있는 모닥불이었는데!"

사무엘이 소리쳤다.

"필요한 건 이미 얻었으니까. 자, 이제 여기 꼼짝 말고 있어."

벌집이 길에서 너무 가까웠다. 사무엘이 더 멀리 떨어지면 좋겠는데. 하지만 저 녀석을 멀리 떨어뜨릴 만한 적당한 단어가 떠오르지 않았다. 그래서 "절대 움직이지 마."라는 말만 되풀이했다. 난 옷깃을 치켜세우고 장갑을 착용했다. 그리고 떡갈나무 주변의 덤불 사이로 살금살금 들어가서 벌집에 접근했다. 난 횃불을 높이 쳐들고 불이 꺼질 때까지 기다렸다. 마지막 불씨가 사그라지고 연기가 자욱하게 뿜어져 나왔다.

난 횃불을 앞세우고 떡갈나무로 다가갔다. 떡갈나무는 시커멓고 커다란 입속에 왱왱거리는 벌집을 품고 있었다. 난 횃불을 조심스레 구멍으로 집어넣었다. 깊숙이 넣지 않아도 연기가 벌집을 가득 메울 정도면 충분했다. 이제 곧 벌들이 연기에

취해서 움직임이 둔해질 것이다.

잠시 뒤 벌들이 밖으로 비틀비틀 나오더니 힘없이 땅에 내려앉았다.

일을 마치고 돌아온 벌들은 미친 듯이 뱅뱅 돌면서 적을 찾아다녔다. 난 고장 난 시계처럼 꼼짝 않고 서 있었다. 이윽고 벌집이 잠잠해졌다.

난 횃불을 잡아 빼서 뜨거운 끄트머리가 아래로 향하게 한 뒤 바닥에 내려놓았다. 그리고 벌집을 향해 장갑 낀 손을 서서히 뻗어서 꿀 방을 찾았다.

벌들이 장갑을 뒤덮기 시작했다. 벌들의 나른한 날갯짓에 장갑이 부르르 떨렸다.

드디어 손끝에 꿀 방이 느껴졌다. 벌들은 겨울을 나기 위해 꿀을 저장한다. 일 년 중 가장 혹독하고 척박한 계절에서 살아남으려고 벌 자신과 애벌레를 위해 모아 둔 꿀이다. 그 순간 벌들의 두려움이 느껴졌다. 숨 막히는 연기 속에서 휘청거리는 벌들의 공포심과 여왕벌의 흐느낌이 전해졌다. 난 꿀 방을 움켜쥐었던 주먹을 풀고, 구멍에서 손을 뺐다.

정신 차린 벌들이 벌집을 다시 에워싸기 시작했다. 연기 때문에 여전히 비틀거렸지만, 서서히 본모습을 되찾았다. 난 벌집에서 멀어지면서 손을 살살 털었다. 벌들이 톡톡 떨어져 나갔다. 장갑에 꼭 붙어서 움직이지 않는 벌들도 있었다. 벌침으로 장갑을 쏘고 죽어 버린 것이다. 그 모습을 보고 있자니 가슴이 아려 왔다.

"이제 가자. 빨리 돌아가자."

난 덤불을 헤치면서 사무엘에게 말했다. 사무엘이 내 말을 듣고 앞장서서 걸어가기 시작했다. 나도 발걸음을 옮기려던 그때, 벌 한 마리가 날아와서 내 뺨을 쏘았다. 이제야 한 방 쏘이다니, 참 이상했다.

난 수많은 가르침 중에서 꿀벌과 관련된 이야기가 가장 받아들이기 힘들었다. 벌침을 쏘면 죽는다니! 벌침만 놓고 가 버리면 될 것을, 결국 자신도 남아서 죽음을 맞이한다. 내 장갑에 남아 있던 벌들처럼, 내 뺨을 쏜 벌처럼 말이다. 난 도저히 이해할 수 없었다.

난 꿀을 한 방울도 가져가지 않았다. 그리고 벌집에서 멀리 떨어져 나왔다. 그런데도 벌이 죽었다. 참 허무한 죽음이었다.

난 보송보송하고 부드러운 꿀벌을 떼어 냈다. 뺨이 불타듯 화끈거렸다. 손수건을 펼쳐 진흙을 얼굴에 펴 발랐더니 화끈거림이 조금 가라앉았다.

난 장갑에 붙은 벌들을 톡톡 털며 미안하다고 사과했다. 그리고 장갑을 흙바닥에 쓸어서 잔여물을 남김없이 떼어 냈다.

사무엘이 가던 길을 멈추고 내게로 되돌아왔다.

"무슨 일이야? 왜 안 따라와? 그리고 얼굴에 왜 진흙이 묻어 있어?"

사무엘이 물었다.

"벌에 쏘였어."

난 벌에 쏘인 상처가 따가워서 얼굴을 찡그리며 대답했다.

사무엘이 바싹 다가와서 내 볼을 뚫어져라 쳐다봤다.

"엄청 커다란 혹이 생겼어."

난 고개를 끄덕였다.

"금방 없어질 거야."

"누나는 왜 안 울어?"

난 어깨를 으쓱하며 대답했다.

"우는 건 도움이 안 되니까."

사실 눈물이 도움이 될 때도 있다.

사무엘은 잠시 생각에 잠기더니 손을 뻗어서 내 턱으로 툭 툭 떨어지는 진흙을 닦아 주었다.

"꿀은 어디에 있어?"

"안 가져왔어."

"뭐라고? 왜 안 가져왔어? 벌한테 쏘이기까지 했는데 빈손이라고?"

난 다시 길을 나서며 말했다.

"아직은 우리에게 나누어 줄 만큼 꿀이 많지 않더라고. 아직은……."

하지만 사무엘은 납득하지 못하는 눈치였다.

“그래도 죽에 조금 넣을 정도만 가져오지.”

사무엘이 씁쓸한 표정을 지으며 투덜거렸다. 사실 죽에 단맛이 빠지면 아쉽기는 하다.

그래도 “꿀은 죽에 넣으라고 있는 게 아니야.”라는 말은 하지 않았다. 그 대신 아빠가 내게 해 준 말을 그대로 전했다.

“벌들이 우리보다 훨씬 더 꿀이 절실하거든. 특히 겨울과 봄을 나려면 여왕벌과 애벌레에게 꿀을 먹이고 자신들도 먹어야 하거든.”

난 악취를 모으려고 남겨 두었던 달걀을 메이지에게 먹였던 일이 떠올랐다.

“앤더슨 아줌마네 가서 물고기를 달걀로 바꿔 오자.”

내가 말했다.

“그 대신 누나가 잡은 물고기를 내줘야 해.”

사무엘이 말했다.

하지만 조만간 밝혀지겠지만, 뱀이 먼저였다.

18

우리가 집에 도착했을 때, 엄마와 에스더 언니는 마당에서 버터를 만들고 있었다.

"내가 저녁에 먹을 물고기를 잡았어요!"

사무엘은 엄마와 에스더 언니에게 달려가며 외쳤다. 강에서부터 물고기를 들고 온 나는 진이 빠진 상태로 얼굴에 묻은 진흙을 털어 냈다.

"어디 갔는지 한참 찾았잖아. 엘리, 우리가 얼마나 걱정한 줄 알아? 사무엘을 데려가기 전에 우리한테 먼저 말했어야지!"

에스더 언니가 사무엘을 두고 내게만 소리쳤다.

솔직히 나도 할 말은 많았다. 이럴 때마다 입가를 맴돌지만 차마 입 밖에 내지 못하는 말이 있다. '아빠가 다친 날, 사무엘을 돌봐야 했던 사람은 내가 아니라 언니였잖아!'

"사슴 고기도 있는데 낚시는 왜 하러 간 거야?"

에스더 언니가 물었다.

"생선을 말려서 저장하려고 했지. 아니면 아빠한테 생선죽을 만들어 드려도 좋고."

내가 말했다.

그러자 에스더 언니가 고개를 저었다.

"사무엘은 수영을 못 하잖아. 강에 데려가지 말았어야지. 그리고 우리한테 미리 말을 했어야지."

"나도 데려갈 생각은 없었어. 쟤가 날 따라온 거야."

"엄마도 강아지들을 앤더슨 아저씨네 젖소와 바꿀 생각은 없었을 거야."

"에스더! 그만하면 충분해."

엄마가 끼어들었다.

하지만 엄마 말은 틀렸다. 전혀 충분하지 않았다.

"강아지들을 보낸다고요?"

비명을 지르고 싶은 충동이 목구멍까지 치밀었지만, 꾹 참고 나직하게 물었다.

"그래, 강아지들이 충분히 크면 보내기로 약속했어. 우리한테는 젊은 젖소가 필요해. 주피터와 비너스가 평생 우유를 만들 수는 없잖니."

엄마가 말했다.

"강아지들 전부요?"

"앤더슨 씨는 사냥꾼이잖니. 우리가 고기를 먹는 것도 다 앤더슨 씨 덕분이야. 지금 키우는 앤더슨 씨네 개들이 늙어서 젊은 개들이 필요하다더구나."

엄마가 버터를 휘저으면서 말했다. 어찌나 세차게 휘젓는지 휘젓개가 산산조각 날까 봐 걱정될 정도였다.

"하지만 강아지들을 전부 보낸다고요? 콰이어트까지요?"

엄마는 내 시선을 피했다.

"메이지한테 나눠 줄 음식도 부족해. 개는 한 마리면 충분해. 우리에게 필요한 건 개가 아니라 젖소야."

"하지만 엘리 누나가 아니었다면 콰이어트도 없었을 거예요. 누나가 콰이어트를 살렸잖아요."

사무엘이 내 옆에 붙어서 말했다.

"콰이어트가 남으면 새 젖소한테 얻은 우유가 콰이어트 입으로도 들어가겠지. 크림도, 버터도, 치즈도."

엄마는 여전히 내 눈길을 피했다. 엄마와 눈을 마주치고 싶지 않은 건 나도 마찬가지였다. 에스더 언니 얼굴도 보고 싶지 않았다. 에스더 언니는 웃지도 않았지만 안타까워하는 기색도 전혀 없었다.

"콰이어트가 보고 싶으면 얼마든지 가서 볼 수 있어."

엄마가 말했다.

하지만 그런 말은 전혀 위로가 되지 않았다. 난 그런 개들이 어떻게 변하는지 두 눈으로 똑똑히 봤다. 먹고 살기 위해 사냥하는 개들 말이다.

"개 한 마리가 먹어 봤자 얼마나 먹겠어요. 그런 문제가 아니잖아요. 엄마가 부탁했으면 앤더슨 아저씨도 강아지 한 마리쯤은 흔쾌히 남겨 줬을 거예요. 날 벌주려고 이러는 거잖아요. 엄마가 뭐라고 해도 난 콰이어트를 절대 포기 못 해요."

난 엄마보다 훨씬 단호한 목소리로 말했다.

"우리 모두는 사랑하는 걸 포기하고 살고 있어. 우리가 원하든 원하지 않든."

엄마가 말했다.

난 도시를 떠날 때 엄마가 포기했던 것들을 떠올렸다. 점점 말라 가는 아빠와 흉측하게 짓무른 상처들을 떠올렸다. 물속에서 숨을 토해 내며 발버둥 치던 콰이어트를 떠올렸다.

내가 헛간으로 들어가자, 메이지가 무슨 일이냐는 듯이 나를 쳐다봤다. 메이지는 일어서서 강아지 중 한 마리를 핥고 있었다. 난 보금자리로 기어 들어갔다. 메이지도 날 막지 않았다. 난 강아지들 사이에 얼굴을 파묻고 울고 또 울었다. 그때 누군가 내 뺨에 남은 소금기를 핥고, 벌이 남긴 쓰라림을 달래 주었다. 난 그게 콰이어트란 걸 알았다. 앞으로 할 일이 더 많아진 만큼 가슴속의 불꽃은 더욱 뜨겁게 불타올랐고, 불꽃 옆에 새로운 상처가 자리 잡았다.

19

난 배낭을 헛간에 놓고 물고기를 챙겨서 마당으로 나왔다. 전나무 진액, 눈물, 이슬, 강물이 든 유리병은 배낭에 넣어 두었다.

"사무엘은 어디 있어요?"

내가 물었다.

엄마와 에스더 언니는 여전히 버터를 휘젓고 있었다. 에스더 언니가 뒤돌아서서 아무 말 없이 나를 물끄러미 쳐다봤다. 그러자 엄마가 에스더 언니 대신 입을 열었다.

"손에 묻은 생선 비린내를 씻으러 갔나 보구나."

난 오두막집으로 들어갔다. 부엌 싱크대 옆에 물고기를 내려놓고 사무엘을 불렀다.

"사무엘?"

그러나 아무 대답도 돌아오지 않았다. 난 부엌을 지나 욕실로 향했다. 마침 문이 활짝 열려 있었다. 그러나 그곳에도 사무엘은 없었다. 그 대신 다른 게 기다리고 있었다. 예전에도 욕실에서 뱀을 본 적이 한두 번 있지만 이렇게 생긴 뱀은 처음이다.

내 키만큼 길고, 반질거리는 검은색 비늘을 지닌 뱀이었다. 허공에서 툭 떨어진 밧줄처럼 몸이 얽힌 채 햇살이 듬성듬성 비치는 하수구 근처에 누워 있었다. 오두막집 밑에 둥지를 틀었다가 하수구에 덮어 놓은 작은 덮개를 밀고 올라와서 욕실 나무 바닥에 잠든 것이다.

내가 화장실에 발을 들이는 순간, 잠에서 깨어날 거라는 직감이 들었다. 처음에는 바닥을 쿵 쳐서 하수구로 도망가게 만들어야겠다고 생각했다. 그러나 이내 생각을 바꿔서 뱀을 잡기로 마음먹었다.

이 뱀은 '블랙 레이서'라는 종이다. 독이 없다는 건 알고 있었다. 아빠도 블랙 레이서가 무해하다고 했다. 쥐와 귀뚜라미는 인정하지 않겠지만. 날카로운 송곳니가 빼곡한 입을 보고 나니 솔직히 나도 독이 없다는 것을 인정하기 힘들었다. 내가 뱀을 덥석 잡으면, 화가 나서 매끈하고 묵직한 몸으로 내 손을 휘감으리란 걸 안다. 최악의 경우, 나를 물 수도 있다는 걸 안다. 내 팔을 칭칭 휘감고 세게 조일 때 비명을 지르지 않으려면, 이를 악물고 버텨야 한다는 것도 안다. 그리고 에스더 언니라면 아빠가 깨어날 정도로 크게 소리치리란 것도 알았다.

자장가는 이제 안 된다.

난 한걸음에 펄쩍 뛰어서 하수구를 발로 막았다. 단잠을 자던 뱀이 화들짝 놀라서 깼다. 긴 몸뚱이가 정신없이 요동치기 시작했다. 깃펜이 검은 곡선을 마구 그려 대는 것처럼 욕실 바닥을 미친 듯이 질주했다.

내 뒤에 욕실 문이 아직 열려 있다. 뱀이 나를 지나쳐서 욕실을 빠져나가게 둘 수는 없다. 그랬다간 집 어딘가에 꼭꼭 숨어 있다가 밤이 되면 몸을 녹이러 우리 침대에 기어 들어올 것이다. 난 스르르 도망가려는 뱀에게 와락 달려들었다.

완벽한 공황 상태에 빠진 뱀을 맨손으로 잡기란 결코 쉽지 않다. 하지만 난 두 손을 뻗쳐서 뱀을 덥석 잡았다. 뱀이 몸을 꼬아서 나를 물지 못하도록 머리와 최대한 가까운 부위를 잡았다. 커다란 두 눈이 야생적이었다. 내 눈도 뱀 못지않게 야생적이었을 것이다. 갑자기 눈앞에 뱀의 흑백 세계가 펼쳐졌다. 개구리 한 마리가 뱀 목구멍을 가득 메우고 있었다. 뱀의 늑골이 휘어진 모습이 마치 캄캄한 우주가 초승달을 집어삼킨 듯이 보였다.

나도 모르게 뱀을 풀어 줄 뻔했다. 하지만 그러지 않았다. 난 뱀을 꽉 잡고 얼굴에서 최대한 멀리 떨어뜨렸다. 그리고 욕실을 벗어나서 아빠가 누워 있는 방으로 뛰어갔다. 한 손으로 뱀을 단단히 붙들고, 다른 한 손으로 방문을 열었다. 그리고 뱀을 방 안에 툭 던져 놓고 방문을 다시 닫았다. 폐가 아플 정도로 숨을 거칠게 몰아쉬며 방문에 쓰러지듯 기댔다.

두 손이 뱀의 촉감을 잊으려는 듯 파르르 떨렸다. 무시무시했던 촉감을 말이다. 문틈 아래로 들여다보니, 뱀의 그림자가 보였다. 뱀이 머리로 문틀을 들이받는 게 느껴졌다. 이윽고 좁은 틈을 스륵스륵 지나가는 소리가 들렸다.

난 뱀이 방 안에서 뭘 하고 있을지 상상해 봤다. 이곳저곳 기어다니면서 도망갈 구멍은 없는지 출구를 찾겠지. 먼지투성이인 엄마의 만돌린에 뚫려 있는 구멍을 기웃거릴지도 모른다. 그러다가 침대로 기어 올라가서 아빠의 따뜻한 배에 똬리를 트는 거다. 그리고 불안한 듯 눈을 희번덕이며 얇은 칼날 같은 혀를 날름거리겠지.

블랙 레이서는 오직 자신이 먹으려는 피식자나 자신을 먹으려는 포식자만 문다. 잠자는 사람은 절대 물지 않는다.

에스더 언니가 곧 버터 만드는 일을 마치고 집으로 들어올 것이다. 그리고 아빠 방으로 가서 상태를 확인할 것이다. 아빠를 잠시라도 혼자 두면, 에스더 언니가 항상 하는 행동이었다. 내가 에스더 언니를 사랑하는 이유 중 하나이기도 했다.

에스더 언니는 분명 가장 먼저 아빠 방에서 뱀을 발견할 것이다. 에스더 언니의 비명 소리라면, 분명 아빠를 깨울 수 있을 것이다.

20

난 오두막집을 나서기 전에 부엌에 들러서 물고기를 꺼냈다. 저녁에 먹을 두 마리를 남겨 두고, 나머지 한 마리는 방수천에 다시 싸서 배낭에 넣은 다음 마당으로 나왔다.

"사무엘은 집 안에 없던데요."

난 엄마한테 말했다. 엄마는 휘젓던 버터를 퍼서 에스더 언니 손에 들린 그릇에 담았다.

"그럼 어디로 갔는지 찾아 봐."

에스더 언니가 말했다.

난 배낭을 들쳐 멨다.

"일단 앤더슨 아줌마네 가서 물고기랑 달걀을 바꿔 올게. 가는 길에 사무엘이 있는지 한번 찾아 볼게."

엄마가 고개를 끄덕였다.

"사무엘을 찾으면 집으로 바로 데려오렴. 공부할 시간이야."

엄마는 우리 셋에게 거의 매일 공부를 가르쳤다. 날씨가 좋든 나쁘든, 여름이든 겨울이든, 건강이 좋든 나쁘든 상관없었다. 공부는 우리가 왈가왈부할 수 있는 문제가 아니었다.

우리 셋은 모두 글을 읽고(사무엘은 떠듬떠듬 읽는 수준이었지만), 산수를 할 수 있었다. 전쟁사와 역대 대통령에 대해서도 알고, 인색한 회색 도시를 떠나 너그러운 초록빛 산으로 우리를 오게 만든 대공황에 대해서도 안다. 하지만 난 에스더 언니가 뱀을 발견하고 난리법석을 떠는 장면을 상상하며 읽기, 쓰기, 산수로도 풀 수 없는 문제가 있다는 생각을 했다.

앤더슨 아줌마네 올라가는 길에도 사무엘은 보이지 않았다.

"사무엘!"

사무엘의 이름을 여러 번 외쳤지만, 아무런 대답도 들리지 않았다. 분명 오두막집 뒤편 어딘가에 있을 것이다. 아마 돌멩이를 들고 혼자 불을 피워 보겠다며 가망 없는 짓을 하고 있을 테지.

난 갈림길에 잠시 멈춰서 산꼭대기로 향하는 길을 쳐다봤다. 길이 점점 좁아지더니 덤불 앞에서 끊겼다.

사냥할 때를 제외하고는 아무도 이 길로 올라가지 않는다.

마귀할멈을 제외하고는 아무도 이 위에 살지 않는다.

사무엘이 혼자서 이 길을 올라갔을 리 없다.

사무엘은 분명 집 근처에 있을 것이다. 지금쯤 마당에서 엄마한테 버터를 맛보게 해 달라며 조르고 있을지도 모르지. 난 엄마, 에스더 언니, 사무엘이 집 안으로 들어가는 장면을 상상했다. 에스더 언니는 아빠를 살펴보러 갈 것이다. 그리고 뱀을 발견하고는 불에 덴 것처럼 입을 쩍 벌리고 비명을 지르며 방에서 뛰쳐나갈 것이다. 그러면 엄마가 부리나케 방으로 뛰어가겠지. 뱀은 흥분해서 희번덕거리며 도망갈 테고, 엄마는 커다란 칼을 홱홱 휘두를 것이다.

난 뱀에게 미안하다고 사과했다. 부디 하수구 구멍으로 무사히 빠져나가서 안전한 장소로 도망가길 바랐다.

엄마와 에스더 언니가 어떻게 나올지 상상해 봤다. 누군가가 아빠 방에 일부러 뱀을 가둬 놓은 걸 알고 분노에 휩싸일 것이다. 그리고 범인이 나라는 것도 금세 알아채겠지. 난 앤더슨 아줌마 집으로 가던 발길을 멈추고 산꼭대기를 향해 올라갔다. 천을 꿰매는 바늘처럼 요리조리 덤불을 피해 가며 야생 동물들이 지나다니는 길을 따라갔다. 그 개를 마주칠 수도 있겠다는 예감이 들었다.

얼마 가지 않아서 실제로 그 개를 만났다.

그곳의 암벽은 유난히 가팔랐다. 암벽을 오르다가 고개를 들어 보니 그 개가 위에서 나를 내려다보고 있었다. 입술 사이로 날카로운 이빨이 보였지만, 어떤 의도를 가지고 한 행동은 아니라고 판단했다. 으르렁대지는 않았지만, 그렇다고 우호적으로 굴지도 않았다. 얼굴에는 징그러운 벼룩이 여전히 붙어 있었다. 기회만 된다면 확 뽑아 버려야겠다. 가까이 갈 수만 있다면, 개가 물지만 않는다면 말이다.

"안녕."

난 차분한 목소리로 인사했다.

어깨에 멘 배낭에서 생선 냄새가 풍겼다. 분명 개도 맡았으리라. 원래 달걀하고 바꿀 계획이었지만, 지금은 그럴 상황이 아니었다.

"너한테 줄 생선이 있어. 너랑 마……."

난 예의 없이 '마귀할멈'이라고 부르고 싶지 않았다.

개가 한 발 뒤로 물러났다. 나도 한 발 위로 올라갔다. 난 다시 암벽을 오르는 데 집중했다. 자칫하면 추락할지도 모른다는 생각에 천천히 조심스럽게 발을 디뎠다.

드디어 경사가 완만한 곳에 올라섰다. 개는 그리 멀지 않은 곳에 물러나 있었다.

"네가 길을 안내해 줄래? 그럼 내가 널 따라갈게. 자, 출발하렴."

내가 말했다.

그러자 개가 어디론가 걸어가기 시작했다. 자신이 자주 다니는 길인 듯싶었다. 산 위쪽은 나무가 적은 대신 초록색, 회색 이끼가 듬성듬성 있었다. 바위가 울쑥불쑥 솟아 있고 버섯, 이끼, 주인 모를 깃털이 곳곳에 있었다. 담쟁이덩굴 사이로 희고 단단한 꽃이 피어오르듯이 사슴뿔이 느닷없이 튀어나오기도 했다.

아빠와 난 이런 것들을 사랑했다. 강 근처에서 길게 휘어진 비버 이빨을 발견한 적도 있고, 속이 다 비칠 정도로 투명한 뱀 허물을 발견한 적도 있다. 난 뱀 허물을 작은 보석이 달린 흰색 레이스인 양 머리에 달고 다니기도 했다. 에스더 언니가 홱 잡아채서 불에 던져 버렸지만 말이다.

레이스가 불에 탈 때, 번개 같은 냄새가 났었다.

굽어진 나무 사이를 지나서 조금 더 걸어가니까 탁 트인 공터가 나왔다. 산에서 가장 높은 절벽에 위치한 공터였다.

모닥불을 피우는 자리가 있었지만, 불은 꺼져 있었다. 그 위에 거치대처럼 세워진 쇠꼬챙이에 가마솥이 걸려 있었다. 차갑게 식은 가마솥은 텅 비어 있었다. 주변에는 땔감이 수북이 쌓여 있었다. 도끼로 자르거나 쪼갠 흔적은 없었다. 그저 땅에 떨어진 나뭇가지와 나무토막을 주워서 모아 놓았을 뿐이다. 근처에 솔송나무가 두 그루 있었는데, 그 사이에 매어 놓은 빨랫줄에 넝마 같은 숄이 걸려 있었다. 숄에는 낙엽과 매 깃털이 들러붙어 있었다.

길쭉한 밭도 보였다. 아무도 관리하지 않았는지 작물 하나 없이 잡초만 무성했다.

공터 한쪽 끝에 연필향나무에 둘러싸인 작은 오두막집이 보였다. 현관문이 열려 있었지만, 아무 소리도 나지 않았다. 굴뚝에 연기 한 점 피어오르지 않았다. 마치 아무도 살지 않는 집 같았다.

개가 현관문으로 총총 걸어가더니 뒤돌아서서 나를 봤다.

하지만 내가 문에 다가서자 으르렁댔다.

“내가 어떻게 하길 바라? 안으로 들어갈까 말까?”

개는 대답 대신 오두막집 안으로 쏙 들어가 버렸다.

내가 따라 들어가지 않자 현관문으로 고개를 쑥 내밀고 의아한 눈초리로 나를 쳐다봤다.

“알았어, 들어갈게.”

내가 말했다.

21

난 호기심 가득한 얼굴로 현관문 안을 들여다봤다.

오두막집을 둘러싼 솔송나무가 창문을 투과하는 햇살을 초록빛으로 물들였다. 어둑어둑한 숲속에 들어온 기분이었다.

그래도 앞을 분간하지 못할 정도로 어둡진 않았다.

벽에 박힌 못에 옷가지가 걸려 있고, 구석에 부츠 몇 켤레가 놓여 있었다. 덮개가 볼록한 궤짝과 책상도 있었다.

한쪽 벽에 비스듬히 기울어진 선반이 있고, 그 위에 유리병들이 놓여 있었다. 구석에 문이 없는 찬장이 있었는데, 여기에 더 많은 유리병과 자루가 있었다. 얼핏 보니까 곡물과 말린 사과 등이 들어 있었다. 다른 쪽 구석에는 차갑게 식은 벽난로가 보였다. 바로 옆에 놓인 큰 양철통에 장작이 한가득 담겨 있고, 작은 양철통에 불쏘시개가 들어 있었다.

그리고 표면이 평평한 곳마다 초가 놓여 있었다. 바닥에 있는 초 하나는 심지가 끝까지 타 버려서 물웅덩이처럼 녹아내린 상태였다. 저런 데도 집을 홀라당 불태우지 않은 게 용했다.

하긴, 내가 촛불이라도 이런 집을 불태우느니 차라리 불꽃을 꺼뜨리는 쪽을 택했을 것이다.

조그만 오두막집에는 옷, 부츠 등 일상용품 외에도 진기한 물건이 가득했다. 한쪽 벽면에 책장이 있었는데, 형형색색의 책들이 새로운 악기처럼 진열되어 있어서 연주하고 싶은 욕구를 자극했다. 천장에는 빛바랜 꽃다발 수십 개가 매달려 있어서 거꾸로 뒤집힌 정원을 연상시켰다.

아빠가 보면 환호성을 지를 만한 작업대도 있었다. 작업대 벽면에는 온갖 연장이 걸려 있었다.

누군가 이 아름다운 연장으로 근사한 작품을 만들었겠지.

그리고…… 잠깐, 현관문 옆 창틀에 무언가 멋진 게 있었다. 삼나무를 깎아 만든 작은 사슴 조각인데, 발굽 모양이 꽃잎보다 정교했다. 꼬리를 창틀 아래로 길게 내려뜨린 쥐 조각도 있었다. 난 집 안으로 한 걸음 한 걸음 들어갔다. 작은 다람쥐 조각이 앞발로 턱을 괴고 나를 쳐다봤다.

그 순간 집 안에서 기척이 느껴졌다! 그림자에 가려서 아무도 없는 줄 알았는데, 뒷벽에 붙어 있는 헝클어진 침대에 누군가 있었다.

난 그림자를 주시하며 천천히 발을 뗐다. 한 늙은 여자가 침대에 누워 있었다. 얼굴이 어찌나 창백한지 베개에 녹아든 것처럼 보였다. 뭐가 사람이고 이불인지 구분하기 힘들 정도였다. 사람도 이부자리도 모두 닳아서 희미하게 바래 있었다.

난 창틀의 조각들을 다시 쳐다봤다. 내게 조각을 만들어서 선물한 사람이 이 여자일지도 모른다. 하지만 숲에서 봤던 얼굴이라고 하기에 여자는 너무 늙어 보였다.

이불 위로 올라온 여자의 손을 보고 있자니, 예전에 마당에서 발견한 죽은 새가 떠올랐다. 힘없이 늘어진 발톱이 잠든 아기의 손가락처럼 동그랗게 말려 있었다. 물론 이 집에는 아기를 연상시킬 만한 젊음은 한 톨도 없었다. 수많은 책, 천장에 달린 꽃다발, 작은 나무 조각, 멋진 연장이 있어도 소용없었다. 이 집의 모든 건 낡고, 지치고, 슬퍼 보였다.

허공에 파리가 왱왱대는 소리가 울려 퍼졌다.

개는 침대 옆에 가만히 앉아 있었다.

난 배낭을 내려놓고 침대로 다가갔다.

늙은 여자는 눈을 꼭 감은 채 미동도 없었다. 그래도 다행히 숨은 쉬고 있었다.

늙은 여자의 머리맡에 죽은 토끼가 놓여 있었다. 파리가 토끼 눈에 들러붙어서 쭉쭉거렸다.

난 마른침을 꿀꺽 삼키며 숨을 크게 들이켰다.

"산 아래에서 만났을 때 네가 물고 있던 토끼구나, 맞지? 네

주인한테 음식을 주고 싶었구나, 그렇지?"

난 개에게 속삭이듯 말했다.

개는 눈 한 번 깜짝이지 않고 나를 뚫어지게 쳐다봤다.

늙은 여자는 깔끔하지만 우중충했고, 온전하지만 쇠약했다.

"할머니."

난 작은 목소리로 불렀다. 목소리를 높여서 한 번 더 불렀지만 대답이 없었다.

난 늙은 여자의 손을 만져 봤다. 차가울 줄 알았는데, 뜨거웠다. 뜨거워도 너무 뜨거웠다. 갑자기 마음속에 끔찍한 슬픔이 사무쳤다. 공허함, 괴로움, 빈곤함과 함께 처절한 갈망이 밀려왔다.

이번에는 늙은 사과처럼 쭈글쭈글한 얼굴을 만져 봤다. 얼굴은 손보다 더 뜨거웠다. 슬픈 이야기의 결말처럼, 어김없이 뜨거웠다. 잘은 모르겠지만, 상태가 심각해 보였다.

늙은 여자의 턱 아래에 작은 헝겊 인형이 끼워져 있었다. 아빠가 물건을 광낼 때 쓰던 천 쪼가리 같은 헝겊으로 만든 인형이었다.

난 생각에 잠긴 채 한참 동안 헝겊 인형을 바라봤다. 그리고 이불을 늙은 여자의 잠옷 바지 밑단까지 끌어 내렸다. 시퍼렇게 퉁퉁 부어오른 허벅지가 보였다. 이상하게 군데군데 허연 곳도 있었는데…… 움직이고 있었다! 분명 다리는 꿈쩍도 하지 않았는데.

난 희미한 빛 속으로 몸을 기울였다. 눈앞에 펼쳐진 광경은 허벅지 살점을 뜯어 먹고 있는 구더기 떼였다.

난 숨을 헉 들이켜며 손에 쥔 이불을 툭 떨어뜨렸다.

허겁지겁 뒤로 물러서서 그대로 마당으로 뛰쳐나왔다.

난 몸을 웅크리고 손으로 무릎을 감싼 채 마른침을 연신 삼켰다. 그 광경이 머리에서 떠나지 않았다. 냄새마저 생생했다. 다리가 썩어 문드러져서 굶주린 구더기가 들끓을 때까지 홀로 침대에 누워 있었다는 생각에 몸서리가 쳐졌다.

난 마음을 진정시키고 겨우 몸을 일으켰다. 손바닥으로 얼굴을 쓸어내리고 머리카락을 뒤로 넘겼다. 그리고 다시 오두막집으로 들어갔다. 파리가 소름 끼치게 왱왱대는 소굴로.

난 늙은 여자와 베개에 놓인 토끼를 물끄러미 쳐다봤다.

내가 뭘 해야 할까? 일단 늙은 여자를 깨우고 싶었다. 하지만 무엇을 위해서? 자신의 다리가 썩어 가는 광경을 보라고?

개는 침대 옆에 누워서 앞발에 머리를 괴고 나를 쳐다봤다. 눈썹이 꿈틀거렸다.

"이제 내가 뭘 해야 할까?"

난 개에게 물었다.

그러나 대답은 없었다.

22

'불을 피워야겠다.'

내 머릿속에 이런 생각이 떠올랐다.

오두막집 근처에 마른풀, 이끼, 낙엽이 많았다. 난 불쏘시개감을 주워서 차갑게 식은 난로 옆에 내려놓았다. 불쏘시개를 새 둥지 형태로 만들어서 요리용 벽돌 사이에 쑤셔 넣었다. 그리고 부싯돌과 나이프를 꺼내서 불을 피우기 시작했다.

순식간에 불꽃이 피어올랐다.

바람을 조심스럽게 후후 불어 넣으니, 작은 불길이 새 둥지를 휩쌌다. 얇은 나뭇가지부터 시작해서 더 굵은 나뭇가지, 두툼한 막대기, 작은 통나무를 차례로 넣었다. 이윽고 불길이 활활 타오르기 시작했다.

내가 산을 의식하는 것처럼 침대에 누워 있는 늙은 여자도 의식됐다.

개는 여전히 내게서 눈을 떼지 않았다.

모닥불 연기가 살 썩은 냄새를 잠시나마 가려 줬다. 그러나 언제까지 피할 수는 없는 노릇이었다.

예전에 아빠가 손바닥에 난 상처를 불에 달군 나이프로 지지는 걸 본 적 있다. 손바닥을 아주 심하게 베였는데 곪기 시작했던 것이다.

"세균이 퍼지기 전에 없애 버리는 게 최선이야."

아빠는 부엌 화로에 칼날을 달구면서 말했다. 그리고 밖으로 나가서 칼날 끝을 상처에 대고 꾹 눌렀다.

아빠는 엘크처럼 비명을 내질렀다. 요리할 때와 비슷한 냄새가 났다. 난 그만 울음을 터뜨리고 말았다.

엄마는 의사한테 가면 되는데 왜 그랬냐며 아빠를 나무랐다. 그리고 왜 나한테 그 장면을 보여 줬냐며 화를 냈다.

그러자 아빠는 엄마한테 키스하며, 의사에게 가면 돈이 들고 이 방법이 더 빨리 낫는다고 했다. 그리고 이런 것도 알아두면 나한테 도움이 된다고 덧붙였다.

에스더 언니는 이런 일에 참견하기 싫어했다.

사무엘은 낮잠을 자고 있었다.

그래서 당시에 이 방법을 배울 사람은 나밖에 없었다.

하지만 그때는 건강하고 힘센 남자의 손바닥에 난 작은 상처였다. 지금은 상황이 완전히 다르다.

이건 구더기와 고름이 뒤범벅된 심각한 부상이다.

난 늙은 여자를 도울 다른 방도를 모색했다.

엄마를 불러올까? 하지만 엄마가 뭘 할 수 있을까?

엄마가 할 수 있는 일이라…… 엄마가 잘하는 일이 뭘까? 단번에 떠오르는 장점은 용기였다. 엄마는 용감하다. 도시를 포기하고 아빠와 함께 산에 올 만큼 용감하다. 도로와 의사도 없고 사람도 거의 없는 장소에서 바닥부터 시작할 만큼 용기 있다. 그러나 엄마의 용기에는 야생성이 거의 없다. 산도 별로 좋아하지 않는다. 반면에 나는 야생성으로 가득하다. 아니, 오히려 넘쳐흐른다. 거대한 하나의 야생성이 아니라 나무와 꽃처럼 다양한 종류의 야생성이 내 안에 담겨 있다.

난 오두막집 안을 둘러봤다. 일단 꾀죄죄한 개가 한 마리 있다. 눈 위에는 강낭콩만 한 벼룩이 붙어 있다. 그리고 늙은 여자가 의식을 잃은 채 침대에 누워 있다. 허벅지에는 구더기가 들끓고 쉬파리가 안개처럼 몰려 있다. 그리고 내가 있다. 그 외에는 아무도 없다.

내가 뭐라도 해야 한다. 내가 할 수 있는 일을 해야 한다. 내 힘으로 불가능해 보이는 일이라도 해야 한다. 도움을 청하는 건 그 뒤의 일이다.

모닥불이 잦아들어서 장작을 더 추가했다. 이윽고 자리를 피해야 할 정도로 열기가 뜨거워졌다.

내가 가져온 나이프는 크기가 좀 작다.

난 작업대에 가서 걸려 있는 연장들을 살펴보고 큼직한 끌을 골랐다.

이거면 충분하다.

난 활활 타오르는 장작 사이에 끌을 밀어 넣었다.

끌이 달궈지길 기다리는 동안 늙은 여자를 유심히 살펴봤다.

햇볕 아래서 많은 시간을 보낸 사람처럼 피부에 반점과 주름이 가득했다.

흰 머리칼은 길고 곱슬거렸다.

"미안하지만, 이제부터 제가 엄청 아프게 할 거예요."

내가 작게 속삭였다.

상처를 다시 보고 싶진 않았지만, 내게는 선택권이 없었다.

상처를 보니까 숨이 멎을 것 같았다.

꿈틀거리는 구더기들이 상처 주변을 헤집으며 죽은 살점을 뜯어 먹고 있었다.

난 뒤돌아서 끌을 가지러 갔다.

바로 그때였다! 늙은 여자가 일어났다.

23

"노크도 하지 않고 들어왔구나."

늙은 여자가 말했다. 죽은 나무처럼 메마른 목소리였다. 하지만 새파란 눈을 마주한 순간 여자가 늙었다는 사실조차 잊어버렸다. 난 늙은 여자를 보고 숨을 헉 들이켰다. 두 눈과 목소리도 놀라웠다. 미약하고 희미하지만, 강력한 울림이 있었다. 기억의 불꽃을 점화시키는 힘이 느껴졌다.

"문이 열려 있었어요. 게다가 저 개도 들어오라고 했고요."

난 울림과 불꽃이 사그라드는 걸 느끼고, 이렇게 변명했다.

그러자 늙은 여자가 눈썹을 치켜세웠다.

"얘가?"

그러면서 주변을 살피려다가 움찔하며 그대로 멈췄다. 몸을 움직이는 바람에 상처가 아팠던 거다.

난 개가 다가올 수 있게 옆으로 살짝 비켜섰다.

"아, 거기 있었구나."

늙은 여자가 이렇게 말하며 손을 뻗어서 개의 머리를 쓰다듬었다. 눈을 지그시 감고 한숨을 내쉬더니, 개의 눈에 붙어 있던 벼룩을 잡고 단번에 확 떼어 버렸다. 개는 깽 하고 울면서 앞발로 얼굴을 비볐다. 그러나 이내 얌전히 자리에 앉았다.

늙은 여자는 벼룩을 내밀며 말했다.

"이 벼룩을 저기 있는 병에 넣어 줄래? 빈 유리병 중에서 아무 데나. 거기, 아래쪽 선반에 있어."

난 대꾸할 말을 찾지 못한 채, 잠자코 유리병을 가져왔다. 철사로 된 잠금장치를 풀고 뚜껑을 열어서 내밀자, 늙은 여자는 벼룩을 유리병 안에 툭 떨어뜨렸다. 벼룩은 블루베리처럼 통통 튕겼다. 내가 뚜껑을 덮고 잠금장치를 닫으려고 하자, 늙은 여자가 말렸다.

"뚜껑만 느슨하게 덮어 둬. 공기도 통하고 피도 충분하니까 '그녀'는 당분간 죽지 않을 거야."

서로 통성명도 하지 않고 이렇게 벼룩 이야기를 나누다니, 기분이 묘했다.

"그런데 왜 '그녀'를 보관하는 거예요?"

벼룩을 '그녀'라고 부르는 사람은 처음이었다.

"나중에 '그녀'가 필요할지도 몰라서."

늙은 여자는 다시 눈을 스르르 감았다. 난 늙은 여자가 벼룩의 피를 짜서 묘약을 만드는 광경을 상상했다.

'마녀다. 마귀할멈이 아니라 마녀야.'

난 이런 생각에 침대에서 후다닥 물러섰다.

"바보 같은 생각은 하지 마."

늙은 여자가 눈을 감은 채, 내 생각을 환히 읽고 있다는 듯이 말했다.

난 유리병을 선반에 올려놓고 다시 침대로 다가갔다. 두려움보다 호기심이 앞섰다. 물어보고 싶은 질문이 백 가지는 넘었다. 일단 "이름이 뭐예요?"라는 질문으로 시작했다.

늙은 여자는 잠시 생각해 봐야겠다는 표정으로 멈칫했다. 마치 오랫동안 자신의 이름을 쓰지 않았던 것처럼.

"케이트야."

이윽고 늙은 여자가 입을 열었다.

"어떤 이름을 줄인 거죠?"

"캐서린이야. 알파벳 'c'로 시작하고, 'e'는 하나만 들어가. 우리 엄마의 이름에서 따왔지. 정작 엄마는 케이트라고 불린 적이 없지만. 너는?"

케이트 할머니는 스펠링까지 자세히 알려 줬다.

"엘리예요."

내가 대답했다.

"넌 어떤 이름을 줄인 거지?"

"줄인 게 아니라 '리'라는 이름을 늘인 거예요."

"리! 좋은 이름이구나. 간결하면서도 강인한 힘이 느껴져. 과일 배처럼 둥글둥글한 느낌도 있고."

케이트 할머니가 고개를 끄덕이며 말했다.

이름에 대한 이야깃거리가 떨어지자, 내가 다시 물었다.

"왜 인형을 갖고 있어요?"

케이트 할머니는 잠시 혼란스러운 표정을 짓더니 손을 더듬어 인형을 쥐고 가슴에 끌어안았다.

"난 인형을 가지면 안 되니?"

난 어깨를 으쓱했다.

"그러면 안 된다는 뜻은 아니었어요. 그냥 왜 인형이 있는지 궁금해서요."

케이트 할머니는 아무런 대답도 하지 않았지만, 왠지 그 마음이 이해가 됐다. 난 오래전에 내 인형을 사무엘에게 물려줬다. 결국 숲에서 잃어버렸지만. 그래도 인형을 품에 꼭 안고 잠을 청했던 추억이 아직도 생생하다.

"다리는 어쩌다 다쳤어요?"

케이트 할머니는 냉랭한 표정으로 나를 쳐다봤다.

"남의 집에 들어와서 자는 모습을 훔쳐보는 건 예의가 아니야."

"할머니를 깨우려고 했는데 일어나지 않았어요. 열은 펄펄

끓지, 머리맡에는 죽은 토끼가 놓여 있지, 당연히 살펴볼 수밖에요."

케이트 할머니는 고개를 돌려서 옆에 놓인 토끼를 쳐다봤다. 왱왱거리는 파리 떼도 발견했다.

"오, 캡틴, 나의 캡틴."

케이트 할머니는 손을 뻗쳐 개를 쓰다듬으며 속삭였다. 개는 주인의 손길에 긴장을 풀고 꼬리를 흔들며 바닥을 쓸었다.

"개 이름이 캡틴인가요?"

"그래, 하지만 선장이라는 뜻의 캡틴이 아니야. 알파벳 'i'가 없는 캡틴이야."

난 이름에 대해 더 자세히 물어보고 싶었지만, 개 이름이나 유리병에 가둔 벼룩보다 중요한 문제가 있었다. 아직 상처에 대한 질문의 답을 듣지 못했다. 그래서 난 다시 물었다.

"다리는 어쩌다가 다친 거예요? 실수로 베였나요?"

그러자 케이트 할머니가 발끈했다.

"실수로 베일 만큼 늙지 않았어."

놀랍게도 케이트 할머니의 양쪽 눈가에 눈물이 고이더니 얼굴을 타고 흘렀다.

"피셔였어. 아주 큰 놈이었지. 캡틴을 쫓던 피셔가 나를 덮쳤던 거야."

나도 족제빗과인 피셔를 본 적이 있는데 두 번 다시 마주치고 싶지 않은 놈이었다. 다람쥐과인 마멋보다 덩치는 작은데, 이빨이 많아도 너무 많았다. 이빨은 또 어찌나 날카로운지 시퍼런 칼날을 세워 놓은 것 같았다. 케이트 할머니는 이번에도 내 생각을 읽었다는 듯이 말을 꺼냈다.

"하지만 피셔를 원망할 수는 없어. 캡틴의 절반 크기도 안 되는데 막다른 암벽에 몰려 옴짝달싹 못 하는 상황이었거든."

"그때 할머니가 캡틴을 말리려고 그 사이에 끼어든 거군요."

"너라면 안 그러겠니?"

케이트 할머니가 날 똑바로 응시하며 물었다.

난 콰이어트를 떠올렸다. 콰이어트를 알게 된 지 겨우 이틀째다. 아니, 이틀도 채 되지 않는다.

"저도 말렸을 거예요."

"그럴 것 같았어."

케이트 할머니가 고개를 끄덕였다. 마치 날 잘 알고 있다는 듯이 말이다. 그리고 자신의 다리를 살펴봤다.

"완전히 엉망이구나."

"그래서 불에 태우려고 했어요."

그 말에 케이트 할머니가 화들짝 놀라서 나를 쳐다봤다.

"내 구더기들을 태우려고?"

나 역시 화들짝 놀랐다.

"할머니의 구더기라고요?"

"얘네 말이야!"

케이트 할머니가 자신의 다리를 가리키며 말했다.

난 오만상을 찌푸렸다.

"저도 구더기가 뭔지는 알아요. 하지만 할머니의 것이라니요? 설마 할머니가 일부러 놓은 거예요?"

"구더기는 죽은 살점만 뜯어 먹거든."

케이트 할머니가 눈을 내리감으며 말했다.

"하지만 고름도 있잖아요! 구더기가 살이 곪는 것도 막을 수 있나요?"

케이트 할머니가 고개를 저었다.

"피셔는 죽은 고기만 먹기 때문에 입안에 세균이 득실거려. 그래서 그 세균을 여기저기 퍼뜨리지. 나한테 퍼뜨린 것처럼. 우엉 뿌리와 후추를 시도해 봤어. 근데 세균을 죽이려면 아무래도 꿀이 있어야 할 것 같아."

난 아까 급습했던 벌집을 떠올리며 물었다.

"그리고 조직을 수축시키는 마녀 개암나무도 필요하죠?"

케이트 할머니는 날카로운 눈빛으로 나를 쳐다봤다.

"마녀 개암나무도 필요하겠지. 그것만으로는 별 차도가 없겠지만. 꿀과 구더기가 내 다리를 살릴 거야. 그리고 나도 살리겠지. 내가 살아남을 운명이라면."

24

"꿀이 얼마나 필요해요?"

난 벌에 쏘였던 뺨을 문지르며 물었다.

"네가 가져올 수 있을 만큼."

역시 내가 가져오길 바라는구나 싶었다. 사실 나 역시 바라던 바였다. 내가 할 수 있는 일이니까, 할 것이다.

"그럼 불로 다리를 지질 필요는 없는 거죠?"

솔직히 말해서 안심이 됐다.

케이트 할머니는 고개를 저었다.

"우리가 나중에 상처를 벌린 다음에 꿀을 넣으면 돼."

솔직히 '우리'가 할 것처럼 보이진 않았다. 케이트 할머니는 겨우 고개를 가누는 상태였다.

갑자기 케이트 할머니의 안색이 돌변했다.

"왠지 더운데? 뭘 태우고 있지?"

케이트 할머니가 물었다.

"끌이에요. 할머니 다리를 지지려고 했어요."

케이트 할머니는 팔꿈치를 짚고 힘겹게 몸을 일으켰다.

"무슨 끌?"

"저기서 가져왔어요."

난 작업대를 가리키며 말했다.

"그걸 불에 넣었다고? 빨리 꺼내!"

케이트 할머니가 몸을 벌떡 일으켰다.

난 황급히 달려가서 난로 옆에 있던 헝겊으로 손을 감싸고 끌을 불에서 꺼냈다.

검게 그을린 날에서 연기가 푸시시 피어올랐다.

"날이 휘어지지 않게 벽에 걸어 놔. 바닥에 놓지 말고 반드시 걸어 놔야 해."

케이트 할머니가 곧 울음을 터뜨릴 것 같은 목소리로 다급하게 말했다.

난 끌에 데지 않게 주의하며 케이트 할머니 말대로 했다.

"죄송해요. 도와드리려고 한 건데……."

내가 말했다.

"그래, 나도 안단다. 괜찮아."

케이트 할머니는 앙상한 손으로 얼굴을 감쌌다.

난 케이트 할머니가 천천히 숨을 내쉬며 마음을 진정시킬 때까지 기다렸다.

"저 연장들로 뭘 만드나요?"

내가 물었다.

"저건 내 물건이 아니야. 난 저걸로 아무것도 만들지 않는단다."

케이트 할머니가 대답했다.

다른 질문을 하려는 찰나, 케이트 할머니가 목을 길게 빼며 말했다.

"물을 좀 갖다주면 정말 고맙겠구나."

"아, 죄송해요."

오랫동안 먹지도 마시지도 못했을 텐데, 진심으로 미안한 마음이 들었다.

"공터 맨 끝에 커다란 가문비나무를 지나면 샘이 하나 있어. 바위 아래에서 샘이 솟거든. 여기 지대가 높아서 샘이라고 하기에는 좀 작지만, 그래도 충분할 거야."

난 선반에 놓인 빈 병을 들고 마당으로 나갔다. 밖은 여전히 평범한 봄날이었다. 오두막집에 들어가기 전과 달라진 점이 하나도 없어서 사뭇 놀라웠다. 굴곡진 지평선 너머로 밤이 찾아오려면 아직도 한참 남은 시간이었다.

분명 여느 때와 다름없는 평범한 봄날인데, 하루 만에 기상천외한 일들이 너무 많이 일어났다. 너무 비현실적이라서, 현기증이 일었다. 난 비척거리며 마당을 지나 샘을 찾으러 갔다. 케이트 할머니가 말한 장소에 정말로 샘이 있었다.

케이트 할머니의 말처럼 샘이라고 하기에는 무리가 있었다. 바위 아래에 깔린 이끼에서 거품이 보글보글 일었다. 이끼 위에 유리병을 눕히고 꾹 눌렀더니, 웅덩이에서 물이 퐁퐁 솟았다. 목마른 사람이 물을 꿀떡꿀떡 넘기듯, 유리병 입구로 물이 흘러 들어왔다.

샘물은 맑고 시원했다. 직접 마셔 봤는데 맛도 좋았다. 마치 겨울 그 자체를 품은 것처럼 신선하고 완벽했다.

난 유리병을 들고 오두막집으로 돌아갔다.

"샘에서 물을 길어 올 줄 아는 여자애라니, 좋구나!"

케이트 할머니가 말했다.

"다른 여자애들도 다 할 수 있어요."

케이트 할머니는 날 한참 쳐다보더니 이렇게 말했다.

"그래, 나도 안다."

난 한 손으로 케이트 할머니 머리를 받치고 사레들리지 않게 상체를 일으켜 세웠다.

물을 마시자, 케이트 할머니 눈에 눈물이 고이기 시작했다. 마치 바싹 말랐던 우물에 물이 다시 한가득 채워지는 것 같았다. 암흑에 잠겨 있던 케이트 할머니의 내면에 한 줄기 빛이 들어서는 게 느껴졌다.

"정말 좋구나."

케이트 할머니가 훌쩍이며 말했다. 어느새 유리병도 텅 비었다.

난 케이트 할머니를 다시 눕히고, 뜨거운 이마에 들러붙은 머리카락을 뒤로 넘겨 주었다.

그리고 머리에 떠오르는 백 가지 질문 중 하나를 던졌다.

"혹시 할머니가 저 사슴 조각을 만들었나요? 다람쥐 조각도요."

"오, 얘야, 내가 할 수만 있다면 정말 했을 거야. 하지만 아쉽게도 난 조각을 할 줄 모른단다."

"그럼 누가 만들었어요?"

내가 물었다.

케이트 할머니는 나를 한참 쳐다보다가 결심한 듯 입을 열었다.

"운이 좋다면, 그가 여기 올 때 너도 만날 수 있을 거야."

분명 '그'라고 했다. 그러니까 나한테 조각을 선물해 준 사람은 남자다. 나도 은연중에 남자라고 짐작했었다.

"어디 갔다가 오는 건데요?"

"어딘가 다른 데서 오겠지."

케이트 할머니 목소리에 갑자기 날이 섰다.

그래서 난 서둘러 질문을 바꿨다.

"책은 왜 이렇게 많아요?"

케이트 할머니는 실눈을 뜨고 나를 쳐다봤다.

"네가 무슨 생각 하는지 맞춰 볼까? 산꼭대기에 사는 늙은 이는 글을 읽지 못할 거라고 생각했지?"

케이트 할머니의 비꼬는 말투가 놀랍지는 않았지만, 솔직히 마음에 들지 않았다.

"그렇게 생각하지 않았어요. 그저 책이 너무 많아서 놀랐을 뿐이에요. 이 책을 다 읽어 봤나요?"

케이트 할머니는 내 뒤편에 놓인 책장을 물끄러미 바라보며 대답했다.

"여러 번 읽은 책도 있고, 한 번도 읽지 않은 책도 있지. 책이 없었다면 이곳에서 어떻게 버텼을지 상상하기 힘들구나."

난 책의 유무를 떠나서 케이트 할머니가 왜 이 장소를 택했는지 궁금했다. 물론 우리 가족이 산에 처음 왔을 때 지냈던 곳보다 좋긴 하지만 말이다.

'어디에 있더라도 자신이 집이라고 느낀다면 그곳이 바로 집이다.'

난 이런 결론을 내렸다.

"혹시 화장실에 가는 걸 도와드릴까요?"

내가 물었다.

그러자 케이트 할머니가 또 발끈했다.

"여기에는 화장실이 없어."

"화장실이 없는 집이 어디 있어요?"

내가 놀라서 물었다.

"이 집에는 없어. 난 화장실이 필요 없거든. 모든 동물은 소변과 대변을 배출하지. 나도 마찬가지야. 그래서 동물들처럼 숲에서 해결하지."

케이트 할머니는 턱을 높이 들고 여왕처럼 당당하게 말을 이었다.

"그 문제로 왈가왈부하는 사람은 상대하고 싶지 않아."

"그럼 밖에 나가는 걸 도와드릴까요?"

"그럴 필요 없어. 어차피 먹은 게 없거든. 아까 마신 물이 어제 이후로 처음 입에 댄 음식이야."

"하지만 열이 나잖아요."

"맞아. 뼛속까지 아프거든. 하지만 잘못된 건 아니야. 목숨이 위험할 정도로 열이 치솟지 않는 이상, 해가 되기보다는 오히려 도움이 되거든."

"그럼 제가 꿀을 구해 올게요. 최대한 빨리 돌아올게요."

난 케이트 할머니 머리맡에 놓인 토끼를 흘깃 보고 말을 이었다.

"가기 전에 저 토끼로 먹을 것 좀 해 드릴게요."

케이트 할머니가 고개를 끄덕였다.

"나랑 캡틴이 둘 다 먹을 만한 걸로 부탁해."

그러자 개가 처음으로 미소를 지었다.

"참, 할머니께 드리려고 물고기도 가져왔어요."

난 송어를 기억해 내고는 이렇게 말했다.

그러자 케이트 할머니가 이마를 찡그렸다.

"만난 적도 없는 사람한테 물고기를 주려고 산꼭대기까지 올라왔다고? 그 전에 내가 여기 있다는 건 어떻게 알았니?"

"아빠가 할머니에 대해서 알려 줬어요. 아빠 귀가 퉁퉁 부었을 때 할머니를 만난 적이 있었대요."

케이트 할머니가 실눈을 뜨고 생각에 잠긴 채 말했다.

"그래, 기억나는구나."

"참, 그리고 캡틴이 저한테 무슨 말을 하려고 했던 것 같아요."

"개를 이해할 수 있는 여자애라니, 좋구나!"

케이트 할머니가 경쾌하게 고개를 흔들었다.

"다른 여자애들도 개를 이해할 수 있어요."

케이트 할머니는 고개를 가로젓더니 눈을 찌긋 감았다.

이제 할 말이 없나 보다 싶었다. 그런데 이내 눈을 뜨고 딱딱한 목소리로 말했다.

"토끼 요리가 저절로 되지 않는다는 건 알고 있지?"

난 불쌍한 토끼의 뒷다리를 쥐고 송어를 챙겨서 공터로 나갔다.

난 전에도 토끼를 손질해 본 적이 있다. 아빠가 가르쳐 줬다. 가죽을 벗겨 내고 고기를 햇빛에 말려서 오래 보관하는 방법도 배웠다.

이번에도 다를 바 없었다. 나 혼자라는 점만 빼고. 그리고 산비탈에 부는 바람과 산꼭대기를 스쳐 가는 바람이 속삭이는 언어가 다르다는 점도. 그리고 케이트라고 불리는 몸이 아픈 여자가 있다는 사실도 빼고 말이다.

난 아빠를 고치고 싶고, 반드시 그렇게 할 거다.

하지만 지금은 위험에 빠진 늙은 여자 앞에 나 홀로 서 있다. 어쩌면 케이트 할머니는 죽음의 문턱에 다다랐는지도 모른다.

적어도 케이트 할머니는 내 노력을 탓하지 않을 거다.

우리 가족은 나를 탓하겠지만.

25

난 집에 돌아오자마자 벌을 받을 줄 알았다. 그런데 벌써 두 시간째 사무엘이 행방불명이었다.

일단 사무엘을 찾는 일이 먼저였다.

"사무엘이 아무 데도 없어. 너랑 같이 있는 줄 알았는데."

엄마가 겁에 질린 얼굴로 말했다.

엄마와 에스더 언니는 내가 떠날 때 그 상태 그대로 마당에 있었다. 침울하고 겁에 질린 표정만 빼고.

"만약에 사무엘을 마주치면 집으로 돌려보낼 거라고 했잖아요."

엄마와 에스더 언니가 또 내가 하지 않은 일로 나를 원망하고 있었다. 옷 안에 까끌까끌한 말 털이 들어 있는 기분이었다.

나를 원망하는 또 다른 이유가 있다는 예감이 들었다. 에스더 언니가 나를 할퀴어 버리고 싶다는 표정으로 쏘아봤다.

"대체 왜 그랬어? 왜 아빠 방에 뱀을 넣었어?"

난 최대한 당당하게 말했다.

"그래야 언니가 비명을 지를 테니까."

"맙소사! 너, 제정신이 아니구나!"

엄마가 말했다.

"왜 내가 비명을 질러야 하는데?"

에스더 언니가 물었다.

에스더 언니가 언제 마지막으로 내게 미소를 지어 줬는지 모르겠지만, 아빠에게는 매일 밤 잠자기 전에 미소를 지어 보였다. 비록 아빠가 그 미소를 보지 못할지라도.

"아빠가 언니 비명 소리를 들으면, 언니를 구하기 위해서 뭐든 하지 않겠어?"

어떤 처벌을 받더라도 절대 울지 말자고 다짐했지만, 이런 대화 앞에서는 가슴이 속절없이 무너졌다. 난 떨리는 목소리를 꾹 누르며 말을 이었다.

"아빠를 깨우는 데 아빠가 사랑하는 언니의 비명 소리만큼 효과적인 게 또 있겠어?"

엄마와 에스더 언니가 동시에 나를 쳐다봤다. 화는 누그러졌지만, 상냥함은 전혀 찾아 볼 수 없었다.

"네 문제는 나중에 다시 얘기하자. 일단 사무엘을 찾아. 최대한 빨리."

엄마가 말했다.

내가 뒤돌아서자, 엄마가 나를 다시 불러 세웠다.

"근데 달걀은 어디 있니? 직접 낳아서 가져왔다고 해도 될 만큼 밖에 오래 있었잖아."

"달걀은 없어요."

"그럼 생선은 어디 있어? 앤더슨 아줌마네 달걀을 가지러 간 게 아니라면, 대체 어디 있었던 거야?"

에스더 언니가 캐물었다.

"난…… 사무엘을 찾으러 산꼭대기에 갔었어. 거기서 마주친 개가 물고기를 먹었어."

내가 말했다. 어느 정도는 사실이니까.

"그 들개?"

엄마가 물었다.

"무슨 들개?"

에스더 언니가 끼어들었다.

"가는 길에 그 개를 만났어요."

내가 마지못해 대답했다.

"그 개가 생선을 가져간 거야?"

그렇다, 내 손에 들린 생선을 가져갔다. 차가운 공기 속에서 김이 모락모락 피어오르는 생선을 정신없이 먹어 치웠다. 물론 대충 얼버무릴 수도 있었다. '네, 개가 가져갔어요.'라는 식으로 대충 둘러댈 수도 있었다. 절반은 사실이니까. 하지만 내 행동에 대한 책임을 개한테 전가하기 싫었다. 그래서 이렇게 답했다.

"내가 개한테 줬어요."

엄마가 고개를 절레절레 흔들었다.

"바보 같으니! 들개가 식량을 찾아서 근처에 어슬렁거리길 바라니? 엘리, 왜 그런 거야?"

엄마가 내 얼굴을 뚫어지게 쳐다봤다.

난 엄마한테 사실대로 말하고 싶었다. 난 엄마나 에스더 언니처럼 산을 길들이려는 도시녀가 아니라고. 난 할 일이 있다고. 꿀을 구해서 마귀할멈을 살려야 한다고. 아빠를 구해야 한다고. 그 밖에도 할 일이 너무나도 많다고 말이다.

하지만 난 그 대신 이렇게 말했다.

"개가 배고파했어요. 그래서 개가 흥분했고, 저도 마찬가지였어요."

엄마가 한숨을 푹 내쉬었다.

"내가 걱정하는 게 바로 그거야."

난 사방으로 사무엘을 찾아다녔다. 오늘 아침에 함께 낚시를 했던 강에도 다시 가 봤다. 아침에 강을 봤을 때와는 달리, 마음속에 근심이 가득했다. 그러다가 결국 외양간에서 사무엘을 발견했다. 여물통 뒤에서 몸을 잔뜩 웅크리고 있었다.

사무엘은 품에 콰이어트를 안고 있었다.

"누나가 오두막집에 들어갈 때까지 기다렸다가 콰이어트를 데리고 나왔어."

사무엘이 말했다. 울었던 기색이 역력했다.

"너, 울었구나."

"여기 계속 숨어 있다가 잠이 들었어. 그러다가 목에 쥐가 났어. 배도 고프고. 엄마가 강아지를 보내 버릴 거야. 그리고 난 안 울어. 어쨌든 지금은 안 울고 있어."

사무엘이 씩씩거렸다.

사무엘을 놀리려고 한 말이 절대 아니었다. 이토록 용감하고 훌륭한 행동을 비웃을 리 없지 않은가?

문득 이런 생각이 들었다. 만약 1월의 끔찍했던 그날이 다르게 전개됐다면? 아빠가 다치는 대신 나무가 사무엘을 덮쳤다면? 못을 망치로 내려치듯 말이다. 퍽 터지는 소리와 함께 작고 연약한 몸이 내동댕이쳐지면서 나무와 메마른 흙먼지 속으로 사라질 것이다.

"어떻게 메이지 몰래 콰이어트를 꺼내 왔어?"

내가 물었다. 목소리가 살짝 떨렸다.

"아, 사실 메이지도 나를 봤어. 정말 싫어하는 것 같았는데, 그래도 물지는 않더라. 난 메이지가 물 거라고 생각했는데, 안 그러더라."

사무엘이 콰이어트를 내 손에 건네며 물었다.

"나, 많이 혼날까?"

"아니."

내가 말했다. 난 콰이어트를 품에 안고 눈을 스르르 감았다.

"하지만 난 혼나겠지. 우리가 전에 길에서 만난 개한테 생선 한 마리를 줘 버렸거든. 그리고 아빠 방에 블랙 레이서를 풀어 놓기도 했고."

사무엘은 어떤 질문을 먼저 해야 할지 몰라서 한꺼번에 퍼부었다.

"개한테 내 물고기를 줬어? 뱀이 아빠를 물었어? 왜 아빠 방에 뱀을 풀어놓은 거야?"

사무엘이 허겁지겁 일어섰다.

웃음이 절로 나왔다.

"둘 다 아니야. 그리고 언니가 비명을 지르게 만들어서 아빠를 깨우고 싶었어."

사무엘이 눈알을 굴렸다.

"하지만 엄마는 아무리 시끄럽게 굴어도 아빠가 일어나지 못한다고 했는데."

"나도 알아. 하지만 언니의 겁에 질린 소리를 듣는다면…… 아빠가 돌아올 줄 알았지. 언니를 구하려고."

난 고개를 끄덕이며 말했다.

"그래서 아빠가 깨어났어?"

사무엘이 곰곰이 생각하더니, 이렇게 물었다.

그러고 보니 나도 답을 모른다. 하지만 변화가 있었다면, 엄마와 에스더 언니가 진즉에 말했을 것이다. 기쁜 소식이 있다며 나를 반겼겠지.

"그럼 같이 가서 알아보자."

내가 말했다.

난 괜히 사무엘을 기대에 부풀게 만들고 싶지 않았다. 하지만 기적은 어디에나 있다고 난 믿는다. 특히 기적을 바라는 소망이 기적을 만든다고 믿는다.

메이지는 콰이어트가 돌아와서 무척 기뻐했다. 난 메이지에게 내가 얼마나 콰이어트를 지키고 싶어 하는지 말하지 않았다. 차라리 산꼭대기에 데려가서 안전하게 숨겨 두고 싶었다. 하지만 콰이어트는 엄마 품을 떠나기에는 아직 어렸다. 그리고 나도 지금은 콰이어트가 바라는 엄마 역할을 해 주지 못한다. 그래서 사무엘처럼 콰이어트를 데리고 도망치고 싶은 마음이 굴뚝같았다.

"자, 여기 있어. 털끝 하나 다치지 않았어."

난 콰이어트를 보금자리 안에 눕히면서 말했다.

메이지는 한참 동안 콰이어트를 핥고 킁킁대며 상태를 확인했다. 그러더니 나를 단호한 눈빛으로 쳐다봤다. “다시는 이런 일이 일어나지 않게 해 주세요.”라고 말하는 것 같았다.

몇 주 뒤면 앤더슨 아저씨가 콰이어트와 다른 강아지를 몽땅 데려갈 것이다. 그때 메이지가 나를 어떤 시선으로 바라볼지 상상만으로도 끔찍했다.

26

"사무엘이 어디 갔었는지 도통 입을 열지 않아."

내가 오두막집에 들어가자, 에스더 언니가 말했다. 엄마는 튀길 생선에 밀가루를 입히고 있었고, 에스더 언니는 지하 창고에서 시들시들한 당근을 가져와서 잔털을 제거하고 있었다.

사무엘이 외양간에서 코이어트를 품에 안고 웅크리고 있던 모습이 떠올랐다. 사무엘 얼굴은 졸음과 눈물 때문에 뜨끈뜨끈했다. 케이트 할머니한테 토끼 요리를 먹여 줬던 장면이 떠올랐다. 케이트 할머니는 아기처럼 입을 벌리고 내가 떠먹여 주길 기다렸다. 침대에 꼼짝 않고 누워 있는 아빠도 떠올랐다. 다들 내가 무언가를 해 주길 기다렸다.

"사무엘은 외양간에 있었어요."

내가 말했다.

"거기서 뭘 하고 있었다니?"

엄마가 물었다.

"깜빡 잠이 들었대요."

난 엄마에게 콰이어트 이야기는 하지 않았다.

사무엘이 아빠 방에 있다가 부엌으로 들어왔다.

"아빠는 여전히 똑같아."

사무엘이 내 귀에 대고 속삭였다. 그리고 에스더 언니에게 이렇게 말했다.

"나, 배고파."

"한두 시간 있으면 저녁을 먹을 거야."

"하지만 난 점심도 못 먹었는걸."

"그건 네 잘못이지. 그러게 누가 말없이 사라지래. 너 때문에 엄마랑 내가 얼마나 걱정했는지 알아?"

"하지만 배고프단 말이야, 에스더 누나!"

"어휴, 알았어. 일단 앉아 봐."

에스더 언니는 옥수수빵을 잘라서 사무엘의 접시에 담아 식탁에 놓았다. 그러나 언니는 내가 옥수수빵을 자르려고 하자, 잽싸게 남은 빵이 든 냄비를 낚아챘다.

나도 점심을 먹지 못했다. 케이트 할머니와 캡틴을 먹이느라 토끼 요리도 생선도 먹지 못했다. 음식이 남았지만, 그 둘을 위해서 남겨 두고 왔다. 오늘만 해도 그렇다. 피터슨 아저씨네 가서 사슴 고기도 가져왔고 낚시도 했다. 산꼭대기까지 올라갔다 왔고 사무엘을 찾으러 여기저기 헤집고 다녔다. 겨우 죽 한 그릇만 먹은 상태에서 이 모든 일을 했다.

"점심을 네 손으로 버렸잖아. 저녁거리도 말이야."

에스더 언니가 말했다.

엄마가 고개를 돌려서 나를 쳐다봤다. 엄마 눈에 안타까움이 묻어났다. 하지만 다른 감정도 섞여 있었다. 엄마 표정은 오두막집에 접근하는 야생 동물을 봤을 때와 비슷했다.

"자기 전까지 집안일을 마저 해라. 그리고 오늘은 헛간에 가서 메이지랑 자. 아니면 뱀이랑 자든지."

엄마는 현관문을 나서는 내게 작은 꾸러미를 건넸다. 말린 사과와 비스킷이 헝겊에 싸여 있었다. 그리고 차가운 사슴 고기 찌꺼기도 있었다. 메이지에게 줄 음식이었다.

엄마는 굳이 메이지한테 줄 고기라고 설명하지 않았다. 난 왠지 기분이 조금 나아졌다. 하지만 목이 메어서 잠자코 집을 나왔다. 어차피 아무것도 모르는 사람들에게 할 말은 없었다.

사실 이번 처벌은 오히려 내게 도움이 됐다. 오후 시간이 자유로워졌기 때문이다. 이로써 꿀을 따서 산꼭대기에 가져갈 시간을 벌었다. 아빠를 우리 곁으로 돌아오게 할 새로운 방법을 찾을 수 있을지도 모른다.

물론 엄마는 내게 다른 일을 시키려고 할 것이다. 하지만 이것보다 중요한 일은 없다.

난 메이지에게 사슴 고기를 먹이고 마실 물을 챙겨 줬다. 나도 간식을 챙겨 먹고, 헛간에 숨겨 둔 배낭을 가져왔다. 주머니에 부싯돌이 있는지 재차 확인하고, 강물과 이슬과 전나무 진액을 섞어서 만든 물약을 살펴봤다.

예전에 아빠한테 뿌렸던 찬물은 내 것이 아니다. 그 물은 우물에서 왔고, 우물물은 지하수에서 왔고, 지하수는 빗물에서 왔다. 난 우연히 찬물을 발견했고, 그 안에서 시작점을 보았다.

뱀도 내 것이 아니다. 뱀은 온전히 뱀 자신의 것이다. 이 야생 동물은 내게 무언가를 해 주려고 오두막집에 들어온 게 아니다. 난 우연히 뱀을 발견했고, 그 안에서 목적지를 보았다.

하지만 이 물약은 다르다. 여기에는 강물이 들어 있다. 차가운 밤공기가 풀잎을 적셔서 만든 이슬이 들어 있다. 아낌없이 주는 늙은 나무의 수액이 들어 있다. 그리고 내 것도 들어 있다. 아빠 상처와 내 상처를 떠올리며 흘린 눈물이 들어 있다.

이건 우연히 발견한 물건이 아니다. 내가 만들었다. 그러니까 내 것이다. 상처를 치료하기 위해 꿀을 기다리는 케이트 할머니처럼, 자신을 깨워 줄 방법을 기다리는 아빠를 위해서 만든 것이다.

먼저 아빠를 돕고, 그다음에 케이트 할머니도 도울 것이다.

난 헛간 밖에 고개를 내밀고 마당을 살폈다. 마당에는 아무도 없었다.

난 유리병을 들고 아무도 모르게 마당을 가로질러서 오두막집 뒤편에 도착했다. 창문으로 들여다보니까 아빠 말고는 아무도 보이지 않았다. 난 조심스럽게 창문을 열고 탁자에 유리병을 놓았다. 그리고 창문으로 기어 올라갔다.

엄마와 에스더 언니가 부엌에서 두런두런 대화하는 소리가 들렸다. 말소리가 뒤섞여서 무슨 말이지 알아듣기 힘들었다. 그냥 재잘거리는 소리였다. 내가 엄마나 에스더 언니와 언제 마지막으로 저렇게 수다를 떨었는지 기억나지 않았다.

난 잠시 그대로 서서 수다 소리를 듣다가 침대 쪽으로 돌아섰다.

아빠는 여전히 그대로였다.

난 유리병 뚜껑을 열었다. 유리병 안에서 달콤한 사향 냄새가 풍겼다. 그 순간 오두막집 아래의 그루터기에서 스컹크를 만나지 못한 게 다행이라는 생각이 들었다.

난 뚜껑을 단단히 닫고 유리병을 흔들었다. 유리병 안에 남은 전나무 진액 건더기가 갈색 액체에 골고루 녹아들었다.

난 이 물약을 아빠한테 먹일지 아니면 머리 상처에 바를지 고민했다. 하지만 상처에 바르는 건 아무 소용이 없을 것 같았다. 어쨌든 아빠를 괴롭히는 상처는 더 깊은 곳에 있으니 말이다. 게다가 상처에 발랐다가 침대가 더러워지면 엄마의 감시가 더욱 심해질 것이다. 그러면 다른 방법을 시도하기가 어려워진다.

결국 난 아빠에게 물약을 먹이기로 했다.

아빠를 일으켜서 끈적이는 액체를 입에 흘려 넣는 일은 만만치 않았다. 한 번에 아주 조금씩 넣어야 했다. 많이 넣으면 턱으로 흘러내렸다. 많이는 아니지만 그래도 어느 정도 먹이는 데 성공했다.

난 아빠를 도로 눕혔다. 그리고 유리병을 기울여서 손가락에 물약을 묻힌 다음 아빠 입안에 넣었다. 그리고 아빠를 다시 일으켜서 물약을 삼키게 했다. 물약을 남김없이 먹일 때까지 이 행동을 반복하고 또 반복했다. 그리고 옷소매로 아빠 입을 닦아 주었다. 마지막으로 유리병 뚜껑을 닫고, 아빠 뺨에 키스했다.

그리고 자리에서 일어섰는데 눈꺼풀 아래에서 눈동자가 움직이는 게 보였다. 잠시 멈췄다가, 다시 움직였다!

"아빠!"

난 아빠 얼굴에 대고 속삭였다.

"아빠, 일어나세요!"

난 아빠 어깨를 흔들며 애타게 속삭였다.

하지만 아빠는 깨어나지 않았다. 눈동자의 움직임도 다시 멈췄다. 난 손가락 끝으로 아빠 눈꺼풀을 들춰 보았다. 아빠 눈동자는 다른 곳을 바라보고 있었다. 내 눈에 보이지 않는 어딘가를 바라보고 있었다. 얇고 부드러운 눈꺼풀이 다른 세계로 이어지는 커튼처럼 느껴졌다.

아빠 눈에서 별이 보였다. 별은 암흑 가운데서 반짝였다. 하지만 해는 떠오르지 않았다. 아빠는 아직 깨어날 기미가 보이지 않았다.

난 아빠 눈꺼풀을 다시 덮었다. 그리고 미세한 움직임이라도 포착하고 싶은 마음에 기다리고 또 기다렸다.

하지만 아빠가 또 움직이는 일은 없었다.

"아빠."

난 아빠 귀에 대고 속삭였다.

아무 일도 일어나지 않았다.

"아빠."

난 아빠를 한 번 더 불렀다. 반대쪽 뺨에 키스하고, 눈동자가 움직이길 기다렸다. 그리고 다시 창문으로 기어 나왔다. 앞으로 할 일이 더 많아졌다.

27

난 벌집을 찾아서 산비탈을 내려갔다. 내 물약에 넣을 꿀을 채취하려고 아침에 찾아갔던 바로 그 벌집이다. 나이프와 부싯돌을 꺼내려고 주머니를 뒤적거리는데 손에 무언가가 잡혔다. 꿀벌 조각이었다.

그동안 조각에 대해 새카맣게 잊고 있었다.

난 조각을 발견할 때마다 끝없는 호기심과 궁금증과 행복의 세계로 빠져들었다. 그 선물들이 얼마나 고마웠는지 모른다. 그런 존재를 잊어버리다니 당혹스러웠다. 난 한참 동안 꿀벌 조각을 감상했다. 굉장히 정교하고 완벽했다.

난 꿀벌 조각에게 고맙다고 인사했다. 그리고 내가 가져갈 꿀을 만들어 준 벌들에게도 고마움을 전했다.

난 꿀벌 조각을 주머니에 도로 넣었다. 그런 다음 유리병을 열고 뚜껑을 주머니에 넣었다. 그리고 길옆 바위에 장갑을 올려놓았다.

난 벌들을 기절시키기 위해 불을 피웠다. 모닥불 때문에 시간이 많이 지체됐다. 날이 빠르게 저물고 있었다. 시간이 촉박했다. 하지만 벌에 한 방만 쏘여도 얼마나 아픈지 알기에 모닥불을 생략하고 수백 방 쏘이는 건 사절이었다.

튼튼해 보이는 나무토막을 골라서 모닥불에 밀어 넣었다. 그리고 단추란 단추는 모두 채우고, 부츠 안에 바짓단을 쑤셔 넣었다. 칼라도 귀까지 덮을 정도로 높이 세웠다.

아침에 벌에 쏘였던 상처가 찌릿찌릿 아파 왔다. 이번에는 더 단단히 채비해서 절대 쏘이지 않으리라 마음먹었다.

나무토막에 불이 제대로 옮겨붙어서 횃불이 완성됐다. 난 배낭의 물건을 모두 꺼내 길옆에 내려놓았다. 벌집이 기다리고 있는 떡갈나무를 한참 동안 응시하며, 덤불을 통해 접근하는 길을 머릿속에 새겼다. 난 횃불을 땅에 내려놓고 불길이 잦아들길 기다렸다. 그리고 배낭을 임시 두건처럼 머리에 뒤집어썼다. 배낭 입구를 칼라 안쪽에 밀어 넣고, 재킷의 단추를 단단히 채워서 배낭을 고정시켰다.

난 장갑을 더듬더듬 찾아서 착용한 뒤 소매를 장갑 안에 밀어 넣었다. 한 손으로 유리병을 더듬더듬 찾고, 다른 손으로 자욱하게 연기가 피어오르는 횃불의 손잡이를 쥐었다. 마지막으로 심호흡을 크게 했다.

앞이 보이지 않는 상태에서 소리에 의지한 채 발을 더듬어 앞으로 나아갔다. 벌집에서 나오는 왱왱 소리를 향해 발걸음을 옮겼다. 나무에 도착하자 발아래 나무뿌리가 느껴졌다. 숨을 크게 들이켜고, 굵은 나무 몸통을 더듬었다. 나도 모르게 눈을 스르르 감았다. 나무껍질을 더듬어 나가다가 커다란 구멍을 발견했다. 그 안에 벌들이 기다리고 있었다.

벌들의 것을 가져가기 싫었다.

벌들이 굶주리고 혼란스러워하는 것도 싫었다.

벌들이 날 막으려다 죽는 것도 싫었다.

하지만 저 산꼭대기에는 나를 필요로 하는 사람이 있었다. 벌들만이 내줄 수 있는 것을 필요로 했다.

난 연기를 내뿜는 횃불을 구멍 안으로 집어넣었다. 연기가 제 역할을 마치길 기다렸다가 횃불을 구멍에서 뺐다.

그리고 손을 구멍으로 천천히 집어넣었다.

벌들이 내 소매에 달라붙는 게 느껴졌다. 그중 한 마리가 내 손목을 쏘았다. 장갑과 소매 사이에 작은 틈이 있었던 모양이다. 무의식적으로 팔을 빼지 않으려고 꾹 참았지만, 가만히 버티기 상당히 힘들었다. 날카로운 송곳니가 살갗을 따갑게 찌르는 것 같았다. 그렇게 벌 한 마리가 또 죽어 갔다.

벌집을 움켜잡으니까 폭신폭신한 벽돌이 파르르 떨리는 것처럼 느껴졌다. 난 벌집을 한 움큼 떼어 내서 나무 밖으로 꺼냈다. 벌이 뒤엉킨 벌집 조각을 유리병에 쑤셔 넣고, 뚜껑을 돌려 닫았다. 그리고 나무에서 떨어져서 덤불 속으로 들어갔다. 벌들이 내 눈을 가린 배낭을 공격했다. 벌침이 배낭에 콕콕 박혔다. 그렇게 벌들은 죽어 갔다. 벌들이 부드러운 노란색, 검은색 몸과 피로 배낭을 수놓는 장면을 상상했다.

그때 벌 한 마리가 내 발목을 쏘았다. 부츠 밖으로 삐져나온 바짓단 틈새로 들어온 것이다. 배낭 입구가 느슨해진 틈을 타 목에도 한 방 쏘았다.

난 갑자기 벌에게 포위당한 기분이 들었다. 꿀을 훔쳐야 하는 의무, 가족에게 외면당한 서러움, 원망을 목줄처럼 달고 사는 괴로움이 발굽에 박힌 가시처럼 온몸을 에워쌌다. 어미에게서 강아지마저 떼어 냈다. 메이지에게서, 나에게서.

그러나 눈물은 아무 소용 없었다.

벌이 왱왱대는 소리가 더 이상 들리지 않았다. 난 머리에서 배낭을 천천히 조심스럽게 벗었다. 그리고 몸에 박힌 벌침을 하나씩 뽑았다. 쓰라린 상처를 문지르고, 차가운 공기를 들이켰다. 물건을 다시 배낭에 집어넣는데 눈물이 핑 돌았다. 유리병에 갇힌 벌들이 앵앵거렸다.

난 서둘러 우리 집 쪽을 향해 걸어갔다.

그리고 우리 집을 그대로 지나쳐서 산꼭대기로 올라갔다.

28

이번에는 케이트 할머니 혼자가 아니었다.

침대 옆에 남자애가 서 있었다.

“마침 잘 왔구나.”

케이트 할머니가 나를 발견하고 말했다. 편하게 누워 있는 사람치고 숨소리가 너무 거칠었다.

“라킨, 저 애가 내가 말했던 여자애야. 개랑 말을 할 줄 아는 아이지.”

내가 숲에서 봤던 바로 그 얼굴이었다.

남자애는 내 또래였는데, 나보다 나이가 조금 더 많고 키도 더 컸다. 몸은 마른 편이고 피부는 눈처럼 창백했다. 머리카락은 곰 털처럼 짙고 굵었다. 그리고 누더기 같은 옷을 걸쳤는데, 여기저기 천을 덧댄 흔적이 보였다. 야생 아기 고양이라도 돌본 것처럼 손에는 긁힌 상처가 수두룩했다. 신발 끈에는 꽃씨가 덕지덕지 붙어 있었다.

방 건너편에서 이 남자애를 쳐다보는 것만으로도 온몸이 따가웠다.

그 아이의 외로움이 마치 내 것처럼 생생하게 전해졌다. 그 순간 내 외로움이 두 배로 커졌다가 원래 크기보다 작게 줄어들었다.

외로움을 나누면 절반으로 줄어든다는 사실을 절감하는 순간이었다.

남자애가 나를 쳐다봤다. 캡틴을 처음 만났을 때의 표정처럼 눈 하나 깜빡하지 않고 가만히 나를 응시했다.

“라킨, 저 애가 널 물거나 하지 않을 거야.”

케이트 할머니는 내가 개라도 되는 것처럼 말했다.

“네가 토끼랑 생선을 요리해 줬지? 고마워.”

라킨 오빠가 입을 열었다.

나도 이렇게 말하고 싶었다.

‘오빠도 나한테 나무를 조각해 선물로 줬잖아. 지금 내 주머니에 들어 있는 아름다운 꿀벌 조각도 만들어 주고, 여태껏 날 지켜봤잖아.’

하지만 라킨 오빠는 내가 지켜야 하는 비밀의 일부였다. 동시에 오빠의 비밀이기도 했기에, 이 자리에서 밝히는 건 내키지 않았다.

"토끼는 캡틴이 잡아 왔고, 물고기는 민달팽이가 잡았어."

내가 말했다.

오빠는 내 대답이 마음에 든 모양이었다. 라킨 오빠는 어깨에 힘을 빼고 고개를 들었다.

"며칠 전에 케이트 할머니한테 음식을 가져다드리고 집안일도 도와드렸어. 만약 아픈 줄 알았다면 더 일찍 와 봤을 텐데."

케이트 할머니가 슬며시 라킨 오빠 손을 잡고 흔들었다.

"이 녀석은 시간이 날 때마다 슬쩍 올라와서 나를 챙겨 주곤 하지."

난 '슬쩍'은 뭐고 '올라온다'는 말은 무슨 뜻인지 궁금했다. 어디에서 올라온다는 말일까?

"도시 쪽이 아니라 반대편 산비탈에서 올라오는 거야."

케이트 할머니는 눈을 꼭 감고 말했다. 마치 내 마음을 읽었다는 듯이.

도시 반대편에는 산, 계곡, 숲밖에 없다.

"너희처럼 새로 정착한 사람들만 이 산에서 사는 게 아니란다."

케이트 할머니가 말했다.

나도 이미 알고 있었지만, 우리와 거리를 두려는 사람이 있다는 사실을 받아들이기 힘들었다. 우리가 누구를 해치는 것도 아닌데 말이다. 그런데 입장을 바꿔 보면, 그들은 우리가 먼

저 거리를 뒀다고 생각할지도 모른다.

게다가 우리가 나쁜 사람이 아니라는 것도 모를 수 있다.

그래도 라킨 오빠는 알 것이다. 꽤 오래전부터 내게 조각을 선물했으니 말이다.

하지만 그게 사실이라면, 왜 그동안 나를 피해 다녔을까? 왜 그냥 내게 다가와서 '난 나이프를 노래하게 만드는 외로운 소년이야.'라고 소개하지 않았을까? 왜 나를 만나서 '안녕, 난 라킨이야. 반대편 산에 살아.'라고 인사하지 않았을까?

간단한 인사 한마디면 충분했을 것이다.

"저도 어딘가에 다른 사람이 살 거라고 짐작했어요. 그런데 강이나 도시로 가는 도로로 가려면 우리 집을 거쳐야 하는데, 그동안 지나가는 사람이 아무도 없었어요. 만약 누가 지나갔다면, 우리도 진즉에 알아챘을 텐데요."

난 케이트 할머니에게 말했다.

"산을 내려가거나 올라가는 길은 많아. 강을 건너는 길도 도시로 통하는 길도 여러 개야. 도시도 여러 개지."

케이트 할머니가 미간을 찌푸리며 말했다.

난 터키콘도르가 되어 산과 계곡을 빙빙 돌며 그들을 관찰하는 상상을 했다.

"하지만 왜 우리를 만나러 오지 않죠?"

난 케이트 할머니를 쳐다보고 말했지만, 사실 라킨 오빠에게 던지는 질문이었다.

“예전에 자주 다니던 숲과 개울이 다른 사람의 소유가 됐어. 너라면 아무렇지 않게 그 길을 다닐 수 있겠어?”

케이트 할머니가 말했다.

내게 속하지 않은 것을 취했다는 생각에 마음이 썩 좋지 않았다. 그러나 케이트 할머니의 물음에 적절한 대답을 찾지 못했다.

라킨 오빠는 우두커니 서서 우리를 쳐다봤다. 라킨 오빠 눈에서 안쓰러움이 느껴졌다.

“하지만 네 잘못이 아니야. 그러니까 흘러가는 대로 내버려두자꾸나. 꿀은 찾았니?”

케이트 할머니가 한숨을 쉬었다.

“사실 ‘찾았다’는 단어가 맞는지 모르겠어요. 전 벌에게 쏘이는 걸 감수하고 꿀을 채취했고, 저를 공격한 벌들은 죽고, 남은 벌들은 굶주려서 죽을 위기에 놓였거든요.”

“용감했구나.”

케이트 할머니는 내 대답이 마음에 들었는지 고개를 끄덕이며 말했다. 하지만 이내 표정이 바뀌었다.

“벌들에게는 미안하지만, 나도 벌들 못지않게 꿀이 필요하단다.”

“왜 꿀이 필요하죠? 차를 마시려고요?”

라킨 오빠가 물었다.

설마 달달한 차를 마시려고 생판 모르는 사람한테 꿀을 따오라고 시켰을까! 그런 사소한 이유로 벌집을 망가뜨리다니. 설마 라킨 오빠는 사사건건 설명해 줘야 하는 타입인가? 제발 그렇지 않길 바랐다.

"다리를 좀 다쳤는데, 점점 곪고 있어."

케이트 할머니가 말했다.

"할머니는 아프다고만 했잖아요. 왜 다리가 다쳤다고 말하지 않았어요?"

라킨 오빠가 미간을 찌푸리며 말했다.

"지금 말했잖니. 그렇지 않아도 파리 떼가 모든 걸 말해 주고 있잖니."

"전 그냥 봄이 돼서 파리가 많아진 줄 알았어요."

"그리고 내 집이 왜 파리 소굴이 됐냐고 차마 묻지 못했겠지. 참 예의 바른 청년이야. 자, 이제 저 애를 좀 도와주렴."

케이트 할머니는 피곤한 듯 한숨을 크게 내쉬었다.

라킨 오빠가 나를 돌아보며 물었다.

"네 이름은 뭐니?"

그러자 케이트 할머니가 얼굴을 찌푸렸다.

"아이고, 내 정신 좀 봐. 내가 예의가 없었구나."

이렇게 허름한 집에서 자꾸 예의를 차리는 게 이상했다.

"난 엘리야."

라킨 오빠는 이미 알고 있을 것이다. 숲에 숨어서 엄마가 내 이름을 부르는 걸 들었을 테니 말이다.

라킨 오빠가 고개를 끄덕이며 허리를 살짝 굽혔다. 모자를 쓰고 있었다면, 모자도 벗었을 것이다. 참 예의가 발랐다.

"꿀을 정리하는 걸 도와줄게."

라킨 오빠가 진지한 얼굴로 말했다.

"내 다리 상처를 먼저 살펴보는 게 좋겠구나. 상당히 끔찍할 거야."

케이트 할머니가 다리를 덮고 있던 이불을 잡아당겼다.

라킨 오빠는 이불을 홱 걷었다. 그리고 구더기 떼가 상처 위에서 꿈틀거리는 광경을 목격하고 경악을 금치 못했다. 상처에서 고약한 냄새가 훅 풍겼다.

"흐윽!"

라킨 오빠는 자신이 다친 것처럼 신음을 뱉어 냈다. 난 그 외마디 소리를 듣고 확신했다. 라킨 오빠는 사사건건 설명해 줘야 하는 타입이 아니었다.

29

"상태가 정말 끔찍하네요."

라킨 오빠가 케이트 할머니 다리를 보고 말했다.

참 솔직했다. 예의 바름과 솔직함. 내가 사람을 볼 때 가장 중요시하는 두 가지 성품이었다.

"에이, 그것보단 더 잘 알아야지. 아직 시도해 볼 만한 게 있잖아."

케이트 할머니가 핀잔을 줬다. 그리고 나를 쳐다보며 설명했다.

"라킨은 나한테 치료법을 배우고 있거든. 오며 가며 이것저것 배우고 있어. 이렇게라도 하지 않으면 내가 죽고 나서 내 지식이 모두 사라질 것 아니니."

케이트 할머니는 힘없이 눈을 내리감았다. 말을 많이 한 탓에 기력이 떨어진 모양이었다.

"먼저 상처를 씻어야 해. 그리고 꿀을 바른 다음에 열을 잡아야 해."

라킨 오빠가 마른침을 꿀꺽 삼키며 말했다.

난 새로 할 일이 생겨서 좋았다.

이 오두막집과 케이트 할머니와 다리 상처를 발견한 게 불과 몇 시간 전이다. 만약 평소 일과대로라면 지금 난 침대로 가고 있었을 것이다. 이 놀라운 세계로 나오는 대신 말이다.

아침 먹기

메이지에게 밥 주기

길에서 꿀벌 조각 발견하기

강으로 가는 길에 들개와 마주치기

사무엘과 낚시하기

불 피우기

벌한테 쏘이기

콰이어트를 보낸다는 소식 듣기

아빠 방에 뱀 풀어놓기

산 오르기

들개와 다시 마주치기

마귀할멈 발견하기

불 피우기

토끼와 송어 요리하기
케이트 할머니와 캡틴에게 밥 먹이기
산비탈로 내려가기
사무엘과 콰이어트 발견하기
아빠한테 물약 먹이기
꿀 채취하기
벌한테 또 쏘이기
다시 산 오르기
라킨 오빠 만나기

여기서 끝이 아니라 오늘 할 일이 더 생겼다. 단 하루 만에 이 모든 일이 벌어졌다.

끔찍한 상처 씻기
상처에 꿀 바르기

이 뒤에도 예상하지 못한 일들이 기다리고 있을 것이다.

참 이상하게도 이 모든 일이 완벽하게 느껴졌다. 날이 어둑어둑해졌다. 우리는 램프에 불을 켰다. 비누로 손을 씻고 샘물로 깨끗하게 헹궜다. 그리고 케이트 할머니의 이불을 발목까지 끌어 내리고 불쌍한 다리를 살펴봤다.

난 평소에 엄마의 가르침대로 하느님의 이름을 헛되이 부르지 않으려고 노력했다. 하지만 이번에는 하늘을 향해 기도를 올렸다. 그런 다음 우리는 각자 숟가락을 들고 죽은 살점에 붙은 구더기를 조심스럽게 퍼냈다. 이어서 유리병 입구에 숟가락을 탁탁 털어서 구더기를 떨어뜨렸다. 구더기들이 귀리처럼 툭툭 떨어지면서 유리병 바닥에 쌓여 갔다.

우리는 작업하는 내내 입으로 숨을 쉬었다. 케이트 할머니 다리에서 시큼한 냄새와 달콤한 냄새가 동시에 풍겼다.

심지어 캡틴마저도 멀찍이 떨어진 한쪽 구석에 자리를 잡았다. 그래도 우리에게서 눈을 떼지 않았다. 등잔 밑에서 바라본 캡틴의 두 눈은 작은 달처럼 보였다.

우리는 드디어 마지막 남은 구더기를 걷어 냈다. 피셔가 물어서 생긴 구멍에서 고름이 꾸르륵 흘러나왔다. 난 숟가락으로 고름을 긁어냈다.

앞으로 커스터드 크림은 절대 먹지 못할 것 같았다. 커스터드 크림을 볼 때마다 고름이 떠올라서.

"상처는 어때 보여?"

케이트 할머니가 이를 악물었다.

라킨 오빠는 램프를 대고 상처를 자세히 살펴봤다.

"꿀을 넣으려면 상처를 조금 절개해야 해요."

"먼저 칼을 소독하렴."

케이트 할머니가 고개를 끄덕이면서 말했다. 현재의 아픔과 앞으로 다가올 고통 때문에 몸 전체가 굳고 발가락이 굽어 들었다.

다리가 이미 곪았는데 칼을 소독하는 게 무슨 의미가 있을까 싶었다. 하지만 상황을 악화시키는 것보다는 나았다. 어쨌든 깨끗해서 나쁠 것은 없으니 말이다.

"이걸 불에 달굴게요."

난 나이프를 꺼내 모닥불에 넣었다. 우리는 잠자코 나이프가 불 속에서 깨끗해지길 기다렸다.

케이트 할머니는 벽 쪽으로 고개를 돌렸다. 그리고 헝겊 인형을 귀와 어깨 사이에 끼워 넣고, 우리가 시작하길 기다렸다.

난 라킨 오빠에게 나이프를 건넸다. 나도 절개라면 할 수 있다. 아니, 그럴 수 있다고 생각했다. 하지만 케이트 할머니가 내가 아니라 오빠에게 절개하라고 했을 때, 솔직히 다행이라고 생각했다. 동시에 아쉬운 마음도 조금 들었다.

라킨 오빠는 나이프를 상처에 대고 한참을 가만히 있었다. 눈을 깜박이며 숨을 거칠게 내쉬었다. 그러다가 손에 힘을 주고 단숨에 나이프를 그었다. 케이트 할머니는 짧은 신음과 함께 몸을 살짝 비틀었다. 케이트 할머니 다리에서 기다란 붉은색 장막을 펼친 것처럼 피가 철철 흘러내렸다.

우리는 절개 부위를 잡고 양쪽으로 벌렸다. 염증이 근육까지 퍼져 있었지만, 다행히 많이 깊지는 않았다. 난 너무 깊은 곳까지 감염되지 않았길 빌었다.

난 배낭에서 꿀이 든 유리병을 꺼내서 공터로 나갔다. 뚜껑을 열고 유리병을 기울여 놓은 다음 멀찍이 떨어졌다. 그리고 유리병에 갇혀 있던 벌들이 모두 날아가길 기다렸다. 그런 다음 유리병을 챙겨서 다시 안으로 들어왔다.

라킨 오빠가 상처를 양쪽으로 벌렸다. 난 상처 위에서 벌집을 쥐고 스펀지처럼 꾹 짰다. 꿀이 상처 안으로 흘러 들어가서 어느새 가득 찼다. 우리는 손가락으로 상처를 오므렸다. 이때 밖으로 삐져나온 꿀들이 이음매를 이어 붙였다. 난 소매를 잘라서 붕대를 만들었다. 아빠가 손수 만들어 준 셔츠를 망가뜨리고 싶지 않았지만, 끝내 셔츠를 찢기로 결심했다. 난 소매로 케이트 할머니 다리를 칭칭 감아서 상처를 단단히 봉합했다.

아이러니하게도 케이트 할머니는 맨정신으로 견디기 가장 힘든 치료가 끝나고 나서야 기절했다. 강해져야 할 때 강인하게 버티다가 일이 끝나자마자 약함에 굴복해 버린 것이다.

나도 치료를 끝내고 마침내 바닥에 주저앉았을 때, 케이트 할머니와 같은 기분을 느꼈다.

30

"만약을 위해서 구더기들은 남겨 두자. 곧 파리로 변하겠지만."

라킨 오빠가 유리병 속의 구더기들을 바라보며 말했다. 조그맣고 끔찍한 간호사들이 흰 유니폼을 입고 꿈틀거렸다. 어떻게 오물을 헤집고 다니는 생명체가 이렇게 깨끗하고 깔끔할 수 있단 말인가?

"나중에 필요하면 언제든지 또 구할 수 있어."

"어떻게 구해?"

난 케이트 할머니의 잠든 얼굴을 쳐다보며 물었다. 케이트 할머니가 예쁜 꿈을 꾸고 있길 바랐다.

"토끼 같은 동물을 죽여서 파리가 몰려들 때까지 기다리면 돼. 그럼 파리가 알을 낳거든. 알에서 구더기가 깨어나길 기다리면 끝이야. 별로 오래 걸리지도 않아."

난 케이트 할머니가 산꼭대기에서 홀로 구더기를 만드는 장면을 상상했다.

"케이트 할머니가 그러는데 저 연장들은 주인이 따로 있대."

난 턱짓으로 작업대를 가리키며 말했다.

"맞아, 다른 사람 거야."

라킨 오빠가 말했다. 슬픈 이야기도 아닌데 왠지 슬프게 들렸다.

"근데 왜 여기에 있어?"

그러자 라킨 오빠는 한참 만에 입을 열었다.

"할머니 아들이 쓰던 연장이거든."

"아들은……?"

"돌아가셨어."

라킨 오빠가 눈길을 돌렸다.

"아! 그래서 내가 끌을 달궜을 때 할머니가 그렇게 싫어하셨구나."

그러자 라킨 오빠가 신기한 듯 나를 돌아봤다.

"왜 그랬던 거야?"

"그러면 세균이 죽어서 감염이 멈출 거라고 생각했어."

"케이트 할머니를 끌로 지지려고 했어?"

라킨 오빠가 눈썹을 치켜올리며 물었다.

"할머니를 처음 발견했을 때 의식이 없었어. 구더기를 일부러 올려놓은 줄은 꿈에도 몰랐지. 그래서 상처를 불로 지져서 소독해야겠다고 생각했어."

그때 상황이 다시 떠올랐다. 어두컴컴한 오두막집에 알려주는 사람 하나 없이 홀로 남겨진 막막함이란 이루 말할 수 없었다.

"진짜 하려고 했어?"

라킨 오빠는 눈이 휘둥그레졌다.

"잘 모르겠어. 일단 뭐라도 해야겠다고 생각했어."

난 어깨 한쪽을 으쓱했다.

라킨 오빠는 내 대답이 마음에 든 모양이었다. 그래도 내게 주의를 줬다.

"그러다가 화상을 입으면 또 다른 감염으로 이어질 수 있어. 죽을 만큼 급박한 상황이 아닌 이상 절대 그러면 안 돼."

아빠가 손에 난 상처를 불로 지졌을 때가 생각났다. 아빠는 그 뒤에 식초로 상처를 닦아 냈다.

"내가 상처를 지지기 전에 할머니가 깨어나서 정말 다행이야. 그럼 이제 뭘 해야 하지?"

라킨 오빠는 자신의 나이프로 유리병 뚜껑을 찔러서 구멍을 냈다. 그리고 벼룩을 담아 둔 유리병 옆에 구더기가 든 병을 놓았다. 그런 다음 할머니 책상에서 책 한 권을 골랐다. 성경 세 권을 합친 만큼 두꺼웠다.

"할머니가 좋아하는 책이야."

난 랜턴을 들고 책상으로 다가갔다.

"무병장수."

난 책 제목을 읊었다. 갈라진 책 표지에 손때가 가득했다.

"글을 읽을 줄 아니?"

라킨 오빠가 내게 물었다.

"당연하지."

난 고개를 끄덕였다. 그러나 퍼뜩 모든 사람이 도시에서 태어나는 건 아니라는 생각이 떠올랐다.

"산으로 오기 전에 학교를 다녔거든. 그리고 우리 엄마가 예전에 선생님이었어. 그래서 우리는 요즘도 매일 공부하고 있어."

내가 말했다.

"매일?"

라킨 오빠가 나를 뚫어지게 쳐다봤다.

난 고개를 끄덕였다. 사실 최근에 조금 다른 걸 공부했지만.

"오빠도 언제든지 우리 집에 내려와서 같이 공부해도 돼."

라킨 오빠가 뭔가 골똘히 생각하더니 이윽고 입을 열었다.

"너희 엄마는 요즘도 공부를 가르친다며. 근데 왜 '예전'에 선생님이었다고 말했어?"

난 잠시 고민하다가 이렇게 말했다.

"그럼, '지금'도 선생님이야."

라킨 오빠는 아무런 대꾸 없이 뒤돌아서서 책을 펼쳤다. 거의 마지막 장이었다. 라킨 오빠는 책장을 천천히 넘기면서 중얼거렸다. 그러다가 갑자기 멈춰서 소리 내어 읽었다.

"독에 감염된 상처."

그리고 다시 중얼거리다가 큰 소리로 읽기 시작했다.

"정육업자, 요리사, 생선 장수처럼……."

라킨 오빠가 책을 읽다 말고 멈춰서 나를 뒤돌아봤다.

"부패한……."

내가 말했다.

"부패한 고기를 다루는 사람이 부상을 당한 경우에 상처는……."

라킨 오빠가 또 멈췄다.

"악성을 띤다."

내가 말했다.

라킨 오빠가 나를 쳐다봤다.

"난 글을 잘 읽지 못해. 케이트 할머니한테 배운 게 전부야."

라킨 오빠가 케이트 할머니를 향해 고갯짓했다.

"글을 읽으면 읽을수록 쉬워질 거야."

라킨 오빠가 고개를 끄덕이고는 다시 책을 읽기 시작했다.

"이런…… 종류의 상처는 철저히 씻어야 한다. 상처 부위를 열어서 소독약으로 쓰이는 석탄산을 적신 탈지면으로 닦는다. 그런 다음…….”

라킨 오빠는 한두 단어를 건너뛰고 다시 읽기 시작했다.

“수은 용액으로 씻고 살균 드레싱을 한다. 동물에게 물린 상처도 이와 동일하게 처치해야 하며, 특히 사람에게 물린 상처는 최악의 부상으로 꼽힌다.”

라킨 오빠는 가파른 언덕을 오른 사람처럼 숨을 크게 내쉬었다.

난 사무엘이 떠올랐다. 사무엘은 어려운 단어를 읽을 때 내가 도와주면 심술쟁이로 돌변했다.

“내가 중간에 도와줬다고 기분 나빠하지 않았으면 좋겠어.”

“기분 나쁠 게 뭐가 있어?”

“내 남동생은 자신이 못 하는 일도 할 줄 알아야 한다고 생각하거든.”

난 어깨를 으쓱하며 말했다.

“왜 그런 생각을 하지?”

라킨 오빠가 인상을 찌푸리며 물었다.

나도 왜 그러는지 모른다. 난 책을 다시 들여다봤다.

“열에 대해서는 뭐라고 적혀 있어?”

“그 부분은 내가 잘 알아.”

“하지만 난 모르잖아.”

내가 대꾸했다.

그러자 라킨 오빠는 책장을 한 장 한 장 넘겼다. 붕대 감는 법과 환자 옮기는 법을 설명한 그림을 지나서 '감염'이라고 적힌 장을 찾았다.

우리는 감염 장을 같이 읽었다.

"책에서 말하는 재료는 우리한테 없는데. 그런데 케이트 할머니가 버드나무 껍질을 써도 된다고 하셨어. 아마 저기 유리병에 들어 있을 거야."

라킨 오빠가 선반을 가리켰다.

"내가 불을 피울게. 넌 샘에 가서 물을 좀 떠 와 줘. 할머니한테 차를 만들어 드리자."

라킨 오빠가 말했다.

"근데 석탄산 대신에 뭘 써야 하지? 책에서 말한 다른 약품들도 그렇고. 만약 꿀이 효과가 없으면 어떡하지?"

내가 물었다.

그러자 라킨 오빠가 고개를 갸웃했다.

"일어나지도 않은 일을 왜 미리부터 걱정해? 지금으로선 꿀만으로도 충분해. 상처는 마녀 개암나무를 우린 물로 닦으면 돼. 만약 다른 재료가 필요하면, 또 다른 것을 시도해 보자."

난 아빠를 떠올렸다. 아빠를 치료하기 위해 시도했던 '다른 것'을 떠올렸고, 앞으로 찾아낼 '다른 것'을 생각했다.

라킨 오빠는 책을 더 뒤적거렸고, 캡틴은 마치 엄마처럼 케이트 할머니 곁을 지켰다. 난 샘에서 물을 뜨러 밖으로 나갔다. 홀로 쳐다본 밤하늘에 우리를 찾아온 별들이 있었다. 별들이 몸을 기울이고 내게 할 말이 있느냐고 묻는 듯했다. 아니면 별들이 내게 하고 싶은 말이 있는 걸까?

하지만 바람의 목소리가 더 컸다. 바람은 내게 서두르라고 말했다. 물을 끓여서 버드나무 차를 만들라고. 케이트 할머니를 깨워서 차를 마시게 하라고. 아빠 몫까지 충분히 만들어서 산꼭대기에서 내려갈 때 가지고 가라고 말해 주었다. 아빠가 열이 나는 것도 아닌데 말이다.

내가 시도하려던 '다른 것' 중에 버드나무도 있었다.

"또 다른 게 뭐가 있을까?"

난 별들에게 물었다. 그러나 별들은 이 문제에 대해서는 침묵했다.

"스타 피크. 이제부터 별이란 뜻의 '스타'와 봉우리란 뜻의 '피크'를 합쳐 이 산봉우리를 스타 피크라고 불러야겠어."

난 별들에게 말했다.

나도 산봉우리 이름을 지을 자격이 충분하다고 느꼈다. 다른 사람도 마음대로 강과 산에 이름을 붙이지 않았던가? 이 산도 누군가가 에코 마운틴이라고 지었다. 이 산은 엘리의 산이기도 했다. 라킨 오빠의 산도 되고, 케이트 할머니의 산도 되고, 아빠의 산도 되고, 사무엘의 산도 됐다.

하지만 엄마와 에스더 언니는 산에 자신의 이름을 붙이고 싶어 하지 않을 것이다. 이런 생각을 하자 마음이 아프고 속이 쓰렸다.

우리 가족을 다시 하나로 온전히 뭉치게 만들 무언가가 필요하다. 엄마와 에스더 언니를 현재 있는 곳에 만족하게 만들고, 아빠를 깨울 무언가가 필요하다. 비록 우리는 서로 다르지만, 내가 그들에게 속하고 그들이 내게 속하게 만들 무언가가 필요하다.

그러기 위해서 우리에게는 '다른 것'이 필요하다.

이것이 바로 내가 찾고자 하는 '다른 것'이다.

31

우리는 케이트 할머니를 깨워서 버드나무 차를 마시게 했다. 난 아빠를 위해 남은 차를 식혀서 꿀병에 부은 다음 배낭에 넣었다.

"내일 다시 올 거야?"

라킨 오빠가 물었다.

내가 입을 열기도 전에 케이트 할머니가 끼어들었다.

"오늘 도와줘서 정말 고마워. 하지만 이제 라킨이 있으니까 넌 오지 않아도 된단다. 라킨이 없어도 어차피 멀리 가진 않으니까."

케이트 할머니의 말은 전혀 무례하지 않았다. 라킨 오빠가 곁에 있는데 낯선 사람이나 마찬가지인 내가 왜 필요하겠는가. 라킨 오빠는 본인이 직접 글도 가르치고, 버드나무 차 끓이는 법도 가르치고, 꿀로 상처를 치료하는 법도 가르치지 않았는가. 머리로는 충분히 이해하지만, 왠지 마음이 섭섭했다.

"하지만 저는 할머니가 필요해요. 우리 아빠가 혼수상태에 빠졌어요. 그게 뭐냐면……."

내가 입을 열었다.

케이트 할머니가 동그랗게 뜬 눈을 반짝거렸다. 단순히 열 때문이 아니었다.

"나도 그게 무슨 뜻인지 알아."

케이트 할머니가 톡 쏘아붙였다.

물론 사실이다. 케이트 할머니는 야생에 있는 약재들도 잘 알지만, 책상에 있던 수많은 책에 나오는 질병과 치료법도 잘 알고 있었다.

"혼수상태가 무슨 뜻인데요?"

라킨 오빠가 물었다. 지난 몇 개월 동안 나를 지켜봤으면, 사고 현장을 목격했든 목격하지 않았든 우리 아빠한테 무슨 일이 생겼는지 알 텐데 말이다.

"오랫동안 의식이 없다는 뜻이야. 근데 넌 이제야 내게 이 얘기를 털어놓는 거야?"

케이트 할머니가 짜증스럽게 말했다.

난 한 걸음 뒤로 물러섰다.

"하지만 할머니를 만난 건 겨우 몇 시간 전인걸요."

몇 시간이 아니라 며칠이 흐른 것 같지만.

"게다가 할머니는 다쳐서 아프잖아요. 근데 우리 아빠 얘기를 어떻게 꺼내요."

케이트 할머니는 귀찮다는 듯이 손을 휘저었다.

"그래그래, 알았어. 아무튼 사람을 병들게 만드는 원인에 대해서는 내가 좀 잘 알지. 도움이 필요할 때 언제든 오렴."

"혹시 내가 필요하면 날 데리러 와."

난 라킨 오빠에게 말했다. 그리고 한참을 물끄러미 바라보다가 라킨 오빠도 아는 이야기를 하기 시작했다.

"사슴이 다니는 길로 쭉 오다 보면 산길이 나와. 산길을 따라서 집을 몇 채 지나면 헛간이 딸린 오두막집이 나와. 하지만 헛간에는 강아지들이 있어서 가까이 가면 안 돼. 누가 근처에 오면 어미 개가 긴장하거든."

"강아지? 나한테 강아지 얘기도 안 했잖아."

케이트 할머니가 아까보다 훨씬 더 거친 목소리로 말했다.

난 케이트 할머니의 변덕 때문에 혼란스러웠다. 언제는 나더러 가라고 하더니, 이제는 나에 대해서 더 알고 싶단다.

"네, 안 했어요. 하지만 할머니도 저한테 해 준 얘기가 거의 없잖아요."

내가 말했다. 그리고 라킨 오빠를 돌아봤다.

"그리고 오빠에 대해서도 아는 게 하나도 없어."

사실 라킨 오빠에 대해 아예 모르는 건 아니다. 하지만 라킨 오빠도 잘 모르고 '그들'도 잘 모른다는 사실이 굶주림처럼 느껴졌다. 아무 예고도 없이 눈물이 왈칵 터질 것 같았다.

무슨 말을 하려는데 꺽꺽거리는 소리만 나왔다. 개구리보다는 새에 가까웠다. 어쨌거나 작고 보잘것없는 짐승 같았다. 주눅 든 모습이 익숙한 짐승 말이다.

두 사람은 노란 랜턴 빛 아래서 나를 물끄러미 쳐다봤다. 캡틴도 일어나서 나를 유심히 지켜봤다. 난 소매가 잘린 셔츠 위에 재킷을 걸쳐 입었다. 배낭을 메고 목청을 가다듬었다.

"케이트 할머니, 건강이 회복되길 빌게요."

그리고 라킨 오빠를 쳐다봤다.

"우리가 이런 일을 해야 할 상황이 다시는 생기지 않았으면 좋겠다."

백 퍼센트 진심은 아니었다.

난 쏟아 내지 못한 눈물을 꾹 눌러 담고 오두막집을 나왔다.

난 그리 멀리 가지 못했다.

별들이 케이트 할머니의 마당에서 날 멈춰 세웠다.

맑고 하얀 꽃이 총총 박힌 하늘 초원이 치유하지 못하는 상처는 거의 없다. 어떤 상처라도 조금씩은 치유하기 마련이다.

난 밤하늘을 올려다봤다. 눈이 어느 정도 어둠에 익숙해졌다. 마당 끝의 나무들도 하나하나 윤곽을 되찾기 시작했다. 그때 나무 사이에 누군가 서 있는 형상이 보였다.

나도 모르게 목이 움츠러들고, 온몸에 식은땀이 흘렀다.

어떤 여자였다. 어찌나 목석처럼 가만히 있는지 그대로 나무가 되어 버릴 것 같았다. 하지만 나무가 아니었다. 여자의 모든 면이 나무가 아닌 다른 존재라고 말해 주고 있었다.

날은 어두웠고, 여자는 저만치 떨어져 있었다. 그런데도 끔찍한 기운이 마당까지 뻗어 와서 나를 건드렸다.

피셔가 자신보다 다섯 배나 큰, 굶주린 개를 마주했을 때 이런 기분이었을까? 그런데 여자를 계속 보고 있자니, 이 감정이 두려움이 아니란 걸 깨달았다. 그건…… 충격이었다. 여자는 너무 어두웠다. 검게 그을린 것처럼 처참했다.

그 처참함이 마당 너머 나에게까지 전해졌다.

난 여자가 움직이길, 무슨 말이라도 해 주길 기다렸다. 하지만 여자는 꼼짝도 하지 않았다.

우리 집으로 가는 길은 내 왼편에 있었다. 그냥 서둘러 집으로 가 버릴까 고민했다. 하지만 집까지 가는 길은 너무 멀었다. 날도 어둡고 길도 낯설기 때문에 괜히 서두르다가 넘어질 위험이 있었다. 그래서 난 뒤돌아서서 오두막집으로 다시 들어갔다. 그리고 문을 꽉 닫았다.

"노크도 없이 들어온 게 벌써 세 번째구나."

케이트 할머니가 침대에 누워서 말했다. 라킨 오빠도 두꺼운 책을 보다가 고개를 들었다. 침대 옆에 누워 있던 캡틴도 고개를 들었다. 그리고 나를 쳐다보고 으르렁대기 시작했다.

"캡틴, 왜 그러니? 저 아이는……."

케이트 할머니가 말했다.

"어떤 여자가 있어요. 마당 끝 쪽에요."

내가 말했다.

캡틴이 벌떡 일어나서 다리에 힘을 주고 나직하게 으르렁거렸다. 그때 라킨 오빠가 한숨을 푹 쉬었다. 난 라킨 오빠의 반응에 깜짝 놀랐다. 라킨 오빠는 책을 덮고 의자에서 일어났다. 아까보다 덤덤한 표정이었다.

"넌 이제 그만 돌아가."

라킨 오빠가 현관문을 열고 내게 말했다. 그리고 나를 데리고 밖으로 나왔다.

"이제 가. 집으로 돌아가."

라킨 오빠가 재촉했다.

라킨 오빠의 목소리에서 초조함이 느껴졌다.

여자가 우리 곁으로 조용히 다가왔다.

"이분은 누구야?"

난 여자를 쳐다보며 물었다.

라킨 오빠가 내 팔을 잡고 슬쩍 밀었다.

"우리 엄마야."

32

대낮에 산을 오르는 것과 밤에 산을 내려가는 건 천지 차이였다. 난 최대한 조심스럽게 천천히 내려갔다. 얼마 못 갔을 때였다. 산꼭대기에서 고함 소리가 들렸다. 난 걸음을 멈추고 귀를 기울였다.

아무래도 화가 났는지 고함 소리가 매우 컸다. 하지만 숲속 한가운데 있어서 무슨 말인지 알아듣기 힘들었다. 라킨 오빠가 집으로 돌아와야 한다는 이야기인 것 같았다.

라킨 오빠도 지지 않고 고함을 질렀다. 자기 마음대로 결정할 만큼 다 컸다는 말 같았다.

잠시 뒤 고함 소리가 멈췄다.

라킨 오빠가 엄마와 함께 반대편 산비탈로 내려가는 것 같았다. 우리는 모두 스타 피크에서 내려가고, 케이트 할머니와 캡틴만 산꼭대기에 홀로 남았다.

난 집에 돌아가서 할 일이 있다. 한 번도 해 보지 않은 일도 해야 하고, 아빠도 간호해야 한다. 하지만 곧 다시 산꼭대기로 돌아가서 케이트 할머니를 도울 거다. 내 도움이 필요하든 필요하지 않든 말이다.

내가 할 수 있는 일이 있으니까, 할 것이다.

무엇보다 내가 하고 싶은 마음이 크다. 봄바람을 쐬거나 무언가를 키우고 싶어 하는 마음처럼 내가 나서서 하고 싶다.

라킨 오빠도 조만간 돌아오면 좋겠다. 엄마가 뭐라고 했든 간에 케이트 할머니와 나를 보러 다시 오면 좋겠다.

나한테 나무 조각을 주지 않아도 좋다. 우리 집 근처를 배회하면서 친구놀이를 하지 않아도 좋다.

난 이제 라킨 오빠를 알고 싶다. 이미 알고 있지만.

그리고 라킨 오빠도 날 알기를 바란다.

산을 내려가는 데 한참 걸렸다. 특히 사람이 다니지 않는 구간은 더욱 험난했다. 난 길을 가는 내내 나이프를 쥔 손을 다리 옆에 딱 붙였다. 그래야 안심이 됐다. 눈으로는 별빛을 최대한 흠뻑 빨아들였고, 소리를 더 잘 듣기 위해서 입으로 숨을 쉬었다. 곰이 나타나지 않을까 경계했지만 야생 동물 같은 건 코빼기도 보이지 않았다. 불현듯 내가 곰보다 맞은편 산비탈에 사는 여자를 더 무서워한다는 걸 깨달았다.

책에도 적혀 있었다. 사람에게 물린 상처가 최악이라고.

야생에는 온갖 것이 존재한다는 사실을 다시금 깨달았다.

내가 헛간 문을 열자 메이지가 잠에서 깨어났다. 처음에는 낯선 사람인 줄 알고 으르렁댔다. 그러나 이내 내가 돌아온 걸 알아차리고 벌떡 일어나서 꼬리를 흔들며 나를 맞이했다.

"아아, 나의 메이지, 나의 메이지."

내가 속삭였다. 난 무릎을 꿇고 손으로 메이지 얼굴을 감싼 뒤 부드러운 이마에 뽀뽀를 했다.

강아지들은 단잠에 빠져 있었다. 하지만 콰이어트가 휴식이 필요한 만큼 나도 콰이어트가 필요했다.

"안녕, 나의 귀염둥이."

난 콰이어트를 품에 끌어안으며 속삭였다. 콰이어트는 내 품에 안기자마자 다시 잠에 빠져들었다. 메이지가 온몸이 흔들릴 정도로 꼬리를 세차게 흔들었다. 하지만 내 행동을 크게 거슬려 하지는 않았다. 우리는 엉클어진 보금자리에 누워 서로의 온기를 느끼며 깊은 잠에 빠져들었다.

"아침 먹을래, 말래?"

엄마가 헛간 문간에 서서 물었다. 엄마 뒤에서 새벽빛이 쏟아져 들어오며 흰색 실루엣을 그려 냈다.

난 눈을 끔뻑거리며 일어나 앉았다. 머리에 붙은 지푸라기가 아래로 떨어졌다. 메이지는 이미 일어나 있었다. 강아지들도 일찍 일어나서 보금자리 주변을 뒤뚱뒤뚱 돌아다녔다.

"네, 먹을래요."

난 벌떡 일어나서 여기저기 붙은 지푸라기를 털어 냈다.

"그래, 그럼 집으로 들어가자."

내가 엄마를 따라나서자, 엄마가 내게 손을 뻗었다. 난 어린 아이처럼 엄마 손을 꼭 잡고 뒤를 졸졸 따라갔다.

빛 한 줄기가 엄마와 내 손을 연결해 준 기분이 들었다.

엄마와 맞잡은 손에 온 신경을 집중하느라 걸음걸이에 신경 쓰지 못한 탓에 마당을 걸어가는 내내 휘청거렸다.

엄마는 나를 집 안으로 데리고 들어가서 부엌 난로 옆에 놓인 식탁에 앉혔다.

"몸을 좀 녹이렴."

엄마가 말했다.

아직 이른 아침이라 사무엘과 에스더 언니는 침실에서 자고 있었다.

난 하품을 쩍 하며 난로에 손을 녹였다.

엄마는 달걀, 구운 사슴 고기, 비스킷과 함께 커피를 준비해 줬다.

난 엄마를 한동안 물끄러미 바라봤다.

"뜨거울 때 빨리 먹으렴."

엄마가 말했다. 그리고 뒤돌아서서 프라이팬에 사슴 고기를 추가했다.

난 엄마가 차려 준 음식을 일 분 만에 먹어 치웠다. 한 접시 더 먹으라면 얼마든지 먹을 수 있었다.

엄마가 뒤돌아서서 빈 접시를 발견했다. 잠시 멈칫하더니 내 얼굴과 접시를 번갈아 쳐다봤다.

"네가 아빠를 깨우려고 벌이는 일들 말이다, 그만둘 순 없겠니?"

엄마가 속삭이듯이 말했다.

난 머그잔을 내려놓았다.

"그 얘기를 하려고 아침부터 진수성찬을 차려 준 거예요? 아빠를 깨우려는 시도를 그만두라고요?"

엄마는 한숨을 푹 내쉬었다.

"엘리, 내가 자식에게 뇌물이나 주는 엄마로 보이니?"

"아니요."

"그래, 아니야. 그것 때문에 아침을 푸짐하게 차려 준 게 아니야."

엄마가 내 옆에 앉아서 말을 이어 갔다.

"네가 왜 그러는지 알아. 하지만 그건 도움이 안 돼. 오히려 상황만 나빠졌잖아. 사무엘을 괜히 희망에 부풀게 만들고, 에스더는 네 거친 장난 때문에 아빠가 다칠까 봐 불안해하고 있어."

나 때문에 아빠가 '또' 다칠지도 모른다고 말하고 싶겠지. 엄마는 '또'라고 소리 내어 말하지 않았지만, 내게는 속마음이 들렸다.

"엄마도 그렇게 생각해요?"

엄마는 나를 골똘히 쳐다봤다.

"잘 모르겠다. 나도 당연히 아빠가 하루빨리 깨어나서 건강해지길 바라지. 그리고 어쩌면 네가 하는 일이 맞을지도 모른다는 생각이 들 때도 있어. 하지만 그건 어디까지나 내 생각이지, 실제 그렇다는 건 아니야."

난 안타깝고 슬펐다. 하지만 이 말밖에는 해 줄 말이 없었다.

"아무 일도 하지 않는 것보다 뭐라도 하는 게 나아요."

혹시 엄마가 울지도 모른다는 생각이 들었다.

"만약 네가 아빠를 깨웠는데 아빠 상태가 여전히 좋지 않으면 어떡할래?"

무슨 말인지 이해가 잘 되지 않았다.

"하지만 아빠는 깨어나지 못할 뿐이지, 다른 이상이 있는 건 아니잖아요."

내 말은 의도와 달리 질문처럼 들렸다.

"우리가 미처 발견하지 못한 것일 수도 있지. 어딘가 잘못된 게 아니라면 저렇게 잠만 잘 리가 없잖아, 엘리."

난 엄마 말을 곱씹으며 아빠를 떠올려 봤다. 아빠의 달라진 모습을……. 내가 아는 아빠와 다른 모습을 상상해 봤다. 그러자 이전과는 다른 새로운 아픔이 내 심장을 찔렀다.

"아빠는 괜찮을 거예요."

내가 말했다.

엄마가 고개를 끄덕였다.

"그럴 수도 있지. 하지만 놀라게 하거나 충격을 주는 방법은 아빠한테 해로울 수 있어. 넌 그런 생각을 안 하니?"

내가 만든 물약을 아빠한테 먹였을 때를 떠올렸다.

"아빠 눈동자가 움직였어요."

이 말을 꺼낸 순간, 난 깨달았다. 내가 벌인 일을 엄마한테 고백할 수밖에 없다는 것을.

33

“그게 무슨 소리니?”

엄마가 허리를 꼿꼿이 세웠다.

“어제 아빠한테 뭘 좀 먹였어요.”

어제가 아니라 오래전 일처럼 느껴졌다.

“그러니까 죽을 먹였는데요, 눈꺼풀 아래로 아빠 눈동자가 움직였어요.”

마녀처럼 보일까 봐 차마 ‘물약’이라는 단어는 쓰지 못했다.

엄마가 나를 물끄러미 쳐다봤다.

“죽을 만든 건 어제저녁이었고, 내가 직접 먹였어. 하지만 눈동자는 움직이지 않았어.”

엄마가 갑자기 조용해지더니, 이렇게 물었다.

“엘리, 도대체 아빠한테 무슨 죽을 먹인 거니?”

“제가 강물이랑 전나무 진액을 섞어서 만들었어요.”

눈물이랑 이슬에 대해서는 말하지 않았다. 왠지 그 이야기까지 하면 엄마와 더 멀어질 것 같은 예감이 들었다.

"나한테 먼저 물어볼 생각은 안 했고? 그래도 된다고 마음대로 생각한 거니?"

엄마는 화난 목소리로 정말 궁금하다는 듯이 물었다.

"아빠한테 해가 되는 일은 절대 하지 않아요. 엄마도 알잖아요, 그렇죠?"

나도 엄마 못지않게 대답이 궁금했다. 우리는 마치 첫 만남에 서로를 탐색하는 두 마리의 개 같았다.

엄마가 또 한숨을 푹 내쉬었다.

"물론 그렇지. 그래도 네가 그만뒀으면 좋겠구나. 날 이해할 수 있겠니?"

한편으로는 이해가 갔지만, 또 한편으로는 이해가 가지 않았다.

"아니요, 엄마는 이미 저한테 벌을 줬어요. 제가 한 일과 앞으로 할지도 모르는 일, 모두에 대해서요."

내 목소리도 엄마 목소리처럼 슬프게 들렸다. 난 콰이어트를 생각했다. 생존을 위해 다른 생명체를 죽이다 보면 냉혹하게 변할 것이다.

"이제 어떤 벌을 내려도 소용없어요. 제게서 콰이어트를 떼어 놓는 것보다 가혹한 벌은 없으니까요."

엄마 얼굴이 경직됐다. 얼굴뿐만 아니라 온몸이 목석처럼 굳었다.

"아빠를 깨우려다가 아빠를 죽게 만들면 어쩌려고? 그게 훨씬 더 가혹하지 않겠니? 그런 생각은 안 해 봤니?"

안 해 봤다. 이런 생각은 한 번도 하지 않았다.

엄마는 일어나서 사슴 고기를 뒤집었다. 그리고 사슴 고기 기름에 마지막 남은 달걀 두 개를 깨뜨려 넣었다. 하나는 에스더 언니, 하나는 사무엘의 것이다.

"죄송해요."

내가 말했다. 진심이었다. 진심으로 미안했다.

엄마가 한참을 물끄러미 바라보더니 입을 열었다.

"이제 그만두겠다는 말이지?"

난 적당한 대답을 찾지 못하고 그 대신 이렇게 말했다.

"만약 제가 아빠를 도울 수 있는 사람을 안다면요?"

그때 달걀이 부풀어 오르다가 팍 하고 터졌다. 그리고 에스더 언니가 눈을 비비며 꾸무럭꾸무럭 부엌으로 들어왔다.

"개들이랑 같이 자니까 어땠어?"

난 들은 척도 하지 않고, 엄마 대답만을 기다렸다.

엄마는 달걀을 뒤집고 익기를 기다렸다. 깨끗한 접시에 달걀과 고기를 던 다음 에스더 언니에게 건넸다. 그리고 머그잔에 커피를 채워서 식탁에 내려놓았다.

“그게 누군데?”

엄마가 물었다.

“케이트 할머니예요. 지금은 다리를 다쳤는데 상처가 다 나으면 아빠를 보러 내려온대요.”

“내려온다고? 산꼭대기에서? 지금 마귀할멈 얘기를 하는 거니?”

엄마 눈이 휘둥그레졌다가 가늘어졌다. 궁금증이 다른 무언가로 바뀌는 게 보였다.

“무슨 마귀할멈?”

에스더 언니가 물었다.

“마귀할멈이라고?”

사무엘이 문간에 서 있었다. 폭풍 맞은 사람처럼 잠에서 깬 몰골이 말이 아니었다.

“여기 앉으렴.”

엄마가 접시를 가지러 갔다.

“무슨 마귀할멈? 엘리 누나, 마귀할멈이 뭐야?”

사무엘이 내게 물었다.

“마녀야.”

에스더 언니가 나 대신 말했다. 언니의 잠옷 차림은 단정했다. 머리는 빗질을 해서 가지런했고, 손은 매일 밤마다 수지를 바른 덕분에 반질거렸다.

"할머니는 마녀가 아니야. 사람을 치료하는 방법에 통달한 사람이야. 숲에서 구한 약재랑 책에서 배운 약품도 있어. 약재와 약품을 모두 사용해서 사람을 치료하는 법도 잘 알고."

내가 말했다. 구더기에 대한 이야기는 생략했지만.

"그 할머니에 대해서 어쩜 그렇게 잘 아니?"

엄마가 사무엘의 접시를 식탁에 내려놓으며 말했다.

"그 개와 또 마주쳐서 산꼭대기까지 쫓아갔어요. 그곳에 할머니의 오두막집이 있었어요."

내가 말했다.

"우리가 봤던 그 개? 죽은 토끼를 물고 있던 개 말이야?"

사무엘이 말했다.

"어제 집안일도 하지 않고 거기로 사라졌던 거니? 다시는 그 할머니 근처에 가지 마라. 내 말 알겠니? 그 개도 마찬가지고. 앤더슨 씨네 집보다 높은 곳은 절대 올라가지 말란 말이야. 아니면 정신 차릴 때까지 헛간에 가둬 둘 거야."

엄마가 고개를 세차게 흔들었다.

에스더 언니와 사무엘은 식사를 중단하고 엄마와 나를 쳐다봤다.

난 식탁에서 일어나 재킷을 벗었다.

"할머니가 다리를 다쳐서 제 셔츠 소매로 상처를 감쌌어요."

목소리가 살짝 떨려 왔다.

"피셔가 할머니를 물었는데 상처가 곪았거든요. 열이 펄펄 났어요. 그때 맞은편 산비탈에 사는 남자애가 저를 도와줬어요. 우리는 상처를 소독한 다음에 꿀을 발랐어요. 그리고 열을 내리게 하기 위해서 버드나무 껍질로 차를 우렸어요. 나중에 걔네 엄마가 찾아와서 왜 여기 있느냐며 화를 냈어요. 지금 엄마처럼 말이에요. 전 엄마가 왜 화를 내는지 모르겠어요. 왜냐하면 케이트 할머니는 절대 나쁜 사람이 아니거든요. 라킨 오빠한테 글도 가르쳐 줬어요. 엄마도 그랬을 거예요. 언니도 그렇고."

이번에는 에스더 언니를 보고 말했다.

"난 케이트 할머니를 도우러 산에 다시 올라갈 거야. 상처가 나으면 할머니를 우리 집으로 데려올 거야. 그리고 난 아빠를 깨우려는 시도를 멈추지 않을 거야. 왜냐하면 아빠는 무조건 일어나야 하니까. 무조건. 그래야 언니와 엄마가 괜찮아질 테니까."

난 속으로 '그래야 나도 괜찮아질 테니까.'라고 생각했다. 처음으로 이런 생각이 들었다.

한동안 아무도 입을 열지 못했다.

"라킨이 누구야?"

오랜 정적을 깨고 사무엘이 물었다.

난 그제야 참았던 숨을 토해 냈다. 그렁그렁했던 눈물도 쏙 들어갔다.

"나를 도와준 남자애가 케이트 할머니도 도와줬어."

난 사무엘에게 말했다.

엄마는 손바닥으로 얼굴을 쓸어내렸다.

엄마는 내 앞에 서서 허리를 숙였다. 그리고 내 어깨를 잡고 눈을 똑바로 쳐다봤다.

"엘리, 내 말 잘 들어. 다시는 그 사람들 근처에 가지 마. 집에 꼭 붙어 있어. 괜히 돌아다니다가 다치지 말고. 사무엘이 너를 따라서 말썽 부리지 않게 주의해. 그리고 마귀할멈이 내 집에 들어와서 너희 아빠한테 주술을 거는 일 따위는 절대 용납 못 해."

"내 말이 맞지, 사무엘. 마귀할멈이 바로 마녀라니까."

에스더 언니가 식사를 다시 시작하며 말했다.

"마녀가 아니야! 와서 아무것도 하지 않은 그 의사보다 훨씬 나아."

난 머리를 세차게 흔들었다.

"할 수 있는 게 아무것도 없으니까 그렇지!"

엄마가 내 어깨를 놓으며 말했다.

"아빠한테 주려고 버드나무 차를 조금 가져왔어요. 이건 전혀 해롭지 않아요. 조금도요."

"그렇다고 도움이 되는 것도 아니지. 엘리, 내 말은 끝났어.

다른 말은 듣고 싶지 않구나."

엄마가 내게 재킷을 내밀며 말을 이었다.

"이제 가서 네 할 일을 해라. 혹시라도 또 마귀할멈 집에 간 걸 내가 알게 된다면…… 그땐 나도 내가 무슨 짓을 할지 모르겠구나."

난 문을 나가면서 엄마 말을 어기면 어떤 벌을 받게 될지 생각해 봤다. 모든 가능성을 따져 봐도 내가 시작한 일을 포기하는 것보다 최악은 없었다.

34

젖소들이 젖을 짜 달라고 음매음매 울부짖었다. 우유가 찍찍 나오면서 양철통을 때린 다음 거품을 일으켰다. 이 경쾌한 리듬 소리에 젖소들도 차츰 진정이 되어 갔다.

난 젖을 짜는 동안 엄마, 아빠, 케이트 할머니, 라킨 오빠, 오빠의 엄마에 대해 생각했다. 이 모든 것이 어디론가 향하고 있었다. 그 목적지가 어디인지는 모르겠지만.

머리가 복잡했다. 혼란스럽고 갑갑해서 숨 쉬기 힘들었다. 머릿속이 정리되지 않았다. 다음 단계가 생각나지 않아서 막막했다. 이럴 때는 일과가 도움이 됐다. 매일 똑같이 반복되는 일과는 쉽고 단순했다.

난 젖소들을 들판에 풀어 주고, 우유 통을 들고 오두막집으로 갔다. 현관문 안쪽에 우유 통을 내려놓고, 남은 일을 하러 갔다.

다음 차례는 개들이었다. 더러워진 보금자리를 치우고 새로운 짚을 깔아 주었다. 그리고 메이지를 마당에 잠시 풀어 주었다. 강아지들이 어미를 찾아 낑낑댔다.

"엄마는 금방 돌아올 거야."

난 강아지들을 달랬다. 콰이어트를 안아 올렸는데, 내 팔에 오줌을 쌌다.

"귀여운 말썽꾸러기 같으니."

난 콰이어트를 보금자리에 내려놓으며 말했다.

그리고 재킷을 닦으려고 잠시 벗어서 걸어 두었다. 재킷이 더럽고 말고의 문제가 아니었다. 어린 새끼의 냄새는 포식자를 유인할 위험이 있었다.

다음에는 텃밭으로 갔다. 맨살에 닿는 햇살이 따사로웠다. 난 씨앗을 뿌리기 위해 밭을 갈면서 케이트 할머니를 떠올렸다. 열 때문에 발갛게 달아오른 얼굴, 시퍼렇게 부어오른 다리 그리고 케이트 할머니 옆을 지키는 캡틴을 떠올렸다.

케이트 할머니는 지금 얼마나 목마르고 배고플까? '이번에는 누가 들어올까? 내가 다시 여기서 나갈 수 있을까?'라고 생각하며 하염없이 현관문만 바라보는 모습이 상상됐다.

하지만 케이트 할머니도 라킨 오빠가 반드시 돌아오리란 걸 알아야 한다. 라킨 오빠의 엄마가 뭐라 하든 상관없이 말이다. 그리고 우리가 상처를 치료했으니까 건강도 회복될 것이다.

지금쯤이면 이미 괜찮아졌을 것이다.

난 아빠를 떠올렸다. 엄마가 내게 한 말도 떠올렸다.

난 상황을 개선시키려고 노력했다. 그 노력이 상황을 악화시키진 않았을 거라고 확신한다.

"네 재킷은 어떻게 했니?"

엄마가 현관문에 들어서서 부츠를 벗는 날 보고 물었다.

"코이어트가 재킷에 오줌을 싸서 헛간에 걸어 두고 왔어요."

난 부엌 싱크대에서 얼굴을 씻으며 대답했다.

"헛간에 두면 저절로 깨끗해진다니? 나중에 빨래할 때 재킷도 꼭 같이 빨아라."

엄마는 이렇게 당부하고 하던 일을 계속했다.

내 일이 하나 더 늘었다. 원래 에스더 언니가 하던 일인데. 그래도 소리 내어 불평할 엄두는 나지 않았다.

"네, 알겠어요. 아빠를 잠시 보러 왔어요. 아빠 얼굴만 확인하고 바로 할게요."

내가 말했다.

엄마는 오븐에서 사슴 육포 트레이를 꺼낸 뒤 새 트레이를 밀어 넣었다. 오븐 열기에 사슴 고기가 검게 그을리면서 쪼그라들었다. 건조한 육포는 질기지만 썩지 않고 오래간다.

난 케이트 할머니 다리를 떠올렸다.

"에스더가 지금 방에 아빠랑 같이 있어. 네가 들어가 있는 동안 에스더도 같이 있을 거야."

난 엄마 말에 차갑게 얼어붙었다. 아무리 오븐에 가까이 다가서도 온기가 느껴지지 않았다.

"에스더 언니가 저를 감시하는 거예요? 제가 아빠한테 뭘 먹여서요?"

목이 콱 메어 왔다. 목소리가 생쥐처럼 기어 들어갔다.

"아빠한테 찬물도 끼얹었잖아. 아빠 방에 뱀도 집어넣고. 또 다른 것도 했을지 모르지."

엄마가 뜨거운 육포를 식힘 망에 올리며 말했다.

'다른 것'이라.

아직 아무 계획도 없지만, 난 다시 '다른 것'에 대해 고민하기 시작했다. 겨자무는 코감기를 퇴치하는 데 백전백승이다. 스컹크 냄새를 아빠한테 맡게 하면, 무언가 잘못됐다는 걸 알고 정신을 번쩍 차릴지도 모른다. 버드나무 차는 지금 내 배낭에 들어 있다. 하지만 에스더 언니는 그 어떤 '다른 것'도 허용하지 않을 것이다.

"아무 계획도 없어요."

내가 말했다. 이번에는 목소리가 생쥐처럼 기어 들어가지도 고양이처럼 날카롭지도 않았다. 내 목소리는 거의 아무것도 담고 있지 않았다. 심지어 나조차도.

엄마도 내 목소리에 묻어나는 공허함과 패배감을 감지한 듯했다. 갑자기 돌아서서 나를 품에 끌어당기더니 턱을 내 머리에 지그시 기댔다. 흐느끼는 소리가 짧게 들렸다. 정말 오랜만에 느껴 보는 따스함이었다.

"아빠는 우리 곁으로 돌아오실 거야. 못 올지도 모르지만. 우리는 그저 기다릴 수밖에 없단다."

엄마가 속삭였다. 난 엄마 어깨에 기댄 채 고개를 끄덕였다. 엄마가 뒤로 물러섰다.

"이제 아빠를 보고 오렴."

엄마는 깨끗한 팔뚝으로 땀에 젖은 이마에 들러붙은 머리칼을 뒤로 쓸어 넘겼다. 엄마는 다시 일을 하러 갔다. 난 아빠 방으로 들어갔다. 에스더 언니가 침대 옆의 흔들의자에 앉아서 무릎에 책을 올려놓고 낭독하고 있었다. 사무엘은 창문 옆 구석에 앉아서 나무 팽이를 갖고 놀고 있었다. 뾰족한 끝을 세우고 실을 잡아당기자 팽이가 비틀비틀 돌았다.

"안녕, 엘리 누나."

사무엘이 고개를 들고 인사했다. 그리고 침대 밑으로 팽이를 주우러 들어갔다.

난 문간에 서서 숨을 멈추고 마르고 창백한 아빠 얼굴을 쳐다봤다. 그리고 아빠도 나를 잠잠히 바라봤다.

35

아빠가 일어났다고 엄마를 소리쳐 부른 건 내가 아니었다.

난 한달음에 아빠에게 달려가서 침대에 걸터앉아 아빠 얼굴을 감싸 쥐었다. 그동안 꾹 참아 왔던 눈물이 왈칵 터졌다.

에스더 언니가 책에서 눈을 떼고 고개를 들었다. 아마 아빠가 죽었다고 생각했을 것이다.

"세상에! 엄마! 빨리 와 보세요!"

에스더 언니가 내 울음소리를 듣고 소리쳤다.

사무엘이 그 소리를 듣고 침대 밑에서 황급히 빠져나왔다. 내 옆에서 고개를 빼꼼 내밀고 물었다.

"엘리 누나, 또 뱀을 가져왔어?"

그때 엄마가 돌풍처럼 달려왔다. 그리고 아빠와 눈이 딱 마주쳤다.

엄마가 무릎을 꿇은 모습은 보이지 않았지만, 울부짖는 소리가 들렸다.

에스더 언니가 죽지 않고 우리에게 돌아온 아빠를 보고 어떤 표정을 짓는지 보지 못했지만, 뒤에서 팔로 나를 안는 게 느껴졌다. 에스더 언니는 나와 아빠를 동시에 껴안았다. 엄마는 침대로 밀치고 들어와서 아빠 옆에 무릎을 꿇고 아이처럼 엉엉 울었다.

"엄마, 원래 슬플 때만 우는 거예요."

사무엘이 말했다.

난 웃음과 울음이 뒤섞인 채, 에스더 언니가 아빠 팔에 매달릴 수 있게 자리를 비켜 주었다. 사무엘도 침대로 올라와서 강아지처럼 아빠 품으로 파고들었다.

우리가 감격에 겨워하는 동안 아빠는 조용히 누워 있었다.

"아빠를 위해서 우리가 좀 진정해야 할 것 같아요."

이렇게 말하는 나 자신이 애늙은이처럼 느껴졌다.

에스더 언니가 나를 뒤돌아봤다. 화가 난 줄 알았는데 아니었다.

에스더 언니는 아빠 팔을 놓고 내게 달려들었다. 사고 이후 날 한 번도 안지 않았던 언니가 날 사랑하던 그때처럼 꼭 끌어안아 주었다.

"아아, 엘리! 네가 옳았어. 네가 옳았어."

하지만 아빠의 수척한 얼굴을 보자, 엄마가 옳았을지도 모른다는 두려움에 휩싸였다.

아빠는 한마디도 하지 않고 웃지도 않았다. 눈은 떴지만 그 안에 생기가 없었다.

엄마가 해사한 미소를 지으면서 아빠에게 기댔던 몸을 일으켰다. 두 뺨에 흐르는 눈물을 닦아 내며 안도의 한숨을 길게 내쉬었다.

"당신 때문에 얼마나 놀란 줄 알아요?"

엄마가 아빠한테 말했다.

"엘리 누나가 아빠 침대에 뱀을 풀어놓았어요."

사무엘이 말했다.

그리고 아빠는 다시 눈을 감더니 까무룩 잠이 들었다.

엄마는 아빠 손을 꼭 잡고 무릎을 꿇었다. 다리가 저려 올 때쯤 아빠가 깨지 않게 조심하며 자리에서 천천히 일어났다.

난 엄마의 반응이 놀라웠다. 아빠를 깨우려 하지 않다니.

엄마는 방을 나가면서 우리도 따라오라고 손짓했다.

"가서 메이지와 강아지들을 데려와."

엄마가 조용히 말했다.

난 왜냐고 묻지 않았다. 그 이유를 알았기 때문이다.

"에스더 누나는 여기 있는 게 좋겠어. 메이지가 강아지들 때문에 예민하거든."

사무엘이 에스더 언니에게 말했다.

"에스더, 오븐 안에 육포가 있어. 가서 육포를 뒤집은 다음에 아빠의 작업용 앞치마를 가져와서 아빠 옆에 깔아 놓으렴."

엄마가 에스더 언니에게 말했다.

강아지들이 침대를 얼마나 엉클어 놓을지 상상이 됐다.

난 다시 한번 놀라웠다. 엄마와 에스더 언니가 정리 정돈에 얼마나 열성인데. 그런 엄마가 이런 상황에서 강아지를 데려오라고 하다니.

내가 바로 전날 케이트 할머니의 상처에서 고름과 구더기를 퍼냈다고 말하면, 엄마와 에스더 언니가 무슨 말을 할지 상상조차 되지 않았다.

"엘리 누나, 가자. 강아지들 데려오는 걸 도와줄게."

사무엘이 말했다.

우리는 각각 강아지를 두 마리씩 안았다. 걱정과 혼란에 빠진 메이지는 앞발을 들고 껑충껑충 뛰면서 주둥이를 부딪쳐 왔다. 우리는 강아지들을 오두막집으로 데려와서 아빠 곁에 내려놓았다.

제발 이번에는 아빠가 평범하게 잠든 것이길 간절히 바랐다.

메이지는 내가 침대로 올라가라고 손짓하자 깜짝 놀라는 듯 했다. 그러나 콰이어트와 나머지 강아지들을 침대에 깔아 놓은 앞치마 위에 내려놓자, 서슴없이 침대 위로 껑충 뛰어올랐다. 메이지는 강아지들을 아빠 옆에 몰아넣고 주변을 서너 번

돌더니 자리에 앉았다. 그리고 아무 예고도 없이 아빠 얼굴을 핥기 시작했다.

그래도 아빠는 꿈쩍하지 않았다.

“우리 착한 메이지.”

난 메이지에게 속삭였다.

“우리 착한 콰이어트. 우리 착한 강아지들.”

난 강아지들의 조그마한 몸통과 완벽한 털옷을 쓰다듬었다. 그리고 강아지들이 낮잠을 잘 수 있게 자리를 비켜 주었다.

36

오두막집이 한숨을 쉬듯 잠잠해지고, 시간은 정오를 향해 달려갔다. 난 식탁에 앉아서 아빠 혁대에 추가로 구멍을 뚫었다. 아빠가 그동안 살이 많이 빠졌기 때문이다.

그리고 식탁에서 일어나 문 너머로 아빠가 깼는지 확인했다.

그런 다음 아빠 부츠를 들고 나이프 끝으로 밑창에 낀 진흙을 남김없이 긁어냈다.

그리고 또 아빠가 깼는지 확인하러 갔다.

그런 다음 아빠의 작업용 장갑에 가죽을 부드럽게 만드는 크림을 발랐다. 아빠가 언제든 다시 낄 수 있도록 말이다.

그리고 아빠가 눈을 떴는지 또 확인하러 갔다.

"그러다가 네가 가는 길마다 바닥이 닳겠어."

엄마가 말했다.

엄마는 달달한 당근과 감자를 넣은 사슴 고기 스튜를 만들기 시작했다. 요리를 하면서 나직하게 노래도 흥얼거렸다.

에스더 언니는 장작을 가지러 갔다. 평소에 내가 하던 일인데 언니가 대신 해 줘서 고마웠다. 그래도 언니가 나를 감시하고 위협 요소로 취급했던 게 고작 한 시간 전이라는 사실을 잊지 않았다.

사무엘은 나와 함께 식탁에 앉아서 검은 뱀을 그리기 시작했다.

"아빠가 자고 있을 때 침실에 어떤 뱀이 들어왔는지 아빠한테 보여 주려고."

그림 속 뱀은 침대보다 세 배는 더 커 보였다. 뱀은 혀끝이 두 갈래로 갈라졌으며, 야생적인 눈을 갖고 있었다.

"그때 그 뱀은 어떻게 됐어요?"

난 엄마에게 물었다. 엄마는 스튜에 넣을 노란 순무를 깍둑썰기 하고 있었다.

엄마는 잠시 머뭇거렸다.

"뱀을 잡아서 수프에 넣으려고 했어. 잘게 잘라서 수프에 넣으려고 했지. 하지만 내가 잡기 전에 하수구 구멍으로 도망가 버렸어."

엄마는 손에 칼을 든 채 나를 뒤돌아봤다.

"죽이지 않아서 다행이야. 문이 닫혀 있어도 절대 아빠 침대까지 못 갔을 것 같더라고."

"뱀 수프라니."

사무엘이 머리를 그림 가까이에 숙인 채 중얼거렸다.

"엄마, 바보 같은 생각이에요. 뱀 수프를 먹는 사람이 어디 있어요?"

사무엘이 덧붙였다. 그림 속 뱀에게 이제 무시무시한 송곳니까지 생겼다.

"다른 음식이 충분하면 뱀 수프는 먹지 않겠지. 하지만 너도 알다시피 먹을 것이 부족한 사람도 있단다."

엄마가 말했다.

난 케이트 할머니와 캡틴을 떠올렸다.

"그럼 전 아빠한테 그림을 보여 주러 갈게요."

사무엘이 그림을 깃발처럼 높이 쳐들며 말했다.

"아빠를 깨우지 말렴. 지금은 좀 쉬어야 해."

엄마가 말했다.

나는 엄마 태도에 또 놀랐다. 이제 드디어 일어났는데 아빠가 더 자길 바란다니. 난 아빠가 일어나서 두 발로 서길 바랐다. 혁대를 매고, 장갑을 끼고, 부츠를 신고, 상처 입은 머리에 모자를 쓰고, 앞으로 다가올 미래에 만반의 준비를 갖추길 바랐다.

"이제 우리가 뭘 하면 될까요?"

난 엄마한테 물었다.

그러자 엄마가 얼떨떨한 표정을 지었다.

"엘리, 질문이 너무 광범위하구나."

"그러니까 제 말은 아빠가 다시 깨어나면요, 아빠를 일으켜서 걷게 해야 할까요?"

"저런, 아니란다. 아직 너무 일러. 우리가 조급하게 굴면 안 돼. 아빠가 다시 좋아지려면 시간이 많이 걸릴 거야. 그러려면 우리 모두의 도움이 필요하겠지. 네가 많이 도와주리라 믿는다."

엄마가 스튜를 저으며 말을 이었다.

"엘리, 네가 남자가 아니라서 참 안타깝구나. 훌륭한 의사가 될 자질을 모두 갖췄는데."

사람은 심장이 뛰지 않으면 당연히 살 수 없지만, 엄마 말을 듣는 순간 난 심장이 멈춘 것 같아 두 다리로 겨우 버티고 서 있었다.

의사가 되고 싶다는 생각은 한 번도 한 적이 없다. 의사라는 단어 자체를 떠올린 적이 없다. 하지만 아빠를 깨우고 케이트 할머니를 치료하는 내내 마음이 뿌듯했다. 그런 내 모습에 더 가까워지고 싶었다. 사람을 치유하는 존재가 되고 싶었다. 케이트 할머니에게 필요한 사람, 케이트 할머니를 낫도록 돕는 존재, 케이트 할머니를 건강하게 하는 이유가 되고 싶었다. 적어도 케이트 할머니를 낫게 하는 여러 이유 가운데 하나이고 싶었다.

여러 이유 가운데 하나여도 충분했다.

엄마가 케이트 할머니에 대해서 마지막으로 했던 말이 떠올랐다.

'혹시라도 마귀할멈 집에 간 걸 내가 알게 된다면…… 그땐 나도 내가 무슨 짓을 할지 모르겠구나.'

엄마가 나를 물끄러미 쳐다보더니 한참 만에 입을 뗐다.

"네가 아빠를 많이 도와드려야 할 것 같다고 말했잖니. 게다가 벌써 며칠째 공부도 안 했고. 공부를 끝내지 않으면 아무 데도 못 가. 그리고……."

"케이트 할머니가 라킨 오빠한테 글을 가르쳤어요. 그리고 저한테는 곪은 상처를 치료하는 법을 알려 줬고요."

"내 말 아직 안 끝났어. 그래, 네가 치료법을 배웠다고 치자. 근데 아빠를 돕지 않고 생판 남을 돕겠다니, 기가 막히는구나. 아빠를 깨우려고 그렇게 노력했으면서 이제 와 집을 비우겠다고? 아빠가 깨어난 지 얼마 되지도 않았는데 지금 나가겠다고?"

엄마가 말했다.

"그래서 제가 더욱 가야 해요. 아빠는 우리 곁으로 돌아오는 길이지만, 할머니는 떠나는 중이거든요. 지금 도움이 가장 필요한 사람은 케이트 할머니예요."

난 내가 가야 하는 이유를 조목조목 설명했다.

엄마가 고개를 절레절레 내저었다.

"엘리, 정말 혼란스럽구나. 널 돌아볼 때마다 얼굴이 확확 바뀌니 말이야. 방금 전까지 방문이 닳도록 아빠를 찾더니 이제는 낯선 사람을 도우러 가겠다고? 하지만 그 할머니한테는 이미 도와줄 남자애가 있다면서?"

"낯선 사람이 아니에요."

엄밀히 말하자면 내가 케이트 할머니를 만난 순간부터 케이트 할머니는 낯선 사람이 아니게 됐다.

"그리고 설령 낯선 사람일지라도 할머니는 환자예요. 라킨 오빠는 할머니를 혼자서 돌봐야 하는 어린 남자애일 뿐이고요."

"어쨌든 너 혼자 올라가는 건 위험해, 엘리. 혼자서는 안 돼."

엄마가 스튜 냄비에 뚜껑을 덮으며 말했다.

"그럼 저랑 같이 가요. 그냥 할머니 상태만 보고 와요. 할머니가 괜찮은지만 확인해요."

"너, 진심으로 내가 갈 거라고 생각하는 건 아니지?"

엄마가 눈을 동그랗게 뜨고 물었다.

"하지만 엄마, 할머니는 환자잖아요."

그때 사무엘이 문간에 나타났다.

"강아지가 앞치마에 오줌을 쌌어요."

엄마는 마지막으로 실망이 가득한 시선을 내게 던졌다.

"강아지들은 원래 그래. 아무것도 모르거든."

엄마는 행주에 손을 닦으며 말했다. 그리고 사무엘을 따라 아빠 방으로 들어갔다. 나도 그 뒤를 따라갔다.

"왜 혼자서 닦지 못해요?"

"누구, 사무엘?"

"네, 사무엘이요. 남자애는 의사도 될 수 있다면서요. 근데 왜 강아지 오줌은 못 닦아요?"

"난 의사가 되고 싶지 않아. 내가 언제 의사가 되고 싶댔어?"

사무엘이 말했다.

우리가 방에 들어갔을 때 아빠는 여전히 잠든 상태였다.

강아지 한 마리가 아빠 목을 파고들어 한자리 차지하고 있었다.

또 한 마리는 아빠 팔 위에 늘어져 있었다.

또 다른 강아지는 작은 분홍색 꽃잎 같은 혓바닥으로 아빠 손을 신나게 핥고 있었다.

그리고 콰이어트는 기어코 아빠 가슴까지 기어 올라가서 단잠을 자고 있었다.

"어머나! 정말 진풍경이구나."

엄마가 미소를 띠며 속삭였다.

그리고 앞치마를 차곡차곡 접어서 내게 빨라고 건넸다.

"에스더 좀 불러오렴. 이 광경을 꼭 봐야 해."

엄마가 부드럽게 말했다.

아빠는 여전히 깊은 잠에 들어 있었다. 입술은 말라비틀어지고, 팔은 양쪽으로 축 늘어져 있었다.

아빠가 다시 깨어나려면 적어도 몇 시간은 더 기다려야 할 것이다. 만약 일어난대도 예전만큼 내 도움이 필요하진 않을 것이다.

난 밖으로 나갔다.

에스더 언니는 행복한 얼굴로 콧노래를 부르며 빨래를 널고 있었다.

"엄마가 잠깐 들어와서 아빠가 강아지들이랑 같이 있는 모습을 좀 보래."

내가 말했다.

에스더 언니는 얼굴 가득히 미소를 띤 채 나를 올려다봤다. 그리고 마지막 빨랫감을 집게로 고정시킨 다음 텅 빈 빨래 바구니를 앞뒤로 흔들며 오두막집으로 들어갔다.

난 잠시 햇빛 아래에 서서 생각에 잠겼다.

"내가 어떻게 해야 하지?"

난 분명 혼자임에도 크게 소리 내어 외쳤다.

하지만 하늘은 하늘답게 바빴고, 나무는 나무답게 바빴다. 새들도 역시 새들답게 바쁘게 움직였다.

이게 바로 정답이었다.

가슴속의 불꽃이 숨을 내뿜었다가 그르렁거렸다. 그리고 다시 음악 같은 긴 숨을 내뿜었다. 달달 외울 정도로 익숙하지만 매번 새롭게 느껴지는 노래였다. 난 불꽃이 하는 말을 따르기로 했다.

난 재킷을 가지러 헛간으로 갔다. 재킷 주머니에서 꿀벌 조각을 꺼낸 다음 라킨 오빠가 준 다른 선물과 함께 선반에 올려놓았다.

그런 다음 수돗가로 가서 재킷과 앞치마를 빨아서 쭉 비틀어 짰다. 난 재킷을 젖은 상태로 다시 걸쳤다. 추위가 살을 에는 듯했다. 하지만 재킷은 오래지 않아 내 몸에 꼭 맞는 형태로 마를 것이다.

난 앞치마를 빨랫줄에 널고 오두막집으로 들어갔다. 유리병에 사슴 고기 스튜를 담고 찬물을 조금 섞은 다음 뚜껑을 닫았다. 그러고는 헛간으로 돌아가 배낭에서 버드나무 차가 담긴 병을 빼고 그 대신 스튜를 담은 유리병을 넣었다. 해가 지려면 한참 남았다. 난 배낭을 메고 산꼭대기로 향했다.

37

캡틴이 가파른 암벽까지 날 마중 나왔다.

"할머니는 어때?"

난 캡틴이 있는 곳으로 올라가며 물었다.

캡틴은 대답 대신 눈을 깜빡였다. 그리고 내게 다가와서 부츠 냄새를 킁킁 맡았다. 이렇게 가까이 온 적은 처음이었다.

캡틴은 궁금증이 가득한 눈으로 나를 올려다봤다.

"그래, 강아지 냄새가 맞아. 콰이어트라고 해. 앞으로 조금 더 크면 너도 만나게 해 줄게."

그때 앤더슨 아저씨가 콰이어트를 데려가기로 했다는 사실이 떠올랐다.

"아니면 아예 여기에 데려와서 살게 할지도 몰라."

내가 손을 뻗치자, 캡틴이 손바닥에 턱을 살포시 기댔다. 그리고 뒤돌아서서 케이트 할머니의 오두막집으로 안내했다.

난 그 자리에 잠시 우뚝 서 있었다. 캡틴이 닿았던 손바닥에 외로움과 슬픔을 닮은 강한 울림이 전해졌다. 그동안 오두막집에서 어떻게 지냈는지 고스란히 전해졌다. 주변에 높게 쌓인 눈 때문에 가느다란 빛 한 줄기만 겨우 들이쳤을 것이다. 귓가에 들리는 소리라고는 산꼭대기를 휭 스쳐 가는 바람뿐이고, 춥고 배고픈 하루하루가 끝없이 길게 느껴졌을 것이다.

"넌 정말 훌륭한 개야. 정말 멋진 신사야."

캡틴이 뒤돌아보자, 난 이렇게 말했다.

비록 캡틴이 미소를 짓지는 않아도 기분이 좋아진 게 느껴졌다.

오두막집에 도착해서 현관문에 잠시 멈춰 섰다.

케이트 할머니의 침대 옆에 라킨 오빠가 있었기 때문이다.

케이트 할머니는 라킨 오빠가 돌봐 줄 때는 내가 필요 없다고 했다. 아무리 그래도 내가 도울 일이 있었으면 싶었다.

"오, 캡틴, 나의 캡틴, 이번에는 누구를 데려왔니?"

케이트 할머니가 우리를 발견하고 말했다.

난 안으로 발걸음을 옮겼다.

라킨 오빠가 뒤돌아봤다.

내 눈이 어두컴컴한 실내에 익숙해졌을 때쯤 라킨 오빠가 다친 것을 발견했다.

왼쪽 눈이 떠지지 않을 정도로 부어 있었고, 눈덩이는 검푸르게 멍이 들어 있었다.

"무슨 일이 있었던 거야?"

난 가까이 다가가서 눈을 살폈다. 눈꺼풀이 밖으로 뒤집히고 붉은 속살이 불거져 올라왔다. 그 사이에 눈썹이 끼인 모습이 마치 퉁퉁한 입술 사이의 검은 이처럼 보였다.

"날 보러 여기까지 올라왔다고 맞아서 눈에 멍이 들었어."

케이트 할머니가 말했다. 목소리가 어둡고 씁쓸했지만, 예전에 비해 힘이 실려 있었다. 그리고 안색도 좋아 보였다.

내가 눈을 살펴보려고 손을 뻗치자, 라킨 오빠가 뒤로 홱 물러섰다.

"난 괜찮아. 할머니도 많이 좋아지셨어."

라킨 오빠가 말했다.

난 라킨 오빠를 보면서 웃는 얼굴이 슬퍼 보일 수도 있다는 걸 다시금 깨달았다.

"난 괜찮아. 완전히 회복되지는 않았지만 많이 나아졌어."

케이트 할머니가 말했다.

라킨 오빠가 케이트 할머니의 다리를 덮고 있던 이불을 끌어 내리고 붕대를 풀어서 상처를 보여 주었다.

상처는 아직 부어 있었다. 여전히 거뭇거뭇하고 끔찍해 보였다. 그래도 예전만큼 염증이 심하지 않았다. 고름도 없고 냄새도 많이 줄었다. 라킨 오빠가 절개한 자리에 피딱지와 꿀이 엉겨 붙어 있었다. 그때 이음매가 슬금슬금 벌어지기 시작하자, 라킨 오빠가 황급히 붕대를 다시 감았다.

"아무래도 상처를 꿰매야겠어요."

내가 직접 해 본 적도 없으면서 호기롭게 말했다.

"아니야, 아직 안 돼. 상처를 다시 벌려야 할 수도 있거든. 지금은 붕대만 감아 놓아도 충분해."

케이트 할머니가 말했다. 그리고 이불을 끌어당겨서 다리를 덮으며 말을 이었다.

"내가 밖에 나갈 때 네 도움이 필요할 것 같구나. 아직은 아니지만 조만간 그럴 거야."

케이트 할머니는 아직 인사를 하지 않았다.

라킨 오빠도 인사를 하지 않았다.

나도 하지 않았다.

"눈은 어쩌다가 다쳤어?"

내가 물었다.

케이트 할머니가 이불 속에서 헝겊 인형을 꺼내어 옆에 세워 두며 말했다.

"내가 말했잖아. 나를 보러 오다가 그랬다고."

"그냥 사고였어요."

라킨 오빠가 말했다.

"네 엄마가 노발대발해서 생긴 일이지."

케이트 할머니가 코웃음을 쳤다.

"틀린 말은 아니에요. 그래도 사고는 사고예요."

라킨 오빠가 어깨를 으쓱했다.

"어젯밤 집에 돌아가서 엄마가 내게 일을 시켰어."

라킨 오빠가 나를 돌아보고 말했다.

"어두컴컴한데 말이지."

케이트 할머니가 투덜거렸다.

"나도 성질이 났거든. 그 상태에서 장작을 세게 내리치다가 그만 나뭇조각이 내 쪽으로 튀고 말았어. 그래서 눈에 딱 맞았지 뭐야. 다시는 안 그러려고."

라킨 오빠가 구슬픈 미소를 지었다.

케이트 할머니가 참지 못하고 손사래를 쳤다.

"이미 벌어진 일이야. 우리는 할 수 있는 일을 해야지. 엘리, 불을 피워서 지난번처럼 네 나이프를 달궈 주겠니?"

"하지만 꿀이 효과가 있는데요?"

"내 다리가 아니라 라킨의 눈 때문에 그래."

케이트 할머니가 말했다.

"피를 조금 빼내야 한다는 말이야."

라킨 오빠가 고개를 끄덕이며 말했다. 전혀 놀라는 표정이 아니었다. 얼굴에 신뢰가 가득했다.

"그런 다음에는 찜질을 해야지."

케이트 할머니가 말했다.

"마침 찜질용으로 감자를 가져왔어요."

라킨 오빠가 말했다.

"엘리가 나이프를 달구는 동안 넌 감자를 갈면 되겠구나."

케이트 할머니가 고개를 끄덕이며 말했다. 그리고 몸을 일으키려고 낑낑댔다.

우리는 재빨리 케이트 할머니를 부축해서 침대에 걸터앉혔다. 캡틴도 다가와서 우리가 제대로 하는지 지켜봤다. 우리는 어지러움 때문에 고개를 푹 숙이고 비틀거리는 케이트 할머니를 양쪽에서 붙들었다.

"별이 보이는구나. 얼마나 아름다운 경고인지."

케이트 할머니가 말했다.

우리는 케이트 할머니가 고개를 들 때까지 기다렸다.

나무 바닥을 짚은 케이트 할머니의 맨발은 마르고 하얬다. 시퍼런 핏줄이 갈래갈래 퍼져 있고, 노란 발톱은 두껍게 자라 있었다.

"양말이 있나요?"

내가 물었다.

"저기 트렁크 안에 있어."

케이트 할머니가 한쪽을 가리켰다.

난 트렁크에서 양말을 가져왔다. 트렁크에 몸을 덥혀 줄 물건이 많이 들어 있어서 안심이 됐다. 상태가 괜찮은 부츠도 있었다.

난 라킨 오빠에게 양말을 건넸다.

"할머니한테 양말을 좀 신겨 줄래? 그동안 난 나이프를 달구고 있을게."

라킨 오빠가 할 말이 있는 듯 입술을 옴짝달싹했지만 이내 입을 다물었다.

케이트 할머니가 옅은 미소를 띠며 우리를 지켜봤다.

"스튜를 좀 가져왔어요. 아직 따뜻할 거예요."

난 턱짓으로 현관문 옆에 놓인 배낭을 가리켰다.

그리고 칼날을 불에 달구면서 라킨 오빠가 케이트 할머니에게 양말을 신겨 주고 스튜를 접시에 옮겨 담는 모습을 지켜봤다. 케이트 할머니가 스튜를 한 입 머금었다.

"세상에! 태어나서 이렇게 맛있는 스튜는 처음 먹어 보는구나!"

케이트 할머니가 눈을 감고 감탄했다.

"오빠도 좀 먹을래?"

난 라킨 오빠에게 물었다.

"난 별로 배고프지 않아."

라킨 오빠는 배고파 보이는데도 극구 사양했다. 그리고 찬장에서 그릇과 강판을 꺼내더니 순식간에 감자를 흔적도 없이 갈아 버렸다.

난 일 잘하는 사람이 좋다. 쓸데없는 동작으로 시간 낭비도 하지 않고, 방법을 몰라서 어물거리지 않는 사람 말이다. 라킨 오빠가 딱 그랬다.

"오늘 아침에 우리 아빠가 일어났어요."

내가 입을 열었다.

케이트 할머니가 식사를 잠시 멈추고 눈을 동그랗게 떴다.

"혼수상태에서 깨어났다고?"

난 고개를 끄덕였다.

"얼마나 오랫동안 잠들어 있었는데?"

난 시간을 돌이켜 생각해 봤다.

"1월 말부터 그랬어요. 심한 폭풍우가 치기 직전에요."

우리는 폭풍우 때문에 며칠간 집에 갇혀 있었다. 바깥세상이 하얀빛, 푸른빛, 금빛 옷을 입을 때, 우리는 어둡고 추운 오두막집에 갇혀 잠든 아빠를 지켜봤다.

"그러니까 12주, 아니 거의 13주 동안 잠들어 있었네요."

내가 말했다.

"그러니까 그냥 일어난 거야? 아무것도 안 했는데?"

그래서 난 찬물 세례와 뱀과 물약 이야기를 털어놓았다. 손이 움찔하고 눈동자가 움직였다는 이야기도. 케이트 할머니와 라킨 오빠는 옛날이야기를 듣는 것처럼 흥미로워했다.

내 이야기가 끝나자, 케이트 할머니가 의미심장한 얼굴로 나를 쳐다봤다.

"과거의 나였다면 '우연의 일치다. 허튼소리다. 희망 사항일 뿐이다.'라고 말했을 거야. 하지만 그건 아주 오래전의 일이지."

"혹시 제가 아빠한테 먹인 물약 때문일까요? 어쩌면 전나무 진액 덕분일지도 몰라요."

"절대 아니야."

케이트 할머니가 고개를 젓더니 다시 스튜를 먹기 시작했다.

"그럼 뱀이요?"

그러자 케이트 할머니가 코웃음을 쳤다.

"그것도 아니야."

"그럼 뭣 때문이에요?"

라킨 오빠가 물었다.

케이트 할머니가 어깨를 으쓱하더니 책상에 놓인 두꺼운 책들을 가리켰다.

"책에서는 절대 찾을 수 없는 '다른 것' 덕분이지."

38

"자, 이제 피를 빼는 법을 배울 차례다."

케이트 할머니가 말했다.

"네? 저요?"

"아무리 라킨이라도 자기 눈에 칼을 대긴 힘들겠지. 그리고 난 이미 잘 알아서 배울 필요가 없고. 일 분도 채 걸리지 않을 거야."

케이트 할머니가 의미심장한 표정으로 나를 쳐다봤다.

"저더러 나이프로 눈가 옆을 찌르라고요?"

라킨 오빠도 이번에는 조금 놀란 듯 보였다. 캡틴도 놀랐다.

"아리스토텔레스가 말했지. '뭔가를 배워서 할 수 있게 되려면, 결국 직접 해 보는 수밖에 없다'고."

케이트 할머니가 웃으며 말했다.

난 케이트 할머니의 말을 듣고 아빠가 내게 불 피우는 법을 가르쳐 주던 날이 생각났다. 그리고 덩달아 사무엘이 처음 물고기를 잡은 날도 떠올랐다.

"아리스토텔레스가 누구예요?"

"옛날 그리스인이야."

케이트 할머니는 우리에게 가까이 오라고 손짓했다. 그리고 라킨 오빠의 불룩 튀어나온 눈 아래쪽 끝을 톡톡 건드렸다.

"칼끝으로 눈을 겨누면 안 돼. 푹 찔러도 안 되고. 칼날을 납작하게 눕혀서 가장 부어오른 부분에 갖다 대. 바로 여기에."

케이트 할머니가 들쑥날쑥한 손톱으로 눈 밑을 가리켰다.

"눈 쪽으로는 가까이 가지 말고. 칼날을 살짝 눌러서 칼끝이 부어오른 살갗에 파묻히게 만들어. 그런 다음 칼날을 서서히 그어서 살갗을 살짝 절개하는 거야. 아주 살짝만."

난 케이트 할머니를 똑바로 쳐다봤다.

"농담이 아니죠, 그렇죠?"

케이트 할머니가 고개를 저었다.

"난 칼이나 눈에 대해서는 절대 농담하지 않아."

난 라킨 오빠를 쳐다봤다. 라킨 오빠가 고개를 끄덕였다.

난 캡틴을 쳐다봤다. 만약 개도 사람처럼 어깨를 으쓱할 수 있다면, 분명 캡틴도 그랬을 것이다. 라킨 오빠는 케이트 할머니의 의자를 마당으로 끌고 나갔다. 나도 그 뒤를 따라갔다. 라킨 오빠는 의자에 앉아서 머리를 뒤로 젖혔다.

캡틴도 따라와서 라킨 오빠 다리에 기대앉았다.

"피가 튀지 않는 자리에 서야 해!"

케이트 할머니가 오두막집 안에서 큰 소리로 외쳤다.

난 나이프를 들고 섰다.

"오빠도 알겠지만, 꼭 이럴 필요는 없어. 그냥 부기가 가라앉을 때까지 기다리면 돼."

라킨 오빠가 나를 똑바로 쳐다봤다.

"날도 어두운데 눈 한쪽이 안 보이는 상태에서 가파른 암벽을 오른 적 있어?"

난 고개를 저었다.

"다리가 부러지는 일만큼은 피하고 싶어. 그러니까 엘리, 빨리 절개해 줘."

난 숨을 크게 내쉬고, 또 내쉬었다. 그리고 케이트 할머니가 알려 준 대로 했다. 칼날을 납작하게 눕혀서 살갗에 갖다 댔다. 눈을 건드리지 않게 주의하면서 칼날을 지그시 눌러 살갗에 파묻히게 했다. 누르는 압력을 조금씩 높이면서 칼날을 서서히 그었다. 이윽고 피부가 팍 하고 벌어지면서 물집이 터졌다.

아뿔싸! 그런데 피가 튀지 않는 곳에 서야 한다는 걸 잊어버렸다. 라킨 오빠는 방망이로 머리를 얻어맞은 것처럼 피범벅이 됐다.

"윽!"

난 볼에 묻은 피를 닦아 내면서 신음했다. 아직 마르지 않은 재킷에도 피가 튀어서 별 모양처럼 스며들었다.

난 라킨 오빠가 일어설 수 있게 부축했다. 우리는 의자를 들고 캡틴을 따라서 오두막집으로 들어갔다.

"세상에, 이게 무슨 난리야."

케이트 할머니가 우리 몰골을 보고 말했다. 케이트 할머니는 라킨 오빠에게 가까이 오라고 손짓했다. 그리고 라킨 오빠 턱을 잡고 얼굴을 돌려서 눈을 자세히 살펴봤다.

"이제 감자를 붙일 차례군."

케이트 할머니가 고개를 끄덕이며 말했다.

"감자를 가져오렴. 그리고 저기 있는 책에서 종이 한 장만 찢어 줘. 내용이 별로 안 중요한 페이지로 골라서."

케이트 할머니가 내게 말했다.

그리고 라킨 오빠에게 바닥에 똑바로 누우라고 시켰다.

가장 두꺼운 책을 골라서 책장을 넘기다 보니까 동상에 대한 페이지가 나왔다. 장갑을 끼라는 설명 말고는 별다른 내용이 없기에 이 페이지를 찢었다.

"이제 라킨의 눈에 감자를 얹고, 종이를 반으로 접어서 그 위에 올리면 돼."

난 라킨 오빠 얼굴에 묻은 피를 닦아 내고 케이트 할머니가 시킨 대로 했다. 강판에 간 감자에서 배어 나온 물기가 종이에

싹 스며들었다. 동시에 종이 가장자리가 피부에 착 달라붙어서 감자를 고정시켰다.

"이렇게 하면 돼요?"

내가 물었다.

"맞아, 잘했어. 이제 감자를 살살 눌러서 눈 위에 단단히 고정시켜."

"그건 제가 할게요."

라킨 오빠가 손바닥을 오목하게 만들어서 감자를 감쌌다.

난 바닥에 누워 있는 라킨 오빠를 지켜봤다.

"근데 왜 하필 감자야?"

내가 물었다.

"감자가 부기도 빼 주고 감염도 막아 주거든."

라킨 오빠가 말했다.

"하지만 왜?"

마치 내가 사무엘이 된 기분이었다.

"알고 싶어? 그럼 네가 직접 찾아봐."

케이트 할머니가 턱짓으로 책상에 놓인 책들을 가리켰다.

각각의 책들은 표지 사이에 수천 페이지를 품고 있었다.

아빠는 어렵지만 내게 도움이 되는 과제를 만났을 때 두 가지 선택지가 있다고 말했다. 너무 오래 걸린다고 불평하든가 아니면 오래 지속된다고 기뻐하든가.

"그럼 제가 책을 읽고 싶을 때마다 여기 올라와도 되나요?"

케이트 할머니가 고개를 끄덕이며 덧붙였다.

"제값을 치른다면."

난 가만히 기다렸다.

"수업을 받으려면 집안일을 도와야 해."

라킨 오빠가 말했다. 감자즙이 라킨 오빠의 머리를 타고 바닥까지 흘러내렸다. 바닥에 자국이 남을 텐데, 케이트 할머니는 별로 신경 쓰지 않았다.

"집안일은 자신 있어요. 청소, 요리, 설거지 같은 일을 하면 되는 거죠?"

내가 말했다.

"그래, 지금 바로 시작하면 좋겠다. 나한테 부츠를 신겨서 밖으로 데리고 가 줘."

부츠를 신는 사무엘을 도와준 적은 많다.

하지만 케이트 할머니의 경우는 완전히 달랐다.

나중에 아빠도 이런 종류의 도움을 필요로 할까?

케이트 할머니한테 겨우겨우 부츠를 신기고 부츠 끈을 묶었다. 할머니는 내 어깨를 잡은 채 두 발을 딛고 일어섰다.

난 케이트 할머니가 균형을 잡을 수 있게 부축했다. 우리는 절뚝거리며 마당으로 나갔다.

"전 언제까지 여기에 누워 있어야 해요?"

라킨 오빠가 우리를 향해 소리쳤다.

"우리가 일어서라고 할 때까지."

케이트 할머니가 큰 소리로 대답했다.

난 '우리'라는 표현에 웃음이 나왔다.

"뭐가 그렇게 웃기니?"

케이트 할머니가 물었다.

"아무것도 아니에요."

내가 대답했다.

케이트 할머니는 나를 끌고 오두막집 뒤편으로 향했다. 삼나무 사이에 이끼가 많은 곳이었다.

그 근처에 커다란 헛간이 있었다.

"저긴 뭐 하는 곳이에요?"

내가 물었다.

케이트 할머니는 시선을 돌렸다.

"그냥 이것저것."

케이트 할머니가 말했다. 목소리가 좀…… 이상했다.

저 헛간에 뭘 보관하는지 궁금했다.

케이트 할머니는 잠시 머뭇거리다가 입을 열었다.

"원래 혼자 할 수 있는데."

"다리가 그런데 가능하겠어요?"

케이트 할머니가 내 팔을 잡고 허리를 살짝 숙였다.

"아무래도 혼자서는 힘들 것 같구나."

케이트 할머니는 재빨리 포기했다. 그리고 해결책을 찾기 위해 주변을 둘러봤다.

"여기가 좋겠어요."

내가 움푹 파인 그루터기를 가리키며 말했다.

케이트 할머니가 그루터기와 나를 번갈아 쳐다봤다.

"필요는 발명의 어머니로구나."

이 말이 마음에 들었다. 그루터기에 앉는 케이트 할머니를 도와주면서 궁금한 점이 생겼다.

"할머니가 지어낸 말이에요?"

케이트 할머니가 고개를 저었다.

"아마 플라톤이 한 말일걸."

"누구요?"

"옛날 그리스인 중의 한 명이야."

"할머니는 옛날 그리스인에 대해 어쩜 그렇게 잘 알아요?"

케이트 할머니는 가는 눈으로 의미심장하게 날 쳐다봤다.

"나처럼 늙은 마귀할멈은 제대로 배우지도 못했을 거라고 생각하지, 그렇지?"

이런 문제로 나를 비난하는 게 이번이 두 번째다.

"아니에요. 그리고 제가 무슨 생각 하는지 다 안다는 식의 말투는 불편해요."

난 마음이 상한 나머지 속마음을 있는 그대로 말했다.

케이트 할머니가 눈썹을 치켜올렸다.

"다 안다고 말하지 않았어. 그냥 물어본 거지."

그루터기의 높이는 케이트 할머니한테 딱 맞았다. 다소 거칠거칠하고 말캉거려서 착석감이 불편하겠지만, 이 정도면 완벽했다.

"여기가 좋겠다."

케이트 할머니가 말했다.

잠시 뒤 케이트 할머니가 날 다시 불렀다. 난 케이트 할머니를 부축해서 오두막집으로 들어갔다.

케이트 할머니는 서 있느라 힘을 많이 써서 숨이 가빠졌고 땀을 주르륵 흘렸다. 난 얼른 케이트 할머니를 다시 눕혔다. 다리의 피딱지가 갈라졌는지 붕대에 새로운 핏자국이 생겼다.

"상처가 낫지 않으면 어떡하죠?"

내가 물었다.

케이트 할머니는 어깨를 으쓱했다.

"왜 아직 일어나지도 않은 일을 걱정해?"

"조치가 필요한 순간에 대비하고 싶어서요."

"뭐, 내일까지도 상태가 좋아지지 않으면 꿀을 깨끗이 씻어내고 새로운 꿀을 다시 발라야지."

난 입술을 꽉 깨물었다.

"하지만 남은 꿀이 없어요. 벌집에 얼마나 남았는지도 모르겠고요. 아마 거의 남아 있지 않을 거예요."

"우리 집 근처에도 벌집이 하나 있어."

라킨 오빠가 말했다.

"나한테 꿀을 주기 싫어하는 너희 엄마도 있지."

케이트 할머니가 이불을 턱 밑까지 끌어 올리며 말했다.

"만약 상태가 좋아지면 지금 바른 꿀을 그대로 놔두면 되나요?"

내가 물었다.

케이트 할머니가 골똘히 생각하더니 입을 열었다.

"안 될 게 뭐 있어? 그러면 난 예전보다 더 달콤해지겠구나."

라킨 오빠가 그 말에 웃음을 터뜨렸다.

"바닥에 누워 눈에 감자 찜질을 하면서도 웃을 수 있는 남자애라니! 캡틴, 네 생각은 어떠니? 정말 대단하지 않니?"

케이트 할머니가 말했다.

캡틴이 눈을 뜨고 꼬리를 흔들어서 바닥을 한 번 툭 치더니 다시 눈을 감았다.

"울어도 아무 소용 없는걸요."

이렇게 대꾸하는 라킨 오빠의 얼굴에 어느새 웃음기가 싹 사라졌다.

39

"네가 가져온 스튜는 직접 만든 거니?"

케이트 할머니가 물었다.

"아니요. 우리 엄마가 만들었어요. 제가 스튜에 찬물을 섞었다는 사실을 엄마가 알게 된다면, 절 가만두지 않을 거예요."

내가 말했다.

"오! 그래도 충분히 맛있었어."

케이트 할머니가 말했다.

케이트 할머니는 헝겊 인형을 다시 턱에 끼우고 숨을 골랐다. 그 모습을 지켜보고 있자니 케이트 할머니가 늙은 동시에 젊어 보였다.

"우리 아빠가 예전에 산꼭대기에 올라왔을 때 할머니가 사슴 가죽을 벗기는 모습을 본 적이 있대요."

케이트 할머니는 어깨를 으쓱했다.

"그랬구나. 원래 사슴을 죽일 때 가죽을 벗기거든."

"할머니가 사슴을 죽였어요?"

케이트 할머니가 나를 보고 한쪽 눈썹을 치켜올렸다. 나도 언젠가 직접 해 봐야겠다.

"내가 못 할 이유가 없잖니."

난 오두막집을 둘러봤다. 아니나 다를까 총도 화살도 보이지 않았다.

"넌 덫을 만들어 본 적이 없니?"

케이트 할머니가 신기하다는 듯이 물었다.

덫은 주로 아빠가 만들었다. 토끼처럼 작은 동물을 잡기 위해서다. 내게도 가르쳐 줬지만, 난 덫이 싫었다. 그렇게 잡은 동물들은 덫에서 벗어나려고 심하게 발버둥 치기 때문이다.

아빠는 사슴을 잡을 때 총을 사용했다. 나한테 총 쏘는 법도 가르쳐 줬다. 하지만 총으로 빨리 죽이나 덫으로 천천히 죽이나 싫기는 매한가지였다. 그래도 고기를 먹는 건 좋았다.

"덫은 만들어 봤어요. 사슴용은 아니지만요."

내가 말했다.

케이트 할머니는 피곤하다는 듯이 손사래를 쳤다.

"덫으로 작은 동물을 잡았다면, 큰 동물도 얼마든지 잡을 수 있어. 나도 가끔 옥수수를 미끼로 덫을 설치해 놔. 그러면 라쿤이 잡힐 때도 있고, 사슴이 잡힐 때도 있어.

"라쿤도 먹어요?"

"넌 안 먹니?"

"난 먹어."

라킨 오빠가 바닥에 누운 채로 말했다.

우리 셋이 대화하는 광경이 어찌나 기이한지 모른다! 한 명은 침대에 누워 있고, 한 명은 바닥에 누워 있고, 나머지 한 명은 선 채로 사냥에 대해 이야기하다니.

"난 못 먹어 봤어. 하지만 아빠가 라쿤 가죽으로 모자를 만들어 준 적은 있어. 고기는 개한테 줬고."

내가 말했다.

"요리만 제대로 한다면 라쿤 고기도 꽤 맛있단다."

케이트 할머니가 말했다.

"그래도 사슴 고기가 더 맛있어요."

라킨 오빠가 말했다.

"근데 가죽은 다 어디 있어요?"

내가 물었다.

"흥! 늙은 여자가 가죽이 몇 개나 필요하겠니?"

케이트 할머니가 자신의 팔을 들고 빙글빙글 돌리며 말을 이었다.

"일단 내가 갖고 태어난 이 가죽이 있지. 사슴 가죽으로 만든 레깅스가 트렁크 안에 몇 벌 들어 있고, 털옷처럼 따뜻한 코트도 있지."

"곰은 빼야죠."

라킨 오빠가 불쑥 말했다.

케이트 할머니도 맞장구쳤다.

"그래, 곰만 빼고. 예전에 덫에 곰이 걸린 적이 있는데, 난 덫을 끊고 바로 집으로 도망쳤지."

난 그 장면을 상상해 봤다.

"덫에 사슴이 걸렸을 때는 어떻게 죽였어요?"

"나이프를 사용해서 목을 그었어."

라킨 오빠가 고개를 끄덕이며 말했다.

"할머니는 그때 발굽에 맞아서 생긴 흉터도 있어."

두 사람 모두 상당히…… 만족스럽게 말했지만, 표정은 전혀 웃고 있지 않았다.

"남은 가죽은 모두 다른 사람한테 줘 버렸어."

케이트 할머니는 헝겊 인형을 끌어안아 뺨에 갖다 대며 말했다.

"누구한테 줬는데요?"

내가 물었다.

케이트 할머니는 잠시 가만히 있다가 입을 열었다.

"라킨한테."

"남자애 한 명한테 가죽이 몇 개나 필요한데요?"

내가 물었다.

"라킨의 아빠한테도."

케이트 할머니는 헝겊 인형을 주먹으로 꽉 움켜쥐었다.

두 사람 입에서 라킨 오빠의 아빠에 대한 이야기가 나온 건 처음이었다.

난 두 사람을 차례로 쳐다봤다.

둘 다 말이 없었다. 분명 조용한데 귀를 따갑게 하는 종류의 침묵이었다.

그 순간 무언가 단단히 잘못됐다는 생각이 들었다.

난 라킨 오빠를 내려다봤다.

"오빠네 엄마는 왜 오빠가 여기에 올라오는 걸 싫어해?"

라킨 오빠는 한쪽 눈을 뜨고 나를 올려다봤다.

"엄마는 글을 읽을 줄 모르거든."

이 상황을 이해하는 데 별로 도움이 되지 않는 답변이었다.

"그게 뭐?"

"근데 난 읽을 줄 아니까."

이 말 역시 아무 도움이 되지 않았다.

"그게 뭐가 잘못됐는데?"

"전혀 잘못되지 않았어."

케이트 할머니가 끼어들었다.

"엄마는 내가 떠나 버릴까 봐 두려운 거야."

라킨 오빠가 황급히 덧붙였다.

"떠난다고?"

"여기를 떠날까 봐. 산을 떠날까 봐 두려운 거야."

라킨 오빠가 말했다.

난 앤더슨 아저씨가 콰이어트를 데리러 올 때, 메이지가 자식을 보내지 않으려고 어떻게 나올지 상상해 봤다. 하지만 메이지가 콰이어트에게 해코지하는 장면은 상상조차 안 됐다.

"오빠네 아빠는 어떤데? 아빠도 오빠가 여기 오는 걸 싫어해? 글을 배우는 것도?"

내가 물었다.

케이트 할머니는 벽을 향해 고개를 돌려 버렸다.

라킨 오빠는 그런 케이트 할머니를 가만히 쳐다봤다.

"아빠는 내가 열 살 때 돌아가셨어. 네가 이 산에 들어온 직후에."

라킨 오빠가 나직하게 말했다.

"아! 오빠, 정말 유감이야."

내가 말했다. 난 케이트 할머니를 쳐다봤다. 케이트 할머니 손에 들린 헝겊 인형이 바르르 떨리고 있었다.

"할머니도 오빠네 아빠를 알아?"

내가 라킨 오빠에게 속삭였다.

"할머니도 알아. 아주 잘 알고 있지."

라킨 오빠의 목이 바르르 떨리는 게 보였다.

"할머니의 아들이거든."

난 한 번 더 라킨 오빠와 케이트 할머니를 차례로 쳐다봤다.

그제야 눈앞에 뻔히 보이는데도 알아차리지 못한 부분들이 눈에 들어오기 시작했다. 라킨 오빠의 마르고 호리호리한 체형, 입술 생김새 그리고 손 모양까지.

"그러니까 케이트 할머니가……."

"우리 할머니야."

라킨 오빠가 입을 열었다.

40

두 사람은 무슨 생각으로 지금까지 그 사실을 내게 밝히지 않았던 걸까? 정말 기가 막혔다.

그렇다고 숨죽여 흐느끼는 케이트 할머니를 탓할 수는 없는 노릇이었다. 게다가 나 역시도 내 이야기를 띄엄띄엄했을 뿐, 거의 밝히지 않았다.

아빠를 잃은 라킨 오빠를 탓할 수도 없었다. 아빠에 이어 엄마마저 잃은 셈이니 말이다.

그래서 집안일을 하면서 케이트 할머니가 울다가 잠들길 기다렸다. 라킨 오빠 뺨에 흘러내린 감자즙을 닦고, 사슴 가죽 레깅스를 둘둘 말아서 라킨 오빠 머리 밑에 대 주고, 트렁크에 또 뭐가 들어 있는지 구경도 했다.

케이트 할머니가 일어나면 옷을 갈아입을 수 있게 튜닉과 반바지를 챙겨 두었다.

우선 케이트 할머니만 괜찮으면 목욕을 시켜야겠다.

“비누가 어디 있는지 알아?”

난 라킨 오빠에게 작게 물었다.

“저기 있어. 선반 꼭대기에 있는 상자에 들었어.”

“때수건은?”

“비누랑 같이 들어 있어.”

“그럼 수건은?”

라킨 오빠는 손을 들어 문 옆에 놓인 포대 자루를 가리켰다.

“근데 더러워. 할머니가 몸이 좀 나아지면 빨 거야.”

“아니, 오빠가 오늘 빠는 게 좋겠어.”

라킨 오빠는 내 말에 이마를 찡그렸다.

“내가?”

“아직 해가 중천에 떠 있잖아. 뭘 빨래 통으로 사용해?”

난 주변을 두리번거렸다.

“오두막집 뒤편 헛간에 통이 하나 있어.”

‘아하! 헛간에 그런 걸 넣어 뒀구나.’

난 속으로 생각했다.

“일단 할머니가 일어나면 침대 시트를 벗겨 줘. 물을 데워서 통에 붓고, 시트에 비누칠한 다음 헹궈서 빨랫줄에 널어 줘. 할머니를 씻길 목욕물도 남겨 두고.”

“내가?”

라킨 오빠가 몸을 일으키며 또 물었다. 감자 찜질이 라킨 오빠 손바닥 위로 툭 떨어졌다.

내가 다가가서 손을 내밀자, 라킨 오빠는 축축한 감자 뭉치를 내게 건넸다.

"잠깐만, 내가 해 줄게."

난 라킨 오빠 눈썹에 묻은 감자 찌꺼기를 떼어 내고, 손바닥 가장자리로 턱에 묻은 감자 전분을 부드럽게 닦아 냈다.

"고마워."

라킨 오빠는 손가락 끝으로 눈을 톡톡 두드리며 말했다.

이제 눈을 깜빡여도 될 만큼 부기가 가라앉았다. 그래도 얼굴은 여전히 엉망진창이었다.

"왜 나한테 케이트 할머니가 친할머니라고 말하지 않았어?"

"넌 도시에서 왔잖아. 외지인이라고."

라킨 오빠가 일어서면서 말했다.

"우리 가족은 외지인이 아니야. 여기서 벌써 삼 년이나 살았다고."

내가 말했다.

"우리 가족은 몇 세대 전부터 여기 살았어. 삼 년이면 새 발의 피지."

새에 비교한 것까진 좋았는데, 라킨 오빠 말투가 거슬렸다.

"도시 출신이 뭐가 잘못된 건데?"

"그 사람들이 할머니한테 못되게 굴었어."

"케이트 할머니한테?"

"그 사람들은 할머니가 마녀인 줄 알아."

라킨 오빠가 목소리를 낮춰서 말했다.

"그 사람들이 누군데?"

난 이마를 찡그리며 물었다.

라킨 오빠도 얼굴을 찌푸렸다.

"모두가 그런 건 아니겠지만, 아무튼 그런 사람도 있어."

라킨 오빠는 잠시 생각에 잠기더니 말을 이었다.

"혹시 이름이 '록'으로 시작하는 가족이 너희 사람이니?"

"록으로 시작하는 이름? 록하트 가족을 말하는 거야? 하지만 라킨 오빠, 록하트 가족은 '우리 사람'이 아니야."

라킨 오빠는 어리둥절한 표정으로 나를 쳐다봤다.

"그럼 그들은 누구지?"

난 어깨를 으쓱했다.

"이웃이고 친구지. 그래, 맞아. '우리 사람'이 맞는 것 같네. 하지만 록하트 부부는 아이가 없어서 나도 자주 만나진 않아. 산에 어린이라고는 나, 언니, 남동생뿐이거든."

"도시 쪽 산비탈에만 말이지."

"그래, 도시 쪽 산비탈에만."

"그럼 네 생각에 왜 이쪽 사람들이 반대쪽 산비탈 사람들과

엮이기 싫어하는 것 같아?"

아빠가 우리에게 집 근처에 있으라고 신신당부했던 말이 생각났다.

"우리 부모님은 우리가 집에서 멀리 떨어지는 걸 싫어하셔. 코요테랑 곰을 마주칠 수도 있고, 암벽에서 떨어질 수도 있어서 위험하대."

"산사람들은 나를 좋아해. 마녀 같은 우리 할머니도 좋아하고."

"라킨 오빠! 할머니에 대해서 얘기하는 사람은 아무도 없었어!"

난 씩씩대며 맞받아쳤다.

"록하트 가족도?"

난 고개를 세차게 저었다.

"할 얘기가 뭐가 있겠어?"

라킨 오빠는 한숨을 푹 쉬었다.

"아주 오래전 일이야. 내가 할머니 집에 올라왔는데 마침 록하트 부인도 와 있더라. 여기가 몹시 아프다고 했어."

라킨 오빠는 배를 가리켰다.

"온갖 방법을 동원해도 소용이 없었대. 의사도 소용없고, 의사가 준 약도 효과가 없었대. 그래서 할머니 집까지 올라온 거야. 할머니는 이것저것 질문하더니 집에서 녹색 잎이 담긴 병을 들고나왔어. 록하트 부인한테 녹색 잎으로 차를 달여서 복통이 나아질 때까지 매일 마시라고 했어. 그리고 할머니가 나한테 매번 하는 인사를 부인한테도 똑같이 했지. 내가 떠날 때마다 하는 인사거든."

"할머니가 뭐라고 했는데?"

라킨 오빠는 잠시 골똘히 생각하더니, 이렇게 말했다.

"'사올 파다 아구스 브레악 쉬렌테 추가트.' 아니면 '슬랜테 므호르 아구스 아 훨레 베안나츠 두이브.'라고 했던 것 같아. 아무튼 둘 중의 하나야."

난 라킨 오빠를 뚫어지게 쳐다봤다.

"뭐라고?"

라킨 오빠가 똑같은 인사말을 되풀이했다.

"무슨 주문 같은 거야?"

"아니, 주문이 아니야. 무슨 말인지 알겠어? 엘리, 몇 마디 말이 사람을 마녀로 만들진 않아."

라킨 오빠 말투가 상당히 거슬렸다.

"그럼 대체 뭔데?"

"그건 게일어야. 할머니의 엄마, 그러니까 내 증조할머니가 스코틀랜드 출신이거든. 그 인사는 '당신에게 건강과 축복을 빕니다.'라는 뜻이야. 주문이 아니라 축복 인사라고."

"그렇다면 할머니를 마녀 취급 할 이유가 전혀 없는데?"

"없지. 하지만 록하트 부인의 복통은 낫지 않았어. 오히려 상태가 악화됐지."

"오빠가 그걸 어떻게 알아?"

내가 물었다.

라킨 오빠는 어깨를 으쓱했다.

"난 이 산에서 일어나는 많은 일을 알고 있어."

그러고 보니 록하트 아줌마의 배 속에 결석이 생겨서 살을 째고 꺼낸다고 난리 쳤던 일이 기억났다. 난 애초에 배 속에 돌멩이가 어떻게 들어갔는지 신기했다.

"그래서 한 사람이 할머니를 마녀라고 생각하게 됐다고 치자. 그렇다고 도시 출신을 모두 싸잡아서 나쁘게 생각하는 건 좀 심하지 않아?"

내가 말했다.

라킨 오빠는 어깨를 으쓱했다.

"그들은 걸핏하면 자신의 것이 아닌데도 가져가거든."

그래도 '너희'가 아니라 '그들'이라고 표현해서 반가웠다. 여전히 달갑지는 않았지만.

"어떤 것을?"

"산 말이야."

라킨 오빠가 대답했다.

난 우리 가족이 도시를 떠나서 어떻게 산까지 오게 됐는지,

우리 오두막집을 어떻게 지었는지 되짚어 봤다.

“하지만 우리 엄마, 아빠는 마지막 돈까지 탈탈 털어서 우리 땅을 샀는걸.”

내가 말했다.

라킨 오빠가 한숨을 푹 내쉬었다.

“너희 가족 얘기가 아니야.”

“하지만 그렇게 들리는걸.”

“아니야, 그렇게 말하지 않았어. 난 산을 팔기 위해서 소유하려는 사람들을 말한 거야.”

나도 예전에 아빠와 비슷한 대화를 나눈 적이 있다.

나도 라킨 오빠와 생각이 비슷하다. 산은 누군가 소유할 수 있는 대상이 아니라고 생각한다.

하지만 나도 방금 전에 ‘우리 땅’이라고 말했다. 진심으로 우리 땅이라고 생각하고 내뱉은 말이다.

그리고 케이트 할머니의 오두막집 밖에서, 바로 이 마당에서 산봉우리 이름을 스타 피크라고 지었다. 그리고 산 이름도 엘리의 산이라고 지었다. 물론 엘리 말고 다른 이름도 붙여 줬지만 말이다.

그렇지 않아도 복잡했던 머리가 훨씬 더 복잡해졌다.

난 분한 마음에 아무 말이라도 내뱉고 싶었다. 내가 입을 열려는 순간, 라킨 오빠가 이렇게 말했다.

"괜찮아. 난 네가 그런 사람이라고 생각하지 않아."

난 라킨 오빠 얼굴을 바라보면서 불쌍해 보이는 눈이 싫다는 감정과 눈 주변에 물든 색이 아름답다는 감정 사이에서 갈팡질팡했다.

"그런데 왜 직접 나타나서 말하지 않았어?"

내가 물었다.

라킨 오빠의 멀쩡한 한쪽 눈이 휘둥그레졌다.

"그게 무슨 소리야?"

"나한테 줄 조각을 두고 갔을 때 말이야. 왜 나를 직접 만나러 오지 않았어?"

"무슨 조각?"

"양, 개, 소, 박새, 보름달, 자벌레, 눈풀꽃 조각들 말이야. 그리고 도토리랑 꿀벌 조각도."

라킨 오빠는 땅을 내려다봤다. 그리고 고개를 들어서 나를 쳐다보며 말했다.

"그리고 네 모습도 조각했지."

41

난 케이트 할머니를 흘긋 쳐다봤다. 그리고 라킨 오빠를 데리고 마당으로 나왔다.

"왜 조각들을 그냥 두고 간 거야? 내가 오빠를 불렀는데 왜 대답하지 않았어? 왜 모습을 드러내지 않은 거야?"

라킨 오빠는 어깨 한쪽을 으쓱했다.

"널 몰랐으니까."

"그럼 왜 모르는 사람한테 선물을 줬어? 나 같은 여자애한테?"

내가 물었다.

라킨 오빠는 의아한 표정을 지었다.

"너 같은 여자애라니?"

난 팔짱을 꼈다.

"오빠가 방금 도시 출신에 대해서 나쁘게 말했잖아."

라킨 오빠는 고개를 저었다.

“넌 그런 사람이 아니란 걸 알아.”

난 잠잠히 기다렸다.

“그냥 보면 알아.”

난 계속 묵묵히 있었다.

“그리고 너희 가족은 너무…… 가난했어.”

꽃씨가 덕지덕지 붙은 누더기를 입은 사람 입에서 나온 말이라 그런지 더욱 의미심장하게 들렸다.

“그리고 처량해 보였어.”

이 말도 사실이었다.

“너희가 처음 산에 왔을 때, 차마 보기 힘들 정도였어.”

당시의 그 혹독한 상황을 직접 겪은 장본인으로서 그걸 지켜보기가 얼마나 힘들었을지 충분히 짐작됐다.

“카프리콘 목줄에 매달아서 보냈던 양 조각은…….”

“그건 남자애한테 보내는 선물이었어. 그 어린 남자애.”

라킨 오빠가 말했다.

“사무엘이야.”

내게 보낸 선물이 아니었다니, 마음이 씁쓸했다.

“바람이 우리 집 쪽으로 불어올 때면, 사무엘이 우는 소리가 멀리서도 들렸어. 난 처음에는 양이 우는 소리인 줄 알았어.”

라킨 오빠가 고개를 절레절레 흔들며 말했다.

"이 산에 양도 있어?"

"아니, 그래서 내가 찾아 나서게 된 거야."

라킨 오빠가 말했다.

유난히도 땅이 질퍽거리던 그날이 떠올랐다. 난 얄팍하고 추운 텐트 밖에 우두커니 서 있었다.

"내가 양 조각을 찾았을 때도 지켜보고 있었어?"

라킨 오빠가 고개를 끄덕였다.

"응, 그랬어."

라킨 오빠의 미소가 내게 모든 걸 말해 주고 있었다.

"그럼 다른 것들도? 개랑 박새 조각도?"

"그건 엘리, 너한테 주는 선물이었어. 나머지 모두."

난 그제야 미소를 지었다.

"그거 알아? 나도 오빠를 봤어. 딱 한 번 덤불숲에서."

"나도 기억나. 네가 내 쪽을 쳐다봤거든. 근데 날 발견한 줄은 몰랐어."

"그때 오빠를 봤어. 얼굴뿐이지만. 그때 왜 모습을 드러내지 않았는지 아직도 이해가 안 된단 말이야."

내가 라킨 오빠의 얼굴을 자세히 들여다보자, 라킨 오빠는 황급히 고개를 뒤로 뺐다.

"난 아주 오랫동안 슬픔에 잠겨 있었어."

라킨 오빠는 날 흘깃 보고는 다시 시선을 돌렸다.

"작은 조각들을 만들고, 그걸 너한테 보내는 게 행복했어."

라킨 오빠는 숨을 작게 내쉬었다.

난 아무 말도 하지 않았다. 라킨 오빠가 어떤 마음이었는지 알 것 같았다.

"그래서 지금은 어때? 우리 사이에 나무 하나 없이 이렇게 날 만나니까 좋아? 아니면 내가 모든 걸 망쳤어?"

내가 물었다.

라킨 오빠가 깜짝 놀라며 나를 쳐다봤다.

"아무것도 망치지 않았어."

우리는 오두막집으로 돌아갔다. 케이트 할머니는 여전히 고개를 돌리고 벽만 쳐다보고 있었다.

"오빠의 친할머니라는 걸 진즉에 알아챘어야 했는데. 둘이 이렇게 닮았는데."

내가 부드럽게 말했다.

라킨 오빠가 내 말을 듣고 좋아하는 게 빤히 보였다.

난 이미 라킨 오빠에 대해 많은 정보를 캐냈다. 더 이상 부담주고 싶지 않았지만, 아직도 석연치 않은 부분이 많았다.

"오빠가 너무 많이 배우면, 그러니까 케이트 할머니가 오빠를 너무 많이 가르치면 오빠가 떠나 버릴까 봐 엄마가 걱정한다고 했지?"

라킨 오빠가 고개를 끄덕였다.

"실제로 여기 올라왔다가 큰일을 당했잖아. 왜 친할머니를 만나는데 눈치를 봐야 해? 그건 마치 오빠네 엄마가……."

난 여기서 말을 멈췄다.

라킨 오빠가 한숨을 푹 내쉬었다.

"엄마가 할머니를 싫어해."

"하지만 왜? 케이트 할머니는…… 훌륭한 사람이잖아."

라킨 오빠는 시선을 바닥으로 떨어뜨렸다.

"좀 복잡한 이야기야. 우리 할머니는 산에서 자랐어. 하지만 산을 떠나서 학교를 다녔고 결국 간호사가 됐어. 그리고 의사와 결혼해서 아기를 낳았지. 그게 우리 아빠야."

라킨 오빠는 케이트 할머니를 힐긋 쳐다봤다.

"할머니는 아빠가 어릴 때 산에 자주 데려왔고, 아빠도 산을 사랑했어. 하지만 아빠는 도시에서 자라 대학까지 갔고, 큰 도시에 있는 사무실에서 일했지. 하지만 몇 년 가지 못했어. 아빠가 병에 걸리고 말았거든."

"큰 도시?"

"직업도 있었어. 그런 삶을 살았지."

라킨 오빠는 오두막집을 둘러봤다.

"아빠는 이곳을 참 좋아했어. 그래서 산으로 이사 오기로 결심한 거야."

"혼자서?"

"응, 처음에는 그랬어. 아빠는 현악기 제작자가 되고 싶어 했어. 숲에 둘러싸인 곳에서 살고 싶어 했지. 아빠는……."

"현악기 제작자가 뭐야?"

내가 물었다.

"악기를 만드는 사람이야."

라킨 오빠가 놀란 표정으로 설명했다.

"무슨 악기?"

"기타, 바이올린 같은 줄이 달린 악기야."

"그럼 만돌린은?"

난 아빠의 방 한구석에서 먼지만 쌓여 가는 만돌린을 떠올렸다. 엄마 손에서 어떤 소리를 냈는지 떠올렸다. 그건 세상에서 가장 아름다운 음악이었다. 그보다 고운 소리는 찾기 힘들 것이다. 엄마 노랫소리만 빼고 말이다. 하지만 아빠의 사고 이후, 엄마 목소리에도 먼지가 잔뜩 꼈다.

"만돌린은 아빠의 특기였어. 만돌린을 잘 만들기로 명성이 자자했거든. 아빠는 엄마 이름을 따서 만돌린에 '키비'라는 이름을 붙였어. 수백 킬로미터 떨어진 악기점에서도 아빠의 만돌린을 팔았지."

멍 든 눈이 무색하게 라킨 오빠 얼굴에 자부심이 가득 찼다.

"우리 엄마도 만돌린을 갖고 있어."

라킨 오빠가 눈썹을 치켜올렸다.

"어쩌면 우리 아빠가 만든 악기일지도 몰라."

난 라킨 오빠의 아빠가 산에 올라와서 숲에 둘러싸여 사는 모습을 머릿속에 그려 봤다.

"그럼 나무로 악기를 만든 거야?"

라킨 오빠가 고개를 끄덕였다.

"사탕단풍나무와 가문비나무를 사용했어."

난 라킨 오빠의 아빠가 잠자는 나무를 깨워서 바람, 비, 태양, 눈, 별빛의 기억을 불어넣는 장면을 상상했다.

그리고 우리 엄마가 벽난로 앞에 앉아서 만돌린을 연주하며 비, 눈, 태양, 별빛을 자유롭게 풀어내는 모습을 그려 봤다. 상상만으로도 뼛속까지 전율이 일었다.

"오빠의 아빠는 분명 아주 훌륭한 음악가였을 거야."

내가 말했다.

라킨 오빠가 또 한숨을 쉬었다.

"아빠를 떠올리면 그게 가장 그리워. 아빠가 연주하는 모습이 내가 가장 그리워하는 장면일 거야. 훌륭한 연주자였기 때문에 그만큼 아름다운 악기도 만들 수 있었지. 악기가 제대로 된 주인을 만나면 어떤 소리를 내는지 이해하셨거든."

난 라킨 오빠의 가늘고 긴 손가락을 쳐다봤다.

"오빠도 아빠한테 악기를 배웠어?"

라킨 오빠는 내 말에 고개를 푹 숙였다. 그리고 내 얼굴을 쳐다보지 않고 대답했다.

"그게 가장 후회돼. 아빠가 돌아가시기 전에 배워 둘걸. 시간을 더 내서 아빠한테 악기를 배울걸. 그래도 좀 배우긴 했어."

난 작업대 벽면에 걸린 연장을 가리켰다.

"저걸 사용하셨어?"

"맞아. 그리고 사슴 가죽으로 아교도 만들었어."

"사슴 가죽으로?"

"가끔 토끼 가죽도 썼는데, 주로 사슴 가죽을 사용했어. 가죽을 잘라서 물을 조금 넣고 끓이면 세상에서 가장 강력한 접착제가 탄생하는 거야."

내 귀에는 너무 끔찍한 이야기로 들렸다. 하지만 만돌린을 만들기 위해 필요한 단계라면, 그렇게 나쁘지도 않다는 생각이 들었다.

케이트 할머니가 아들한테 사슴 가죽을 줬던 이유도 알게 됐다. 하지만 여전히 석연치 않은 부분이 남아 있었다.

42

"오빠의 엄마가 왜 케이트 할머니를 싫어하는지 아직도 모르겠어."

라킨 오빠는 곰곰이 돌이켜 봤다.

"정확히 말하면 싫어하는 건 아니야."

라킨 오빠는 잠시 말을 멈추었다가 입을 열었다.

"우리 할아버지는 대공황이 일어나기 몇 달 전에 돌아가셨어. 심장 마비였지."

라킨 오빠는 다시 말을 멈추고 생각에 잠겼다.

"난 할아버지에 대해서 잘 몰라. 아까 말했듯이 할아버지는 의사였어. 정말 뼛속까지 의사였지. 할머니가 우리를 보러 산에 올라올 때도 할아버지는 도시에 남으셨어. 환자 곁을 떠나길 싫어했거든."

나도 그 마음을 이해한다. 낯선 사람인 환자가 손자보다 우선시되기도 한다는 걸.

“우리도 가끔 도시로 내려가서 할아버지를 만났어. 할아버지는 굉장히 점잖은 분이었어. 언제나 정장과 조끼를 갖춰 입었지. 항상 예의를 중시했고, 좀…… 차가웠어. 반면에 우리 할머니는 너그럽고, 따뜻하고, 유쾌했지.”

라킨 오빠는 침대에 누워 있는 케이트 할머니를 쳐다봤다.

“지금 같은 모습이 아니었어. 정말 많이 변하셨어.”

한숨을 푹 쉬는 라킨 오빠 표정을 보니 마음이 아팠다.

“할아버지가 돌아가시고 할머니는 아주 오랫동안 슬픔에 잠겨 있었어. 한참 시간이 흐른 뒤에야 슬픔을 딛고 앞으로 어떻게 살아갈지 결정하셨어. 뒤늦게 집을 팔려고 내놨지만 대공황 이후에 아무도 큰 집을 사려고 하지 않았어. 그래서 할머니는 집에 자물쇠만 걸어 두고, 우리와 함께 살러 산으로 온 거야. 모든 걸 그 집에 남겨 두고 책만 챙겨 왔어.”

“우리 가족과 비슷하구나.”

난 생각에 잠긴 채 말했다. 우리가 떠나온 집은 이제 우리 집이 아니지만 말이다.

라킨 오빠는 슬픈 미소를 지어 보였다.

“할머니는 너희 가족보다 한 계절 앞서 왔어. 그래도 너희와 사정이 좀 달랐어. 할머니는 여기 출신이니까. 바로 이 산이 고향이니까. 우리는 너희처럼 울며 겨자 먹기로 온 게 아니라 우리가 원해서 이곳을 집으로 삼았어. 할머니는 그런 우리에게 온 거고."

난 내 부츠를 내려다봤다.

"이미 아까 말했잖아. 우리가 처음 산에 왔을 때 너무 처량해 보여서 차마 지켜보기 힘들었다고."

라킨 오빠가 고개를 끄덕였다.

"하지만 할머니와 우리의 경우는 달랐어. 할머니가 산에 왔을 당시에는 모든 게 괜찮았어. 정말 모든 게 좋았거든."

라킨 오빠는 초점 없는 눈으로 말을 이었다.

"그런데 너희 가족이 여기 오기 몇 주 전쯤에 아빠가 병에 걸리고 말았어."

라킨 오빠는 마른침을 힘겹게 삼켰다.

"무슨 병인지는 모르지만 아무튼 끔찍했어. 미처 손쓸 틈도 없이 하늘나라로 떠나 버렸어."

난 다음 말을 기다렸다.

"엄마 생각에는…… 그러니까 엄마는 할머니를 용납할 수 없었던 거야. 공부를 많이 해서 간호사도 되고 의사랑 수십 년을 살았던 사람이 어쩌면 그렇게…… 무능할 수 있느냐며 할머니를 원망했어."

에스더 언니가 떠올랐다. 언니도 아빠 사고 이후 원망의 대상을 필요로 했다. 난 작은 오두막집을 둘러봤다.

"그래서 케이트 할머니 혼자 여기 살게 된 거야?"

라킨 오빠가 고개를 끄덕였다.

"아빠가 돌아가시고 나서 모든 게 어그러졌어. 엄마는 야생인처럼 변해 버렸지. 벌써 삼 년이 지났는데도 여전히 정신을 못 차리고 있어."

그때 라킨 오빠는 어떤 심정이었을까? 아빠 장례를 치르고 몇 주 뒤에 산으로 이사 온 우리 가족을 발견했다. 나무숲에 우두커니 서서 우리 가족의 눈물겨운 정착기를 지켜봤다. 자연이 다시 초록으로 물들기 전, 춥고 우중충한 날들을 보내며 사무엘이 양처럼 우는 소리를 들었을 때의 심정이 어땠을지 생각해 봤다.

"아빠가 돌아가신 지 얼마 안 됐는데도 사무엘을 위해서 작은 양을 조각해 줬구나."

라킨 오빠의 아름다운 머리칼과 멍 든 얼굴을 쓰다듬어 주고 싶었다.

"그랬지. 하지만 그건 나 자신을 위한 일이기도 했어."

라킨 오빠가 말했다.

"그리고 할머니에게도 저 보석들을 만들어 줬구나."

난 창가에 놓인 작은 사슴, 귀여운 다람쥐, 완벽한 자태를 뽐내는 쥐 조각을 턱으로 가리키며 말했다. 케이트 할머니를 바라보는 라킨 오빠 얼굴이 한없이 부드러워졌다.

"할머니가 우리한테 오기 전에 어떻게 살았는지 알아. 도시에 있는 크고 좋은 집에 살았지. 하지만 지금은……."

라킨 오빠는 비좁고 처량한 오두막집을 둘러봤다.

"그래도 할머니는 우리 곁을 떠나지 않을 거야."

난 라킨 오빠의 검은 눈동자를 쳐다봤다. 그 안에 슬픔이 깊게 배어 있었다.

"하지만 아줌마는 오빠가 여기 올라오는 걸 싫어하잖아."

라킨 오빠가 고개를 끄덕였다.

"할머니가 오빠한테 글을 가르치기 때문이야?"

"그것 말고도 있어."

라킨 오빠가 한숨을 내뱉었다.

아줌마의 입장에서 생각해 보려고 했지만, 여전히 동감하기 힘들었다. 그래도 이전보다는 아줌마에 대해 잘 알게 됐다.

"아줌마는 오빠가 학교에 가서 의사가 되면 영영 보지 못할 거라고 생각하나 봐."

라킨 오빠가 입술을 잘근잘근 씹었다.

"그런가 봐."

우리는 서로를 쳐다봤다.

"그리고 쓸모 없는 생각이지."

내가 말했다.

"왜 그런 식으로 생각하는지 도통 모르겠어."

라킨 오빠는 눈가에 엉겨 붙은 먼지를 떼어 내고, 목청을 가다듬으며 말을 이었다.

“엄마가 나아졌으면 좋겠는데, 내가 뭘 어떻게 해야 할지 모르겠어.”

그 말에 케이트 할머니가 우리를 돌아봤다. 케이트 할머니가 우리 대화를 어디까지 들었는지 궁금했다. 라킨 오빠가 다가가자, 케이트 할머니가 오빠에게 손을 뻗었다.

“넌 잘못한 게 하나도 없단다.”

케이트 할머니가 말했다. 역시 다 듣고 있었나 보다.

갑자기 엄마, 아빠 생각이 빵처럼 한껏 부풀었다.

“슬슬 집에 가야겠어요.”

케이트 할머니가 고개를 끄덕였다.

“네가 아빠 곁에 있어 주는 것만으로도 도움이 될 거야.”

집에 가려고 뒤돌아섰는데 케이트 할머니가 다시 말했다.

“그런데 너희 아빠가 어쩌다 혼수상태에 빠지게 됐는지 말한 적이 없구나.”

지금은 별로 그 이야기를 꺼내고 싶지 않았다. 하지만 라킨 오빠도 자신의 이야기를 해 주었으니…….

“아빠가 나무를 베고 있었는데, 나무가 쓰러지면서 아빠를 덮치고 말았어요.”

자세한 내막은 굳이 밝히지 않았다. 어차피 아빠가 오래 잠들었던 것과는 상관없는 일이었다.

"나무에 부딪힌 곳이 어딘데?"

"텃밭이요. 우리는……."

"아니, 그거 말고. 너희 아빠의 머리 어디에 부딪혔냐고."

케이트 할머니가 참지 못하고 내 말을 끊었다.

"아, 여기요."

난 정수리를 가리키며 말했다.

케이트 할머니가 고개를 끄덕였다.

"조금만 있으면 다시 건강해질 거다. 때론 우리 몸이 최고의 의사거든. 하지만 네가 말하는 법과 걷는 법을 다시 가르쳐야 할 거야. 그리고 좀…… 변화가 있을지도 몰라. 예전이랑 똑같지 않을 거야. 그리고 기억하지 못하는 부분도 있을 거야."

네 가지 추측 중 한 개만 긍정적이었다. 나머지 세 개는 오르고 싶지 않은 산처럼 느껴졌다.

"그걸 어떻게 아세요?"

난 산에 오를 자신이 없다는 듯 작은 목소리로 물었다.

"라킨이 방금 말했잖아. 난 간호사였다고."

케이트 할머니는 이마를 찡그린 채 잠시 생각에 잠겼다.

"뇌는 세상과 같아. 부위마다 일을 하는 방식이 달라. 하지만 그걸 깨닫기 전에는 네가 뭘 알고 있는지 알아차리지 못하지. 너희 아빠도 천천히 본래 모습으로 돌아올 거야. 너도 아빠를 어떻게 도울지 차차 알게 될 거야."

"할머니의 다리를 치료했던 것처럼요? 일단 지켜보다가 때가 되면 무엇을 해야 할지 찾으면 된다는 말이죠?"

케이트 할머니가 고개를 끄덕였다.

"바로 그거야."

케이트 할머니는 이불을 치우고 붕대에 손을 갖다 댔다.

"상처가 많이 뜨겁진 않구나. 열도 완전히 내렸고. 당장은 그대로 둬도 되겠어."

"할머니만 괜찮으면 내일 목욕하는 걸 도와드릴게요. 라킨 오빠가 오늘 빨래를 한대서 목욕물을 남겨 두라고 했어요. 제가 내일 다시 와서 목욕물에 뜨거운 물을 섞을게요."

내가 케이트 할머니를 놀라게 할 심산이었다면, 완벽한 성공이었다. 케이트 할머니는 한마디도 하지 않았지만 표정만 봐도 알 수 있었다.

"제가 침대 시트를 갈 동안 할머니는 의자에 앉아 계세요."

라킨 오빠가 말했다. 그러자 케이트 할머니는 애정이 듬뿍 담긴 눈으로 라킨 오빠를 쳐다봤다.

"빨래를 하려면 뜨거운 물이 많이 필요할 거야."

"제가 떠올게요."

라킨 오빠가 말했다.

"전 내일 빵을 좀 가져올게요. 우리 엄마가 옥수수빵을 잘 만들거든요."

내가 말했다.

"나 같은 늙은 마녀한테 나눠 주기 싫어할 텐데."

케이트 할머니가 까끌까끌한 목소리로 말했다.

하지만 케이트 할머니의 짐작이 틀렸을지도 모른다.

오늘 들은 이야기를 엄마한테 전해 준다면, 엄마도 부족하나마 베풀 이유가 생길 것이다.

무엇보다 아빠가 깨어났으니 엄마 상처도 아물었을 것이다.

난 집에 도착해서 헛간에 잠시 들렀다. 강아지들은 보금자리에 모여 어미 곁에서 잠을 자고 있었다. 메이지가 나를 발견하자, 반갑게 일어섰다.

"우리 메이지는 참 착하지?"

난 메이지의 목덜미를 긁어 주고 머리에 뽀뽀를 했다.

"우리 메이지는 정말 착해, 그렇지?"

메이지는 대답 대신 낑낑대며 내 코끝을 혀로 핥았다. 그리고 보금자리로 돌아가서 강아지들을 둥글게 감쌌다.

"콰이어트, 빨리 일어나 봐. 우리에게는 남은 시간이 별로 없어."

난 작게 속삭였다. 아빠가 깨어난다면, 다른 것들도 바뀔 거라는 소망을 품게 됐다.

43

집에 돌아오면 오전과 똑같은 풍경이 펼쳐질 줄 알았다.

미소를 되찾은 엄마는 노래를 흥얼거리며 일을 하고, 에스더 언니는 다시 상냥한 언니로 돌아오고, 사무엘도 토끼를 쫓다가 기나긴 슬픔의 구렁텅이로 빠져 버린 소년에서 벗어날 줄 알았다. 그러나 문을 열고 안으로 들어갔을 때, 부엌은 텅 비어 있고 오두막집은 쥐 죽은 듯이 고요했다. 에스더 언니 목소리만 간간이 들려왔다.

목소리를 따라갔더니 모두들 잠든 아빠를 둘러싸고 있었다.

사무엘은 몸을 웅크린 채 아빠 옆에 앉아 있었고, 엄마는 창문에 앉아서 아빠를 바라봤다. 두 사람은 에스더 언니가 책 읽어 주는 소리를 듣고 있었다. 그걸 본 순간 두려움이 다시 밀려왔다.

엄마는 아무도 조용히 시키지 않았다.

아빠를 쉬게 하자고 말하지도 않았다.

엄마 얼굴에서 이미 노래가 사라진 지 오래였다.

에스더 언니가 책을 읽었다.

"네가 '진짜'가 될 때쯤 털도 모두 빠지고 눈도 떨어지고 관절도 헐거워져서 결국 너덜너덜해질 거야. 하지만 겉모습 따윈 중요하지 않아. 왜냐하면 '진짜'가 되면, 아무도 널 못생겼다고 하지 않을 거니까. 진짜를 이해하지 못하는 사람만 빼고."

난 이 책을 알고 있다. 스토리도 알고 있다. '벨벳 토끼'라는 책인데, 내가 가장 좋아하는 책이다. 갑자기 케이트 할머니가 꽉 움켜쥐었던 헝겊 인형이 생각났다.

엄마가 문간에 서 있는 나를 발견하고 한숨을 내쉬었다.

"이제야 들어오는구나. 다른 데 말고 여기에 있어야 했다는 생각은 안 드니?"

에스더 언니가 책을 읽다가 멈췄다. 셋이 일제히 나를 돌아봤다. 가족이 한자리에 모인 모습이 얼핏 보면 동화책의 한 장면 같았다. 방 안 가득한 온기 덕분에 모두의 뺨이 장밋빛으로 물들었지만, 아빠만 여전히 메마르고 창백했다.

아빠는 여전히 잠들어 있었다.

난 가족들에게 내가 어디에 있었는지, 케이트 할머니가 스튜를 얼마나 맛있게 먹었는지, 케이트 할머니가 바로 라킨 오빠의 친할머니였다는 사실을 이야기하고 싶었다. 동시에 나도 우리 가족이 등장하는 동화책의 일부가 되고 싶었다. 이 방이 그려 낸 스토리의 일부가 되고 싶었다.

두 개의 스토리에 모두 등장하려면 엄청난 노력이 필요하다. 몸이 두 개가 되거나, 아니면 몸을 절반으로 쪼개야 했다.

하지만 아무리 힘들어도 난 할 수 있다. 그 길이 아무리 복잡하고 괴롭더라도 난 기꺼이 할 것이다.

난 오랫동안 있는 그대로의 모습이 나이고, 앞으로도 그럴 거라고 믿었다. 그러나 더는 그렇게 생각할 수 없었다.

"아빠는 아직 다시 안 일어났어요?"

내가 물었다.

엄마는 고개를 저었다.

"아직이야."

난 침대 옆으로 가서 아빠의 잠잠한 얼굴을 바라봤다.

"아빠, 일어나요."

하지만 아빠는 일어나지도 꿈쩍하지도 않았다.

난 뒤를 돌아보고 엄마와 눈을 마주쳤다.

난 아빠 어깨를 잡고 흔들었다.

포대 자루를 흔드는 느낌이었다.

"엘리, 하지 마. 그냥 내버려둬."

엄마가 말했다.

"아빠, 일어나요."

난 다시 말했다.

여전히 반응이 없었다. 엄마는 방을 나가 버렸다.

에스더 언니는 책을 다시 읽기 시작했다.

"'혹시 넌 진짜니?' 토끼 인형이 물었다. 그러나 곧 이 질문을 한 걸 후회했다. 말 인형의 기분을 상하게 했을지도 모른다는 생각 때문이었다. 그러나 말 인형은 오히려 미소를 지었다. '소년의 삼촌이 나를 진짜로 만들어 줬어. 엄청나게 오래전의 일이지. 한번 진짜가 되면 절대 가짜로 돌아가지 않아. 영원히 그 상태가 지속되는 거야.' 말 인형이 말했다."

이것이 바로 내가 바라는 단 하나의 소망이다. '가짜' 상태가 끝나고, '진짜' 상태가 영원히 지속되는 것.

엄마는 부엌 난로 앞에 가만히 서 있었다.

"아빠는 다시 깨어날 거예요. 전 알아요."

엄마가 뒤돌아서서 나를 봤다.

엄마의 두 눈이 가늘어졌다.

"그게 뭐니?"

엄마가 내 재킷에 묻은 핏자국을 가리키며 물었다.

"그거 핏자국이니?"

"그게……."

"벗어. 당장 벗어."

엄마가 재킷 단추를 풀며 사납게 말했다. 난 엄마 말대로 재킷을 황급히 벗었다. 엄마는 재킷을 낚아채서 싱크대에 내팽개쳤다. 그리고 찬물에 흥건히 적셔서 비누칠했다. 빨래하는 엄마 손이 벌겋게 물들었다.

난 아무 말도 하지 않았다.

'옷은 빨면 깨끗해질 거예요.'

'아빠가 새로 만들어 줄 거예요.'

'제가 담쟁이덩굴을 수놓는 법을 배울게요.'

이 가운데 어떤 말도 하지 않았다. 갑자기 케이트 할머니가 떠올랐다. 내가 상처를 지지려고 끌을 달궜을 때 탄 냄새를 맡고 아연실색하던 표정이 생각났다. 끌을 바로 식혀서 다시 걸어 놓았을 때 안도하던 표정이 생각났다.

"죄송해요."

난 또다시 사과했다. 언제나 그랬던 것처럼 복잡한 마음을 안고 마당으로 나가서 하늘을 올려다봤다. 그리고 내가 미처 깨닫지 못한 부분이 무엇인지 찾아내려고 노력했다.

해가 저편으로 뉘엿뉘엿 넘어가고 있었다. 검은 끈이 스르르 풀리듯 그림자가 마당 너머로 서서히 드리웠다. 저 그림자를 따라가고 싶었다. 내가 있는 이곳에 머물고 싶기도 했다. 그때 나무숲 사이로 라킨 오빠의 엄마가 나타났다. 그 순간 제삼의 장소가 펼쳐졌다.

44

라킨 오빠의 엄마는 몸집이 작았다. 그 점은 안심이 됐지만, 라킨 오빠의 엄마를 보면서 가끔 우리 집에 출몰하는 지네를 닮았다는 느낌을 지울 수 없었다. 푸석푸석한 머리카락 같은 다리로 광분한 듯 바닥을 질주하는 지네 말이다. 너무 빠르고 소름 끼쳐서 지네를 볼 때마다 깜짝 놀라 펄쩍 뛰었다.

"내 아들한테서 떨어져."

라킨 오빠의 엄마가 경고했다.

"엄마!"

난 목청껏 소리쳤다.

"엄마!"

난 더 크게 소리쳤다.

메이지가 헛간 문에 나타나서 으르렁거렸다.

사무엘도 마당으로 나왔다. 낯선 여자를 발견하더니 나처럼 마음이 반반으로 쪼개진 것 같았다. 여기에 남고 싶은 마음과 저기로 가고 싶은 마음으로 말이다.

사무엘은 부리나케 옆으로 와서 내 손을 잡았다. 그런 남동생이 그 어느 때보다도 사랑스럽게 느껴졌다.

"저 사람은 누구야?"

사무엘이 물었다.

"라킨 오빠의 엄마야."

사무엘이 라킨 오빠의 엄마를 찬찬히 뜯어봤다.

"난 저 사람이 마음에 안 들어."

"너희 엄마는 어디 있어?"

라킨 오빠의 엄마가 물었다.

"엄마!"

난 아까보다 큰 소리로 엄마를 불렀다.

그러자 엄마가 현관문으로 다급하게 달려왔다.

에스더 언니도 엄마 뒤를 따라왔다. 상황을 살펴보고 잠시 멈칫하더니, 빨랫줄에 걸린 치마처럼 그 자리에서 안절부절못했다.

엄마는 단 한순간도 지체하지 않았다.

"무슨 일이시죠?"

엄마가 내 옆에 서서 단호하게 물었다.

그때 저 멀리서 라킨 오빠가 달려오며 다급하게 외쳤다.

"엄마! 엄마, 기다려요!"

우리는 체스판의 말처럼 각자 자리에 우뚝 섰다.

라킨 오빠가 마당에 들어섰다.

엄마 눈에 라킨 오빠가 어떻게 비춰지고 있을까? 마른 몸, 짙은 머리칼, 해진 옷 그리고 정면에서 봐도 반반씩 보이는 평범한 남자애의 얼굴과 다친 어린애의 얼굴…….

"우리 엄마 때문에 놀라셨다면 미안합니다."

라킨 오빠가 우리에게 사과했다.

"엄마, 여기서 뭐 해요?"

그리고 자신의 엄마에게 물었다.

"저 형은 누구야?"

사무엘이 물었다.

"저 사람이 라킨 오빠야."

내가 대답했다.

"난 저 사람들을 놀라게 하지 않았어."

라킨 오빠의 엄마가 말했다. 실상은 아니지만.

그런데 가까이서 보니까 지네를 닮은 게 아니었다.

라킨 오빠의 엄마를 보고 있으면 깨진 그릇을 바라보는 것 같았다.

삐쭉삐쭉 산산조각이 난 상태였다. 다시 온전한 상태로 돌아가거나 그 상태를 유지할 가망이 없어 보였다.

얼굴 표정을 보니까 그만큼 상태가 심각했다.

산꼭대기에서 마주쳤을 때처럼 라킨 오빠의 엄마에게서 악취와 같은 슬픔이 미친 듯이 뿜어져 나왔다.

"처음 뵙네요. 난 에벌린이에요."

엄마가 말했다.

"나도 내 아들도 알 필요 없어요."

엄마는 라킨 오빠의 멍 든 얼굴을 쳐다봤다.

"당신이 저렇게 만들었나요?"

"당연히 아니죠. 자기가 부주의해서 다친 거예요. 하지만 얼굴에 칼을 댄 건 저 여자애죠."

엄마가 나를 뒤돌아봤다.

"앞이 잘 보이라고 피를 좀 빼 준 거예요!"

"재킷에 묻은 그 핏자국!"

엄마는 손으로 이마를 짚었다.

"에스더, 사무엘을 데리고 집으로 들어가렴."

엄마가 에스더 언니에게 말했다. 그리고 나를 돌아보고 말을 이었다.

"저것도 그 마귀할멈이 가르쳐 준 거니?"

"마귀할멈이 아니라 '케이트 부인'이 어떻게 하는지 가르쳐 줬어요. 그 밖에도 상처에 꿀을 바르는 법, 구더기가 죽은 살점을 먹게 하는 법, 감자 찜질을 하는 법 그리고……."

"찜질이 뭐야?"

사무엘이 에스더 언니에게 질질 끌려가는 와중에도 뒤돌아 보고 물었다.

"알았어. 그만하면 충분해."

엄마가 한 손을 들고 그만하라는 표시를 했다.

그리고 라킨 오빠의 엄마에게 물었다.

"여기까지 온 용건이 뭐죠?"

"당신 딸이 우리 아들 근처에 오지 않았으면 좋겠어요. 저 애가 우리 아들한테 늙은 여자의 속옷까지 빨라고 시킬 권리는 없어요."

다른 사람 입에서 이런 말이 나왔다면 참으로 웃겼겠지만, 라킨 오빠의 엄마가 말하니까 전혀 웃기지 않았다.

"하지만 당장 빨래를 해야 했어요."

내가 말했다.

"그럼 여자애인 네가 하지 그랬니."

라킨 오빠의 엄마가 고개를 까닥였다.

엄마가 이번에는 양손을 다 들었다.

"당신 아들한테 빨래를 좀 시켰다고 지금 여기까지 온 거예요?"

그러자 라킨 오빠의 엄마는 엄마가 아니라 나를 쳐다보며 말했다.

"네가 시키지 않아도 라킨은 제 할 일을 알아서 잘해. 그 말을 해 주려고 온 거야. 너랑 잭네 할머니가 라킨에게 가르치는 건 하등 쓸모가 없어. 그렇지 않아도 집에 할 일이 산더미인데 라킨한테 할머니의 더러운 침대 시트를 빨라고 시키지 마."

라킨 오빠의 엄마는 얼굴을 들이밀며 말을 이었다.

"넌 네 일이나 신경 쓰고 우린 우리 일만 신경 쓰게 내버려 뒀으면 고맙겠구나."

라킨 오빠는 고개를 내저었다.

"정말 죄송합니다."

라킨 오빠가 다시 사과했다.

"사과할 필요 없어. 넌 잘못한 게 하나도 없단다."

엄마가 부드럽게 말했다.

"당신은 아무것도 몰라요. 당신 딸에 대해서도요. 늦은 밤에 혼자 나돌아 다니질 않나, 바지를 입고 어슬렁거리질 않나, 라킨한테 이래라저래라 간섭하질 않나! 저런 아이는 매로 다스려야 하는데, 이 집에는 매를 들 남자가 없나 보네요."

엄마가 라킨 오빠의 엄마를 빤히 쳐다봤다.

"대체 뭘 보고 우리 집에 남자가 없다는 거예요?"

"저 꼬마도 남자라는 거예요?"

그러자 엄마가 흥 하고 코웃음을 쳤다.

"우리 남편을 말하는 거예요. 이 오두막집을 짓고, 우리가 입고 있는 이 옷들도 만들고, 나무를 잘라서 저기 있는 텃밭도 만들고, 그 밖에도 셀 수 없이 많은 일을 했죠. 당신이 상관할 문제가 아니라고요. 그러니까 당신이 아까 말했듯이, 당신은 당신 일에나 신경 쓰고 우리 일에는 관심을 꺼 주면 고맙겠네요."

엄마는 왕족의 피가 흐르는 사람처럼 턱을 높이 들고 코를 내려다봤다. 내 눈에는 엄마가 정말 왕족처럼 보였다.

"그리고 당신이 이 산의 주인이 아닌 한, 내 딸은 마음이 내키는 대로 어디든 올라갈 거예요. 케이트 부인만 괜찮다면 언제든지 보러 갈 거고요."

"분명 후회할 거예요. 난 당신보다 아는 게 많거든요."

"어휴, 이봐요, 이건 쉬운 문제예요. 내 딸도 어린애고, 당신 아들도 어린애예요. 이 산에 몇 안 되는 아이들이죠. 당신 아들이 침대 시트 빠는 법을 알게 된 게 그렇게 심각한 문제예요? 우리 엘리랑 친구처럼 지내는 게 왜 문제죠?"

엄마가 답답하다는 듯이 따져 물었다.

난 엄마의 말이 마음에 들었는데, 라킨 오빠의 엄마는 아니었다.

"지금은 친구로 지내겠죠. 하지만 도시 상황이 나아지면, 당신 가족은 모두 도시로 돌아가겠죠. 그때 당신 딸이 라킨을 데려가는 일은 절대 없을 거예요."

라킨 오빠의 엄마가 날 쳐다봤다.

"그러니까 넌 꿈도 꾸지 마."

난 얼굴이 빨개진 게 느껴졌다.

라킨 오빠도 벌레를 삼킨 듯한 표정이었다.

라킨 오빠의 엄마는 날 다시 노려봤다.

"우리도 필요한 만큼 다 알고, 필요한 것도 다 있어. 라킨, 이제 그만 가자."

라킨 오빠의 엄마는 뒤돌아서서 집으로 발걸음을 옮겼다.

라킨 오빠가 한숨을 푹 쉬었다.

"정말 미안합니다."

라킨 오빠는 또 사과했다.

"내가 내일 산꼭대기로 올라갈게."

난 조용히 말했다.

그제야 내가 무슨 일을 저질렀는지 깨달았다.

"내가 내일 산꼭대기로 올라갈게!"

난 엄마를 따라서 마당 너머로 사라지는 라킨 오빠 등에 대고 더욱 크고 명확하게 소리쳤다.

하지만 라킨 오빠의 엄마만 뒤돌아봤다.

날 쳐다보는 라킨 오빠의 엄마 표정이 매우 거슬렸다.

우리 가족은 다시 집으로 들어갔다. 난 현관문을 단단히 걸어 잠갔다.

45

"이게 무슨 날벼락인지 설명해 봐."

엄마는 부엌에 들어서면서 내게 물었다.

에스더 언니와 사무엘은 식탁에 앉아서 우리를 기다리고 있었다. 라킨 오빠, 라킨 오빠의 엄마 그리고 케이트 할머니가 누구인지 궁금해서 죽겠다는 표정이었다.

에스더 언니가 내 이야기를 궁금해하는 건 정말로 오랜만이었다.

특히 사무엘은 구더기 이야기를 듣고 싶어서 난리가 났다.

"구더기가 뭐야?"

사무엘이 눈을 동그랗게 뜨고 물었다.

"그리고 엘리 누나, 구더기가 죽은 살점을 먹었다는 말이 무슨 뜻이야? 살아 있는 사람의 살점도 먹어? 얼마나 큰데? 구더기가 어린 남자애도 잡아먹어? 누나도 구더기를 본 적이 있어?"

"오, 맙소사! 사무엘, 구더기는 그냥 벌레야. 크기는 귀리만 해."

에스더 언니가 메스껍다는 표정을 지었다.

"하지만 귀리만 한 벌레가 어떻게 남자애를 잡아먹어?"

"이제 모두 조용히 해. 엘리, 어서 이야기해 보렴."

엄마가 말했다.

난 콰이어트가 태어난 날부터 내가 했던 일들을 모두 털어놓았다. 난 오랜 시간에 걸쳐 이야기를 들려주었다. 사무엘이 중간에 끼어들어서 케이트 할머니가 캡틴 눈에 붙어 있던 벼룩을 왜 보관했는지 물었다. 그 밖의 이야기는 모두 잠자코 들었다. 이야기하는 내내 그 순간이 다시 생생하게 느껴져서 즐거웠다.

"그래서 그 여자는 가엾게도 남편을 잃었구나. 가엾은 남자애도 아빠를 잃었고."

엄마가 목청을 가다듬으며 물었다.

에스더 언니는 자리에서 일어나더니 창가로 갔다.

"몇 가지 빠뜨린 이야기가 있구나. 내가 널 헛간에서 자게 하고, 에스더한테 아빠 옆에서 보초를 서게 했던 일들 말이다."

엄마가 말했다.

"하지만 엘리의 요상한 행동들이 아빠에게 도움이 될지 우리가 어떻게 알 수 있었겠어요? 엘리는 의사가 아니라 평범한 여자애예요. 너무 야생적이고 제멋대로죠. 엄마도 알잖아요. 애초에 나무가 쓰러질 때 엘리가 그 아래에 있지만 않았어도 이런 일이 안 벌어졌을 것 아니에요?”

난 나도 모르게 한 걸음 물러섰다.

저 예쁜 얼굴이 이렇게까지 추악해질 줄이야.

그때 사무엘이 끼어들었다.

“에스더 누나는 정말 못됐어. 엘리 누나가 거기 일부러 서 있었겠어?”

난 한순간 몸이 굳었다.

“난 못되지 않았어. 그리고 엘리, 너야말로 독립할 수 있는 열다섯 살이 돼서 이 산을 떠날 순간만 벼르고 있잖아.”

에스더 언니가 말했다.

아무도 입을 열지 않았다.

엄마는 시선을 돌려 버렸다.

난 도시에서의 삶을 돌이켜 봤지만, 그때 기억은 매우 흐릿했다. 당시에 내가 어리기도 했지만, 무엇보다 현재 삶에 충실하기 때문이었다. 하지만 에스더 언니에게는 그때 기억이 더 강렬하고 선명하게 남아 있을 것이다. 언니는 오히려 산에 대한 기억을 지우고 싶을 것이다.

이때 처음으로 깨달았다. 에스더 언니한테 도시는 그저 돌아가고 싶은 장소가 아니었다. 도시는 에스더 언니의 산인 것이다. 난 처음으로 에스더 언니가 가엾게 느껴졌다. 한때 나를 무릎에 앉히고 책을 읽어 주던 언니였다. 하지만 못된 건 못된 거다. 그런 태도는 나보다도 언니 본인한테 더 안 좋다.

"아니, 난 산을 떠나고 싶어 하지 않을 거야. 만약 그런 마음이 들면, 어떻게든 방법을 찾을 거야."

내가 말했다.

"이제 둘 다 조용히 해. 아무도 아무 데도 가지 않아. 에스더, 어쩌다 그런 생각을 하게 됐니? 엘리 때문에 우리가 이렇게 된 게 아니야. 그리고 사무엘, 에스더는 못되지 않았어. 화가 나서 그래. 에스더는 열다섯 살이잖니. 왜 그런지는 묻지 말아 줘. 너도 그 나이가 되면 저절로 이해하게 될 테니까."

엄마가 말했다.

"그럼 난 열다섯 살이 되기 싫어요."

사무엘이 말했다.

"이건 나이랑 아무 상관 없어요. 이 장소가 문제예요. 욕실에 나타나는 뱀도, 곡물 자루에 들어간 쥐도, 화장실에 있는 거미도, 모든 게 문제예요. 엄마도 알잖아요."

에스더 언니가 말했다.

"난 잘 모르겠구나."

엄마가 말했다.

"아니에요, 엄마도 알고 있어요! 아빠가 다시 깨어나지 못하고 있잖아요. 굳이 자를 필요도 없었던 그 바보 같은 나무 때문에요. 무엇을 위해서요? 텃밭을 더 크게 만들려고요? 원래 우리는 시장에서 필요한 건 뭐든 살 수 있었잖아요!"

"아빠는 한번 깼으니까 분명 다시 일어날 거야."

"만약 일어나지 못하면요? 엘리가 온갖 물약을 만들어서 먹여도 소용이 없으면요?"

"에스더, 그만해. 네가 긴 겨울 동안 너무 춥게 지내서 마음이 약해졌나 보다."

엄마는 울음을 터뜨릴 것 같은 표정이었다.

"작년에도 그랬고, 재작년에도 그랬어요. 하지만 그래서 제가 이상해진 게 아니에요."

에스더 언니가 말했다. 그리고 아빠가 누워 있는 방으로 들어가 버렸다.

눈보라가 매섭게 몰아치는 한가운데 홀로 있을 케이트 할머니를 떠올렸다. 산에 휘몰아친 돌풍이 날카롭게 울부짖으며 오두막집을 덜컹덜컹 뒤흔들었을 것이다.

"언제 한번 언니를 데리고 케이트 할머니의 오두막집에 다녀와야겠어요. 그러면 우리 집이 얼마나 좋은지 깨달을 거예요."

내가 말했다.

"에스더는 그냥 속상해서 그래. 사람은 누구나 속상할 때가 있잖아. 아빠가 드디어 깨어났는데 그렇게 빨리 다시 잠들 줄이야. 차라리 깨어나지 않았을 때보다 더 속상할 거야."

엄마가 한숨을 내쉬며 말했다.

"아빠는 한번 깼으니까 분명 다시 일어날 거예요. 엄마가 말했던 것처럼 말이에요."

내가 반박했다.

엄마는 고개를 끄덕였다.

"나도 그러길 바라."

"내일 케이트 할머니를 다시 만나러 가려고요. 할머니는 병을 고치는 방법을 많이 알고 있어요. 책도 많고요. 아직 우리가 시도해 볼 만한 방법이 많이 남아 있어요."

"나도 라킨 형을 보러 가고 싶어."

사무엘이 말했다.

"아니, 넌 집에 있을 거야. 이제 지하실에서 감자 좀 가져오렴. 오늘 저녁에 으깬 감자를 만들어야겠다."

엄마가 사무엘에게 말했다.

케이트 할머니네 가지 말라는 소리는 없었다. 날 헛간에 가둬 버린다는 말도 없었다. 내가 너무 야성적이고 제멋대로라는 말도 없었다.

무언가가 바뀌고 있었다. 난 느낄 수 있었다.

46

사무엘이 부엌에서 나가자, 난 엄마에게 물었다.

"엄마도 도시가 그립죠?"

엄마는 자신의 손을 물끄러미 바라봤다. 손은 벌겋고 거칠거칠했고, 손가락 관절은 모두 부르터 있었다.

엄마는 한참 뒤에 입을 열었다.

"그래, 엘리, 매일 그립단다."

"우리가 살던 집도요?"

"집도 그렇고 많은 것이 그리워."

엄마가 앞치마를 벗어서 옆에 내려놓았다. 그리고 조용히 눈을 감았다.

"특히 선생일 때가 그리워."

난 라킨 오빠가 했던 말이 떠올랐다.

"엄마는 여전히 선생님이에요."

그 말에 엄마 입가에 미소가 떠올랐다가 금세 사라졌다.

"그래, 그런 것 같구나. 하지만 사람이 그리워. 피터슨 씨도 충분히 좋은 사람이지만, 도시에는 '진짜' 친구들이 있었어. 학교 선생님들, 교회 성가대 그리고 이웃들까지. 잘 모르는 사람들과도 서로 인사하며 지냈지. 베델 병원의 클리어리 간호사처럼 말이야. 클리어리 씨를 참 좋아했는데. 그때 네 머리가 길어서 클리어리 씨가 너를 라푼젤이라고 불렀잖아. 에스더가 귓병이 나서 베델 병원에 갔던 일 기억나니? 클리어리 씨는 에스더한테도 참 친절했어. 우리 모두에게 그랬지."

클리어리 부인의 이야기를 듣는 순간 뇌가 번쩍 뜨였다. 씨앗이 팍 갈라지고 싹이 움트는 기분에 나는 벌떡 일어나 앉았다.

"스타크 부인도 있었지. 식료품점 주인의 아내 말이야. 정말 친절했어. 스타크 부인이 연속으로 네 번이나 유산했던 걸 아니? 그런데도 스타크 부인은 내가 너희를 데리고 식료품점을 찾을 때마다 환하게 맞아 줬지."

엄마가 나를 끌어당기며 말했다.

"저도 기억나요. 스타크 아줌마가 박하사탕을 줬어요."

난 이야기에 집중하지 못하고 느릿하게 대답했다.

"맞아. 널 볼 때마다 사탕을 줬지."

엄마는 난로에 장작을 넣었다.

그리고 찬장에서 머그잔을 꺼낸 다음 천 주머니에 발삼전나무 부스러기를 넣어서 티백을 만들었다. 티백을 머그잔에 넣고, 그 자리에 선 채로 조용히 과거를 회상했다. 주전자가 탁탁 소리를 내며 부글부글 끓기 시작했다.

"그래, 도시가 그립구나."

엄마가 조용히 읊조렸다. 그리고 한 박자 쉬고 말을 이었다.

"하지만 여기에도 사람은 있어."

엄마는 머그잔에 물을 부었다. 뜨거운 김이 축축하고 새하얀 불처럼 피어올랐다.

엄마가 내 손가락에 내려앉은 새처럼 보였다.

"아빠가 밖에서의 엄마 모습을 봤으면 좋았을 텐데요."

엄마가 뿌연 김 너머로 나를 쳐다봤다.

"밖에 어디?"

"마당이요. 라킨 오빠의 엄마하고 맞서 싸울 때요. 아빠와 아빠가 한 일에 대해 이야기했잖아요."

그러자 엄마가 이마를 찡그리며 후회와 낯선 감정이 반반 섞인 표정을 지었다.

"너희 아빠가 그 자리에 있었다면, 애초에 내가 그런 말을 할 필요도 없었겠지."

엄마는 사실을 말했지만, 그게 전부는 아니었다.

"엄마가 우리에 대해 더 알려 줬어도 좋았을 것 같아요. 아빠가 아무리 오래 잠들어 있어도 우리가 얼마나 잘 지냈는지."

난 잠시 말을 멈췄다. 하지만 엄마는 아무 말도 하지 않았다.

"엄마가 어떻게 버텼는지요. 그리고 에스더 언니도요."

난 마른침을 꿀꺽 삼켰다.

라킨 오빠의 엄마는 남편을 떠나보내고 수년간 어떻게 지냈을까? 엄마도 그와 비슷한 암흑을 겪는다면 지금처럼 잘 버틸 수 있을까? 만약 수년이 지났는데도 아빠가 우리 곁으로 돌아오지 않는다면? 최악의 경우에 우리 곁을 완전히 떠나 버린다면?

에스더 언니가 그랬다. '만약'이란 의미 없는 단어라고.

엄마는 생각에 잠긴 채 고개를 끄덕였다.

난 엄마가 나에 대해서도 말해 주길 기다렸다. 아빠 사고 이후 내가 어떻게 버텼는지에 대해서 말이다.

"우리도 최선을 다했지. 하지만 나와 에스더는 타고나길 산골 생활이 맞지 않아서 걱정이구나."

엄마는 나와 눈을 마주치며 말을 이었다.

"너와는 다르게 말이다."

이건 칭찬이자 비난이었다. 말 자체가 문제가 아니라 달콤함이 변질될 만큼 씁쓸한 말투 때문이었다.

"그게 다예요? 그냥 그렇게 태어났다고 하면 끝인 거예요?"

여태껏 엄마한테 들은 말 중에서 가장 당혹스러웠다.

"엘리, 물론 아니지. 우리는 모두 작은 카멜레온을 품고 산다고 생각해. 카멜레온은 주변 환경에 맞춰서 피부색을 바꾸지. 도시에서는 도시에 맞는 색이었고."

엄마는 거칠어진 자신의 손을 내려다봤다.

"나도 이곳에 맞춰서 피부색이 새롭게 변했지만, 그런 나 자신이 낯설게 느껴져. 내 본모습을 너무 많이 두고 와서 텅 비어버린 속을 채울 만한 새로운 것이 없구나. 새로운 것 중에 나한테 맞는 게 없어."

난 엄마 말을 곱씹어 봤다.

"그러니까 엄마가 그렇게 느끼는 이유가 꼭 아빠가 혼수상태에 빠졌기 때문만은 아니라는 거죠?"

엄마가 고개를 저었다.

"난 전보다 훨씬 강해졌어. 그럴 수밖에 없는 환경이니까. 거기서 만족감을 찾아야 할 것 같아."

엄마는 두 손으로 머그잔을 잡았다.

"그리고 실제 만족하고 있어, 엘리. 다만 그 만족감이 예전에 가졌던 것에 못 미칠 뿐이지."

난 엄마가 눈을 지그시 감고 차를 마시는 모습을 지켜봤다.

"그걸 뭐라고 불러야 할까요?"

내가 물었다.

"내가 예전에 가졌던 것 말이야?"

난 고개를 끄덕였다.

"글쎄, 딱 맞는 단어가 없을 것 같은데."

엄마는 잠시 생각에 잠기는가 싶더니 다시 말을 이어 갔다.

"예전에는 굳이 애쓰지 않아도 내 본연의 모습 그대로였어."

난 엄마가 어린 소녀의 마음을 잃어버렸다는 걸 깨달았다. 매일매일 리본을 풀고 새로운 상자를 여는 마음, 상자 안에서 변화와 성장의 진수를 발견하는 즐거움, 때론 골치 아프지만 흥미롭고 진실된 여정을 말이다.

에스더 언니도 분명 그 마음을 알 것이다.

엄마는 내 생각을 읽었다는 듯이 입을 열었다.

"에스더도 나와 똑같아. 예전의 모습을 놓지 못하고 있지. 하지만 그게 잘못된 건 아니잖아?"

"그렇죠. 다만…… 에스더 언니가 다른 모습이 될 가능성도 있잖아요."

"그건 에스더가 결정할 문제야. 너나 내가 간섭할 순 없어."

엄마는 자리에서 일어섰다.

나도 그 말에는 동의했다.

"자, 이제 네 남동생이 뭘 하느라 이렇게 오래 걸리는지 알아보렴. 감자를 직접 길러서 가져오려나 보다."

엄마가 뒤돌아서며 말했다.

47

난 골똘히 생각에 잠긴 채 오두막집 계단에 앉았다. 마침 사무엘이 팔에 감자 바구니를 걸고 함박웃음을 지으며 지하실에서 올라왔다.

"내 손바닥만 한 하얀 거미를 봤어. 끈적거리는 게 진짜 징그러웠어."

"설마 죽이진 않았지?"

난 빛을 잃고 우중충해진 별처럼 지하실 바닥에 짓이겨진 거미를 상상했다.

"바보 같은 소리! 당연히 안 죽였지. 그냥 무슨 느낌인지 궁금해서 살짝 만져 봤어. 진짜 징그러웠어. 나도 거미나 한번 키워 볼까 봐."

사무엘이 활짝 웃으며 말했다.

"흠, 엄마랑 에스더 언니가 정말 좋아하겠는걸."

"아니야, 완전히 질색할걸. 엄마 말이 맞았어. 누나는 요새 정말 제정신이 아닌 것 같아."

사무엘이 조그만 머리를 흔들며 말했다.

"감자 찜질을 어떻게 하는지 가르쳐 줄까? 아빠 욕창에 도움이 될 거야."

내가 말했다. 사무엘이 미간을 찡그렸다.

"찜…… 뭐라고?"

"어떻게 하는지 보여 줄게. 일단 들어와 봐."

난 사무엘에게 감자 찜질 하는 법을 가르쳐 줬다. 사무엘은 이것저것 지시만 하고, 결국 일 처리는 내가 다 했지만. 내가 강판에 간 감자를 쥐고 즙을 조금 짜낼 때 사무엘이 물었다.

"아빠는 왜 안 일어나는 걸까?"

난 감자를 짜던 손을 멈췄다.

"좀 피곤해서 그래. 다시 깨어나려면 충분히 자야 하니까."

"하지만 아빠는 이미 오랫동안 잠들어 있었잖아."

"나도 알아. 그러니까 곧 다시 깨어날 거야."

난 고개를 끄덕이며 감자를 옆으로 치웠다.

"자, 이제 마녀 개암나무 가지를 찾으러 가자."

"마녀…… 뭐라고?"

난 대답 대신 사무엘을 데리고 마당을 가로질러 마녀 개암나무가 있는 곳으로 갔다.

"마녀 개암나무 껍질이 피부를 소독하는 데 좋거든."

난 잔가지 몇 개를 꺾었다. 사무엘은 두꺼운 가지를 분지르려고 한참을 낑낑대더니 이내 포기하고 자기 손가락 굵기만 한 잔가지를 잡아당겼다. 그러나 그마저도 쉽지 않았다.

"죽은 나무였으면 더 쉽게 부러졌을 텐데. 이건 살아 있기 때문에 부러지지 않고 휘어지는 거야."

그 순간 케이트 할머니가 떠올랐다. 아빠, 엄마, 라킨 오빠 그리고 라킨 오빠의 엄마도 떠올랐다.

생각나는 사람이 참 많아졌다.

"자, 내가 도와줄게."

내가 말했다.

하지만 사무엘은 내 손을 뿌리치고 나뭇가지를 두 손으로 잡고 앞뒤로 구부렸다. 가지가 부러지면서 연두색 속살이 삐져나왔다. 사무엘은 나뭇가지를 트로피처럼 높이 쳐들었다.

"더 필요하면 말해."

"아니야, 이 정도면 충분해. 이걸 물에 넣고 끓인 다음 감자랑 섞자."

우리는 집으로 돌아와서 계획대로 실행했다. 그 결과 끈적거리고 너저분한 물질이 탄생했다. 하지만 겉모습은 이래도 효험은 믿을 만하다는 걸 경험을 통해서 알고 있었다.

"이걸 욕창에 바르고 천으로 덮으면 돼요. 마녀 개암나무 때문에 조금 따갑겠지만, 식초보단 나을 거예요."

난 엄마에게 그릇을 건네며 말했다.

하지만 엄마는 그릇을 받지 않았다.

"네가 직접 해야 하지 않을까?"

케이트 할머니의 상처를 벌리고 꿀을 짜 넣었던 순간을 되새겨 봤다. 하지만 내 손으로 아빠 상처를 치료하는 모습은 상상이 되지 않았다.

"엄마가 하면 안 돼요?"

난 기어 들어가는 목소리로 물었다. 엄마는 나를 한참 바라보더니 입술을 깨물고 그릇을 받아 들었다.

"알았어, 엘리. 이건 내가 할게. 넌 가서 사무엘이 공부하는 걸 도와주렴."

하지만 마음이 편치 않았다. 이건 아니라는 생각이 강하게 들었다. 엄마 말을 듣는 순간 속이 울렁거렸다. 심장과 배꼽 사이에 있는 장기들이 기우뚱거리는 기분이었다.

사무엘한테 송어 잡는 법을 가르쳤을 때가 떠올랐다. 그때도 송어 머리를 내리치는 역할은 내 몫이었다. 사무엘은 아직 너무 어리고, 난 더 이상 어리지 않으니까. 이번 일도 내가 시작했으니까, 내가 마무리하는 게 옳다.

"아니에요. 괜찮아요. 제가 할게요."

내가 느릿하게 말했다.

"나도 공부하기 싫어요. 감자 찜질은 내가 만든 거니까 나도 누나를 도울래요."

사무엘이 끼어들었다.

"우리 모두가 아빠한테 매달려 있으면, 에스더는 누구한테 책을 읽어 주겠니? 네가 있어야 하지 않을까?"

엄마가 사무엘을 타일렀다.

사무엘은 납득하지 못한 얼굴이었지만, 엄마의 단호한 표정을 보고 에스더 언니를 부르러 우리와 함께 아빠 방으로 들어갔다. 에스더 언니는 우리 계획을 듣자마자 벌떡 일어섰다. 그 바람에 무릎에 있던 책이 바닥으로 떨어졌다.

"에스더 누나, 가자. 이제 나한테 책을 읽어 줄 차례야."

사무엘이 바닥에 떨어진 책을 주우며 말했다.

에스더 언니는 바로 가지 않고 한참 동안 그 자리에 서 있었다. 한 손에 감자 그릇을 들고 있는 내 모습과 꺼림칙한 기색이 역력한 엄마 얼굴을 차례로 쳐다봤다. 하지만 그저 바라볼 뿐 아무 말도 하지 않았다.

에스더 언니는 이 계획에 동참하고 싶지 않은 게 분명했다. 난 언니를 위해서라도 이 너저분한 물질이 시도할 만한 가치가 충분히 있다고 믿지만 말이다.

만약 내가 아빠를 낫게 하는 데 도움이 된다면, 언니도 나를 다시 봐 줄지 모른다. 비록 짧은 순간이었지만, 얼마 전까지 그랬으니까. 하지만 결국 언니 마음에 달린 문제다.

에스더 언니는 사무엘을 데리고 방을 나갔다. 엄마는 아빠 몸을 뒤집은 다음 깨끗한 천들로 전신을 가리고 욕창 부위만 내놓았다. 내 눈에는 흰 천과 붉은 살점만 보였다.

아빠는 시종일관 가만히 누운 채로 깨어날 기미를 전혀 보이지 않았다. 그래도 난 아빠가 들을지도 모른다는 생각에 지난 몇 달간 그래 왔던 것처럼 말을 걸었다.

"혹시 이것 때문에 아프다면, 미안해요."

난 감자 찜질을 한 숟가락 떠서 욕창 위에 소복이 올린 다음 천을 덮었다.

엄마는 내가 감자 찜질을 올리는 동안 옆에 비켜서서 양손을 맞잡고 기다렸다. 그리고 내가 일을 끝내자마자 아빠에게 이불을 덮어 주고 흔들의자를 침대 옆으로 끌어왔다.

"내가 아빠 곁에 있을게. 넌 가서 저녁 준비를 마저 하렴."

엄마가 아빠 머리칼을 쓸어 넘기며 말했다.

방을 나서기 전에 잠시 뒤를 돌아보니 엄마가 아빠 얼굴 옆에 머리를 기댄 채로 온몸을 바들바들 떨고 있었다.

그때 사무엘이 소리를 치며 뛰어 들어왔다.

"엘리 누나, 빨리 와 봐! 그 큰 개가 문밖에 있어. 근데 입에 인형을 물고 있어."

48

엄마는 내일 아침까지 기다렸다가 케이트 할머니가 괜찮은지 보러 가라고 했다.

"하지만 저건 할머니의 인형이에요."

난 현관문에, 에스더 언니와 엄마는 내 양쪽에 섰다.

"캡틴이 밤중에 할머니를 홀로 두고 나왔을 리 없어요. 게다가 할머니의 인형까지 물고 왔잖아요. 할머니한테 무슨 일이 생긴 게 분명해요."

"마귀할멈은 저 인형을 갖고 뭘 하는 거야? 저건 저주 인형이 틀림없어. 사람한테 마법을 걸려는 거야."

에스더 언니가 말했다.

라킨 오빠가 내게 알려 준 축복 인사가 생각났다. 케이트 할머니가 라킨 오빠와 헤어질 때마다 했다던 인사말이다. 사울 파다 아구스 브레악 쉬렌테 추가트.

"그런 말을 하다니, 창피한 줄 알아."

내가 말했다.

하지만 에스더 언니는 전혀 개의치 않았다.

"저 개는 왜 널 찾아와? 넌 마귀할멈을 안 지 얼마 되지도 않았잖아. 왜 라킨한테 가지 않은 거지?"

나도 잘 모르지만, 라킨 오빠는 이미 오두막집에 도착해 있을 거란 예감이 들었다. 케이트 할머니를 도우러 갔는데, 라킨 오빠 자신도 도움이 절실히 필요했던 것이다.

난 내 생각을 그대로 말했다.

"그럼 나도 같이 가마."

엄마가 석연치 않은 목소리로 말했다.

"정말 같이 갈 거예요?"

난 엄마를 뒤돌아보며 물었다.

엄마는 오늘 아침에 봤던 모습 그대로였다. 하지만 무언가가 바뀌었다. 엄마가 속이 텅 빈 것 같다고 했던 말이 머릿속에 떠올랐다.

어쩌면 엄마는 인형을 물고 나타난 개의 모습을 보고 공허함을 해결할 가능성을 봤을지도 모른다.

"그래, 갈 거야. 만약 둘이서도 해결하지 못하는 문제라면, 우리 둘 다 필요할 거야. 에스더, 우리가 없는 동안 사무엘과 아빠를 부탁할게."

엄마는 자신이 입은 원피스를 내려다봤다.

"우선 이 옷부터 해결해야겠구나."

엄마가 뭘 하려는지 궁금해하던 찰나, 엄마가 아빠 바지를 입고 나타났다. 허리에 아빠 혁대를 차고 바짓단을 발목까지 접어 올렸다.

"에스더, 아빠 몸에 올려놓은 감자 찜질을 조금 있다가 떼야 한다."

엄마가 에스더 언니에게 말했다. 언니가 아이 같은 표정을 짓는 모습을 몇 년 만에 처음 봤다.

"에스더 누나, 내가 도와줄게. 내가 찜질을 좀 잘하거든."

사무엘이 말했다.

사무엘 얼굴을 보니까 예전에 피터슨 아저씨를 도와서 스코치의 발굽에 박힌 가시를 뽑았던 일이 떠올랐다.

에스더 언니는 나와 엄마를 차례로 매섭게 쳐다보더니 아빠가 있는 방으로 홱 들어가 버렸다.

"제가 또 뭘 잘못했나요?"

내가 작게 물었다.

"넌 잘못한 것 없어. 이번에는 나한테 화가 난 듯싶구나."

엄마가 대답했다.

"저랑 케이트 할머니네 간다고 해서요?"

엄마가 한숨을 푹 쉬었다.

"둘 다인 것 같아."

난 분명 한 가지만 말했는데? 엄마가 왜 '둘 다'라고 했는지 뒤늦게 깨달았다.

엄마가 부츠를 가져오는 동안 나도 부츠를 신었다. 우리는 재킷 단추를 채웠다. 내 재킷은 아직 축축했지만, 난로 근처에 걸어 둬서 뜨끈했다.

"뭘 좀 가져갈까?"

엄마가 말했다.

"저요, 저도 가고 싶어요."

사무엘이 말했다.

"안 돼. 넌 에스더 옆에 있어야지. 아빠의 감자 찜질을 떼는 일도 돕고."

엄마가 말했다.

"육포를 챙겨 가면 좋을 것 같아요. 그리고 랜턴도요."

내가 말했다.

산꼭대기에 오를 때나 오두막집에 도착해서 불을 빨리 피우려면 랜턴이 필요하다.

"빵도 좀 넣어야겠다."

엄마가 가방에 음식을 넣는 동안 나는 랜턴을 가져와서 난로에서 불을 붙였다.

난 주머니에 든 나이프와 부싯돌을 만져 보았다.

"엄마, 산길에서 머리카락이 나뭇가지에 걸리지 않으려면 모자를 쓰는 게 좋겠어요."

내가 말했다.

엄마가 나를 물끄러미 쳐다봤다.

"그래서 네 머리카락을 짧게 자른 거니?"

난 고개를 끄덕였다.

"나무들이 자꾸 제 머리카락을 빗겨 주려고 해서요."

엄마는 손을 뻗어서 내 머리칼을 만지작거리더니 모자를 푹 눌러쓰고 물건을 챙겼다.

캡틴은 밖에서 가만히 기다리다가 우리가 나타나자 인형을 내 발밑에 내려놓았다. 그리고 마당을 성큼성큼 가로질러서 산꼭대기로 향했다.

해가 아직 저물지 않았지만, 숲은 온통 그림자로 뒤덮였다. 엄마가 옆에 있어서 다행이었다. 손에 나이프를 쥐고 걸을 때보다 훨씬 든든했다.

그리 멀리 가지 않았을 때였다. 에스더 언니가 다급하게 외치는 소리가 들렸다.

"잠깐만요! 엄마, 잠깐 기다려요!"

우리가 걸음을 멈추자 캡틴도 덩달아 멈춰 섰다.

에스더 언니가 숨을 헉헉 몰아쉬며 산길을 따라 올라왔다.

"제가, 제가 갈게요. 엄마, 만약 무슨 일이 생겨서 엄마가 돌아오지 않는다면…… 저 혼자서 아빠와 사무엘을 어떻게 돌봐야 할지 모르겠어요. 차라리 제가 엄마 대신 갈게요."

에스더 언니가 말했다.

"하지만 우리는 이미 가는 중이잖니. 금방 다녀올게."

이렇게 말하는 엄마 목소리에서 젊은 생기가 느껴졌다. 탄탄한 줄이 나타나서 엄마를 모험을 즐기던 어린 시절로 끌어당겼다. 동시에 앞으로 나아갈 수 있게 끌어 주었다.

하지만 에스더 언니도 이에 질세라 실을 잡아당겼다. 실패에 칭칭 감아 가며 엄마보다 실을 더 세게 잡아당겼다. 줄은 끊어질 기미 없이 팽팽하게 당겨졌다.

"제발요, 제가 엘리를 도울게요. 엘리를 잘 챙기겠다고 약속할게요."

에스더 언니가 말했다.

내가 언니의 보살핌이 필요하다고? 얼토당토않은 소리에 짜증이 치밀었다. 그래도 둘이서 문제를 해결하도록 잠자코 기다렸다. 캡틴도 잠잠히 기다렸다. 한시라도 빨리 산꼭대기 집으로 달려가고 싶어서 속이 달았지만 말이다.

엄마는 에스더 언니 너머의 오두막집을 쳐다봤다.

"사무엘을 혼자 두고 왔구나."

"네, 사무엘한테는 엄마가 곧 내려올 거라고 말했어요."

에스더 언니가 고개를 끄덕이며 말했다.

이 말이 결정타가 됐다.

엄마는 한숨을 푹 내쉬었다. 그리고 모자를 벗어서 에스더 언니에게 건넸다. 빵과 육포가 든 가방도 건네주었다.

엄마는 나를 물끄러미 쳐다보더니 입을 열었다.

"네 언니를 잘 챙겨 주렴."

엄마를 사랑하는 마음이 하염없이 밀려왔다.

나는 엄마와 함께 가길 바랐다. 엄마도 케이트 할머니를 만나 보길 바랐다. 엄마의 파란 눈으로 내가 발견한 세계, 어쩌면 그 이상의 것을 알아봐 주길 바랐다.

하지만 한편으로는 에스더 언니가 알아봐 주기를 바라는 마음도 있었다.

아무래도 난 아직 배울 게 산더미인 것 같다.

49

난 산을 오르는 게 쉬웠지만, 에스더 언니에게는 여간 힘든 여정이 아니었다. 어둠은 갈수록 짙어졌고, 암벽도 나타났다. 사슴이 다니는 길을 지날 때는 나뭇가지가 자꾸만 언니 얼굴을 때렸다.

그래도 언니는 꿋꿋하게 불평 한마디 하지 않았다.

넘어지고 또 넘어지면서도 아무 말 하지 않았다.

난 에스더 언니가 간신히 일어나서 손에 묻은 흙을 털어 내는 모습을 지켜봤다.

"지금이라도 돌아가고 싶으면 돌아가."

"그냥 가기나 해."

에스더 언니는 숨을 가쁘게 몰아쉬었다. 머리카락은 모자에 매달린 고리처럼 느슨하게 풀려 있었다.

난 에스더 언니가 먼저 지나갈 수 있게 옆으로 비켜섰다.

"그 가방은 나한테 줘."

난 에스더 언니한테 랜턴을 내밀었다.

"언니 먼저 가. 내가 뒤에서 따라갈게. 가파른 길이 나오면 한 손으로 나무를 잡고, 나머지 손으로 다른 나무를 잡을 때까지 처음 잡은 나무를 놓으면 안 돼."

"어떻게? 랜턴을 들고 있는데?"

아무리 어려워도 그 정도는 혼자서 해결해야지. 일일이 물어봐서 짜증이 났지만, 꾹 참고 이렇게 말했다.

"내가 도와줄게."

그렇게 에스더 언니는 내 도움을 받아서 가파른 길도 무사히 지나갔다.

우리가 산꼭대기 오두막집에 도착했을 때, 케이트 할머니는 그곳에 없었다.

"캡틴, 할머니는 어디 있니?"

현관문을 열었는데 케이트 할머니가 침대에서 보이지 않자, 난 캡틴에게 물었다. 하지만 캡틴은 아무 대답 없이 마당에서 기다렸다.

에스더 언니는 내 뒤에 숨어서 입가로 달려드는 파리를 탁탁 쳐 냈다.

"정말 소름 끼치는 곳이야."

에스더 언니가 속삭였다. 언니 눈으로 바라본 오두막집은 전혀 다르게 보였다.

좁은 침대, 딱딱한 의자, 식탁, 물약과 벌레가 든 선반 위 병들, 독버섯처럼 방 전체에 퍼진 양초들…….

난 랜턴을 빙 돌려서 라킨 오빠가 침대 옆 머그잔에 꽂아 놓은 눈풀꽃 한 다발, 작은 사슴과 쥐와 다람쥐 조각, 도구로써의 아름다움을 발산하는 연장들을 차례로 보여 줬다. 그러나 에스더 언니는 책이 가득한 선반과 천장에 거꾸로 매달아 놓은 꽃다발을 발견하고서야 비로소 표정을 풀었다.

"와!"

에스더 언니가 감탄했다.

난 헝겊 인형을 침대에 내려놓았다.

이불에 얼룩이 남아 있었다.

"할머니 상처가 다시 벌어졌나 봐."

이불에 코를 대고 고름과 꿀 냄새를 맡으려다가 에스더 언니의 시선이 느껴져서 허리만 살짝 굽혀 상처의 잔향을 들이켰다.

오두막집 안은 냉랭했다. 거세진 바람이 우리를 따라 거침없이 현관문을 밀고 들어왔다.

"어디 넘어져 있을지도 몰라."

내가 말했다.

에스더 언니를 지나쳐서 밖으로 나갔다가 마당 한구석에 널린 빨래를 발견하고 우뚝 섰다. 깨끗한 빨래가 바싹 마른 채로 빨랫줄에 걸려서 너울너울 춤추고 있었다.

라킨 오빠다. 라킨 오빠가 빨래를 하고 케이트 할머니를 위해서 목욕물을 남겨 뒀다. 그리고 케이트 할머니는 내가 와서 목욕을 도와줄 때까지 기다리지 않았던 것이다.

"이쪽이야!"

난 캡틴을 따라 오두막집 뒤편에 자리한 헛간으로 달려가며 외쳤다.

우리는 헛간 밖에 쓰러져 있는 케이트 할머니를 발견했다. 몸에 이불을 둘렀는데, 다리 부위가 피로 붉게 물들어 있었다.

난 부리나케 달려가서 케이트 할머니를 일으켰다.

"도와줘!"

난 뒤에서 쳐다보고만 있는 에스더 언니에게 소리쳤다.

에스더 언니가 마지못해 손을 내밀었지만, 얼굴에 불쾌감을 숨기지 못했다. 그런 언니를 철썩 때려 주고 싶었다.

깡마른 케이트 할머니의 몸은 보기보다 무거웠다. 우리는 겨우겨우 케이트 할머니를 집 안으로 데려왔다. 캡틴은 구슬프게 낑낑대면서 우리 주변을 빙빙 돌며 따라왔다.

케이트 할머니를 침대에 눕히고 이불을 덮어 주자, 케이트 할머니가 끙 앓는 소리를 냈다.

"에스더 언니, 마당에 있는 장작을 좀 가져와 줘."

에스더 언니는 내 말대로 장작을 가지러 갔다. 난 큰 책의 종이를 찢어서 작게 자른 다음 난로에 넣었다. 내가 찢은 페이지는 '신선한 공기와 깨끗한 물의 이점'에 대한 것으로 이미 아는 내용이었다. 부디 이보다 심오한 내용이 없길 바랄 뿐이었다.

에스더 언니가 다시 들어왔다. 난 한 페이지를 통째로 랜턴에 대고 불을 붙인 다음 난로에 조심스럽게 집어넣었다.

에스더 언니가 나뭇가지를 한 움큼 집더니 난로에 넣으려고 했다.

"조심해. 그러면 불이 꺼질 수도 있어. 처음에는 하나씩 넣어야 해. 이렇게 말이야."

난 불 양쪽에 놓아둔 벽돌 위에 나뭇가지 하나를 가로질러 놓았다.

"우리 집 오븐은 많은 나뭇가지를 소화할 수 있지만, 이 난로는 달라."

이번 기회에 에스더 언니에게 차갑게 식은 난로에 불을 붙이는 방법을 알려 주었다.

오래지 않아 난로 불길이 거세졌다. 난 현관문을 살짝 열어서 연기가 굴뚝으로 빠져나가게 했다.

그리고 빨랫줄에서 깨끗한 잠옷을 가져와 난로 옆에 두고 따뜻하게 덥혔다.

그다음에 케이트 할머니한테 다가가서 이불을 끌어 내리고 상처를 살펴봤다. 에스더 언니는 멀찍이 서서 나를 지켜봤다.

상처는 시뻘건 입처럼 벌어졌지만, 다행히 피는 멎은 상태였다.

“아무래도 목욕하면서 꿀이 녹아 버리는 바람에 상처가 벌어졌나 봐. 그래서 기절하면서 넘어졌던 거야. 할머니가 깨어나면 무슨 일이 있었는지 이야기해 주겠지. 그런데 애초에 왜 상처에 물이 닿게 내버려뒀는지 모르겠네.”

내가 말했다.

캡틴은 침대 옆에 서서 케이트 할머니 옆에 머리를 기댔다.

“저 사람을 따뜻하게 해 줘야 한다면서 현관문을 왜 열어 놓은 거야?”

에스더 언니가 물었다.

“불 때문에 공기를 유입시키려고. 외풍 말이야. 그러니까 공기를 흐르게 만들려고.”

내가 대답했다.

“무슨 소리인지 못 알아듣겠어.”

에스더 언니는 짜증을 누르며 가라앉은 목소리로 말했다.

“불이 실내 공기를 잡아먹으면, 연기가 굴뚝으로 올라가다 말고 다시 내려오거든.”

아빠가 내게 가르쳐 준 상식이었다. 아빠는 왜 에스더 언니한테는 가르쳐 주지 않았을까? 아마도 배우길 원하는 쪽이 가르치기 더 쉬웠기 때문일 것이다.

"저 사람은 회복되는 중이라고 하지 않았어?"

"그랬지. 하지만 고집도 워낙 세고, 모든 걸 혼자서 하는 게 익숙한 사람이거든. 내가 올 때까지 참지 못하고 혼자 목욕하러 갔나 봐."

난 케이트 할머니에게 이불을 다시 덮어 주었다. 그리고 트렁크에서 사슴 가죽 코트를 꺼내서 이불 위에 포갰다. 묵직한 코트가 이불 속 온기를 빠져나가지 않게 잡아 주고 안정감을 줄 것이다.

"육포를 좀 데워 줘. 저기 벽에 걸린 프라이팬을 쓰면 돼. 프라이팬은 벽돌 위에 걸쳐 놓으면 되고."

난 에스더 언니에게 말했다.

에스더 언니는 잠자코 내 말대로 육포도 데우고 불도 살폈다. 부들부들해진 사슴 육포 냄새가 솔솔 퍼지자 캡틴이 홀린 듯이 그 옆으로 다가갔다.

"무슨 개가 이렇게 못생겼다니."

에스더 언니가 말했다.

"언니, 쉿! 캡틴, 넌 예뻐. 아주 예쁘단다."

내가 말했다.

그때 케이트 할머니가 움찍거리며 깨어났다.

케이트 할머니가 혼란스러운 표정으로 나를 쳐다봤다.

"캡틴이 저를 데리러 우리 집까지 내려왔어요. 입에 할머니 인형을 물고요."

내가 설명했다.

케이트 할머니가 나를 향해 눈을 껌뻑이며 정신을 서서히 차렸다.

"캡틴이 라킨 오빠를 두고 왜 저를 찾아왔는지 모르겠어요."

내가 말했다.

케이트 할머니는 다시 눈을 감았다.

"라킨의 엄마가 캡틴을 별로 안 좋아하거든."

난 케이트 할머니 얼굴에 들러붙은 머리카락을 뒤로 넘겨 주었다.

"저렇게 사랑스러운 개를 어떻게 싫어할 수 있죠?"

"내 아들의 개였거든."

케이트 할머니가 다시 눈을 감았다.

"처음에 강아지일 때는 내가 키웠는데 어느새 아들한테 가버렸어. 새가 하늘로 날아가듯이. 그래서……."

"그렇다면 캡틴을 더 좋아할 수밖에 없을 것 같은데요."

케이트 할머니는 아무 대답도 하지 않았다.

얼마 뒤, 케이트 할머니가 눈을 다시 떴다.

"나를 여기까지 들고 오다니, 넌 아주 힘이 센가 보구나."

"아! 저희 언니랑 같이 왔어요."

에스더 언니가 케이트 할머니 눈에 띄지 않게 조용히 불 옆에 서 있다는 걸 깜박했다.

"우리 이제 가 봐야 할 것 같은데. 엄마가 걱정하겠어."

에스더 언니가 말했다.

"네 언니가 왔어?"

케이트 할머니가 목을 쭉 빼고 두리번거렸다.

에스더 언니는 쭈뼛쭈뼛 앞으로 걸어 나왔지만, 여전히 멀찍이 떨어져 있었다.

케이트 할머니가 에스더 언니를 유심히 살펴봤다.

"얘야, 더 가까이 와 보려무나. 널 해치지 않는단다."

에스더 언니는 한참 망설인 끝에 침대로 다가와서 내 옆에 섰다. 얼굴에는 한시라도 빨리 벗어나고 싶은 기색이 역력했지만.

"엘리, 랜턴을 좀 가져오렴."

케이트 할머니가 미간을 찡그리며 말했다. 난 케이트 할머니가 시킨 대로 했다. 그리고 에스더 언니 얼굴이 잘 보이게 랜턴을 높이 들었다.

"아이고머니나!"

케이트 할머니가 눈을 동그랗게 뜨고 에스더 언니 손을 잡으며 말했다. 언니는 불편한 기색을 감추지 못했다.

“그동안 하나도 안 변했구나. 조금 성숙해지긴 했지만, 그때와 똑같아.”

난 다음에 이어질 말을 예상하고 싱긋이 미소를 지었다.

케이트 할머니는 내 얼굴과 머리를 찬찬히 뜯어봤다.

“너는 상당히 많이 변했구나. 예전보다 마르고 키도 컸구나. 그때는 머리카락이 참 길었는데.”

케이트 할머니가 내 짧은 머리카락을 향해 다른 쪽 손을 뻗었다. 난 케이트 할머니가 부드러운 머리카락을 만질 수 있도록 허리를 숙였다.

“널 라푼젤이라고 불렀었는데.”

케이트 할머니의 손길이 머리에 닿자, 우리가 알던 유쾌하고 덩치가 큰 간호사가 떠올랐다. 나를 라푼젤이라고 부르고, 에스더 언니의 귓병을 치료해 줬던 그 간호사였다.

지금의 케이트 할머니는 덩치가 크지도 유쾌하지도 않았다. 그러나 케이트 할머니의 파란 눈을 들여다보면, 과거와 현재의 모습이 동시에 보였다. 그 둘은 같으면서도 달랐다.

내 바로 옆에 절반으로 쪼개진 동시에 둘로 늘어난 영혼이 또 있었다.

케이트 할머니는 에스더 언니를 다시 쳐다보며 물었다.

“나를 못 알아보겠니?”

에스더 언니는 고개를 내저었다. 그리고 허리를 숙여서 케이트 할머니를 자세히 쳐다보더니, 일순간 눈이 휘둥그레져서 머뭇머뭇 입을 열었다.

"엘리를 라푼젤이라고 부른 사람은 클리어리 부인밖에 없었어요."

에스더 언니는 침대에 걸터앉아서 말을 이었다. 에스더 언니 눈이 반짝거렸는데, 이는 결코 랜턴 때문이 아니었다.

"하지만 클리어리 부인은 몸집이 컸어요. 크고 둥글둥글한 체형에 뺨은 장밋빛이었어요. 곱게 땋은 머리가 허리까지 내려오고, 파란 눈동자는……."

에스더 언니는 케이트 할머니에게 더 바싹 다가갔다.

"할머니 눈과 똑같네요. 하지만 할머니가 클리어리 부인일 리가 없어요. 이럴 리가 없어요."

이렇게 말하는 에스더 언니는 케이트 할머니 품에 안겨서 눈물을 흘리고 있었다. 언니가 아팠을 때 만사를 제쳐 두고 언니를 치료해 줬던 사람, 언니를 아픔에서 구해 줬던 사람 품에서 눈물을 흘렸다.

난 소외된 기분에 씁쓸하면서도 동시에 기뻤다.

내가 예전에 알던 우리 언니가 돌아왔다. 손을 뻗으면 닿을 거리에 우리 언니가 있었다. 그리고 한때 클리어리 부인이었고 지금도 여전히 클리어리 부인인 마귀할멈도 있었다.

50

이후로 상황이 뒤바뀌었다.

에스더 언니는 산꼭대기에 남아서 케이트 할머니를 돌보고 싶어 했고, 난 이제 그만 집으로 돌아가고 싶었다.

에스더 언니는 어두컴컴한 밤에 산길을 내려가기 싫은 이유도 있었지만, 클리어리 부인과 함께하고 싶은 마음도 컸다.

"알았어. 그럼 난 내려갈 테니까 언니는 여기 남아 있어."

내가 말했다. 케이트 할머니를 에스더 언니한테 맡기고 가려니까 슬프면서 짜증도 났다. 나만 빼고 둘이서만 같이 있고 싶어 하다니. 라킨 오빠가 남는다면 충분히 이해하지만, 에스더 언니가 남는 건 솔직히…… 불공평했다.

하지만 에스더 언니가 조금이라도 마음을 열고 눈을 뜨길 바란 건 다름 아닌 나 자신이었다. 그러므로 내게는 언니가 그런다고 원망할 권리가 눈곱만큼도 없었다.

“엄마가 우리 상황을 궁금해할 거예요. 그러니까 저는 일단 집에 돌아가고, 내일 아침에 라킨 오빠한테 가 볼게요. 상처가 다시 곪을 수 있으니까 꿀을 더 따 오려고요.”

내가 말했다.

케이트 할머니가 고개를 끄덕였다.

“꿀이 더 필요하긴 했어.”

케이트 할머니는 사슴 코트를 옆으로 밀어 놓았다. 상처 부위의 이불이 벌겋게 물들어 있었다.

“우리가 전에 상처를 감쌌던 붕대는 어디 있어요?”

내가 물었다.

“목욕할 때 붕대를 빨았거든. 분명 손에 들고 있었는데. 집으로 다시 들어오는데 갑자기 눈앞이 어지러워졌어. 그다음에는 아무 기억이 없어.”

케이트 할머니가 이마를 찡그렸다.

“상처에 물이 닿게 하다니, 정말 놀랐어요.”

내가 못마땅하다는 듯이 말했다.

그러자 케이트 할머니가 한숨을 푹 쉬었다.

“나도 일부러 그런 게 아니야. 내가 좀 서툴렀지. 네가 올 때까지 기다렸으면 참 좋았을 것을. 워낙 혼자 하는 게 익숙해서 그래.”

케이트 할머니가 후회 가득한 미소를 지었다.

"할머니를 발견한 장소에 붕대가 떨어져 있을 거야. 언니가 가서 좀 찾아 봐. 그리고 만약 더러우면 다시 빨아 줘."

난 에스더 언니한테 말했다.

에스더 언니는 싫다는 표시로 한동안 꼼짝 않고 버텼지만, 결국 꼬리를 내리고 붕대를 찾으러 나갔다.

잠시 뒤 에스더 언니가 축축하게 젖은 붕대를 들고 돌아왔다. 내가 불을 가리키자, 에스더 언니는 의자를 불 가까이에 끌어온 뒤 등받이에 붕대를 널었다.

케이트 할머니는 나와 에스더 언니를 번갈아 쳐다봤다.

"너희 둘 사이에 무슨 일이 있었니? 예전에는 알콩달콩 사이좋게 지냈는데."

케이트 할머니가 우리에게 물었다.

난 뭐라고 설명할지 말을 고르다가 그냥 간단히 대답했다.

"서로 달라서 그래요."

그러자 케이트 할머니가 코웃음을 쳤다.

"종이와 잉크도 서로 다르지만, 둘은 사이가 매우 좋지."

"언니는 저한테 화가 났어요."

내가 말했다.

"난 화난 게 아니야."

에스더 언니가 반박했다.

"언니는 저 때문에 아빠가 쓰러졌다고 생각해요."

케이트 할머니가 또 코웃음을 쳤다.

"넌 여자애지, 나무가 아니야."

"쟤가 나무가 쓰러지는 곳에 서 있었어요."

에스더 언니가 말했다.

케이트 할머니가 고개를 절레절레 흔들었다.

"비난은 그리스어로 '저주'를 뜻하는 말에서 유래했지. 저주가 비난의 뿌리인 셈이야. 축복의 반대말이야. 자매는 축복이야. 자매는 서로 축복해야 해."

케이트 할머니는 우리를 보고 "자매는 축복이야."라고 다시금 강조했다.

난 에스더 언니를 바라봤다. 에스더 언니도 나를 쳐다봤다.

"네가 나무가 쓰러지는 곳에 있었지만, 그래도 괜찮아. 넌 아직 어린애일 뿐이니까."

에스더 언니가 말했다.

그 말을 듣고 화가 치밀었지만, 입을 꾹 다물었다.

케이트 할머니는 그런 내 모습을 유심히 지켜봤다.

"캡틴이 적임자를 제대로 데려왔구나."

케이트 할머니 말을 듣는 순간 화가 눈 녹듯이 사르르 사라졌다.

"내일 아침에 라킨을 찾아가려면, 샘 옆길로 내려가야 한단다. 바위를 지나 빙 돌아서 다시 쭉 내려가면 오두막집이 나올 거야.”

케이트 할머니가 말했다.

“네, 그럴게요.”

내가 대답했다.

“언니, 붕대가 바싹 마를 때까지 기다렸다가 상처를 붕대로 감으면 돼. 위생에 최대한 신경 쓰고. 그리고 내가 가기 전에 저 랜턴에 불을 붙여.”

난 에스더 언니에게 말했다. 우리가 가져온 랜턴은 내가 집에 돌아갈 때 써야 한다.

밤길에는 아무래도 랜턴이 있어야 마음이 든든하다.

51

집에 다다르기도 전에 랜턴의 기름이 닳고 말았다.

난 제자리에 멈춰 섰다. 숲은 어둡고 바람이 쌩쌩 불었다. 난 왔던 길을 되돌아가고 싶었다. 그러나 사람이 야생 동물을 무서워하는 것보다 야생 동물이 사람을 더 무서워한다는 아빠 말이 떠오르자, 긴장이 조금 풀렸다. 난 어둠 속에서 천천히 앞으로 나아갔다.

굽이진 길을 돌았을 때였다. 칠흑 같은 밤보다 몇 배는 더 어두운 곰과 마주쳤다.

곰을 발견한 순간, 온몸이 얼음처럼 굳어 버렸다.

곰도 나를 발견하고 그대로 굳어 버렸다.

우리는 어둠 속에서 서로를 한참 응시했다. 몸집이 크고 건장한 여름철 곰이 아니라서 천만다행이었다.

곰은 다친 상태도 아니었다. 곰이 다치면 매우 사나워진다.

어미 곰도 아니었다. 숲에서 마주친 여자애가 무서워서 낑낑대는 아기 곰도 없었다.

몸이 야윈 봄철 곰이었다. 내가 무서운 만큼 곰도 나를 무서워하고 있었다. 아빠가 한 말이니까, 틀림없었다.

그런데 난 중대한 실수를 범하고 말았다. 곰의 눈동자에서 내가 경외하는 야생성을 발견한 것이다. 곰의 눈동자에서 내가 사랑하는 것들을 감지하고 만 것이다. 초원에 벌러덩 누워서 포근한 풀밭에 파묻히는 것, 하늘 외에는 아무도 나를 찾지 못하게 꼭꼭 숨어 버리는 것, 벌이 앉았다가 날아가면 고개를 숙였다가 다시 드는 꽃, 분홍빛 석양과 개똥지빠귀의 맑은 울음소리…….

난 곰을 향해 서서히 몸을 숙였다. 곰은 두 다리를 버티고 서서 고개를 뻣뻣이 들고 시선을 내게 고정했다. 그리고…… 곰은 아빠 말이 틀렸음을 입증하기로 결심했다.

곰이 그르렁거리며 나를 향해 돌진했다. 난 불이 꺼진 랜턴을 버리고 정신없이 내달렸다.

나도 잘 알고 있다.

곰이 도망가는 사람을 쫓아온다는 걸, 나도 안다.

곰이 나보다 훨씬 빠르다는 걸, 나도 안다.

밤눈이 밝은 곰이 나보다 산길에 유리하다는 걸, 나도 안다.

차라리 죽은 척하는 게 더 나았다는 걸, 나도 안다.

여하튼 난 죽기 살기로 뛰었다.

순간적으로 꽈당 넘어졌다. 난 재빨리 양손을 턱 아래 집어넣고 죽은 척 연기했다. 이때 기지를 발휘하지 않았다면, 곰은 이미 나를 덮쳤을 것이다.

이제껏 살면서 산전수전 다 겪었지만, 이때처럼 힘든 순간은 없었다. 흙바닥에 머리를 박고 죽은 듯이 누워 있었다. 곰은 코를 킁킁대며 내 냄새를 맡고, 내 다리를 툭툭 쳤다. 오르막길을 뛰어오느라 숨을 헉헉대며 화를 쉽게 가라앉히지 못했지만, 무슨 일인지 몰라서 어리둥절해했다. 그러다가 여자애를 내버려두고 풀과 벌레한테 관심을 돌리기 시작했다.

곰이 내 모자를 홱 벗겼을 때, 난생처음 느끼는 공포를 맛보았다.

마침내 곰이 나를 두고 돌아섰을 때, 난생처음 느끼는 감사함을 고백했다.

죽지 않고 살아나서 감사했다.

아무 상처도 입지 않아서 감사했다.

무엇보다 에스더 언니가 케이트 할머니네 남아서 감사했다.

만약에 에스더 언니가 곰을 만났더라면? 상상조차 하기 싫었다.

난 한동안 그 자리에 가만히 누워 있었다.

그리고 천천히 일어나서 조용히 흙을 털어 냈다. 땅에 떨어진 모자와 랜턴을 챙겨서 조심스럽게 길을 다시 내려갔다. 귀를 활짝 열고 가다 멈추기를 반복하며 곰과 다시는 마주치지 않기를 빌었다. 곰을 다시 만나고 싶다는 마음은 극히 일부분만 남았다.

집에 도착해서 안으로 들어가니까 엄마가 창가에서 나를 기다리고 있었다. 혹시 아빠가 깨어난 건 아닐까 하는 생각이 들었다.

엄마가 나를 한번 쳐다보더니 입을 열었다.

"무슨 일이야? 에스더는 어디 있니?"

난 무슨 말을 먼저 해야 할지 몰랐다.

"아빠는 깨어났어요?"

엄마가 고개를 저었다.

난 엄마에게 그동안 있었던 일을 차례대로 이야기해 주었다. 마지막으로 내일 아침에 라킨 오빠를 찾아가서 케이트 할머니 다리에 바를 꿀을 따 올 계획이라고 말했다.

하지만 곰을 만난 이야기는 하지 않았다. 그렇지 않으면 엄마는 다시는 밤중에 산을 올라가지 못하게 할 것이다. 그때는 캡틴이 인형을 물고 와도 소용없을 것이다.

케이트 할머니가 클리어리 부인이라는 이야기도 빼놓았다.

내가 직접 엄마를 미소 짓게 할 수 있는 기회였지만, 그 기회는 에스더 언니한테 양보하기로 했다.

에스더 언니가 곰한테 공격당하는 상상을 한 이후로, 다른 상처는 아무래도 상관없었다. 아무리 생생한 상처라 해도 말이다.

"에스더가 거기에 남았다고? 너 대신에?"

엄마가 재차 물었다.

"언니가 숲속을 지나가길 싫어하더라고요. 어두울 때 집에 오기 무섭대요."

엄밀히 말하자면 거짓말은 아니었다. 에스더 언니가 클리어리 부인과 함께 있고 싶어 했다는 말은 생략했지만. 아마 지금쯤 둘이 신나게 수다를 떨고 있을 것이다. 어쩌면 에스더 언니가 수많은 책 중에 하나를 골라서 읽어 주고 있을지도 모른다.

"제가 내일 다시 올라가면, 언니도 바로 내려올 거예요."

"라킨하고 꿀을 딴 다음에? 엘리, 라킨의 엄마 근처에 간다는 게 영 마음에 걸리는구나. 그 여자는 너무 분노에 차 있어."

엄마는 잠옷을 입고 머리카락을 한쪽 어깨 앞으로 풀어 내렸다. 그러나 편안한 옷차림과는 안 어울리게 여전히 무서운 얼굴을 하고 있었다.

"엄마가 케이트 할머니 다리를 직접 봤다면, 엄마도 분명 갔을 거예요."

엄마는 입술을 오므렸다.

"라킨의 엄마 근처에는 가지 않았을 거야. 너도 그 근처에는 절대 가지 마라."

난 실눈을 뜨고 의미심장하게 엄마를 쳐다봤다.

"잠깐만 여기서 기다려 주세요."

내가 말했다.

엄마는 어리둥절한 표정을 지었지만, 내 말대로 그 자리에서 기다렸다. 난 부엌을 지나 아빠가 잠든 침실로 들어갔다. 그곳에는 만돌린도 잠자고 있었다.

난 만돌린을 집어서 엄마한테 들고 갔다. 만돌린을 품에 안으니까 외로움이 느껴졌다.

"잠깐만요."

난 엄마가 입을 열지 못하게 막았다.

그리고 만돌린을 랜턴 가까이에 대고 빛을 비춰 보았다. 현을 지나서 몸통 뒤쪽에 새겨진 마크와 그 밑에 붙어 있는 라벨을 살펴봤다.

'키비'라고 적혀 있었다.

라킨 오빠의 아빠가 만든 만돌린이었다. 라킨 오빠의 아빠는 아내 이름을 만돌린에 새겼다.

난 엄마한테 마크를 보여 줬다.

엄마는 내게 랜턴을 건네고, 만돌린을 갓난아이 다루듯 품에 안았다.

“왜 그러니?”

엄마가 물었다.

난 랜턴을 높이 들었다.

“뒤쪽을 봐요.”

“볼 필요 없어. 뒤쪽에 뭐가 있는지 알거든. 키비라고 악기 제작자의 마크가 새겨져 있어. 브랜드 중에서 키비 만돌린이 최고거든.”

엄마가 말했다.

“그 사람의 이름이에요.”

“누구?”

“라킨 오빠의 엄마요. 그 아줌마의 이름이 키비예요.”

엄마가 만돌린을 다시 자세히 살펴봤다. 그리고 휘둥그레진 눈으로 나를 쳐다봤다.

“라킨 오빠의 아빠는 현악기 제작자였어요.”

새로 배운 ‘현악기 제작자’라는 말이 입에 착 감겼다.

“아저씨는 만돌린을 만들었대요. 저것도 아저씨가 만든 거예요.”

“그 사람이 현악기 제작자였다고. 내 키비도 그 사람이 만든 거라고.”

엄마가 작게 중얼거렸다.

엄마는 혼란스러운 듯 보였다. 왠지 그 이유를 알 것 같았다.

"만돌린에 그렇게 못된 사람의 이름을 붙이다니, 믿기 좀 힘들죠?"

내가 말했다.

엄마가 고개를 끄덕였다.

"그래."

"라킨 오빠가 그러는데 아빠가 돌아가시기 전에는 그렇게 못되지 않았대요. 어쩌면 정신을 다시 차리고 예전 모습으로 돌아올 수 있을지도 몰라요."

엄마가 내 눈을 똑바로 쳐다봤다.

"다음에는 어떻게 변할지 아무도 모르지."

52

에스더 언니가 없는 오두막집은 참으로 이상했다.

솔직히 에스더 언니가 없으니까 숨통이 트였다. 하지만 그만큼 언니의 빈자리가 크게 느껴졌다.

침대에 눕자마자 잠에 빠져들었다. 오늘 일이 머릿속에 아른거렸다. 어제 일도 그제 일도 말이다.

잠을 자면서 꿈을 꾸었다. 그동안 나를 잠 못 이루게 만들었던 기억이 여러 가지 형태로 재생됐다.

언제나처럼 난 아빠와 함께 꽁꽁 언 텃밭에서 나무를 베고 있다.

언제나처럼 사무엘이 토끼를 좇아 달려온다. 아빠, 엄마, 에스더 언니는 각자 일을 하느라 정신없다.

그런데 이번 꿈에서는 내가 사무엘을 제때 발견하지 못한다.

이번 꿈에서는 제시간에 사무엘에게 달려가지 못한다. 난 발이 걸려서 넘어지고, 사무엘은 그대로 뛰어가 버린다. 나무가 밑동 위를 빙글빙글 돌면서 허공을 날카롭게 휘젓는다.

이번에는 아빠도 흙바닥에 널브러져 있는 나밖에 발견하지 못한다.

이번에는 사무엘이 나무에 부딪히고 만다.

난 꿈에서 사무엘이 죽어 가는 모습을 지켜본다. 그 작은 몸에서 움직임이 잦아든다. 고개가 툭 떨어지더니 이내 축 늘어진다.

에스더 언니 얼굴이 보인다. 얼굴이 공포에 질려 있다. 나도 그 심정을 잘 안다. 이 모든 상황을 멈추고 되돌릴 방법을 찾고 싶다. 사무엘을 두고 정신없이 장작을 주우러 다니기 전으로 시간을 되돌리고 싶다. 사무엘이 어리석게도 토끼를 쫓아 세상 끝을 향해, 정적을 향해 달려가기 전으로 되돌아가고 싶다. 그러나 차갑게 식어 버린 몸은 온기를 영원히 잃어버렸다. 우리가 아무리 빌어도 깨어나지 않는다. 우리가 아무리 기도해도 바뀌는 건 없다.

난 엄마 얼굴을 확인하기 전에 꿈에서 깨어났다. 아빠 얼굴도 내 얼굴도 확인하지 못했다. 난 눈물을 흘리며 자리에서 일어났다. 사무엘이 괜찮은지 확인해야만 했다.

"엘리 누나, 왜 그래?"

내가 침대에 올라가 사무엘을 품에 안자, 사무엘이 잠결에 웅얼거렸다. 사무엘은 따뜻하고 부드러웠다. 그거면 충분했다.

"누나 발이 너무 차갑고, 얼굴은 축축해. 누나, 난 자고 있잖아."

"쉬쉬, 그래그래, 아직 아침이 아니니까 더 자렴."

난 사무엘을 토닥였다.

사무엘은 다시 잠에 빠져들었다.

몸이 천근만근이었지만, 한참 뒤에 나도 잠에 들었다.

다음 날 아침 사무엘이 부엌에서 조잘대는 소리에 잠에서 깼다. 사무엘은 왜 내가 자기 침대에서 잠들었는지, 내 침대에 무슨 문제가 있는지, 에스더 언니는 어디에 있는지 꼬치꼬치 캐물었다.

"엄마도 엘리가 왜 네 침대에 있는지 모르겠네. 나중에 엘리가 깨어나면 물어보자. 그리고 에스더는 산꼭대기에 케이트 부인과 함께 있어. 케이트 부인을 잠시 돌봐 주기로 했거든. 자, 이제 앉아서 죽을 먹으렴."

엄마가 말했다.

"또 죽이에요? 차라리 커다란 거미를 먹을래요."

"하지만 죽에 메이플시럽을 넣어서 달달하게 만들었는데? 록하트 부인한테 실내화를 주고 메이플시럽을 받아 왔거든. 하지만 거미가 더 좋다면, 네 마음대로 하렴."

엄마가 말했다.

아빠의 사고 이후 오랜만에 맞는 즐거운 아침이었다. 난 어느 누구에게도 방해받지 않고 이대로 누워서 정겨운 대화를 오래오래 듣고 싶었다.

그러나 여전히 잠들어 있는 아빠가 생각났다. 케이트 할머니의 상처와 나를 기다리고 있을 에스더 언니가 생각났다.

"아무래도 이 침대는 내가 가져야겠다!"

난 일부러 큰 소리로 말했다. 오늘 일과를 시작하기 전에 귀여운 남동생이 부스스한 얼굴로 날 깨우러 와 주길 바랐다.

"그건 내 침대야!"

사무엘이 소리치며 달려오더니 날 침대 밖으로 밀어 냈다. 그리고 침대 속으로 다리를 쏙 집어넣고 이불을 턱 밑까지 끌어 올렸다.

"그럼 메이플시럽은 내가 다 먹어 버려야지."

내가 부엌으로 유유히 걸어가자, 사무엘이 이에 질세라 식탁으로 달려갔다.

"메이지한테는 뭘 갖다주면 돼요?"

내가 부츠를 신으며 물었다.

"지금 마지막 남은 사슴 고기로 스튜를 끓이고 있어. 메이지 몫은 미리 남겨 뒀어."

난 잠옷 위에 재킷을 걸쳐 입었다.

"이번에는 엄마도 같이 가실래요?"

"메이지를 보러?"

엄마는 손잡이가 떨어진 낡은 프라이팬을 나에게 건네며 물었다.

"여기에 그레이비소스를 좀 넣었어. 근데 메이지도 이제 슬슬 사냥을 시작해야지. 아침 식사가 끝나면 밖에 풀어 주렴. 강아지들도 잠깐은 어미가 없어도 괜찮을 거야."

난 엄마를 물끄러미 쳐다봤다.

"저 혼자 가도 괜찮을 거라고 돌려 말씀하시는 건가요?"

엄마도 나를 쳐다봤다.

"아! 산꼭대기에 같이 가자는 뜻이었니?"

"별로 오래 걸리지 않을 거예요. 여기서 그리 멀지 않아요."

엄마는 뒤돌아 난로로 걸어갔다.

"아니야, 엘리. 난 아빠 곁을 지켜야지."

"하지만 어제저녁에 캡틴이 인형을 물고 나타났을 땐 가려고 했잖아요."

"그땐 그랬지. 하지만 우리가 자리를 비운 사이에 너희 아빠가 깨어나면 어떡하니? 사무엘을 혼자 두고 갈 수도 없고. 게다가 케이트 부인도 가족이 있잖니."

"그래 봤자 어린 남자애 하나예요."

"너도 어린 여자애인데 다른 누구보다 케이트 부인을 많이 돕고 있잖니. 이제 에스더까지 합세했고. 그런데 나까지 가서 도울 필요가 있을까?"

"그럼 라킨 오빠네 엄마는 어떡해요?"

엄마는 난로에 장작을 던져 넣고 입구를 닫았다.

"그 사람이 왜?"

"그 아줌마가 키비잖아요."

내가 말했다.

"엘리, 그건 그냥 이름이야. 그 사람이 만돌린은 아니잖아. 그렇게 음악과 거리가 멀어 보이는 사람은 본 적이 없어."

엄마는 펌프를 눌러서 주전자에 물을 채웠다.

나도 엄마 말을 이해한다. 그건 사실이니까. 일단 지금으로선 반박할 말이 없었다. 하지만 엄마가 너무 냉정하게 느껴졌다. 바로 어제저녁까지만 해도 부드러운 사람이었는데.

"아빠가 다친 이후로 엄마가 만돌린을 연주하거나 노래하는 모습을 한 번도 보지 못했어요."

난 조심스럽게 말을 꺼냈다.

엄마는 난로에 주전자를 올려놓고 한동안 내게 등을 돌리고 서 있더니 마침내 입을 열었다.

"엘리, 넌 겨우 열두 살이야. 네가 그것에 대해 뭘 알겠니?"

사무엘이 며칠 전에 내게 했던 말과 똑같았다.

엄마가 주전자 근처에서 손을 녹이는 동안 난 엄마가 말한

'그것'이 무엇일까 고민했다.

"전 슬프고 끔찍한 것을 바꾸려고 노력하는 게 어떤 건지 잘 알아요."

마침내 내가 입을 열었다.

엄마는 뒤돌아서서 나를 쳐다봤다.

"그래, 그렇겠지. 그래도 네 아빠를 혼자 두고 너와 함께 산꼭대기에 가진 않을 거야."

엄마가 말했다. 목소리에서 고단함이 느껴졌다.

그래도 괜찮다. 정말 괜찮다. 케이트 할머니네 혼자 가는 건 문제도 아니다. 혼자 가면 된다. 하지만 그러면 엄마를 한자리에 옭아매는 실을 풀 기회를 놓치게 된다.

"난 지금 이 상태로도 충분히 슬프고 끔찍하구나."

이 말을 듣자, 내가 엄마를 너무 심하게 몰아붙였다는 생각에 미안했다.

"엘리 누나, 내가 같이 갈게."

사무엘이 현관문에 서서 말했다.

이럴 때마다 사무엘이 얼마나 사랑스러운지 모른다.

"그건 절대 안 돼. 너라도 집에 남아서 공부와 집안일을 해야 해. 그게 네가 할 일이야."

엄마가 말했다. 그리고 나를 돌아보고 말을 이었다.

"그리고 넌…… 넌 네 마음대로 해. 하지만 네 언니는 집으로 내려보내. 케이트 부인만 도움이 필요한 건 아니니까."

"제가 메이지 밥을 챙겨 줄게요. 강아지도 돌보고요."

사무엘이 우리를 쳐다보며 말했다.

난 사무엘에게 프라이팬을 건네줬다.

"메이지가 널 보면 좋아할 거야. 내가 곧 돌아올 거라고 콰이어트한테 전해 줘."

길을 떠나기 전에 아빠를 보러 갔다.

엄마는 아빠 등이 배기지 않게 옆으로 돌아 눕힌 다음 지지대를 받쳐 놓았다.

난 침대 옆에 무릎을 꿇고 아빠와 얼굴을 마주했다. 아빠의 얼굴 살이 옆으로 축 늘어져 있었다. 베개는 아빠 입에서 흘러나온 침으로 흥건했다.

"아빠, 한번 일어났으니까 또 일어나야죠."

난 아빠 이마에 키스를 했다. 아빠 체온은 원래 이보다 따뜻했는데.

"제가 다시 돌아오면, 우리 처음부터 다시 시작해 봐요. 저 혼자서 말고, 아빠도 같이요."

아빠는 아무런 신호도 보내지 않았다. 아빠가 내 말을 들었을까?

53

난 옷을 갈아입고 죽을 푹푹 떠서 먹었다. 꿀을 담을 새 병을 챙기고 장갑, 부싯돌, 나이프도 잊지 않고 챙겼다.

"거기 먹을 것은 좀 있니?"

나를 지켜보던 엄마가 물었다.

"저도 잘 모르겠어요. 조금 있을 거예요. 곡물이랑 말린 사과는 봤어요. 제가 어제 가져간 빵과 육포도 아직 남아 있을 거예요. 그리고 할머니가 다른 장소에도 음식을 저장해 뒀을 거예요."

난 오두막집 뒤편의 헛간을 떠올렸다. 아마 그곳에 음식이 저장돼 있을 것이다. 그리고 라킨 오빠도 형편이 되는 대로 챙겨 왔을 것이다. 어떤 작물이 자라는지 모르겠지만 텃밭도 있고, 케이트 할머니가 설치해 둔 덫도 있다.

"그래도 남은 죽을 항아리에 담아서 가져가렴."

바로 저거다. 내가 엄마 입에서 듣고 싶었던 말이 바로 저런 거였다. 난 배낭에 필요한 걸 모두 챙겨서 어깨에 멨다.

사무엘은 헛간에서 돌아와 식탁에 앉았다. 다리를 흔들고 콧노래를 흥얼거리며 아침 식사를 마저 끝냈다.

"내가 없는 동안 네가 아빠 곁에 있어 줘."

"그럴게."

사무엘이 진지하게 대답했다.

"강아지도 잊지 말고 챙겨 줘. 메이지한테는 물을 많이 줘야 한다."

사무엘이 고개를 끄덕였다.

"응, 꼭 기억할게."

"그리고 아무 데나 돌아다니면 안 돼."

"엘리 누나, 대장처럼 말하지 마. 꼭 에스더 누나 같잖아."

나도 모르게 그 말에 뒷걸음질 쳤다.

"이제 가야겠다."

난 느리게 말했다. 마음은 이미 산꼭대기로 향하고 있었다. 난 얌전히 있으라고 말하려다가 그 대신 "이따 보자."라고 짧게 인사했다.

"난 프랑크를 데리고 아빠를 보러 갈 거야."

사무엘이 마지막 남은 죽을 싹싹 긁어 먹으며 말했다.

"프랑크가 누군데?"

"발이 흰색인 강아지 있잖아."

사무엘이 말했다.

난 왜 프랑크라는 이름을 골랐는지 물어보려다가 이렇게 말했다.

"강아지를 다른 데 보내야 하는데 이름을 지어 주는 건 별로 좋은 생각이 아니야."

그러자 사무엘이 평소처럼 나를 노려봤다.

"누나도 콰이어트라고 지었잖아."

난 고개를 끄덕였다.

"맞아. 그래서 좋지 않다는 것을 아는 거야."

현관문을 나가기 직전에 엄마가 나를 돌아봤다.

난 그동안 일부러 콰이어트와 거리를 뒀다. 콰이어트와 지내는 시간이 많아질수록 떠나보내기 힘들어지기 때문이다. 그래도 산꼭대기에 오르기 전에 헛간에 잠시 들렀다.

"안녕, 귀염둥이야."

난 콰이어트를 안고 코를 맞댔다.

메이지는 프라이팬을 싹싹 핥아 먹고 발까지 핥고 있었다. 강아지들은 어미를 찾아서 보금자리 주변을 뒤뚱뒤뚱 돌아다녔다. 메이지는 강아지들을 사랑스럽게 쳐다봤지만, 그 자리에서 움직이지는 않았다. 메이지는 누가 가르쳐 주지도 않았는데 어쩌면 저렇게 좋은 엄마가 됐을까?

"잠깐 밖에 나가 있어. 자, 나가서 좀 뛰어다녀. 강아지들은 괜찮을 거야."

난 메이지에게 말했다.

난 헛간 문을 열고 메이지를 살살 구슬려서 밖으로 내보냈다. 메이지는 코를 간질이는 햇살에 재채기와 하품을 했다.

콰이어트는 부드러운 다리를 내 손에 걸치고 내 손가락을 핥으려고 했다.

"내가 어떻게 너를 보낼 수 있을까?"

내가 작게 속삭였다.

난 콰이어트와 이별하는 법을 모른다. 이것도 직접 경험해 봐야만 알 수 있을 것이다.

산길을 오르는 동안 캡틴은 보이지 않았다.

원래 건너편 산비탈로 바로 넘어가서 라킨 오빠를 찾고, 케이트 할머니 다리가 곪을 것을 대비해서 같이 꿀을 따려고 했다. 하지만 그 전에 케이트 할머니를 먼저 만나러 갔다. 에스더 언니와 밤새 잘 있었는지 궁금했다. 그리고 만약 다리 상태가 괜찮으면, 벌에게서 꿀을 빼앗지 않아도 되기 때문이다.

산꼭대기에 도착했을 때 마당에 아무도 없었다. 죽은 텃밭, 차갑게 식은 모닥불, 빨랫줄에 힘없이 걸린 옷들뿐이었다.

케이트 할머니를 처음 발견했던 순간이 떠올랐다. 길고 덥수룩한 머리, 두껍고 누런 손톱, 바닥에 녹아내린 촛불들, 구더기와 쉬파리 떼……. 참으로 서글픈 광경이었다.

케이트 할머니가 얼마나 외롭게 지냈는지 떠올리는 것만으로도 지친 기분이 들었다. 하지만 이번에 오두막집을 들어섰을 때는 이전과 전혀 다른 모습이었다.

예전의 어둡고 차가웠던 난로에서 지금은 주황색 불이 자작나무 땔감과 열띤 대화를 나누고 있었다.

난로 벽돌에 올려놓은 프라이팬에서 육포가 지글거렸다. 호박씨를 볶는 고소한 냄새도 풍겼다.

책상 위의 책들은 가지런하게 쌓여 있었다. 선반 위의 병들은 작은 것부터 큰 것까지 순서대로 놓여 있었다. 캡틴은 털이 깔끔하게 정돈된 상태로 불 옆에 앉아 있었다. 털에 꽃씨 하나 붙어 있지 않았다.

케이트 할머니는 깨끗한 잠옷을 입고 침대에 비스듬히 누워 있었다. 이불은 깨끗하게 정돈돼 있었다. 머리카락은 단정하게 땋아서 한쪽 어깨로 늘어뜨리고, 머리끝에는 천 조각으로 예쁘게 리본이 매어져 있었다. 기름을 바른 손은 불빛에 반사되어 윤기가 흘렀고, 손톱은 짧게 정돈되어 있었다.

"할머니가 더 좋아진 것 같지 않니?"

에스더 언니가 침대에 걸터앉으며 말했다.

"문명인이 됐지. 에스더 덕분에 다시 단정해졌어."

케이트 할머니가 지친 미소를 지으며 말했다.

내가 없는 동안 에스더 언니가 해낸 일들을 둘러봤다. 한순간 나 자신이 어리석고 초라하게 느껴졌다.

하지만 케이트 할머니를 유심히 살펴봤다. 깨끗한 침대에 아무 말 없이 누워 있었다.

케이트 할머니 목에 움푹 파인 쇄골이 너무나도 쇠잔해 보였다. 늙고 여윈 새, 쥐, 토끼가 떠올랐다. 동화에서 언제나 결정적인 대사를 읊는 등장인물 같았다.

다만 케이트 할머니는 아무 말도 하지 않았다. 그저 침대에 누운 채로 나를 바라볼 뿐이었다.

케이트 할머니 뺨은 지나치게 분홍빛이었고, 눈은 지나치게 반짝거렸다. 케이트 할머니의 미소가 왠지 마음에 걸렸다. 지나치게 애쓰는 느낌이 들었다. 난 케이트 할머니 뺨에 손을 얹었다.

"좀 비켜 줄래?"

난 에스더 언니에게 말했다. 언니는 케이트 할머니 옆에 버티고 서서 인상을 팍 찌푸렸다.

"할머니 다리를 살펴봐야 하니까 좀 비켜 줘."

"엘리, 할머니는 괜찮아. 할머니를 좀 봐."

에스더 언니가 말했다.

"할머니, 괜찮으세요?"

내가 물었다.

"나도 잘 모르겠어. 보기보다 상태가 좋지 않은 것 같아."

케이트 할머니가 말했다.

"열이 다시 나잖아."

난 에스더 언니를 밀치며 말했다. 난 이불을 걷고 붕대를 고정시킨 매듭을 풀었다.

상처를 감싼 붕대가 축축했다.

"내가 바싹 말리라고 했잖아. 붕대를 바싹 말렸어야지."

내가 말했다.

"왜? 그게 무슨 상관인데?"

에스더 언니가 톡 쏘아붙였다.

"침대 시트가 젖었을 때 말리지 않고 그대로 두면 어떻게 되지?"

에스더 언니가 잠잠해졌다.

"시트가 상해."

난 붕대를 벗겨 냈다. 상처가 더러운 녹색 습지처럼 벌어져 있었다.

"오, 맙소사!"

에스더 언니는 손으로 입을 틀어막았다. 갑자기 뒷걸음질 치다가 의자에 걸려서 넘어질 뻔했다.

난 황급히 선반으로 달려가서 구더기가 담긴 병을 찾았다. 그러나 병을 불빛에 비춰 보니 구더기는 온데간데없고 번데기만 가득했다. 번데기 안에는 세상에 나올 준비를 하는 파리가 들어 있었다.

"구더기가 없어졌어."

난 에스더 언니에게 병을 건넸다. 언니는 하마터면 병을 떨어뜨릴 뻔했다.

난 침대 옆으로 다시 가서 무릎을 꿇었다.

"상태가 그렇게 나쁘니?"

케이트 할머니는 상처를 보려고 고개를 쭉 내밀었다.

"네, 어쩜 이렇게 빨리 악화됐는지 모르겠지만, 지금 상태가 심각해요."

"세균이 아직 남아 있나 보다. 꿀이 분명 효과가 있었는데, 아직 세균이 남아 있었나 봐."

케이트 할머니가 눈을 다시 감았다.

"이제 어떻게 해야 하죠?"

난 침착한 표정을 유지하려고 애썼다.

"어쩌면 네가 상처 부위를 모두 도려내야 할지도 몰라. 네가 할 자신이 있다면."

케이트 할머니가 마른침을 삼키며 말했다.

"도려낸다고요?"

난 머릿속으로 상처를 잘라 내는 장면을 그려 보았다.

"하지만 전 꿀을 구하러 가기 전에 잠시 들른 거예요. 지금 당장 가서 꿀을 가져올게요. 다른 시도를 해 보기 전에요."

케이트 할머니가 애처로운 눈빛으로 나를 바라봤다.

"너와 라킨이 애써 치료를 해 줬는데 내가 다 망쳐 버렸구나. 혼자서 목욕하겠다고 수선을 떨다가 그렇게 넘어져 버리고……."

케이트 할머니는 에스더 언니를 돌아봤다.

"얘야, 너 때문이 아니란다. 붕대 때문에 이렇게 된 게 절대 아니야."

"그래도 죄송해요."

에스더 언니가 기어 들어가는 목소리로 말했다. 에스더 언니는 양손으로 자신의 목을 감싼 채 우리한테서 멀찍이 떨어져 있었다.

에스더 언니의 헝클어진 머리와 피곤한 얼굴이 그제야 눈에 들어왔다. 밤새 바닥에서 선잠을 자고, 불이 꺼지지 않게 중간중간 일어나서 확인하고, 현관문 너머에 뭐가 도사리고 있을지 몰라서 두려움에 떨었을 것이다.

"할머니 말이 맞아. 언니가 피셔는 아니잖아. 언니 때문에 이렇게 된 게 아니야."

내가 말했다.

난 케이트 할머니를 돌아보며 말했다.

"그럼 꿀을 다시 시도해 보는 거죠?"

상처를 도려낸다는 상상만 해도 싫었다. 그것도 내 손으로 해야 한다니, 몸서리가 쳐졌다. 그래도 내가 해야 한다면, 할 것이다.

케이트 할머니가 한숨을 내쉬었다.

"그래, 벌들이 꿀을 나눠 줄 수 있다면, 그렇게 하자꾸나."

"의사를 부르는 건요?"

케이트 할머니는 눈을 감았다. 그리고 한참 있다가 입을 열었다.

"지금 당장 사람을 보내도 의사가 오려면 하루 이상 걸릴 거야."

케이트 할머니 입술이 파르르 떨렸다. 난 케이트 할머니가 바들바들 떨고 있다는 걸 알아차리고 이불을 턱 밑까지 덮어 주었다.

케이트 할머니는 의사였던 남편을 생각하는 걸까? 아니면 세상을 일찍 떠나 버린 아들을 그리워하는 걸까?

"언니, 다리 상처를 소독해 줘. 내가 최대한 빨리 돌아올게."

난 에스더 언니에게 말했다.

54

난 샘을 지나서 사슴과 라킨 오빠가 지나다니던 길을 정신없이 내달렸다. 바위를 지나 빙 돌아서 숲을 따라 쭉 내려가니까 라킨 오빠가 사는 집이 보였다.

라킨 오빠가 사는 곳은 벽돌 굴뚝이 달린 큰 오두막집이었다. 바느질로 천을 덧대어 놓은 듯한 텃밭이 집 주변을 빙 둘러싸고 있었다. 단풍나무 고목들이 더운 여름에 초록빛 그림자를 드리우고, 가을이 다가오면 붉은색, 노란색 옷으로 갈아입을 것이다.

라킨 오빠네 집이 저렇게 훌륭하리라고는 전혀 예상하지 못했다.

숲을 벗어나자 단풍나무 사이에 무덤 하나가 보였다.

라킨 오빠가 마당 저편에서 장작을 패고 있었다.

내가 가까이 다가가자, 라킨 오빠가 고개를 들었다. 나를 발견하고 도끼를 내려놓았다.

그리고 집 쪽을 힐긋 보더니 재빨리 내 쪽으로 뛰어왔다.

얼굴의 검푸른 멍 자국이 노랗고 푸르뎅뎅해졌다.

"할머니 집에서 만나기로 한 것 아니었어? 여기가 아니라."

라킨 오빠는 힐끔힐끔 뒤돌아보며 물었다.

"오빠가 할머니 집으로 왔으면 그랬겠지. 난 벌써 두 번이나 갔다 왔는걸."

"어젯밤에도 가서 할머니를 보고 왔어. 에스더 누나도 만났고. 괜찮아 보이던데."

케이트 할머니와 에스더 언니 중 누구를 말하는 건지 모르겠지만, 라킨 오빠가 두 사람과 불가에 마주 앉아서 하하 호호 떠드는 장면을 상상하니 속이 쓰리고 마음이 아팠다.

"우리 엄마가 나한테 일을 잔뜩 맡겨 놨어. 그래도 조만간 올라가 볼 생각이야."

라킨 오빠가 자라처럼 목을 움츠리며 말했다.

"라킨 오빠, 할머니는 괜찮지 않아. 상태가 다시 악화됐어. 열도 나고 다리가 다시 곪기 시작했어. 아무래도 꿀을 더 구해야 할 것 같아."

그때 라킨 오빠의 엄마가 오두막집에서 나와 마당을 가로질러 우리에게 다가왔다.

"내가 우리 아들한테 접근하지 말라고 경고했을 텐데."

하지만 난 라킨 오빠의 엄마가 더 이상 두렵지 않았다. 아줌마 눈빛이 암흑같이 어두워도 전혀 무섭지 않았다.

"우리 엄마한테 아줌마의 이름이 새겨진 만돌린이 있어요. 엄마는 아빠가 쓰러진 이후로 한 번도 연주하지 않았죠. 그거 아세요? 우리 아빠가 다쳤다는 걸요. 그래서 몇 달째 잠들어 있다는 사실을요. 당연히 모르시겠죠. 아줌마는 그런 사실을 알고 싶어 하지 않으니까요. 케이트 할머니가 저 산꼭대기에서 홀로 앓고 있다는 것도, 라킨 오빠도 아줌마 못지않게 슬프다는 것도 말이에요. 그래도 오빠는 아줌마처럼 성질을 부리거나 하지 않아요. 전혀요."

아줌마는 그 자리에 멈춰 섰다. 하지만 입은 다물지 않았다.

"내가 성질을 부린다고?"

아줌마가 말했다. 소리를 지르진 않았지만, 눈빛만큼 어두운 음성이었다.

"전 꿀이 필요해요. 케이트 할머니의 상처 때문에요. 지금 다리가 썩어 가고 있어요. 난 할머니 다리를 칼로 도려내고 싶지 않아요. 할머니도 원치 않고요. 그러니까 라킨 오빠가 벌집이 있는 곳에 저를 데려가서 꿀을 가져갈 수 있게 허락해 주세요, 네?"

아줌마는 한동안 입술만 꽉 깨물고 있더니 마침내 입을 열었다.

"일리가 있는 말이야. 만약 어머님 스스로 고칠 수 없는 병 때문에 죽는다면……."

자기 남편의 죽음에 관한 이야기라는 걸 바로 알 수 있었다.

"제 말이 그 말이에요. 그건 너무 심하잖아요. 지금 그런 일이 벌어져서 좋을 게 뭐가 있겠어요?"

난 조급한 마음에 참지 못하고 입을 열었다.

아줌마는 나를 한참 바라보더니 한숨을 푹 쉬었다.

"거기에는 꿀이 없어. 그 벌집에 남은 꿀은 없어. 내가 이틀 전에 가 봤는데 벌들이 모두 죽어 있었어."

난 경악을 금치 못했다. 벌집이 통째로 죽어 버리다니!

"하지만 왜요?"

내 입에서 사무엘 같은 말투가 튀어나왔다.

아줌마는 의아하다는 듯이 나를 쳐다봤다.

"살아 있는 건 모두 죽어. 죽음에 이유는 없어."

"벌집이 비에 젖었을 수도 있고 진드기 때문일 수도 있어. 아니면 누가 꿀을 훔쳐 가서 굶어 죽었을 수도 있어."

라킨 오빠가 말했다.

나도 강 근처 벌집에서 꿀을 가져왔었는데.

"혹시 집에 남겨 둔 꿀이 없을까요? 지난여름에 채취한 거라도요."

내가 물었다.

"아마 있을 거야."

라킨 오빠가 눈을 동그랗게 떴다. 그리고 부리나케 집으로 뛰어가더니 손에 병을 들고 천천히 걸어왔다.

"이걸로는 턱없이 부족하겠는데."

라킨 오빠는 병을 기울여서 햇빛에 비추어 보았다. 밑바닥에 황금색 막이 보였다.

우리 집도 크리스마스 때 꿀을 모두 써 버려서 거의 남아 있지 않았다.

꿀이 부족해서 케이트 할머니가 죽는다니, 상상하기 힘들었다. 그래도 아무 이유 없이 죽는 것보단 그런 이유라도 있는 게 나았다.

"우리가 의사를 데려오자."

내가 말했다.

"의사를 부르면 돈을 내야 해. 진짜 돈 말이야. 너, 가진 돈이 있니?"

아줌마가 물었다.

난 아무 대답도 할 수 없었다.

"나도 없어. 치료비를 낼 만큼은 없어."

"돈 대신 다른 물건으로 교환하면 돼요. 우리 엄마도 아빠가 다쳤을 때 은목걸이를 교환했어요."

그러자 아줌마가 턱을 높이 들었다.

"네 눈에 은목걸이가 보이니?"

난 멋진 오두막집을 쳐다봤다.

"집에 교환할 만한 물건이 있을 텐데요. 만돌린은요?"

"안 돼! 이제는 딱 하나밖에 안 남았어. 그건 절대로 줄 수 없어."

아줌마는 버럭 소리를 질렀다.

하지만 난 바로 알아차렸다. 만약 라킨 오빠가 아팠다면, 아줌마는 하나 남은 만돌린도 아낌없이 내주었을 것이다.

"게다가 의사를 여기까지 데려오는 건 너무 오래 걸려."

아줌마도 케이트 할머니처럼 그 사실을 잘 알고 있었다. 이 말을 하는 아줌마 얼굴에 다시 짙은 어둠이 깔렸다.

아줌마는 뒤돌아서 오두막집으로 들어가 버렸다.

하지만 라킨 오빠는 데려가지 않았다.

"나랑 같이 갈 거지?"

내가 물었다.

"벌집이 있는 곳에? 네가 전에 갔던 곳으로?"

난 고개를 저었다.

"그때 내가 거의 다 가져가서 남은 꿀이 없을 거야."

"그럼 어디로?"

"다른 사람들한테 있을지도 몰라."

라킨 오빠가 미간을 찡그렸다.

"만약 그 사람들한테도 없으면?"

우리 집 돌계단에 놓여 있던 차가운 물통이 떠올랐다. 산길에서 마주쳤던 곰, 캡틴 그리고 이 순간으로 나를 이끌어 준 모든 것이 생각났다. 내가 쓸모 있는 존재가 될 수 있는 또 다른 기회였다.

"나도 몰라. 하지만 꿀을 구하지 못하더라도 일단 물어보기라도 할래. 알아보지도 않고 할머니 다리에 칼을 대는 것보단 나아."

라킨 오빠도 내 말을 듣고 분명 느끼는 바가 있었을 것이다. 라킨 오빠 스스로에게 했던 말과 똑같은 다짐을 말이다.

라킨 오빠는 마지막으로 오두막집을 흘깃 쳐다봤다.

"그럼 너무 늦기 전에 빨리 움직이자."

55

우리는 먼저 앤더슨 부부를 찾아갔다. 내가 현관문을 쾅쾅 두드리자, 앤더슨 아줌마가 부리나케 뛰어왔다. 난 이유도 설명하지 않고 다짜고짜 꿀이 있는지 물었다.

앤더슨 아줌마는 멀찍이 떨어져서 마당에 서 있는 라킨 오빠를 쳐다봤다. 모자 그림자에 가려서 라킨 오빠 얼굴이 보이지 않았다.

"저 아이는 누구니?"

앤더슨 아줌마가 내게 속삭였다. 앤더슨 아줌마는 매우 마른 체형이었는데, 한번은 우리 아빠에게 블루베리파이 다섯 개를 주면서 펑퍼짐하지만 옷에 파묻힌 것처럼 보이지 않는 원피스를 만들어 달라고 부탁했다.

난 그때 '아줌마가 파이를 다 먹어 버리면 옷에 몸이 맞춰질 텐데.'라고 생각했다. 솔직히 며칠 내리 파이만 먹을 수 있다면 행복했기 때문에 어른들이 뭘 교환하든 상관없었다.

"라킨이라고 해요."

내가 말했다.

"누구라고?"

"라킨 오빠는 맞은편 산비탈에서 왔어요."

"맞은편 어디라고?"

앤더슨 아줌마는 마치 우리가 달에 살고 있어서 반대편을 절대 볼 수 없다는 투로 말했다.

"맞은편 산비탈이요."

난 조급한 마음을 누르고 다시 대답했다.

"아, 그렇구나. 그럼 꿀을 뭐랑 교환할 거니?"

앤더슨 아줌마는 얼떨떨한 표정을 지으며 물었다.

사실 대가를 지불하거나 교환할 물건을 가져올 생각을 미처 하지 못했다. 하지만 옥신각신할 시간이 없었다.

"지금은 감사한 마음만 드릴게요. 나중에 저한테 원하는 게 생기면 뭐든지 드릴게요. 하지만 지금 당장 꿀이 필요해요. 아줌마가 갖고 있는 꿀 전부요."

알고 보니까 앤더슨 아줌마도 꿀이 그리 많지 않았다. 그래도 내가 가진 양보다는 많았다. 앤더슨 아줌마는 꿀을 한 숟가락 찔끔 떠서 내 병에 옮겨 담았다.

"꿀을 줬으니까 닭장 청소를 해 줘야 한다!"

앤더슨 아줌마는 서둘러 길을 떠나는 우리의 등에 대고 소리쳤다.

"네! 약속해요!"

나도 큰 소리로 대답했다.

다음에는 피터슨 부부를 찾아갈 차례였다. 그러나 여기서도 한 숟가락 이상은 얻지 못했다.

"지난번에 스코치 발굽에 바른 전나무 진액과 꿀을 교환한 걸로 치면 되겠다. 그럼 공평하겠지?"

피터슨 아저씨가 상냥하게 말했다. 그러고는 멀찌감치 떨어져 있는 라킨 오빠를 쳐다봤다.

"넌 여기 출신이니?"

피터슨 아저씨가 물었다.

"저희 가족은 아저씨의 할아버지가 태어나기 전부터 여기에서 쭉 살았어요."

라킨 오빠가 대꾸했다.

둘 사이에 신경전이 벌어질 줄 알았는데, 아니었다.

"사람들이 대부분 마지막에 찾는 장소에서 시작을 하다니, 현명하구나."

피터슨 아저씨가 말했다.

그 말이 라킨 오빠한테 통한 모양이었다.

"꿀을 나눠 줘서 고맙습니다."

라킨 오빠가 말했다.

"나한테 고마워할 필요 없어. 이제 엘리의 꿀이거든. 근데 너희 둘이 꿀을 얻으러 여기까지 온 이유를 모르겠구나."

"그럴 만한 이유가 있어요."

난 현관을 나가 산길로 발걸음을 옮기면서 말했다. 라킨 오빠도 내 뒤를 바짝 쫓아왔다.

록하트 가족을 찾아갔다. 다행히 록하트 아줌마도 꿀이 있다고 했다. 그러나 그 누구보다 꿀을 나눠 주길 꺼려 했다.

"꿀을 어디에 쓰려고 그러니?"

록하트 아줌마가 물었다.

우리는 에코 마운틴에 사는 이웃 중에서 록하트 부부와 가장 교류가 적었다. 워낙 멀리 살아서 우리도 굳이 찾아가지 않았고, 그들도 물물 교환을 딱히 원하지 않았다.

록하트 아줌마가 복통 때문에 케이트 할머니한테 차를 받아 간 대신 대가를 치렀다는 이야기는 들은 기억이 없다. 내 생각에 록하트 아줌마는 값을 아예 치르지 않은 것 같다.

우리 아빠가 록하트 아줌마의 교회용 모자에 달린 깃털을 고쳐 줬을 때도 아무 대가도 치르지 않았다.

그래서 록하트 아줌마가 현관에 서서 나를 빤히 쳐다보며 "너도 알다시피 공짜로 줄 순 없어."라고 했을 때 내심 놀랐다.

"누구를 치료하는 데 꿀이 좀 필요해서요."

내가 말했다.

라킨 오빠는 현관 계단 근처에 서서 땅바닥만 내려다보고 있었다.

록하트 아줌마가 나를 위아래로 훑어봤다.

"넌 말짱해 보이는데. 저 아이도 그렇고. 쟤는 네 친척이니?"

록하트 아줌마가 말했다.

난 아니라고 대답하려다가 입을 다물었다. 라킨 오빠가 록하트 아줌마한테 결석이 생기도록 저주를 걸었던 '마녀'의 손자라는 걸 밝히고 싶지 않았다. 이 거짓을 바로잡고 싶은 마음도 있었지만 말이다. 무엇보다 케이트 할머니와 떨어져 있는 시간이 길어질수록 마음이 더욱 초조해졌다. 그래서 그냥 "네, 맞아요. 우리 집에 잠깐 놀러 왔어요."라고 대답했다.

"네 아빠 일 때문에 도와주려고?"

록하트 아줌마가 속삭이듯 물었다.

난 고개를 끄덕였다.

"그래서 꿀을 나눠 주실 건가요, 록하트 아줌마?"

"너희 아빠한테 쓰려는 거구나, 그렇지?"

록하트 아줌마 목소리가 한결 부드러워졌다.

"아빠 욕창에 쓰려고요."

난 한시라도 빨리 이 고비를 넘기고 싶었다.

그러나 록하트 아줌마의 대답은 예상외였다.

"나눠 달라고? 아니, 나눠 주는 게 아니라 팔 거야."

"얼마예요?"

난 당장 지불할 돈이라도 있는 것처럼 굴었다.

"송어 다섯 마리. 네가 낚시를 꽤 잘한다고 소문이 자자하더구나."

록하트 아줌마가 말했다.

"알겠어요."

난 록하트 아줌마에게 병을 내밀며 대답했다.

하지만 록하트 아줌마는 집 안으로 다시 들어갔다.

"네가 송어를 가져오면 그때 꿀을 내주마."

그리고 내 면전에 대고 문을 쿵 닫았다.

난 어안이 벙벙해서 그 자리에 얼어붙었다.

"내가 말했잖아. '그들' 중 하나라니까."

"그들 누구?"

"자신들이 뭔가를 소유해서 팔 수 있다고 생각하는 부류 말이야."

난 병 안에 든 꿀을 확인했다. 아직 양이 너무 적었다.

"딱 한 가족만 더 찾아가 보자. 닐 가족이야. 강에서 가장 가까운 집이야."

난 산길로 발걸음을 옮기며 말했다.

"아니야, 시간이 너무 많이 지체됐어. 그리고 닐 가족한테 꿀

이 없을 가능성이 높아. 하지만 벌집에는 꿀이 남아 있지."

"라킨 오빠, 내가 말했잖아. 그 벌집에서는 이미 내가 가져올 만큼 가져왔어."

라킨 오빠가 발걸음을 멈추자, 나도 멈췄다.

"엘리, 그게 벌들의 삶이야. 벌들은 죽지. 겨울에는 너무 추워서 죽고, 벌집이 비에 젖어도 죽고, 우리가 꿀을 가져가도 죽어. 원래 그런 거야."

난 고개를 저었다.

"우리 아빠는 나더러 항상 벌들이 먹을 꿀을 남겨 놓으라고 했어."

"만약 너희 아빠가 깨어났다면, 이번만큼은 그러지 않아도 된다고 하셨을 거야. 무엇보다 지금은 봄이라서 꽃이 활짝 폈잖아. 그러니까 벌들도 얼마든지 꿀을 더 모을 수 있어."

"벌들이 꿀을 더 모을 때까지 살아남는다면 그렇겠지."

"아마 그럴 거야. 분명 그럴 거야, 엘리."

라킨 오빠 눈에서 가슴이 미어지는 듯한 슬픔이 느껴졌다. 그걸 보니까 나도 가슴이 미어졌다.

결국 난 수긍할 수밖에 없었다.

"알았어. 게이트 할머니한테 쓸 꿀이니까, 우리가 가져갈 수 있을 만큼 가져가자."

56

"정말 멋진 부싯돌이구나."

내가 주머니에서 부싯돌과 나이프를 꺼내자, 라킨 오빠가 말했다.

난 부싯돌을 높이 들었다.

"그럼, 당연하지. 원래 더 컸는데, 계속 쓰다 보니까 이만큼 닳았어. 누가 이걸 만들었는지 정말 궁금해."

"우리보다 먼저 산에 살던 사람이 만들었겠지."

라킨 오빠가 '우리'라고 말했다. 그 단어가 마음에 들었다.

라킨 오빠는 내가 불을 피우는 모습을 지켜봤다. 난 불쏘시개를 모은 다음 연기가 피어오를 때까지 불꽃을 튀게 만들었다. 그런 다음 허리를 숙여서 입으로 바람을 살살 불었다. 그러자 회색 수염 사이로 붉은 혀가 날름거리듯 연기 사이로 작은 불꽃이 솟아올랐다.

우리는 불이 나뭇가지를 먹고 또 먹어서 몸집을 부풀리는 과정을 지켜봤다.

난 불을 점점 더 크게 키워서 벌집에 연기를 뿜을 횃불을 만들었다.

“너, 정말 잘하는구나.”

라킨 오빠가 내게 말했다.

“고마워. 벌집이 꽤 낮은 곳에 있긴 한데, 그래도 오빠가 나보다 키가 크니까 벌집에 손을 넣어 줄래?”

내가 말했다.

그러자 라킨 오빠가 유감스럽다는 미소를 지었다.

“이런, 키가 큰 게 죄로구나!”

“근데 오빠한테 장갑이 없구나. 내 장갑은 오빠 손에 안 맞을 것 같은데.”

난 배낭에서 장갑을 꺼내며 말했다.

라킨 오빠는 장갑을 껴 보았다.

“잘 안 맞네.”

내가 한숨을 쉬었다.

“이런, 손이 작은 게 죄로구나!”

그러자 라킨 오빠가 또 미소를 지었다.

그러나 난 웃음기가 사라진 얼굴로 지난번처럼 배낭을 비운 다음 머리에 썼다.

그리고 소매를 장갑 속에, 바짓단을 부츠 속에, 배낭을 칼라 속에 밀어 넣었다. 라킨 오빠도 내가 채비하는 걸 도와주었다.

우스꽝스러운 몰골이었지만 우리 중 누구도 웃지 않았다.

라킨 오빠는 나를 나무가 있는 곳으로 안내한 다음 잠시 기다리라고 했다. 이어서 횃불을 구멍에 밀어 넣고 벌집에 연기를 피웠다. 그리고 재빨리 안전한 곳으로 멀찍이 떨어졌다.

그 뒤로는 지난번과 똑같이 진행됐다.

난 벌집에 남은 꿀을 모두 꺼내 들고 휘청거리며 뒤로 물러섰다. 벌들은 대부분 연기를 마시고 기절했다. 몇몇은 두꺼운 장갑을 공격하다 죽고, 몇몇은 나를 맹렬히 추격해서 옷과 배낭을 쏘고 죽었다. 그리고 몇몇은 칼라가 벌어진 틈을 비집고 들어가서 내 목을 쏘았다.

난 그때처럼 눈물을 흘렸다. 이 모든 건 불필요한 고통이었다. 벌들에게도, 나에게도. 다만 이번만큼은 불가피했다. 라킨 오빠와 내가 그렇게 정했다. 그렇다고 눈물을 흘릴 권리까지 사라지는 건 아니었다.

"미안해, 미안해, 미안해."

난 덤불을 헤치며 연거푸 사과했다. 그리고 길가에 옹송그리고 앉아서 벌들이 그만 포기하고 허울만 남은 벌집으로 돌아가길 기다렸다.

벌들의 참담함이 느껴졌다. 작은 생명체가 감당하기에는 너무 가혹했다. 벌들의 분노와 혼돈이 고스란히 느껴졌다. 무엇보다 벌들의 배고픔이 온몸에 사무쳤다.

반드시 케이트 할머니를 낫게 하겠다고 굳게 다짐했다.

마침내 머리에 쓴 배낭을 벗었다. 라킨 오빠가 저편에서 나를 향해 걸어왔다.

"괜찮니?"

라킨 오빠가 물었다.

내가 괜찮다고 대답하려는 찰나, 벌 한 마리가 내 머리 주변을 한 바퀴 빙 돌더니 목을 쏘고 죽어 버렸다. 내 목은 이미 세 방이나 쏘여서 퉁퉁 부어오른 상태였다.

"아니, 하나도 안 괜찮아."

난 훌쩍이며 벌을 툭툭 떼어 냈다.

라킨 오빠는 눈물을 멈추지 못하는 나를 꼭 안아 주었다.

고통스러운 벌 독에 탁월한 해독제 역할을 라킨 오빠가 해 주었다.

잠시 뒤 내가 입을 열었다.

"괜찮아. 이제 괜찮아졌어."

난 꿀을 병에 담고 나머지 물건도 배낭에 집어넣었다. 그리고 흐트러진 머리를 손질하고 눈물 젖은 얼굴도 닦았다.

난 손에 묻은 눈물을 목에 문질렀다.

울퉁불퉁 부어오른 불쌍한 피부에 눈물을 발라도 아무 소용 없었지만, 서늘한 소금기가 화끈거리는 살갗을 조금이나마 진정시켜 주었다.

벌이 아무리 작아도 벌 독의 위력은 날카롭고 고통스러워서 화상이나 거센 손찌검보다 훨씬 충격적이었다.

하지만 벌 독은 일종의 긍정적인 날카로움을 내 몸에 주입시켰다. 오래되고 순결하고 완벽한 산의 정수를 걸러 내어 만든 약처럼, 내게 긍정적인 통렬함을 선사했다.

내가 조용히 미소를 짓자, 라킨 오빠가 어리둥절한 표정으로 나를 쳐다봤다.

라킨 오빠는 내가 무슨 결심을 했는지 상상도 못 할 것이다.

우리는 꿀이 가득 담긴 병을 챙겨서 서둘러 산꼭대기로 돌아갔다. 성난 벌들이 유리병을 뚫고 나가려고 전력을 다했다.

57

벌집을 찾아갈 때는 록하트 아줌마 집에서 출발했기 때문에 우리 집보다 한참 아래에 위치한 숲길로 갔다. 그런데 지금 가는 길은 우리 집 앞을 지나간다.

"산꼭대기에 가기 전에 우리 집에 잠깐 들르자."

내가 말했다.

"그럴 시간 없어. 할머니한테 빨리 가 봐야 한단 말이야."

"나도 알아. 하지만 집에 들르지 않으면 엄마가 뭐라고 하실 거야. 그리고 우리 아빠를 위해서 할 일이 좀 있어."

"엘리, 우리는 산꼭대기로 돌아가야 해. 그리고 집에 낯선 사람을 데려가면 너희 엄마가 불편해하실 거야."

"걱정 마. 아주 잠깐이면 돼. 그리고 오빠는 낯선 사람이 아니야."

"그보다 더 심하지. 딱 한 번 만났는데, 첫 만남이 엉망이었잖아."

"오빠가 잘못한 건 하나도 없는데, 뭘."

라킨 오빠는 어깨를 으쓱했다.

"그래도……."

우리는 결국 집에 들렀다. 난 노크까지는 아니더라도 라킨 오빠를 데려왔다고 엄마한테 예고라도 해 주고 싶었다. 그래서 문간에서 "엄마!" 하고 소리쳐 부른 다음 엄마가 올 때까지 기다렸다.

"어머나! 라킨, 어서 들어와."

엄마가 라킨 오빠를 발견하고 이렇게 말했다. 그리고 라킨 오빠가 뭐라고 대답하기도 전에 엄마가 먼저 불쑥 이야기를 꺼냈다.

"우리 집에 너희 아빠가 만든 만돌린이 있단다."

라킨 오빠 얼굴에 반가운 미소가 번졌다.

"아빠는 만돌린을 떠나보낸 뒤에 어떤 모습으로 변했는지 볼 기회가 없었죠."

내게는 그 말이 매우 애처롭게 들렸다.

"엄마는 시간이 날 때마다 만돌린을 연주했어."

라킨 오빠는 내 말이 과거형이라는 것을 알아차리고는 눈썹을 치켜올렸다.

"아, 내가 요새 좀 바빴거든."

엄마는 저도 모르게 표정을 일그러뜨리며 치맛자락을 꽉 움켜쥐었다.

그때 사무엘이 소리를 지르며 난데없이 튀어나왔다.

"엘리 누나! 드디어 눈을 떴어!"

내 마음속에 희망이 꽃봉오리처럼 부풀어 올랐다.

그러나 엄마가 눈을 감은 채 손을 들었다.

"사무엘은 콰이어트를 말하는 거야."

간절했던 희망이 순식간에 사라졌다. 그 실망감은 이루 말할 수 없었다.

"아빠가 아니라요?"

엄마가 고개를 저었다.

"아빠는 그대로야."

"메이지한테 물을 주러 헛간에 갔는데, 콰이어트가 나를 올려다봤어! 빨리 와서 봐 봐!"

사무엘은 덩실덩실 춤까지 출 기세였다.

"강아지치고 눈 뜨는 시기가 너무 빠른데?"

내가 미심쩍다는 듯이 말했다.

그러자 사무엘이 인상을 팍 찌푸렸다.

"엘리 누나, 콰이어트는 우리를 보고 싶은 거야. 게다가 콰이어트는 보통 강아지가 아니잖아?"

물을 뚝뚝 흘리며 꿈틀거리는 콰이어트를 물통에서 건져 올렸을 때부터 알고 있던 사실이다.

"에스더는 어디 있어?"

엄마가 내 어깨 너머 현관문 쪽을 바라보며 물었다.

"언니는 아직 위에 있어요. 우리는 케이트 할머니의 상태가 악화돼서 꿀을 구하러 잠시 내려왔어요."

"이해가 되지 않는구나. 에스더가 아직 위에 남아 있다고?"

엄마는 혼란스러운 표정을 지었다.

"네, 엄마. 언니가 그러길 원했어요."

내가 대답했다.

그 말에 엄마가 한숨을 푹 쉬며 고개를 내저었다.

사무엘이 내 손을 잡아당겼다.

"빨리 콰이어트를 보러 가자!"

"아주 잠깐만 보고 갈 거야. 케이트 할머니가 우리를 기다리고 있어."

내가 말했다.

사무엘은 우리를 데리고 헛간으로 가서 콰이어트를 가리켰다. 우리가 햇살을 등지고 나타나자, 콰이어트는 강아지들 중에 유일하게 고개를 들고 눈을 깜빡이며 우리를 쳐다봤다.

강아지들 틈에서 메이지가 벌떡 일어나더니 불안한 시선을 보냈다.

"메이지, 괜찮아. 이 사람은 라킨 오빠야."

내가 말했다.

라킨 오빠는 천천히 무릎을 꿇고 손을 내밀었다.

메이지가 나를 쳐다봤다. 내가 고개를 끄덕이자, 메이지는 라킨 오빠에게 다가가 손을 킁킁대더니 나를 다시 쳐다봤다.

라킨 오빠는 강아지들을 유심히 살펴봤다.

"캡틴의 어렸을 때 모습이랑 똑같네. 아빠가 누군지 알아?"

난 고개를 저었다.

라킨 오빠가 곰곰이 생각에 잠기더니 입을 열었다.

"난 누군지 알 것 같아. 이 산에 호랑이 무늬를 가진 개가 또 있다면 모를까."

"앗! 설마 캡틴이 콰이어트의 아빠라고 생각하는 거야?"

난 너무 기뻤다.

"캡틴이 누구야?"

사무엘이 물었다.

"그때 산길에서 만났던 개를 기억하지? 토끼를 물고 있던 개 말이야."

"응, 기억나. 그 개가 콰이어트의 아빠야?"

사무엘이 물었다.

"그런가 봐."

난 콰이어트를 안고 눈을 맞췄다.

"너한테 캡틴의 모습이 있는 것 같구나. 분명 클수록 아빠를 더 닮아 갈 거야."

그러나 그때쯤 되면 콰이어트는 내 개가 아닐 것이다. 콰이어트가 자라는 모습은 보지 못하겠지만, 멀리서나마 지켜볼 수는 있을 것이다.

"네가 커서 캡틴처럼 되면 좋겠다."

"호랑이 무늬를 원하는 거야?"

사무엘이 물었다.

"캡틴처럼 강해지라고."

내가 대답했다.

라킨 오빠가 자리에서 일어서며 물었다.

"뭐 때문에 강해졌으면 좋겠는데?"

"뭐든지 할 수 있게."

난 콰이어트를 꼭 끌어안으며 말했다.

사무엘이 다른 강아지들과 노느라 정신없는 틈을 타서, 난 라킨 오빠가 준 조각들을 숨겨 둔 선반 밑에 발판을 끌어다 놓았다.

"이것 봐 봐."

난 고갯짓으로 선반을 가리키며 라킨 오빠한테 속삭였다.

라킨 오빠는 발판을 밟고 올라가서 내가 숨겨 놓은 것들을 봤다. 라킨 오빠는 한동안 말없이 조각들을 쳐다봤다. 그리고 다시 내려와서 발판을 멀리 치웠다.

"네가 찾지 못한 조각들이 몇 개 더 있어."

라킨 오빠가 말했다.

"뭐? 내가 다 찾은 게 아니었어?"

라킨 오빠가 고개를 설레설레 가로저었다.

"여우 조각도 만들고, 아기 곰 조각도 만들었는데."

그리고 곰곰이 생각하더니 말을 이었다.

"상자거북 조각도 있었어."

"어디에 있는데?"

라킨 오빠가 만들어 준 선물인데 내가 찾지 못했다니! 여기 다른 조각들과 함께 안전하게 있어야 하는데 저 밖에 위험하게 방치돼 있다니, 생각만 해도 끔찍했다.

"그건 네 스스로 찾아야 해."

라킨 오빠가 말했다. 왠지…… 기분이 안 좋아 보였다.

"무슨 일이야?"

난 라킨 오빠를 데리고 헛간 밖으로 나왔다. 콰이어트는 내 품에 안겨서 잠자고 있었다.

라킨 오빠는 어깨를 으쓱했다.

"조각들은 왜 숨겨 놨어?"

난 예상치 못한 질문에 적잖이 놀랐다. 애초에 라킨 오빠가 비밀스럽게 선물을 놓고 갔기 때문에 나도 비밀로 간직했던 것이다.

조각을 하나씩 발견할 때마다 내가 어떤 심정이었던가? '나'를 이해하는 사람이 나타났을 때 내가 어떤 심정이었는지 돌이켜 봤다. 나를 위한 선물이라고 생각했을 때. 그게 내게 어떤 의미인지 이해하는 사람이 나타났을 때.

"저 조각들을 발견하고, 나만의 비밀로 간직하고, 수수께끼를 풀어 가면서 난…… 행복했어."

난 이렇게 대답하고는 시선을 돌렸다.

그리고 가만히 기다렸다.

"그래서 지금은 어때? 우리 사이에 나무 하나 없이 이렇게 날 만나니까 좋아? 아니면 내가 다 망쳤어?"

난 라킨 오빠에게 미소를 지어 보였다.

"당연히 아무것도 망치지 않았지. 자, 이제 우리 아빠를 보러 가자."

58

"너희 어디 가니?"

내가 라킨 오빠를 데리고 부엌을 지나가자, 엄마가 물었다. 엄마는 육포와 말린 사과를 넣은 샌드위치 두 쪽을 식탁에 내놓았다.

"잠깐 아빠를 좀 보려고요."

내가 말했다. 배낭에서는 벌들이 왱왱거렸고, 품 안에는 코이어트가 몸을 웅크리고 있었다.

라킨 오빠는 엄마를 보고 미안한 표정을 지었다.

"아줌마만 괜찮으시다면, 아저씨를 볼 수 있을까요?"

"난, 그러니까……."

엄마가 굳은 표정으로 나를 쳐다봤다.

"엘리, 네가 급하다고 하지 않았니?"

"맞아요. 하지만 아주 잠깐이면 돼요. 아빠한테 소개만 시켜 주고 나올 거예요."

엄마는 내 말에 아무 대답도 하지 않았다. 그리고 우리를 따라서 아빠 방으로 향했다.

난 라킨 오빠를 아빠 방으로 안내했다.

라킨 오빠는 침대에 다가가지 않고 잠시 가만히 서 있었다. 그러더니 곧장 방구석으로 가서 엄마의 만돌린을 유리그릇 다루듯 조심스럽게 집어 들었다.

라킨 오빠는 만돌린을 창가로 가져가서 햇빛에 비추어 보았다. 안쪽에 제작자의 마크가 보였다.

라킨 오빠가 엄마를 향해 돌아섰다. 둘 중 누구 표정이 더 괴로운지 가늠하기 힘들었다.

"혹시 이 만돌린을 원하지 않는다면, 저한테 주실 수 있나요? 그 대신 원하는 건 뭐든지 드릴게요."

라킨 오빠는 목에 뭐가 걸린 사람처럼 말했다.

엄마가 라킨 오빠에게 다가서서 만돌린을 받아 들고 품에 꼭 안았다.

"왜 내가 만돌린을 원하지 않는다고 생각하니?"

"이제 연주하지 않잖아요."

"그렇다고 원하지 않는 건 아니란다."

엄마는 만돌린을 다시 구석에 내려놓았다. 그리고 아무 말 없이 자리를 떴다.

라킨 오빠는 엄마가 나가는 걸 지켜봤다. 그런 다음 아빠를 향해 돌아섰다.

의사가 몇 달 전에 왔다 간 이후 우리 가족 말고 다른 사람이 아빠를 본 건 처음이었다. 그래서인지 라킨 오빠가 신기한 듯 침대로 다가가는 장면이 낯설게 느껴졌다.

"아빠, 여기는 라킨 오빠예요. 맞은편 산비탈에 살아요. 그때 아빠 귀에 거머리를 올려놓으라고 했던 할머니 기억나시죠? 오빠는 저를 도와서 할머니를 치료하고 있어요."

난 대답을 기대하지 않았고, 역시나 대답은 돌아오지 않았다. 아빠 얼굴은 초처럼 창백했고, 피부는 밀랍처럼 번들거렸으며, 몸은 그루터기처럼 꼼짝도 하지 않았다.

"요새 자주 보러 오지 못해서 미안해요."

내가 말했다. 아빠가 눈동자를 움직인 이후 별다른 시도를 하지 않은 점도 미안했다. 하지만 지금 새로운 시도를 할 생각이었다. 좀 두렵긴 하지만.

난 콰이어트를 아빠 목에 내려놓았다.

어린 강아지가 눈을 뜨니까 놀라울 정도로 생김새가 달라 보였다.

라킨 오빠는 내 옆자리로 다가와서 나무에 부딪힌 아빠 상처를 살펴봤다.

"흉터가 꽤 심하네."

난 라킨 오빠를 흘긋 올려다봤다. 라킨 오빠는 아빠가 아니라 나를 쳐다보고 있었다. 마치 다친 사람이 나라는 듯이.

"맞아."

"나무는 보통 도끼를 들고 베는 사람 방향으로 넘어지지 않아."

라킨 오빠는 내게서 시선을 떼지 않고 말했다.

난 눈을 연거푸 깜빡였다.

"보통 그렇지 않지."

내가 대답했다.

난 이불을 끌어 올려서 아빠와 콰이어트를 덮어 주었다.

"우리가 없는 동안 아빠한테 눈 뜨는 법을 가르쳐 주렴."

난 콰이어트에게 속삭였다. 부드러운 목소리가 마치 자장가처럼 들렸다.

난 아빠 상처에 손을 얹었다.

"다들 나 때문에 아빠가 다쳤다고 생각해."

난 오빠 시선을 피한 채 말을 이었다.

"내가 나무가 쓰러지는 곳에 있었다고 생각해. 그래서 아빠가 나 대신 다친 거라고."

침을 꿀꺽 삼켰지만, 여전히 목이 메었다.

"우리 언니는 차라리 내가 나무에 치였으면 좋았겠다고 생각할 거야."

"설마, 그럴 리 없어."

라킨 오빠가 말했다.

난 고개를 가로저었다.

"아무래도 상관없어. 아빠가 다쳤다는 사실은 변하지 않으니까."

라킨 오빠가 미간을 찡그렸다.

"가족들이 네가 나무가 쓰러지는 곳에 있었다고 생각한다는 거지?"

"맞아. 다들 그렇게 생각해."

"실제로는 네가 거기 없었다는 말이구나?"

난 그렁그렁한 눈물이 툭 떨어지기 전에 재빨리 소매로 훔쳤다.

"하지만 사실인걸. 거기에는 내가 아니라 사무엘이 있었어. 그리고 사무엘은 에스더 언니가 지켜봐야 했다고."

난 라킨 오빠를 올려다봤다.

"하지만 언니가 자신 때문에 사무엘이 그 위험한 곳에 있었다는 걸 알게 된다고 생각해 봐."

라킨 오빠는 움직이지 않았다. 눈을 깜빡이지도 않았다. 그저 심각한 표정으로 나를 묵묵히 쳐다봤다.

"사무엘이 자신 때문에 아빠가 다쳤다는 걸 알게 된다면?"

내가 말했다.

라킨 오빠가 고개를 세차게 저었다.

"그럼 자기 잘못도 아닌데 모든 원망을 뒤집어쓴 어린 여자 애는?"

난 아빠를 돌아봤다. 속이 텅 빈 뼈대에 살가죽을 팽팽하게 당겨 놓은 듯한 몰골을 보고 있으면 마음이 괴로웠다. 마치 누군가 아빠를 드럼으로 만들려는 것 같았다. 둥둥 두드려서 음악이라도 연주하려는 듯이 말이다.

스컹크 냄새나 겨자무 같은 방법을 떠올려 봤다.

난 문가에 내려놓은 배낭을 뒤졌다.

병에 든 벌들이 꿀 방 위에서 조용히 날개를 떨었다. 내가 병을 들여다보자, 벌들은 더듬이를 허공에 휘저었다.

"뭐 하는 거야?"

라킨 오빠가 물었다.

"자장가는 이제 안 돼."

난 병을 흔들면서 불쌍한 아빠 옆으로 다가섰다. 그러고는 뚜껑을 열고 병 입구를 아빠 관자놀이에 재빨리 갖다 댔다. 벌들과 아빠 뇌 사이에 오로지 살점과 피만 존재했다.

59

벌들이 아빠 관자놀이로 와르르 굴러떨어졌다. 벌들은 아빠 피부에 맞닿은 병 입구에 달려들어서 빠져나갈 구멍을 찾았다. 내가 손등으로 유리병을 톡톡 두드리자, 벌들이 이미 잃어버린 꿀 방을 지킨답시고 아빠를 쿡 쏘고 죽어 버렸다. 스테인드글라스 같은 날개의 움직임이 서서히 잦아들고, 보송보송한 몸통도 최후를 맞이했다. 이 벌들은 가엾게도 운이 나빴다.

"미안해."

난 병을 치우고, 손가락 끝으로 조심스럽게 벌들을 떼어 냈다. 그리고 아빠 눈을 지켜봤다. 제발 눈동자가 움직이길, 제발 눈꺼풀이 떠지길 빌었다.

그때였다. 아빠가 끙 하고 신음 소리를 냈다.

큰 소리를 낸 것도 울부짖은 것도 아니었다. 그러나 사고 이후 처음으로 아빠 입에서 소리가 흘러나왔다.

"아빠! 아빠, 일어나요!"

난 아빠 뺨을 살살 때렸다.

아빠가 다시 신음 소리를 냈다. 그리고 엄마가 방으로 들어왔다.

"무슨 소리였어?"

엄마가 침대로 달려왔다.

아빠가 다시 끙 소리를 내며 고개를 미세하게 움직였다.

"어떻게 한 거야?"

엄마가 작게 속삭였다.

"벌침……."

내 짧은 대답은 두 글자 이상의 의미를 담고 있었다. 내가 이제껏 배운 모든 것이 함축되어 있었다.

난 아빠 뺨에 손등을 가져다 댔다. 몸이 예전처럼 차갑지 않았다.

"하느님 맙소사! 엘리, 내가 화를 내야 하는 상황인데……."

난 엄마가 가까이 가서 아빠 이마를 짚어 볼 수 있게 자리를 비켜 주었다. 엄마는 아빠 이마에 키스를 하고, 아빠 이름을 불렀다.

"이선? 이선?"

아빠는 다시 잠잠해졌다. 그러나 눈가가 미세하게 떨렸다.

우리는 숨을 죽이고 아빠를 지켜봤다. 한참을 기다렸지만,

아빠는 다시 움직일 기미가 보이지 않았다.

난 병뚜껑을 다시 닫았다.

라킨 오빠가 나를 쳐다봤다.

“일 분만 더 기다려 보자.”

내가 말했다.

그러나 아무 일도 일어나지 않았다.

“왜 아직까지 못 일어나는 건지 모르겠어. 이해가 안 돼.”

엄마가 한숨을 푹 내쉬었다.

“엘리, 의사가 그랬잖니. 아빠 몸이 스스로에게 무엇이 필요한지 알고 있다고.”

하지만 사람은 몸 이상의 것을 가진 존재다.

우리는 더 기다렸다.

마침내 라킨 오빠가 입을 열었다.

“엘리, 미안하지만 이제 가야 할 시간이야. 아니면 내가 꿀을 갖고 갈게. 넌 여기 남아 있어.”

난 에스더 언니가 썩은 상처를 벌리고 라킨 오빠가 그 사이로 꿀을 흘려 넣는 장면을 상상해 봤다.

“아니야, 나도 같이 갈게.”

엄마는 혼란스러운 표정으로 이마를 찌푸렸다.

“또 그런다. 아빠를 깨우려고 뭔가를 하고 나서 또 휙 가 버리는구나.”

"케이트 할머니가 아파요. 하지만 나중에 돌아와서 더 시도할 게 남았어요."

난 아빠 턱 아래 끼어 있는 콰이어트를 들어 라킨 오빠에게 건넸다.

난 꿀병을 다시 배낭에 넣고 어깨에 배낭을 멨다. 그리고 아빠를 한참 동안 물끄러미 쳐다봤다.

우리는 다시 부엌으로 돌아왔다. 마침 사무엘이 내 샌드위치를 모두 먹어 치운 참이었다.

"사무엘, 이제 콰이어트를 메이지한테 데려다줘."

난 라킨 오빠의 셔츠 단추를 야물야물 깨물고 있는 콰이어트를 턱짓으로 가리켰다.

"하지만 내가 더 데리고 있고 싶은걸."

사무엘이 콰이어트를 안고 볼을 맞대며 말했다.

"메이지가 콰이어트를 찾고 있을 거야."

라킨 오빠는 자신의 샌드위치를 집더니 둘로 쪼개서 내게 절반을 건넸다. 그러고는 사무엘에게 말했다.

"강아지가 너를 선택하게 만들면 너를 더 따를 거야."

"에이, 상관없어. 콰이어트는 엘리 누나의 강아지인걸. 그리고 어차피 더 크면 앤더슨 아저씨네 보내야 해."

라킨 오빠가 눈을 가늘게 뜨고 나를 쳐다봤다.

"앤더슨 아줌마라면 너한테 꿀을 준 대신 일을 시켰던 그 여자지?"

난 고개를 끄덕였다.

"그럼 콰이어트가 그 집으로 가는 거야?"

"응, 사냥개로 키울 거래. 젖소를 받는 대신 강아지들을 모두 주기로 했어."

내가 말했다.

"그 정도면 공평한 거래지."

엄마가 말했다.

"공평하지 않아요."

난 일렁이는 불꽃처럼 발끈했다.

"어느 쪽이든…… 누구를 주인으로 삼을지는 콰이어트가 정하게 될 거야. 콰이어트의 아빠가 그랬듯이."

라킨 오빠가 말했다.

60

우리는 샌드위치 반쪽으로 점심을 간단하게 때우면서 발걸음을 재촉했다.

"아까 그게 무슨 말이었어? 자장가는 이제 안 된다고 했잖아."

라킨 오빠가 물었다.

내 대답이 야박하게 들리겠지만, 그게 사실인 걸 어떡하겠는가?

"엄마랑 언니는 부드럽고 조용하고 잔잔한 방법이 아빠를 깨우는 데 최선이라고 생각해. 꽃과 다정한 이야기가 아빠를 혼수상태에서 깨울 수 있다고 믿는 거지."

"하지만 네 생각은 다르다는 거지?"

난 고개를 끄덕였다.

"내가 아빠 입장이라면 어떨까 상상해 봤어. 주변에서 좋은 소리밖에 들리지 않는다면? 나라면 뭔가 잘못됐다는 생각이 들 때, 빨리 돌아오고 싶을 것 같아. 예를 들어서 누군가 도움이 필요할 때라든지."

"아니면 누군가 너를 해치려고 할 때?"

난 그 말을 듣고 화들짝 놀랐다.

"아빠를 아프게 한 건 벌침이 처음이야."

난 라킨 오빠에게 그동안 아빠에게 시도했던 일들을 차례대로 이야기해 주었다.

"진짜 그 방에 뱀을 풀어놓았어?"

라킨 오빠가 감탄이 섞인 목소리로 물었다.

"에스더 언니가 뱀을 발견하고 비명을 지르면, 아빠가 그 소리를 듣고 언니를 구하러 올 거라고 생각했어."

라킨 오빠가 납득이 간다는 듯한 목소리로 말했다.

"너희 아빠가 나무에 깔릴 뻔한 사무엘을 구한 것처럼 말이지."

"맞아."

우리는 한동안 말없이 걷기만 했다. 한참 뒤에 내가 입을 열었다.

"오빠네 엄마는 케이트 할머니의 오두막집에 들어가 본 적이 있어?"

라킨 오빠는 잠시 생각에 잠겼다.

"할머니가 거기서 살기 시작한 이후로는 없어. 하지만 그 전에는 거의 매일 갔었어."

라킨 오빠는 산을 오르면서 계속 말을 이었다. 목소리에서 고단함이 묻어났다.

"그 오두막집은 우리 아빠가 만돌린을 만들던 장소였거든."

난 우뚝 멈춰 섰다.

잠시 뒤 라킨 오빠도 멈춰 서서 나를 돌아봤다.

"왜 그런 곳에서 작업했던 거야? 집 바로 옆에 작업장을 만들어도 됐을 텐데."

"아빠도 그러려고 했어. 그런데 자꾸 다른 일이 겹쳐서 악기 만드는 작업에 집중하기 힘들었나 봐. 그리고 한 가지 일에만 몰두할 장소가 있는 것도 마음에 들어 하셨어."

라킨 오빠가 씁쓰레한 미소를 머금었다.

"엄마가 가죽 아교 냄새를 워낙 싫어하기도 했고. 날씨가 더울 때는 냄새가 별로 심하지 않은데도 질색을 했지. 아마 사슴 가죽으로 만들어서 그랬을 거야. 엄마는 집 아래 나무 사이로 고개를 내미는 사슴들을 좋아했거든."

"그래서 산꼭대기에서 만돌린을 만든 거야?"

그 발상 자체가 정말 마음에 들었다.

라킨 오빠가 고개를 끄덕였다.

"할머니도 어릴 때 그 오두막집에서 살았어. 할머니의 가족들이 더 좋은 집을 짓기 전까지 거기 머물렀대."

라킨 오빠는 뒤돌아서 다시 산을 오르기 시작했다.

"나도 아빠랑 그 작은 오두막집에서 함께 보내는 시간이 좋았어. 아빠가 작업하는 걸 지켜볼 수 있었거든. 큰 손가락 말고 작은 손가락이 필요한 작업은 나더러 도와달라고 했었어."

"아빠가 돌아가신 이후에 케이트 할머니가 오두막집으로 들어간 거구나."

라킨 오빠가 고개를 끄덕였다.

"아빠를 땅에 묻고 나서 할머니를 찾으러 갔는데, 할머니는 아빠의 연장들 사이에 앉아 있었어. 그냥 하염없이 앉아 있었어. 가죽 아교가 썩어서 냄새가 지독했어. 그 악취 한가운데서 어린애처럼 엉엉 울고 있었어."

난 그 장면을 상상해 보려다가 바로 그만두었다.

"난 할머니한테 집으로 돌아가자고 했지만, 할머니는 괜찮다며 거절했어. 분명 혼자 있고 싶었던 거야."

라킨 오빠는 잠시 침묵을 지키더니 다시 입을 열었다.

"엄마는 아빠가 돌아가신 이후 단 한 번도 오두막집에 가지 않았어. 난 오두막집에 올라갈 때마다 할머니의 책과 물건들을 박스에 담아서 조금씩 옮겼어."

라킨 오빠가 잠시 멈췄다가 다시 말을 이어 갔다.

"그리고 캡틴은 할머니를 선택했고, 할머니도 캡틴을 선택했지."

이 말을 끝으로 우리는 침묵 속에서 산을 올랐다.

우리는 케이트 할머니네 집 마당에서 캡틴을 마주쳤다.

캡틴은 아무 소리도 내지 않았다.

"할머니는 어때?"

난 캡틴에게 물었다.

캡틴은 조용히 뒤돌아서 우리를 오두막집으로 이끌었다. 우리 눈으로 직접 확인할 수 있도록.

61

케이트 할머니의 상태는 전보다 심각했다.

"왜 이렇게 오래 걸렸어?"

우리가 오두막집에 들어서자마자 에스더 언니가 물었다.

에스더 언니는 침대 옆에 앉아서 케이트 할머니 손을 꼭 잡고 있었다.

"꿀을 찾으려고 여기저기 돌아다녔어. 그리고 돌아오는 길에 집에 들러서 아빠를 보고 왔어."

난 거짓말을 둘러댈 생각이 전혀 없었다.

"그래도 지금 이렇게 왔잖아. 그리고 상처에 쓸 꿀도 충분히 구해 왔어."

에스더 언니가 일어섰다.

"일단 예전 붕대로 상처를 닦아 냈어. 붕대는 태워 버렸고."

에스더 언니가 마른침을 꿀꺽 넘겼다.

어쩐지 오두막집에서 장작이 타는 좋은 냄새와 탁한 냄새가 뒤섞여 있더라니.

난 에스더 언니가 태워 버린 붕대를 생각했다. 한때 아빠가 내게 만들어 준 셔츠의 소매였고, 그 전에는 둘둘 말린 원단이었다. 그 전에는 베틀 위의 실이었고, 그 실은 잘못 꺾으면 손에서 피를 흘리게 하는 식물에서 나온 것이다.

에스더 언니가 라킨 오빠를 보고 이마를 찡그렸다.

“열이 너무 심해. 라킨, 왜 이렇게 늦게 온 거야? 너 없이 엘리 혼자 꿀을 구하러 가도 됐잖아.”

라킨 오빠가 뭐라고 대답하기 전에 내가 먼저 제지했다.

“언니, 그만해. 언니야말로 엄마 없이 혼자 집에 남겨지는 게 싫어서 여기 올라온 거잖아.”

“하지만 라킨은 할머니의 손자잖아! 그리고 난 할머니가 클리어리 부인인 줄 몰랐다고.”

“그렇다고 뭐가 달라져?”

“이제 그만. 그런 건 중요하지 않아.”

케이트 할머니가 말했다. 몸이 덜덜 떨리고, 푸석한 얼굴은 하얗게 질려 있었다.

“할머니가 클리어리라는 이름을 쓸 때 만난 적이 있어? 도시에서?”

라킨 오빠가 물었다.

"할머니가 베델 병원에서 간호사로 일할 때였어. 하지만 할머니도, 나도 그동안 모습이 많이 바뀌어서 서로 알아보지 못했어."

내가 말했다.

"하지만 누나는 아니잖아."

라킨 오빠가 에스더 언니에게 말했다.

"뭐가 아니야?"

"바뀌지 않았다고."

"아니야, 언니도 바뀌었어. 누가 가르쳐 주지 않았는데 혼자서 상처를 소독했잖아."

난 에스더 언니에게 시선을 고정한 채 말했다.

그리고 배낭에서 꿀병을 꺼냈다.

"꿀을 찾았니?"

케이트 할머니가 물었다.

난 고개를 끄덕였다.

"네, 찾았다기보다는 누구랑 말싸움을 해서 닭장을 청소해 주는 대신 꿀을 좀 얻었어요. 그리고 나머지는 벌집에서 훔쳐 왔고요."

난 목을 길게 빼고 벌에 쏘인 상처를 케이트 할머니에게 보여 주었다.

"한층 더 용감해졌구나. 잘했다."

케이트 할머니가 말했다.

라킨 오빠가 이불을 걷고 케이트 할머니 다리를 살펴봤다.

상처는 깨끗해졌지만 여전히 엉망진창이라서 구더기가 있었으면 좋겠다는 생각이 절로 났다.

난 에스더 언니에게 꿀을 건넸다.

"내가 상처를 잡고 벌릴게. 언니가 꿀을 쥐어짜서 벌어진 틈으로 흘려 넣어 줘."

난 턱짓으로 상처를 가리키며 말했다.

에스더 언니는 못 하겠다는 얼굴로 한참을 버티더니 결국 꿀 방을 통째로 손에 쥐고 상처 위에서 꾹 쥐어짰다.

"이렇게 하면 돼?"

"응, 그렇게 하면 돼."

내가 대답했다.

케이트 할머니는 상처를 처치하는 동안 바들바들 떨고 움찔거렸다. 그러나 작은 신음 소리 한번 내지 않았다. 내 옆에서 케이트 할머니 손을 잡고 있는 라킨 오빠가 보였다. 라킨 오빠를 쳐다봤다가 얼굴에 드리운 비통함을 보고 흠칫 놀랐다. 난 오두막집을 둘러봤다.

"붕대가 더 필요해. 빨랫줄에 걸려 있던 옷들은 지금 어디에 있어?"

"내가 트렁크에 넣어 놨어."

에스더 언니가 대답했다.

난 트렁크를 열어서 깨끗한 시트를 찾아냈다. 나이프로 시트 끝에 작은 구멍을 낸 뒤, 시트를 가늘고 길게 찢어서 붕대 세 개를 만들었다. 그리고 침대로 붕대를 가져가서 케이트 할머니 다리에 칭칭 감았다.

"아까 꿀벌을 집에 가져가서 아빠를 쏘게 했어요."

난 케이트 할머니한테 말했다.

"뭐라고?"

에스더 언니가 나를 매섭게 노려봤다.

케이트 할머니도 두 눈을 크게 뜨고 나를 쳐다봤다.

"네 아빠를 깨우려고?"

난 고개를 끄덕였다.

"효과가 있었니?"

"조금은요. 하지만 충분하지 않았어요."

케이트 할머니는 다시 베개를 베고 누웠다.

"한 걸음 한 걸음씩 나아가야 해. 그게 난관을 헤쳐 나가는 비결이야."

난 케이트 할머니 다리에 감은 붕대를 판판하게 펴서 마무리하고 이불을 다시 덮었다.

그리고 에스더 언니에게 부탁했다.

"버드나무 껍질로 차를 끓여 줄래? 할머니 열을 내리는 데 필요해.”

“아까 이미 드렸어.”

에스더 언니가 끈적끈적한 손을 헝겊으로 닦으며 말했다.

“그럼 더 드려.”

내가 말했다.

“하지만 남은 버드나무가 없는걸.”

“그럼 나가서 찾아야지. 버드나무는 물을 좋아하니까, 샘 근처를 한번 찾아 봐.”

난 짜증 난 것처럼 보이지 않으려고 최대한 애썼다.

에스더 언니가 밖으로 나가자, 라킨 오빠가 입을 열었다.

“누나는 널 안 닮았구나.”

틀린 말은 아니었다.

케이트 할머니는 캡틴의 등을 힘겹게 쓰다듬고 있었다.

“캡틴이 정말 콰이어트의 아빠라고 생각해?”

난 라킨 오빠에게 물었다. 라킨 오빠는 고개를 끄덕였다.

“응, 난 그렇다고 믿어.”

이 이야기를 처음 듣는 케이트 할머니가 물었다.

“콰이어트가 누구니?”

“우리 집에 있는 강아지 중 하나예요.”

나도 모르게 ‘내 강아지’라고 대답할 뻔했다.

“강아지들이 모두 캡틴의 어렸을 때 모습이랑 똑같아요.”

라킨 오빠가 말했다.

케이트 할머니가 그 말을 듣고 미소를 지었다.

"그럼 다들 잘생겼겠구나."

"맞아요. 하지만 이미 주인이 정해졌대요. 아니면 저도 한 마리 달라고 했을 텐데요."

라킨 오빠가 대답했다.

"주인이 정해졌다고?"

"젖소랑 바꿨어요. 강아지들을 사냥개로 키운대요."

내가 말했다. 그때 에스더 언니가 문을 열고 들어왔다. 손에는 버드나무 가지를 한 줌 가득 쥐고 있었다. 라킨 오빠는 에스더 언니를 보고 모닥불에 장작을 더 넣었다. 그러자 주전자가 부르르 끓기 시작했다.

"지난번에는 꿀이 하루 만에 효과를 보였어요."

내가 말하자, 케이트 할머니가 고개를 끄덕였다.

"이번에도 똑같을지 몰라. 하지만 만약 효과가 없다면, 그때 네가 상처를 도려내야 해."

케이트 할머니는 덤덤하게 말했지만, 불안한 기색이 여실히 드러났다.

"하지만 네가 어떻게 할머니 살을 도려내. 네가 그럴 필요까진 없을 거야. 그렇지?"

에스더 언니 목소리가 미세하게 떨렸다.

"오, 얘야, 그런 상황까지 가지 않을 수도 있단다."

케이트 할머니가 말했다. 그때 주전자가 삑 하고 울렸다.

에스더 언니가 모닥불 쪽을 돌아봤다.

라킨 오빠는 머그잔에 버드나무 껍질을 넣고 끓는 물을 부었다. 껍질이 눅눅해지면서 열을 내려 줄 차가 완성될 것이다.

난 벌들의 죽음을 떠올렸다. 그리고 뱀이 느꼈을 공포를 생각했다.

라킨 오빠의 발 옆에 떨어진 버드나무 잎눈이 시들어 가고 있다. 엄마의 만돌린은 줄이 느슨해졌다. 에스더 언니는 너무나도 외로워 보인다. 나의 콰이어트는 이빨을 드러내고 사슴을 추격한다. 케이트 할머니는 악취 한가운데 외로이 앉아 있다. 라킨 오빠는 아빠의 죽음에 참담한 얼굴로 서 있다.

사무엘이 난데없이 튀어나온다. 토끼는 눈앞의 나무만 보고 달려가고, 사무엘은 토끼만 보고 달려간다. 아빠가 도끼로 나무를 찍고 또 찍는다. 휘청거리는 나무가 우지끈 소리와 함께 점점 기울어진다. 나뭇가지가 요란하게 흔들리면서 나무가 넘어가기 시작한다. 아빠는 뒤로 물러선다. 나무가 맹렬하게 회전한다. 난 사랑스러운 남동생에게 달려간다. 하지만 속도가 너무 느리다. 나무가 머리 위로 맹렬하게 쓰러진다. 난 사무엘을 향해 손을 뻗는다.

그 어느 때보다도 선명하게 느껴진다. 아빠가 내 등을 강하게 밀친다. 내 등을 떠미는 선명한 느낌과 함께 사무엘을 홱 끌어당겨서 품에 안고 바닥에 나동그라진다. 나무의 잔가지가 우리를 스쳐 간다. 등 뒤에서 아빠가 바닥에 쿵 부딪히는 소리가 울려 퍼진다. 그리고…….

"엘리, 내 말 듣고 있니?"

에스더 언니가 부르는 소리에 퍼뜩 정신을 차렸다. 작은 오두막집으로 돌아왔다. 집으로 돌아가자고 말하는 에스더 언니 곁으로 돌아왔다.

"내가 정말 나무가 쓰러지는 곳에 있었구나."

난 중얼거렸다.

고개를 들자, 케이트 할머니와 눈이 마주쳤다.

"이제 집으로 가요."

난 느릿느릿 일어나서 주변을 둘러보며 내 물건을 챙겼다.

"엘리, 내가 이미 한 말이잖아. 집에 가야 한다고."

에스더 언니가 말했다.

"아니, 우리만 가면 안 돼. 케이트 할머니도 가야 해."

내가 말했다. 라킨 오빠가 사나운 눈길로 날 쳐다봤다.

"뭐야, 너도 할머니처럼 어디 아픈 것 아니야?"

"그래, 할머니는 다쳤어. 나도 알아."

난 트렁크로 가서 케이트 할머니의 레깅스를 챙겼다.

"그러니까 되는 대로 이것저것 해 봐야지. 우리가 아는 것만

하지 말고. 우리가 안다고 '생각'하는 것만 하지 말고."

콰이어트가 태어나던 날 아침의 엄마 모습을 떠올렸다. 진통으로 괴로워하는 메이지를 무릎에 눕히고 오랫동안 머리를 쓰다듬어 주던 손길. 콰이어트를 두 손으로 조심스럽게 안아 들고 내 손에 건네주던 모습. 그래서 콰이어트라는 이름이 떠올랐을지도 모른다는 생각이 처음으로 스쳐 지나갔다. 아직 숨도 트이지 않은 콰이어트가 고요하게 엄마 손을 가득 채운 모습을 보고, 그런 이름을 떠올렸나 보다.

그때 케이트 할머니가 입을 열었다.

"좋은 생각이야. 나도 너희와 함께 데리고 내려가 줘."

"하지만 왜요? 할머니가 다른 데로 간다면, 당연히 저와 함께 우리 집으로 가야죠."

라킨 오빠가 반박했다.

"엘리와 함께 갈 거야. 나도 쓸모 있는 일을 좀 해야지."

케이트 할머니가 단호하게 말했다.

우리는 쓸모 있는 존재가 되는 법이 많다는 걸 알았다. 케이트 할머니의 지친 눈동자에 불꽃이 보였다. 쓸모 있는 존재가 된다는 생각에 불꽃이 더욱 강하게 일었다. 케이트 할머니의 눈동자에 비친 내 눈에도 똑같은 불꽃이 일렁이고 있었다.

62

난 라킨 오빠의 소매를 찢어서 붕대를 더 만들었다. 케이트 할머니 다리를 붕대로 칭칭 감아서 단단히 동여맸다. 케이트 할머니에게 레깅스와 튜닉을 입힌 다음 부츠를 신기고 부츠 끈을 꼭꼭 묶었다.

케이트 할머니는 작은 헝겊 인형 말고는 아무것도 챙기지 않았다. 케이트 할머니는 몸의 일부라도 되는 양 인형을 꽉 끌어안았다.

라킨 오빠와 내가 양쪽에서 케이트 할머니를 부축한 자세로 산길을 조심스럽게 천천히 내려왔다. 케이트 할머니가 지치지 않게 여러 번 멈춰서 휴식을 취했다.

길이 가장 험한 구간에 이르렀다. 우리는 다리를 건드리지 않게 주의하며 케이트 할머니를 유리그릇 옮기듯 신중하게 붙들고 한 걸음씩 나아갔다.

케이트 할머니는 천둥이 내리칠 때마다 떠는 강아지처럼 덜덜 떨었다. 하지만 머리는 맑고 눈은 초롱초롱했다. 케이트 할머니는 기대감에 충만해 있었다.

케이트 할머니의 열의가 내게도 생생하게 느껴졌다. 내 안의 불꽃도 집에 한 발 한 발 가까워질수록 더욱 뜨겁게 불타올랐다.

에스더 언니는 이 모든 상황이 혼란스러운 듯이 보였다. 언니는 케이트 할머니의 큰 책을 품에 안고 말없이 산을 따라 내려왔다.

내 배낭은 케이트 할머니가 챙기라고 한 물건들로 가득했다. 케이트 할머니 집 천장에 거꾸로 매달린 꽃다발에서 베어 온 것도 있었다. 이름도 모르는 식물이었다. 아직은.

다행히 내려가는 길에 곰이나 피셔 같은 야생 동물을 마주치지 않았다. 우리가 문 앞에 나타나면 엄마 얼굴이 야생 동물처럼 돌변하겠지만 말이다.

집에 도착하면 케이트 할머니를 어디에 뉘어야 할지, 무엇을 먹여야 할지 몰랐다. 그래도 아무 상관 없었다.

난 기꺼운 마음으로 헛간에서 강아지들과 잠을 자고, 내 몫의 육포와 달걀과 빵을 양보할 것이다. 숲에서 자라는 버섯, 고사리, 명아주, 민들레잎, 골파를 따 먹으면 된다. 도토리를 줍고 야생 당근을 뽑아 먹으면 된다.

난 명백한 확신을 갖고 있다. 내게는 케이트 할머니를 도울 방법이 분명히 있다. 다만, 그게 뭔지 아직 모를 뿐이다.

아빠를 깨우기 위해서 다시 어떤 시도를 해야 하는지도 모른다.

하지만 한 사람을 구하는 일이 또 다른 사람을 구하는 데 도움이 되리라는 예감이 들었다.

그리고 우리가 아빠를 깨울 수 있을 거라는 예감이 들었다. 케이트 할머니와 내가 말이다. 아빠가 깨어난 뒤의 일이 조금 두렵기는 했다.

예전과는 다른 아빠의 모습을 상상해 봤다. 걷지도 못하고 우리를 제대로 알아보지도 못한다면?

그런 아빠를 원상태로 되돌리는 방법은 케이트 할머니의 책에도 나와 있지 않을 것이다.

집에 가까워질수록 곰이 보라색 과꽃 같은 눈동자로 무엇을 봤는지 내게도 선명하게 보였다. 까마귀가 나무 꼭대기의 둥지에서 무엇을 봤는지, 길들여지지 않은 생명체가 태어나서 처음으로 눈을 뜬 순간 무엇을 봤는지 내게도 선명하게 보였다. 인생은 찰나의 순간이다. 한줄기 빗물과도 같다. 빗방울을 하나씩 만지거나 세거나 순서를 매기거나 가치를 따지는 일은 불가능하다.

비가 내릴 때는 빗속에 서 있어야 한다. 빗속으로 들어가야 한다.

난 그렇게 할 것이다.

아빠를 치료하기 위해 기꺼이 그렇게 할 것이다. 아빠를 처음부터 다시 알아 가야 한다면, 그렇게 하면 된다.

그리고 해낼 때까지 한자리에서 굳건히 버틸 것이다.

내가 나무뿌리를 밟았을 때, 나무의 꿈틀거림이 느껴지는 이유가 있었을 것이다. 아빠가 도끼로 나무를 찍었을 때, 나무의 비명 소리가 들렸던 이유가 있었을 것이다. 나무가 뒤틀린 그림자를 드리우며 차가운 땅바닥을 가로질러 나의 사랑스러운 사무엘을 덮쳤을 때, 나무의 비명 소리가 들렸던 이유가 있었을 것이다.

이제 그 이유를 찾기만 하면 된다.

63

우리는 캡틴을 오두막집 밖에서 기다리게 했다. 캡틴은 마지못해 마당에 털썩 주저앉아서 앞발을 베고 누웠다.

"나중에 다시 와서 메이지를 만나게 해 줄게. 그리고 콰이어트도."

내가 말했다.

캡틴은 대답 대신 눈썹을 치켜올렸다.

우리는 케이트 할머니를 부축해서 집 안으로 들어갔다.

"저 사람은 누구야?"

케이트 할머니를 처음 본 사무엘이 구석으로 슬그머니 다가와서 내게 귓속말로 물어봤다.

"케이트 할머니야."

그리고 케이트 할머니에게도 사무엘을 소개했다.

"여기는 제 남동생인 사무엘이에요."

"멋진 남자애에게 어울리는 멋진 이름이구나. 얘야, 날 가장 가까운 의자로 안내해 주겠니?"

케이트 할머니가 축 늘어진 몸을 내게 기댔다.

우리가 부엌으로 줄지어 들어가서 케이트 할머니를 식탁 의자에 앉히자, 엄마는 낯선 언어를 말하듯이 말을 더듬었다.

"이게 무슨…… 네가…… 엘리, 어떻게……."

엄마는 안절부절못하며 우리 주변을 왔다 갔다 했다. 마치 우리가 콰이어트를 처음 만졌을 때 메이지가 보인 반응과 똑같았다.

"초대받지도 않았는데 여기까지 내려와서 미안합니다."

케이트 할머니가 사과했다.

"내려왔다고요?"

엄마가 무의미한 질문을 되물었다. 누가 봐도 저 위에서 내려온 게 확연했는데 말이다.

"산꼭대기에서 내려왔어요."

케이트 할머니가 대답했다. 난 엄마 눈에 비친 케이트 할머니의 모습을 그려 봤다. 허연 머리에 등이 굽은 쭈글쭈글한 할머니, 사슴 가죽으로 만든 레깅스와 튜닉, 낡은 부츠, 한 손에 들린 너덜너덜한 헝겊 인형…….

"위에 보내 주신 음식은 감사히 잘 먹었습니다."

케이트 할머니가 엄마한테 말했다.

"특히 사슴 고기 스튜가 일품이더군요."

엄마는 내가 몰래 가져간 사실을 모르지만 말이다.

"무엇보다 딸들을 보내 줘서 정말 감사합니다."

난 내 의지로 올라갔다는 사실을 모두가 알지만 말이다.

"부인이 감사해야 할 사람은 엘리밖에 없어요."

엄마가 뜻밖의 방문에 신경이 곤두선 채로 대답했다. 얼굴에 낯선 당혹감이 피어오르면서 주먹을 꽉 쥐는 게 보였다.

"네, 엘리한테는 진심으로 고마워하고 있어요."

케이트 할머니가 말했다. 내게 고맙다고 표현한 적은 없지만 말이다.

"나도 도왔어요. 그렇죠?"

에스더 언니가 큰 목소리로 말했다.

케이트 할머니가 고개를 끄덕였다.

"그래, 그리고 내게 사랑스러운 추억을 상기시켜 줬지."

"추억이요?"

엄마가 물었다.

케이트 할머니가 미소를 지으며 고개를 끄덕였다. 그리고 한동안 정적이 이어졌다. 우리는 모두 케이트 할머니가 지상에 남은 마지막 인간인 것처럼 궁금증 가득한 얼굴로 쳐다봤다. 마침내 케이트 할머니가 입을 열었다.

"나를 못 알아보겠어요?"

에스더 언니가 그랬듯이, 엄마도 몸을 숙이고 케이트 할머니의 파란 눈동자를 자세히 들여다봤다.

엄마는 마침내 베델 병원에서 알던 여성을 기억해 냈다. 우리 부엌에 앉아 있는 마귀할멈과 동일인일 리 만무한데 말이다. 차가운 뱀이 하수구 구멍으로 기어 올라온 것처럼, 길 잃은 새가 굴뚝으로 파드닥 날아든 것처럼, 갈 곳 잃은 씨앗이 마룻장 틈새로 날아 들어와서 식탁에 싹을 틔우고 창문으로 비치는 햇살을 향해 가지를 뻗어 가는 것처럼, 한 여성은 우리 부엌에 들어와 있었다.

엄마는 손을 뻗어서 케이트 할머니 어깨를 만졌다.

"클리어리 부인?"

엄마가 자신 없는 목소리로 케이트 할머니의 이름을 불렀다.

케이트 할머니는 엄마 손에 자기 손을 얹었다.

"부인이 예전에 알던 모습과 너무 많이 달라졌죠?"

엄마 입가에 미소가 번졌다. 눈에는 순식간에 눈물이 고였지만.

"아니요, 하나도 안 변했어요."

"딱 마귀할멈처럼 보이죠. 아! 괜찮아요."

케이트 할머니가 엄마 표정을 보고 황급히 말을 이었다.

"그렇게 불러도 괜찮아요. 부인이 틀린 게 아니에요. 그게 내 모습인걸요. 마귀할멈이 된다고 해서 문제 될 건 없어요."

케이트 할머니가 나를 보고 눈을 찡긋했다.

"그런 방면으로 똑똑하다는 데 문제 될 게 없죠. 만약 다르게 생각하는 사람이 있다면, 그건 그 사람이 다시 생각해 볼 문제죠."

케이트 할머니는 내게 손을 내밀었고, 난 그 손을 맞잡았다.

"난 엘리를 도와주러 왔어요. 엘리도 마귀할멈이거든요."

그 순간 난 떡갈나무, 뱀, 새가 됐다.

그때 사무엘이 불쑥 끼어들었다.

"저는 왜 마귀할멈이 될 수 없어요?"

난 다시 평범한 여자애로 돌아왔다.

케이트 할머니가 사무엘을 향해 미소를 지었다.

"네가 될 수 없다고 말하지 않았단다."

"근데 마귀할멈이 뭐예요?"

사무엘이 또 물어봤다. 바로 며칠 전에 에스더 언니가 마녀랑 같은 거라고 설명해 줬는데도 말이다.

"내가 마귀할멈이야."

케이트 할머니가 대답했다.

"아하!"

사무엘이 케이트 할머니를 유심히 살펴보더니 다시 입을 열었다.

"전 좀 다른 마귀할멈이 될 수 있겠죠?"

"당연하지. 하지만 조금 더 자라야 할 것 같구나."

케이트 할머니가 말했다.

그러자 사무엘이 고개를 흔들었다.

"할머니가 방금 엘리 누나한테 마귀할멈이라고 했잖아요. 누나는 겨우 열두 살이란 말이에요."

그 말에 케이트 할머니가 고개를 끄덕였다.

"음, 타고난 사람도 있거든. 아니면 나처럼 오랜 기간 동안 노력해야 하는 경우도 있단다."

케이트 할머니가 힘겹게 몸을 일으켰다. 난 재빨리 손을 뻗쳤고, 라킨 오빠도 바로 달려와서 케이트 할머니를 부축했다.

"자, 이제 괜찮으면 너희 아빠를 만나고 싶구나, 엘리."

우리는 아빠가 누워 있는 침실로 천천히 자리를 옮겼다. 창문 밖의 노란 수선화가 아무리 열심히 노란 나팔을 불어 대도, 아빠는 아랑곳하지 않고 쥐 죽은 듯이 누워 있었다.

케이트 할머니가 문간에 우뚝 멈춰 섰다.

난 아빠를 보고 놀라서 멈춘 줄 알았다.

하지만 케이트 할머니는 아빠가 아니라 엄마의 만돌린을 향해 발걸음을 서서히 옮겼다.

케이트 할머니가 조심스럽게, 아주 부드러운 손길로 만돌린을 집었다.

그리고 나와 엄마에게 미소를 보냈다.

"내 아들이 이걸 만들었어요."

케이트 할머니는 안쪽의 마크를 보지 않고도 만돌린을 바로 알아봤다.

난 고개를 끄덕였다.

"라킨 오빠가 말해 줬어요."

케이트 할머니가 놀란 표정으로 나를 쳐다봤다.

"만돌린을 연주할 줄 아니?"

"조금이요. 엄마가 할 줄 알아요."

내가 말했다.

케이트 할머니가 몸을 돌려서 엄마한테 만돌린을 내밀었다.

"연주를 부탁해도 될까요?"

"아, 나중에요."

엄마가 만돌린을 받아서 옆에 내려놓았다.

"튜닝도 해야 하고……."

"아, 괜찮아요. 이해해요."

케이트 할머니가 대답했다. 그렇게 쓸쓸한 목소리는 처음이었다.

난 흔들의자를 침대 옆에 끌어다 놓았다. 라킨 오빠가 케이트 할머니를 의자에 조심스럽게 앉혔다.

나머지 사람들도 알아서 침대 주변에 자리를 잡았다.

아빠는 여전히 그대로였다. 창백하고 미동도 없고 뚝 부러질 듯 가늘었다.

“너희 아빠가 1월부터 잠들어 있었다고 했지?”

케이트 할머니가 물었다.

“네, 맞아요.”

내가 대답했다.

“얼굴에 수염이 하나도 없네?”

“우리가 매일 깎아 주거든요.”

에스더 언니가 자랑스럽게 말했다.

“부인이 깎아 줬나요?”

케이트 할머니가 엄마를 쳐다보며 말했다.

엄마가 고개를 끄덕였다.

“그러면 안 되는 거였나요?”

“아, 되고 안 되고의 문제가 아니라 그냥 수고스럽게 왜 그랬나 싶어서요.”

그러자 엄마가 또 혼란스러운 표정을 지었다.

“남편은 항상 수염을 깔끔하게 깎고 다녔어요. 처음에는 우리도 수염을 그냥 내버려뒀는데, 그랬더니 몰골이…….”

“지저분해 보였어요?”

케이트 할머니가 물었다.

“야성적으로 보였어요.”

엄마가 대답했다.

케이트 할머니가 어깨를 으쓱했다.

"야성적인 건 전혀 이상한 게 아니에요."

이렇게 많은 사람이 침대를 둘러싸고 아빠를 병에 든 곤충처럼 쳐다보는 게 이상하게 느껴졌다.

에스더 언니가 케이트 할머니의 큰 책을 침대에 내려놓으며 물었다.

"어떤 걸 먼저 시도해 볼까요?"

그러나 케이트 할머니가 고개를 절레절레 흔들었다.

"책에는 없는 거야."

케이트 할머니는 라킨 오빠를 돌아봤다.

"날 오랫동안 돌봐 줘서 고마웠어."

고작 다섯 어절이 왠지 작별 인사처럼 들렸다.

라킨 오빠도 똑같이 느꼈음이 분명했다.

"내가 할머니를 돌본 게 아니에요. 할머니가 저를 돌봐 주셨잖아요."

라킨 오빠 목소리가 떨려 왔다.

케이트 할머니가 고개를 끄덕였다.

"그럼 서로를 돌봐 준 셈 치면 되겠구나."

케이트 할머니가 입술을 일그러뜨렸다.

"하지만 이제 그만 집으로 돌아가서 엄마를 돌봐 주는 게 어떻겠니? 난 여기서 할 일이 있구나. 혼자 해야 하는 일이야."

라킨 오빠 얼굴이 일그러졌다.

"저 없이요?"

"그래야 할 거 같구나."

그동안 꾹꾹 눌러 담았던 눈물이 케이트 할머니 뺨을 타고 흘러내렸다.

"하지만 저도 도와줄 수 있어요."

"이번에는 아니야. 오, 나의 사랑스러운 손자. 네가 이제껏 많은 일을 해 왔고, 앞으로 더 많은 일이 네 앞에 기다리고 있다는 걸 절대 잊지 말렴."

케이트 할머니는 헝겊 인형을 라킨 오빠에게 내밀었다.

라킨 오빠는 인형을 받아서 주머니에 넣었다. 그리고 라킨 오빠 손도 인형과 함께 주머니에 그대로 두었다.

나머지 사람들도 작별 인사를 알아들었다. 우리는 친척이 아닌데도 친척인 것처럼 다들 라킨 오빠와 닮아 보였다. 심지어 사무엘까지도.

케이트 할머니가 축복 인사를 건넸다. 한 번, 두 번 그리고 세 번 축복 인사를 읊조렸다. 케이트 할머니 얼굴에서 눈물이 빗물처럼 쏟아졌다.

라킨 오빠도 케이트 할머니 품에 안겨서 눈물을 왈칵 터뜨렸다.

"할머니가 뭐라고 한 거야?"

사무엘이 내게 속삭였다.

"그건 게일어야. '당신에게 건강과 축복을 빕니다.'라는 뜻이야."

난 목이 멘 소리로 대답했다.

"이제 다들 나가자. 부인이 일에 집중할 수 있게."

엄마가 모두를 침실 밖으로 데리고 나갔다.

나도 방을 나가려는 찰나, 케이트 할머니가 날 불러 세웠다.

"넌 말고."

우리는 나가다 말고 일제히 뒤돌아봤다.

케이트 할머니가 내게 손짓했다.

"넌 말고. 넌 여기 남으렴."

64

모두가 방에서 나간 뒤, 케이트 할머니와 나는 한참 동안 아무 말 없이 서로를 쳐다봤다. 문밖에서 엄마가 부드럽게 칭얼대는 사무엘을 타이르는 소리가 들렸다.

그때 멀지 않은 곳에서 길게 늘어지는 울음소리가 들렸다.

예전에 들었던 코요테의 울음소리처럼 구슬프고 야생적이었다. 누구의 소리인지 단번에 알아차릴 수 있었다. 헛간에 있던 콰이어트도 아빠 목소리를 난생처음으로 들었을 것이다.

"오, 캡틴, 나의 캡틴."

케이트 할머니가 속삭였다.

아까보다 더 크고 긴 울음소리가 또다시 울려 퍼졌다.

난 귀를 쫑긋 세우고 울음소리에 집중했다.

"저 울음소리는 무슨 의미일까요?"

"우리 캡틴이 나를 부르는 소리야."

케이트 할머니가 대답했다. 눈에서 다시 눈물이 흘렀다.

난 그 울음소리가 어떤 의미인지 알 것 같았다.

"캡틴이라는 이름이요, 알파벳 'i'가 빠진 캡틴이라고 하셨잖아요. 그건 무슨 뜻이에요?"

"아, 네가 언제 물어보나 했다. 그건 '노래'라는 뜻이야. 우리 가문이 쓰던 옛 언어에서 따온 이름이야."

게일족 피가 흐르는 현악기 제작자의 개에게 잘 어울리는 이름이다.

"그런데 말이다, 엘리…… 너무 오랫동안 생각해 보지 않아서…… 내 오두막집에 '유명해진 소녀들'이란 책이 있어. 그중에 플로렌스 나이팅게일이라는 소녀가 있었지. 혹시 누군지 아니?"

"아니요."

그 책이 캡틴의 이름과 무슨 상관이 있는 걸까?

"나이팅게일은 간호사였어. 세상에서 가장 유명한 간호사일 거야. 물론 유명한 간호사가 별로 없지만 말이야."

케이트 할머니가 한쪽 눈을 찡긋 감았다.

"솔직히 두 번째로 유명한 간호사도 누군지 몰라."

케이트 할머니는 다시 눈을 떴다.

"나이팅게일의 첫 번째 환자는 양치기 개였어. 개의 다리가 부러져서 주인이 목매달아 죽이려고 했거든."

케이트 할머니가 내 표정을 보고 다급히 말을 이어 갔다.

"오, 주인이 못돼서 그런 게 아니야. 개가 너무 괴로워하니까 차라리 목매달아서 편안하게 보내 주려고 했던 거야."

케이트 할머니가 왜 이런 이야기를 꺼냈는지 알 것 같았다. 그래도 이 이야기가 캡틴과 무슨 상관이 있는지 밝혀질 때까지 기다려 보기로 했다.

"나이팅게일은 간호사가 되기 전에…… 아니면 자신이 간호사인 걸 미처 알아차리지 못했던 건지…… 나이팅게일은 동물을 너무 사랑했기 때문에 양치기 개를 구해 주기로 결심했어. 결국 주인은 개를 목매달아 죽이지 않기로 했단다. 나이팅게일이 의사를 데려와서 다리가 부러진 게 아니라 멍이 들었을 뿐이란 사실을 밝혀냈거든. 나이팅게일이 다리에 뜨거운 찜질을 해 주자 개는 빠른 속도로 회복됐단다."

케이트 할머니가 기대에 찬 시선으로 나를 쳐다봤다.

"정말 근사한 이야기네요."

내가 말했다.

"그렇지?"

케이트 할머니가 대답했다.

"하지만 그게 캡틴의 이름과 무슨 상관이 있죠?"

그 말에 케이트 할머니가 미소를 지었다. 고달프고 지치고 열이 나고 다쳤으면서도 미소를 지어 보였다.

"그 개의 이름이 '캡'이야. 그 양치기 개의 이름이 '캡'이었어. 내가 캡틴에게 이름을 붙여 주고 한참 뒤에 알아낸 사실이지만."

나도 미소를 지었다.

"마음에 들어요."

케이트 할머니가 고개를 끄덕였다.

"세상일은 순서가 뒤죽박죽 섞이기도 하고, 제멋대로 뒤바뀌기도 해. 하지만 정해진 순서에 과도하게 집착하지 않는다면, 앞뒤가 완벽하게 들어맞는 서사가 탄생하지."

우리는 잠시 세상일의 순서에 대해 생각해 보는 시간을 가졌다.

"그런데 할머니는 왜 항상 '오, 캡틴, 나의 캡틴'이라고 말하세요?"

케이트 할머니가 슬픈 얼굴로 한숨을 지었다.

"위대한 사람의 죽음에 관한 시에 나오는 구절이야. 이때는 캡틴에 알파벳 'i'가 들어가지."

난 시에 대해서도 잠시 생각해 봤다.

"할머니도 언젠가는 나아지겠죠?"

케이트 할머니가 얼굴에서 눈물을 닦아 냈다.

"'언젠가'라는 말은 의미 없는 단어야."

이 말에 대해서는 깊이 생각해 보고 싶지 않았다. 케이트 할머니의 '언젠가'는 그리 긴 시간이 아닐지도 모른다. 케이트 할머니의 병이 낫더라도 말이다.

이 말은 아무리 곱씹어 봐도 내게도 케이트 할머니에게도 아빠에게도 별 도움이 되지 않았다.

"다리 상처 말고 할머니요."

내가 말했다.

케이트 할머니가 한숨을 내쉬었다.

"나도 네가 무슨 뜻으로 말했는지 안단다."

그때 엄마가 슬며시 문을 열었다.

"방해해서 미안해요. 하지만 개가 라킨을 따라가려고 하지 않아서요. 그리고……."

"아, 거기 있었구나."

케이트 할머니가 입을 열자마자 캡틴이 방으로 성큼성큼 들어와서 할머니 무릎에 머리를 얹었다.

"우리 착한 캡틴 왔구나."

케이트 할머니 목소리는 내가 강아지를 어르는 소리와 비슷했다.

"콰이어트를 데려와도 돼요?"

난 엄마에게 물었다.

"글쎄, 잘 모르겠구나. 혹시……."

"캡틴이 강아지를 해치지는 않을 거예요. 내가 장담해요."

케이트 할머니가 말했다.

엄마는 사무엘을 보내서 콰이어트를 데려왔다. 사무엘은 내 손에 콰이어트를 건네주고 큰 소리로 투덜대며 엄마와 함께 다시 방을 나갔다.

문밖에서 사무엘의 말소리가 들렸다.

"마귀할멈은 개 두 마리로 아빠를 어떻게 치료한대요?"

케이트 할머니가 진심으로 웃음을 터뜨렸다.

"정말 만만치 않은 남동생을 뒀구나."

"사무엘이요? 아니면 콰이어트요?"

내가 물었다.

"둘 다. 특히 사무엘 말이다."

케이트 할머니가 부드러운 눈길로 나를 바라봤다.

"그래, 당연히 너도 나무가 쓰러지는 곳에 있었겠지, 엘리. 넌 네가 해야 할 일을 했을 뿐이야. 네 남동생을 구하려고 했던 거지. 그리고 네 아빠는 자신이 해야 할 일을 했고. 너희 둘을 구하려고 했지."

난 목이 콱 메어서 목청을 가다듬었다.

"우리를 구하려다 결국 이렇게 되셨죠."

난 캡틴과 눈이 마주치도록 콰이어트를 들었다.

"여기는 캡틴이야. 어쩌면 네 아빠일지도 모른대."

난 콰이어트 귀에 대고 속삭였다.

"오, 난 '어쩌면'이란 말이 싫더라. 맞으면 맞고 틀리면 틀린 거지."

케이트 할머니가 말했다. 캡틴이 콰이어트의 작은 머리에 코를 대고 냄새를 킁킁 맡았다.

"진실이든 아니든 상관없이요?"

케이트 할머니가 코웃음을 쳤다.

"진실이 뭔지 말해 봐."

난 잠시 고민했다.

"전 백만 가지의 진실을 알아요."

"나도 그래. 내 지식으로는 설명할 수 없는 것이 백만 가지나 있지만, 그것들은 진실이지. 반면 난 믿지 않지만, 실제로 일어나는 일들도 꽤 많아. 일어나지 말았어야 하는 일이든 아니든 상관없이."

케이트 할머니는 앞에 누워 있는 아빠를 쳐다봤다.

"내 앞에 진실이 있어. 그것도 좋은 진실이지."

난 케이트 할머니의 말에 깜짝 놀랐다.

"좋은 진실이라고요?"

케이트 할머니가 나를 물끄러미 쳐다봤다.

"네 아빠는 죽을 수도 있었어."

그것도 진실이다.

난 아빠 얼굴을 자세히 들여다봤다. 아빠는 깊은 잠에 빠져 있었다.

"아빠를 어떻게 깨울 수 있을까요? 스컹크 냄새를 맡게 해 보면 어때요? 아니면……."

"스컹크 냄새?"

케이트 할머니가 놀란 토끼 눈을 했다.

"예전에 의사가 스멜링 솔트를 써 봤는데 아무 효과가 없었거든요. 그래서 혹시 스컹크 냄새라면 아빠가 궁금해서라도 일어날지 모른다고 생각했어요."

난 아빠의 축 늘어진 얼굴을 쳐다봤다.

"겨자무도 효과가 있을지 몰라요. 겨자무를 먹고도 잠잘 수 있는 사람은 없을 거예요."

케이트 할머니가 내 손을 잡고 자신의 볼에 갖다 댔다.

"정말 끔찍하구나."

케이트 할머니가 말했다. 난 우리 아빠의 사고를 말하는 줄 알았다.

"널 이제서야 만나다니."

난 케이트 할머니에게 미소를 지어 보였다.

"할머니가 이렇게 가까운 곳에 있었는데, 이제야 알았네요. 하지만 할머니는 나이도 많지 않고 다리도 금방 나을 테니까 앞으로 우리가 함께할 시간이 아직 많아요."

하지만 내 목소리에 확신이 부족했다.

"어쩌면 그럴 수도 있겠다. 만약 내 몸이 회복된다면, 그건 오직 너와 라킨을 위해서일 거야."

그 말에 내 가슴속의 불꽃이 콰이어트가 태어난 그날처럼 활활 타오르기 시작했다. 내면의 목소리도 내게 다시 말을 걸기 시작했다. 목소리에 힘과 확신이 넘쳐흘러서 일말의 의심도 남지 않았다.

난 내면의 목소리에 귀를 기울였다. 마침 문을 열고 우리에게 말을 걸어온 엄마의 목소리처럼 뚜렷했다.

"클리어리 부인, 전나무 차를 마실래요?"

"네, 그럴게요."

난 케이트 할머니 대신 대답했다.

그리고 케이트 할머니를 향해 말했다.

"그래야 해요."

차에 대한 이야기가 아니었다.

케이트 할머니가 신기한 눈빛으로 나를 쳐다봤다. 할머니 입가에 미소가 번지기 시작했다.

"네가 뭘 해야 할지 알지?"

이건 질문이 아니었다.

난 고개를 끄덕이며 대답했다.

"네, 알아요."

난 이미 알고 있었다.

65

난 콰이어트를 사무엘에게 건네주었다.

"메이지한테 좀 데려다줄래?"

"알았어. 근데 마귀할멈이 얘한테 뭘 했어?"

사무엘이 콰이어트를 이리저리 살펴보며 물었다.

"할머니가 콰이어트를 염소로 둔갑시켰어. 보면 모르겠니?"

사무엘이 내 말에 얼굴을 팍 찌푸렸다.

"바보 같은 소리 하지 마, 엘리 누나."

난 주변을 둘러봤다.

"에스더 언니는 어디 있어?"

그러자 엄마가 사무엘 대신 대답했다.

"라킨이랑 나갔어. 산길 중턱까지 바래다준대. 라킨이 기분이 많이 상했거든. 그래서 에스더가 곁에 있어 주려고 나간 거야."

엄마 목소리에 안쓰러움이 묻어났다.

난 신경 쓰지 않으려고 노력했다. 안 그래도 신경 써야 할 일이 너무 많아서 라킨 오빠에 대한 생각을 털어 버리는 게 어렵지는 않았다. 하지만 그렇다고 쉽지도 않았다.

내가 아빠한테 돌아가려고 뒤돌아서자, 엄마가 걱정스러운 눈빛으로 나를 쳐다봤다.

"엘리, 너, 괜찮니?"

"네, 괜찮아요."

내가 말했다. 가슴속의 불꽃이 일렁였다.

난 케이트 할머니에게 돌아갔다.

내가 손을 내밀자, 케이트 할머니가 두말 않고 손을 맞잡았다. 난 케이트 할머니를 부축해서 아빠 옆에 나란히 눕힌 다음 다리 상태를 확인했다.

난 케이트 할머니의 레깅스를 내리고 붕대를 조심스럽게 풀었다. 케이트 할머니는 여전히 말이 없었다.

상처에 꿀을 발랐는데도 여전히 퉁퉁 붓고 심하게 곪아 있었다. 오히려 전보다 악화된 것 같았다.

"아무래도 피터슨 아저씨한테 의사를 불러 달라고 해야겠어요. 그래야 꿀이 효과가 없어도 의사가 제시간에 도착할 것 같아요."

난 붕대를 다시 감싸며 말했다.

우리 둘 다 '제시간'이 무엇을 뜻하는지 잘 알았다.

"만약 꿀이 효과가 있으면? 그럼 의사가 여기까지 와서 허탕 치게 되지 않겠어?"

"어찌 됐든 대가를 요구할 거예요."

난 교환할 물건이 있는지 방을 둘러보다가 엄마의 만돌린에 시선이 머물렀다.

"안 돼. 저건 안 돼. 나 때문에 저걸 내놓다니, 절대 안 돼."

케이트 할머니가 딱 잘라 말했다.

난 케이트 할머니에게 미처 질문하지 못했던 백 가지 질문을 떠올렸다.

"라킨 오빠가 그러는데 아빠가 만돌린을 만들 때 오빠도 도와줬었대요. 오빠도 현악기 제작자가 되고 싶어 하진 않나요?"

내 말에 케이트 할머니가 눈을 감았다.

"나도 라킨한테 똑같은 질문을 한 적이 있단다. 하지만 그럴 때마다 '언젠가 그럴 수도 있죠.'라는 말만 하더구나."

난 만돌린 말고 의사에게 내줄 물건이 또 뭐가 있을까 고민했다.

"혹시 할머니한테 결혼반지가 있나요?"

"없어. 한참 전에 팔았어."

케이트 할머니가 대답했다.

라킨 오빠의 아빠가 세상을 떠난 이후 수년간의 삶이 어땠을지 상상해 봤다. 그렇지 않아도 힘든 삶이 대공황 때문에 한 층 더 고달팠을 것이다.

"의사는 우리가 대가를 지불할 방법이 없다는 걸 모를 거예요. 일단 도착하기 전까지는요."

내가 말했다.

"그렇게 의사를 속였다가는 다시는 여기 오지 않으려고 할 거야."

케이트 할머니는 손을 뻗어서 캡틴의 목덜미를 천천히 긁어 주었다.

"양치기 소년처럼 행동하면 다시는 의사를 부를 수 없게 될 거야."

"그럼 의사 없이 우리끼리 할 수 있는 모든 걸 해 봐요. 지금 당장이요. 일단 기다려 보자는 말은 하지 말고요."

케이트 할머니가 전에 시도했던 방법이 하나 떠올랐다.

"뜨거운 식초를 부어 볼까요?"

케이트 할머니가 곰곰이 생각하더니 입을 열었다.

"벌어진 상처에 식초를 부으면 어떻게 될지 잘 모르겠구나. 그리고 아까운 꿀을 흘려 보낼 수는 없잖니."

"그럼 제가 상처가 최대한 벌어지지 않게 고정시켜 놓을게요. 그러면 꿀이 흘러내리지 않을 거예요. 그런 다음에 상처 주변을…… 벽처럼 쌓아서 그 안에 식초를 채울게요. 그러면 식초가 흐르지 않고 상처에 천천히 스며들 거예요."

케이트 할머니는 말없이 나를 쳐다봤다.

난 다른 가능성도 고민해 봤다.

마침 침대 옆에 촛불이 보였지만, 예전에 촛농에 덴 기억이 떠올랐다. 케이트 할머니의 상처를 치료한답시고 새로운 상처를 내고 싶지 않았다.

난 눈을 감고 내면의 목소리에 귀를 기울였다. 그리고 마음 속으로 다른 가능성들을 하나씩 짚어 나갔다. 그러다 마침내 마음에 쏙 드는 방법이 하나 떠올랐다.

난 부엌으로 달려갔다. 엄마는 전나무 껍질을 티백에 넣고 있었다.

"엄마, 사용하지 않는 낡은 냄비가 필요해요."

내가 말했다.

엄마는 이마를 찡그렸다.

"냄비가 나무에서 절로 자란다니? 아빠한테 뭘 만들어 주려는 거니?"

"지금은 아니에요. 이건 케이트 할머니를 위한 거예요."

"클리어리 부인?"

난 엄마 표정이 전과는 확연히 달라진 걸 보고 깜짝 놀랐다.

"네, 맞아요."

내가 대답했다.

엄마가 나를 물끄러미 쳐다봤다.

불과 며칠 전만 해도 엄마는 내가 아빠를 깨우려 했다는 이유로 헛간에서 개들과 자라고 했다. 그때 내 배는 고리에 걸린 모자처럼 텅 비어 있었다. 그런데 이번에는 잠시 멈칫했을 뿐, 두말없이 검게 그을린 낡은 냄비를 가져와서 내게 건넸다.

내가 엄마의 신뢰를 얻어서 그런 건지, 아빠 대신 케이트 할머니를 치료한다고 해서 그런 건지 헷갈렸다.

그러나 아무래도 상관없다는 결론을 내렸다.

난 케이트 할머니가 누워 있는 방으로 냄비를 들고 갔다. 그러고는 나이프를 꺼내서 사슴 가죽 레깅스를 넓은 띠 모양으로 잘라 냈다.

케이트 할머니는 그런 나를 지켜보면서 아무 말도 하지 않았지만, 눈썹이 들썩이는 걸로 보아 한두 마디 하고 싶었던 것 같다. 하지만 이윽고 케이트 할머니 표정이 미소로 바뀌었다.

"라킨이 제 아빠가 현악기를 만들던 기술을 조금 가르쳐 줬나 보구나."

"네, 맞아요."

난 칼날을 소매에 문질러 닦은 다음 나이프를 다시 접어 두었다.

난 사슴 가죽을 팔에 걸치고 낡은 냄비를 들었다.

"시간이 조금 걸릴 거예요."

내가 말했다.

"팔팔 끓이면 그렇게 오래 걸리지 않아. 한 시간 정도 불 위에 올려놓으면 될 거야. 다만 쉬지 않고 계속 저을 준비가 돼 있어야지."

케이트 할머니가 슬픈 미소를 지었다.

"내가 만돌린이었다면 상황이 달라졌을 텐데. 밤새 오븐에 넣고 서서히 구우면 최고의 결과물이 나왔을 텐데."

난 '우리에겐 밤새 기다릴 시간이 없어요.'라든가 '할머니는 만돌린이 아니잖아요.'라는 말은 하지 않았다. 그 대신 이렇게 말했다.

"제가 준비하는 동안 눈을 감고 쉬고 계세요. 캡틴도 어디 안 가고 할머니 옆에 딱 붙어 있을 테니까요."

마당에 나가려고 부엌을 지나는데 에스더 언니가 엄마와 함께 있는 게 보였다.

"라킨 오빠는 좀 어때?"

내가 이런 질문을 던지고 에스더 언니가 대답하는 입장이 된 게 마음에 들지 않았다.

"라킨은 자신이 아니라 네가 할머니를 돕게 돼서 슬프고 화도 나고 수치스러운가 봐."

나만 이런 문제로 기분이 언짢았던 게 아니었나 보다.

난 당장 라킨 오빠한테 달려가서 그 기분을 이해한다고 말해 주고 싶었다. 그리고 나도 똑같이 이해받고 싶었다.

하지만 지금은 안 된다. 나중에 오빠를 찾아갈 것이다.

먼저 케이트 할머니를 돕고, 우리 아빠를 도운 뒤에 말이다. 이 모든 일이 끝나면, 라킨 오빠가 나를 먼저 찾지 않는대도 내가 라킨 오빠를 찾아갈 것이다.

"그게 뭐니?"

엄마가 내 팔에 걸린 사슴 가죽을 고갯짓으로 가리켰다.

"사슴 가죽이에요."

내가 대답했다.

"그걸로 뭘 하려고?"

엄마가 배낭을 챙기는 내게 물었다.

"말로 설명하기 힘들지만, 곧 알게 되실 거예요."

엄마는 현관문까지 쫓아와서 내가 하는 일을 지켜봤다. 난 사슴 가죽을 바닥에 깐 다음 나이프로 털을 깎아서 매끌매끌한 가죽만 남겼다.

내가 비누를 만들던 장소에서 무릎을 꿇고 불을 피우기 시작하자, 엄마는 집 안으로 들어가서 하던 일을 마저 했다. 난 불길이 너무 거세지기 전에 주변에 작은 원 모양으로 돌을 놓았다. 그 돌 위에 냄비를 올리면 불을 꺼뜨릴 염려가 없었다.

불이 거세지길 기다리는 동안 사슴 가죽을 갈기갈기 찢어서 냄비에 넣었다. 그런 다음 우물에서 떠 온 물을 조금 붓고, 냄비를 불 위에 올려놓았다.

"누나 뭐 해?"

사무엘이 난데없이 나타나서 내 그림자와 자신의 그림자를 포갰다.

"피아노를 치고 있지."

내가 대답했다.

그러자 사무엘이 콧방귀에 가까운 소리를 냈다.

"아니잖아, 누나. 요리하고 있잖아."

"알면서 왜 물어봤어?"

사무엘이 냄비 안을 들여다봤다.

"근데 저게 뭐야? 먹는 거야?"

"네가 늑대라면 먹을 수 있겠지. 아주 배고픈 늑대라면."

"하지만 난 늑대가 아닌걸."

사무엘이 미심쩍다는 듯이 대답했다. 마치 자신은 내가 요리하는 모든 걸 먹을 자격이 있고, 그러므로 당연히 달달한 요리여야 한다는 듯이 말이다.

"아교를 만들고 있어."

내가 대답했다. 물이 바글바글 끓기 시작하자, 난 막대기로 사슴 가죽을 휘휘 저었다.

"뭘 깨뜨렸어?"

사무엘이 반가운 목소리로 물었다. 이번에는 자신이 아닌 다른 사람이 무언가를 깨뜨렸다는 생각에 기분이 좋아진 모양이었다.

"아무것도 깨뜨리지 않았어. 하지만 뭘 고칠 계획이긴 해."

사무엘이 옆에 있던 나뭇가지를 집어서 불을 툭 건드렸다.

"아교 만드는 법은 어디서 배웠어? 이것도 아빠가 가르쳐 준 거야?"

난 머리를 가로저었다.

"내가 스스로 알아냈어. 내가 알아낸 방법이 틀리지만 않았으면 좋겠다."

사무엘이 인상을 팍 찌푸렸다.

"누나는 바보 같아."

사무엘이 불을 몇 번 더 푹푹 쑤셔 댔다.

"혹시 내 도움이 필요해?"

"항상 필요하지."

내가 대답했다. 사실이기도 하고, 아니기도 했다.

66

사무엘과 나는 한 시간가량 불 앞을 지키고 있었다. 사슴 가죽이 서서히 녹아서 아교로 변했다. 그러는 사이 하루가 저물고 밤이 성큼 다가왔다.

"이제 된 것 같아."

난 막대기 끝에 빗방울처럼 맺힌 아교를 보고 말했다.

"아교 양이 너무 많은데? 도대체 얼마나 큰 물건을 깨뜨렸길래 아교가 이렇게 많이 필요해?"

사무엘이 마당을 둘러보며 말했다.

"케이트 할머니한테 쓸 거야."

난 행주로 냄비를 잡고 불에서 꺼낸 다음 옆에 내려놓고 식혔다.

"마귀할멈 말이야?"

사무엘이 깜짝 놀라며 말했다.

난 고개를 끄덕였다.

"맞아."

사무엘이 놀라는 이유가 케이트 할머니를 풀로 붙인다는 발상 때문이지, 마귀할멈을 고친다고 했기 때문이 아니라는 걸 잘 알고 있다.

"밖에서 뭘 우리고 있니?"

우리가 케이트 할머니의 상태를 확인하러 집에 들어오자, 엄마가 물었다. 난 '우린다'라는 표현이 참 마음에 들었다.

"아교예요."

사무엘이 대답했다.

엄마는 질문을 더 하고 싶은 눈치였다. 그러나 말없이 뒤돌아서서 저녁을 마저 준비했다. 오늘 메뉴는 옥수수빵, 콩, 송어 한 마리 그리고…… 파이였다. 파이는 요즘 굉장히 보기 드문 메뉴였다.

"혹시 저거 파이예요?"

사무엘 눈이 휘둥그레졌다.

"파이 비슷한 거야."

엄마가 한숨을 쉬며 말했다.

"말린 블루베리, 사과, 호두 그리고 메이플시럽을 조금 넣었어. 보통 파이를 구울 때 내가 흔히 고르는 재료는 아니지만,

어쨌든 한번 구워 봤어."

"케이트 할머니를 위해서요?"

내가 물었다.

엄마는 고개를 끄덕였다.

"우리 집에 손님이 오는 일이 드물잖니."

난 케이트 할머니를 손님이라고 생각한 적은 없지만, 엄마가 그렇게 생각했다니 기뻤다.

침실 쪽을 쳐다보니까 케이트 할머니와 아빠는 둘 다 잠들어 있었다. 물론 '잠들다'라는 의미가 서로 다르지만 말이다. 두 사람은 얼핏 보기만 해도 차이가 확연했다. 케이트 할머니는 비록 잠들어 있어도 의식이 있는 게 느껴졌다.

에스더 언니는 침대 옆 흔들의자에 앉아서 두 사람과 캡틴에게 책을 읽어 주고 있었다. 곰돌이 '푸'가 등장하는 아주 훌륭한 책인데 '피글렛'이라는 돼지 친구와 다른 동물 친구도 대거 등장한다. 난 이 책을 매우 사랑했고, 여전히 사랑하며, 앞으로도 영원히 사랑할 것이다.

난 케이트 할머니가 곰돌이 푸와 피글렛을 이번에 처음 접했을지도 모른다는 생각에 질투가 났다. 마치 딸기를 처음 맛보거나 아비새의 울음소리를 처음 들은 순간처럼 말이다. 이 책은 사무엘이 태어나기 직전에 출간된 어린이책이다. 그러므로 이 책이 나왔을 때 케이트 할머니의 아들은 이미 장성한 어른이었을 것이다. 그래도 혹시 케이트 할머니가 라킨 오빠한테 이 책을 읽어 줬을지 모른다. 우리 엄마가 내게 읽어 줬듯이.

그러고 보면 에스더 언니도 내게 이 책을 읽어 주었다. 에스더 언니가 글을 막 배웠을 때 더듬더듬 한 자 한 자씩 읽어 주었다. 마치 개 옆에서 떨고 있는 고양이처럼 말이다. 그래도 아무 상관 없었다. 한 이불을 덮고 침대에 나란히 누워서 에스더 언니가 책을 읽어 줬던 순간이 가장 기억에 남는다.

에스더 언니는 문간에 서 있는 사무엘과 나를 발견하고는 책 읽는 걸 멈췄다. 난 에스더 언니가 당연히 짜증을 낼 줄 알았다. 하지만 에스더 언니는 창턱에 내려앉은 새 두 마리를 보고 잠시 책에서 눈을 뗀 것처럼 행동했다. 방해받았다기보다는 저도 모르게 눈길이 간 것처럼 말이다. 따뜻한 계절이 찾아오면 꽃봉오리가 피듯이 내 마음도 부풀었다.

그때 케이트 할머니가 눈을 감은 채 입을 열었다.

"얘야, 왜 멈췄니?"

난 케이트 할머니 목소리를 듣고 고통이 극심하다는 걸 알아챘다. 내 예상보다 고통이 심했던 것이다.

이제 더는 미룰 수 없다. 내가 뭐라도 해야 한다.

우리는 조용히 방에서 나왔다.

"마귀할멈이 이제 우리랑 같이 사는 거야?"

사무엘이 내게 물었다.

"지금 당장 같이 사는 거냐고 묻는 거라면, 맞아. 하지만 앞으로는 어떻게 될지 모르겠어."

사무엘은 내 대답이 마음에 든 모양이었다. 원체 지금 당장 뭘 하는지가 중요한 아이니까.

"식초를 좀 쓸 수 있을까요?"

난 엄마에게 물었다.

엄마는 궁금한 눈초리로 내게 물었다.

"이번에는 아빠한테 쓸 거니?"

엄마는 찬장에서 식초병을 꺼내며 물었다.

"어쩌면 나중에요. 일단 지금은 케이트 할머니한테 쓸 거예요."

"일단 지금은 저녁부터 먹자. 클리어리 부인한테 음식을 좀 갖다드리고 너도 좀 먹으렴. 그런 다음에 네 계획이 무엇이든 마음대로 하렴."

"전 배고프지 않아요."

솔직히 말하자면 배가 고팠다.

"그리고 할머니 다리를 먼저 치료해야 돼요. 일단 상처부터 해결한 다음에 할머니도 먹이고 저도 먹을게요."

엄마는 사무엘을 보고 뒤돌아섰다.

"사무엘, 가서 에스더를 불러오렴."

사무엘이 자리를 뜨자, 엄마는 굳은 얼굴로 나를 쳐다봤다.

"엘리, 난 솔직히 이 모든 일을 어떻게 받아들여야 할지 모르겠구나. 클리어리 부인이 여기 오면…… 몸도 회복되고 아빠도 도울 수 있다고 생각하는 것 같은데, 정작 의사가 필요한 사람은 부인인데 어쩌려고 이러는지 모르겠다. 엘리, 부인한테는 의사가 필요해! 야만인이 만들 법한 아교나 식초가 아니라……. 그리고 또 네 머릿속에 든 게 뭔지 모르겠지만 말이다."

엄마는 한숨을 푹 쉬었다.

"그래, 나도 인정해. 네가 아빠를 위해서…… 흥미로운 시도를 했고, 그게 나쁘지 않았다는 걸. 어쩌면 아빠에게 도움이 됐을지도 모르지. 하지만 엘리, 넌 의사가 아니야. 넌 고작 열두 살이라고! 평범한 여자애 그 이상도 이하도 아니야. 클리어리 부인은 널 다른 무언가로 생각할지 모르겠지만."

또 '다른' 것이라는 말이 등장했다. 난 기다렸다. 엄마는 지금 생각을 정리하는 중이다. 이건 엄마 스스로 해결해야 하는 문제여서 내가 도울 수 없었다.

"클리어리 부인이 벌에 쏘인 네 아빠 옆에서 살이 문드러지고 있는데 내가 여기서 엉터리 파이나 굽고 있다니, 나도 제정신이 아닌 게 틀림없구나."

엄마는 앞치마에 손을 닦으며 어깨가 들썩거릴 정도로 큰 한숨을 내쉬었다.

“하지만 내일 아침에는 다들 정신 차리고 피터슨 씨에게 의사를 불러 달라고 부탁하자.”

엄마가 내 표정을 보더니 손을 들고 제지했다.

“더 이상 왈가왈부하지 마.”

엄마는 내게 식초를 건네주었다.

난 식초를 냄비에 부었다. 이때 구름처럼 뿌연 ‘골마지’가 따라 나오지 않게 조심했다. 골마지는 다음에 식초를 새로 만들 때 필요한 곰팡이 같은 물질이다. 난 식초가 담긴 냄비를 난로에 올려놓았다. 오븐 열기가 냄비를 데워 줄 것이다.

“웩! 고약한 냄새가 여기서도 나네.”

사무엘이 부엌으로 들어오면서 오만상을 찌푸렸다. 에스더 언니도 함께 왔다.

“그냥 식초 냄새야.”

내가 말했다.

“뭐에 쓰려고?”

“너한테 쓰려고. 넌 너무 달콤해서 시큼한 맛이 좀 필요해.”

내가 말했다.

사무엘이 흠칫 놀라며 뒤로 물러섰다.

“엄마, 그게 무슨 소리예요?”

“별 의미 없어. 자, 이제 손 씻고 자리에 앉아서 저녁부터 먹어라.”

사무엘은 손을 씻는 대신 내 옆으로 미적미적 다가왔다.

“식초를 어디에 쓰려고 하는 거야?”

사무엘이 내게 다시 물었다.

“케이트 할머니한테 쓰려고.”

“아교랑 식초?”

“응, 아교랑 식초.”

“사무엘, 여러 번 말하게 하지 말고, 빨리 가서 손 씻어.”

엄마가 말했다.

하지만 내가 마당에 아교를 가지러 가자, 사무엘도 강아지처럼 쪼르르 쫓아왔다. 앤더슨 아저씨가 콰이어트를 데려가고 나면, 사무엘이 그 어느 때보다도 절실하게 필요할 것이다.

그 생각에 발걸음이 차마 떨어지지 않았다. 사무엘은 황혼이 짙게 드리운 한가운데 우두커니 서 있는 나를 올려다봤다.

“누나, 왜 그래?”

콰이어트를 잃는다는 건 상상조차 하기 싫었다. 더 이상 아무것도 잃고 싶지 않았다.

“아무것도 아니야. 얼른 들어가서 저녁 먹어. 아니면 파이를 못 먹을지도 몰라.”

오두막집으로 화다닥 달려가는 사무엘을 보면서 나도 모르게 이름을 외쳐 부를 뻔했다.

67

"처음에는 별로 안 아플 거예요."

난 침대 옆에 랜턴과 아교 냄비를 내려놓으며 말했다.

"할머니 집에서 가져온 버드나무 차가 아직 남아 있는데, 좀 드릴까요? 만약을 위해서요."

"아니야."

케이트 할머니는 말을 잠시 끊었다가 다시 이어 갔다.

"나중에는 열을 내려야겠지만, 지금은 세균과 싸우려면 열이 필요해."

케이트 할머니가 턱으로 아교 냄비를 가리켰다.

"그건 충분히 식혔니?"

난 고개를 끄덕였다.

"그런 것 같아요."

아빠를 코앞에 두고 침대 옆에 앉아서 케이트 할머니에게 집중하려니까 기분이 오묘했다. 아빠는 케이트 할머니 바로 옆에서 죽은 듯이 누워 있었다. 폐가 그렁대는 소리만이 아빠가 살아 있음을 알려 주는 유일한 신호였다. 고요한 가운데 내 가슴 어딘가에서 쿵쾅대는 심장 소리가 울려 퍼졌다.

난 다시 케이트 할머니에게 온 신경을 집중했다.

난 매듭을 풀고 케이트 할머니 다리에서 붕대를 벗겨 냈다.

"꿀벌들에게 고맙다고 인사해야겠어요."

난 허리를 숙이고 상처를 자세히 들여다보며 말했다. 고약한 냄새가 전보다 줄었지만 악취는 여전했다.

"'해야겠다'가 아니라 해야지. 그것도 매일. 꿀벌, 나무, 꽃 그리고 우리를 의사처럼 치료해 주는 모든 존재에게 말이야."

구구절절 옳은 말이었다.

"이제부터 움직이지 마세요. 아교가 제대로 달라붙어야 하거든요."

케이트 할머니가 콧방귀를 꼈다.

"그게 원래 아교의 역할 아니니? 괜히 복잡하게 그러지 말고, 그냥 상처를 싹 닦아 내고 붕대로 다시 감아 버리는 게 어떻겠니?"

케이트 할머니는 어떻게 하든 결과는 똑같을 거라는 말투였다. 그러나 난 아랑곳하지 않고 등받이에 기대앉은 채로 냄비를 손에 들고 케이트 할머니에게 내밀었다.

"처음에는 식초를 붕대 위에 조금씩 부을까도 생각했어요. 그러면 상처가 단단하게 아물린 상태에서 하루나 이틀 축축하게 유지될 테니까요. 하지만 상처를 식초로 푹 적시는 게 낫겠다는 생각이 들더라고요. 식초가 안쪽까지 충분히 스며들어야 꿀이 눅진해지면서 상처 깊숙이 침투할 것 같아요. 상처를 철저하게 다시 소독하지 않으면 살이 또 썩어 들어갈지도 몰라요. 이 상태에서 더 이상 퍼지지 않게 막아야죠."

난 상체를 더 깊숙이 숙이며 말했다.

케이트 할머니가 지친 얼굴로 미소를 지었다.

"정말 고민을 많이 했구나."

산꼭대기에서 케이트 할머니가 내게 했던 말이 생각났다. 마귀할멈은 책도 안 읽을 것처럼 보이느냐고 내게 물었다.

"열두 살짜리 여자애치고 생각이 참 많죠?"

케이트 할머니는 습관처럼 콧방귀를 꼈다.

"누구한테라도 똑같이 말했을 거야."

난 케이트 할머니의 상처 주변에 아교를 원 모양으로 쌓았다. 그리고 냄비를 휘저으면서 아교가 적당하게 굳기를 기다렸다. 잠시 기다리는 동안 라킨 오빠가 어디 있을까 생각했다. 라킨 오빠가 빨리 돌아왔으면 좋겠다. 마음속 원망도 하루빨리 사라지길 빌었다.

케이트 할머니를 누가 여기에 데려왔는지 따지기보다 빨리 치료하는 게 급선무였다.

케이트 할머니 옆에 최대한 가까이 붙어 있던 캡틴은 앞발을 들어서 침대에 올리고 꼬리를 바짝 세웠다. 머리를 뒤로 젖힌 다음 입을 쩍 벌리고 하품을 크게 했다. 그리고 몸을 탈탈 털더니 기대에 찬 눈빛으로 나를 쳐다봤다.

"캡틴, 밖에 나가고 싶니?"

"나가고 싶으면 문 쪽으로 갈 거야. 그리고 네가 저녁 식사를 끝내면, 자신도 먹을 것을 달라고 조를 거야."

케이트 할머니가 눈을 감은 채 말했다.

난 좀 전에 원 모양으로 쌓아 둔 아교 위에 또 아교를 얹었다. 판판한 막대기를 지지대 삼아서 모양을 다듬었지만, 별로 깔끔해 보이지는 않았다.

"아교를 좀 바른다고 통증이 사라지는 것도 아닌데, 이상하게 몸이 괜찮아지는 것 같구나."

케이트 할머니가 말했다.

난 미소를 지었다.

"저도 아플 때 엄마가 돌봐 주는 게 참 좋았어요. 눈을 감고 침대에 누워서 엄마가 주변을 돌아다니는 소리를 가만히 듣고 있었죠. 엄마가 찬물에 적신 손수건을 이마에 올려 줄 때면, 이 정도면 아파도 좋겠다는 생각이 절로 들었어요."

난 마지막으로 아교를 한 층 더 쌓아 올렸다.

케이트 할머니가 한숨을 쉬었다.

"내가 간호사였을 때 돌보던 환자도 그런 생각을 했으면 참 좋겠구나."

"에스더 언니한테 물어보세요."

난 퍼뜩 놀라며 말했다.

케이트 할머니 얼굴에 미소가 흘렀다.

"뜨거운 식초 냄새가 나는구나."

내 코끝에도 식초 냄새가 날카로운 유리 조각처럼 스쳤다.

케이트 할머니가 힘겹게 눈을 떴다.

"식초를 부으면 아교가 녹지 않을까?"

"조금은 그럴 수 있는데 많이 녹아내리진 않을 것 같아요. 설령 녹아도 상관없어요."

지저분해져도 아무 상관 없다. 케이트 할머니는 고개를 들고 나를 지켜봤다. 한동안 정적 속에서 아교를 쌓고 입으로 후후 부는 작업을 했다. 아교가 굳으면서 매끈하고 단단한 막이 생겼다. 마침 엄마가 문간에 들어서며 우리에게 말을 걸었다.

"전나무 차를 가져왔어요."

전나무 향기가 식초 냄새와 어우러져서 겨울철 온실 정원에 들어온 듯한 환상을 불러일으켰다. 아교 냄새가 짙게 풍기는 바람에 환상도 오래가지 못했지만 말이다.

엄마는 찻잔 두 개를 들고 와서 창틀에 내려놓았다. 엄마는 시선을 돌리며 내가 케이트 할머니 다리에 무슨 짓을 했는지 외면하려고 애썼다.

"뭐 필요한 건 없어요?"

"있어요. 제가 데워 놓은 식초를 지금 갖다줄 수 있어요?"

내가 물었다. 엄마는 한동안 가만히 있더니, 잠자코 식초를 가지러 갔다. 얼마 뒤 엄마가 김이 모락모락 피어오르는 식초 냄비를 들고 다시 나타났다.

"네가 뭘 하려는지 도통 모르겠……."

침대로 다가오던 엄마가 케이트 할머니의 상처를 발견하고는 화들짝 놀라서 냄비를 떨어뜨릴 뻔했다.

"세상에! 엘리, 도대체 무슨 짓을 한 거니?"

엄마가 내게 속삭였다.

"여기예요. 냄비를 침대 옆 바닥에 놓아 주세요. 국자도 좀 갖다주실래요? 깨끗한 행주도 두어 개만 부탁해요."

엄마는 불안한 눈빛으로 우리를 쳐다봤다. 그러나 이내 의심쩍은 시선을 거두고 내가 퉁퉁 부어오른 상처 주변에 쌓은 아교 벽을 자세히 들여다봤다.

"여기 안에 뜨거운 식초를 부을 생각이니?"

"맞아요. 먼저 피부가 데지 않게 식초를 살짝 식히려고요. 그런 다음에 식초를 조금씩 부어 꿀과 함께 스며들게 해서 상처를 소독하려고요."

엄마가 케이트 할머니를 쳐다봤다.

"이것도 부인이 가르쳐 준 건가요?"

"아이고, 아니에요. 엘리의 아이디어예요. 오히려 제가 초반에 일을 그르쳐서 이 지경까지 오게 된걸요. 아예 엘리한테 맡겼으면 지금쯤 펄펄 날아다녔을 텐데요."

"그래도 처음에는 제가 불에 달군 끌로 할머니를 지지려고 했는걸요."

내가 말했다.

그 말에 엄마가 움찔하며 냄비를 바닥에 내려놓았다.

"하지만 이런 일을 벌일 정도로 심각한 상황이라면 의사를 부르는 게 낫지 않을까요?"

난 케이트 할머니 표정을 살폈다. 의사가 하루, 이틀 아니면 사흘이 지나서 올지도 모르고, 만약 오더라도 케이트 할머니 상태가 이미 좋아졌을 수도 있고, 아니면 너무 늦어서 손쓸 수 없는 상태일 수도 있다. 그런 사람한테 돈을 주네 마네 하는 문제로 또 말씨름하고 싶지 않은 눈치였다.

"우리에겐 이미 의사가 있잖아요."

케이트 할머니가 턱짓으로 나를 가리키며 말했다.

"그리고 난 간호사예요. 잊지 않았죠? 우리에게 약이 없긴 하지만, 인류는 수천 년을 약 없이도 잘 이겨 냈어요."

우리 중 어느 누구도 '약이 없어서 죽기도 했죠.'라는 말을 차마 하지 못했다. 모두 같은 생각을 하고 있었겠지만 말이다.

"부인이 그렇게 확신한다면……."

엄마가 말했다. 케이트 할머니가 고개를 끄덕였다. 우리는 엄마가 필요한 도구를 가져오길 기다렸다. 엄마는 침실로 다시 돌아와서 잠시 멈칫했다. 그리고 뭔가 할 말이 있다는 듯한 표정을 지었다.

난 우리 엄마를 잘 안다. 엄마는 여전히 갈등하는 중이었다. 하지만 마귀할멈은 다른 누구도 아닌 클리어리 부인이다. 고통의 비명을 지르게 한 에스더 언니 귓병도 낫게 도와준 간호사다. 그리고 나는 아빠가 손을 움찔하고, 눈동자를 움직이고, 신음을 내뱉게 한 장본인이다. 찰나의 순간이라도 아빠가 눈을 뜨게 만드는 데 기여한 사람인 것이다.

난 엄마를 보고 미소를 지었다. 내 가슴속의 불꽃이 이토록 눈부시게 타오르고 있는데 엄마는 왜 내 눈동자에 비친 불꽃을 알아차리지 못할까? 그러나 엄마도 마침내 불꽃의 뜨거운 열기를 느꼈는지 이렇게 말했다.

"나한테는 이 모든 상황이 낯설기만 해. 솔직히 하나도 이해가 안 돼. 그래도 그동안 모질게 굴어서 미안하구나."

난 라킨 오빠의 엄마를 떠올렸다. 에스더 언니, 케이트 할머니 그리고 나 자신까지도.

"아빠가 수개월째 잠들어 있는데 엄마 심정이 어떻겠어요?

그리고 엄마 말이 맞아요. 전 의사가 아니라 열두 살짜리 여자애예요. 그러니까 엄마, 괜찮아요."

이 말을 토해 내고 나서야 비로소 내가 오랫동안 염원해 오던 엄마 얼굴을 다시 볼 수 있었다.

엄마가 방에서 나가자, 난 문을 닫고 침대 앞에 섰다.

"그때 정말 끌로 나를 지지려고 했어?"

케이트 할머니가 물었다.

라킨 오빠도 며칠 전에 똑같은 질문을 던졌다. 그때의 대답과 같은 일은 실제로 벌어지지 않았지만.

난 어깨를 으쓱했다.

"그때는 다른 방법을 몰랐어요."

"네가 그래야 하는 상황까지 가지 않아서 정말 다행이라고 생각해."

"저도요. 만약 그랬으면 지금보다 상황이 더 심각해졌을 거예요."

"그래, 하지만 그런 일은……."

케이트 할머니는 잠시 멈추고 말을 골랐다.

"네가 절대 할 필요가 없는 일이야."

"제가 열두 살이라서요?"

그 말에 케이트 할머니가 실망한 표정을 지었다. 아니, 상처

받았다는 표현이 더 맞았다.

"다른 대안이 있다면, 어느 누구도 그런 방법을 쓰면 안 돼."

만약에 '다른' 대안이 있다면 말이다.

"이것도 마찬가지야. 뜨거운 식초 말이야. 지금 네가 하려는 이 일도 앞으로 살면서 다시는 하지 말아야 해."

난 고개를 끄덕였다.

"저도 그러길 바라요."

이번에도 내가 평생 기억 속에 간직할 케이트 할머니 얼굴을 볼 수 있었다.

"어떻게든 방법을 알아낼 거예요. 이렇게 할 줄 아는 게 하나 더 생겼네요."

내가 말했다. 케이트 할머니 얼굴에 미소가 번졌다.

"바로 몇 시간 전까지만 해도 너희 아빠한테 스컹크 냄새를 맡게 하고 겨자무를 먹인다는 이야기를 하고 있었는데."

"그랬죠."

"그런데 지금은 이러고 있구나."

케이트 할머니가 다리를 가리키며 말했다.

그 말에 전나무 진액을 아빠 상처에 바르는 대신 스코치의 말발굽에 쓰라고 내줬던 일이 생각났다. 달걀을 스컹크를 꾀어내는 데 쓰지 않고 메이지에게 먹였던 일, 벌집의 꿀을 내 '약물'에 넣지 않고 벌들에게 남겨 둔 일, 아빠 곁에 남지 않고 산꼭대기에서 보냈던 시간이 차례로 떠올랐다.

"엄마는 아빠가 깨어나든 안 깨어나든 제가 하는 일과 무관하다고 생각해요."

내가 말했다.

"그게 진실인 것 같니?"

케이트 할머니가 좀 전에 진실에 대해 이야기했던 내용을 떠올렸다.

"진실이 뭔지 말해 보세요."

케이트 할머니는 미소만 지을 뿐, 아무런 대답도 하지 않았다. 난 한 번도 입 밖에 내지 않았던 생각을 말로 표현해 보려고 애썼다.

"제가 하나를 위해서 한 행동이 결국 모두를 위한 일이 된다고 생각해요."

내 생각을 정확히 표현하기가 힘들었다.

"전 이걸 해낼 자신이 있어요."

난 케이트 할머니의 상처를 바라보며 말했다.

"그러니까 할 거예요. 그리고 이것이…… 지금 이상의 것이 되리라는 예감이 들어요."

케이트 할머니는 아무 대꾸도 하지 않았다. 케이트 할머니가 내 말을 이해했는지 모르겠지만, 그래도 이해했으리라고 믿었다.

68

난 국자로 식초를 떠서 케이트 할머니의 상처에 조금씩 부었다. 캡틴은 케이트 할머니의 신음 소리에 함께 괴로워했다. 상처에 스며들고 남은 식초가 아교로 만든 벽 안에 서서히 고이기 시작했다.

식초 열기에 벽이 살짝 녹아내렸다. 그러나 약간 눅눅해졌을 뿐, 피부에 착 들러붙어서 식초가 밖으로 새어 나가지 않게 잘 버텨 주었다.

식초가 살짝 새어 나오면, 내가 헝겊으로 잽싸게 닦아 냈다.

"성공적이구나."

케이트 할머니가 주먹을 꽉 쥐고 이를 악문 채 말했다.

"괜찮으세요?"

"괜찮아. 괜찮을 거야."

케이트 할머니가 힘겹게 말했다.

잠시 뒤, 엄마가 확인차 잠시 방에 들렀다.

"둘 다 아직 저녁을 먹지 않았잖아요."

난 엄마를 올려다봤다.

"엘리, 가서 뭐라도 먹으렴. 네가 올 때까지 엄마가 클리어리 부인 곁에 있을게."

"내 기억 속에서 거의 잊힌 이름이군요. 그래도 우리 남편은 잊지 않았죠. 얼마나 고루한 양반이었는지 몰라요."

케이트 할머니는 미소를 지으려고 애썼지만 매우 힘겨워 보였다.

"클리어리 의사는 철두철미하게 클리어리 의사로 살았죠. 하지만 아무도 듣지 않을 때는 나만의 '레지'로 돌아왔죠."

엄마가 나를 쳐다봤다.

"우리는 모두 하나 이상의 모습을 갖고 있죠."

엄마는 침대 반대편으로 돌아가서 허리를 숙여 아빠 이마에 키스를 하고 뺨을 어루만졌다.

"엘리, 이제 가 보렴. 가서 저녁 먹어야지. 그리고 돌아올 때 아빠한테 줄 죽도 가져오렴. 클리어리 부인의 저녁 식사도 챙겨 오고."

"오, 난 신경 쓰지 말아요. 어차피 입맛도 별로 없는걸요."

케이트 할머니가 말했다.

"입맛이 없겠지만 그래도 몸을 회복하려면 에너지가 있어야죠. 아니면 죽이라도 조금 먹어 보세요."

난 부엌으로 가서 저녁을 먹었다. 내가 이제껏 먹어 본 송어 중에 최고일 거라는 사무엘의 말이 맞았다. 물론 배고픈 게 크게 한몫했겠지만 말이다.

난 방으로 돌아가기 전에 사무엘에게 잠시 들렀다. 어찌나 깊게 잠들었는지 내가 뺨에 키스를 해도 조금도 뒤척이지 않았다. 그리고 에스더 언니에게도 들렀다. 에스더 언니는 침대 등불 아래에서 책을 읽고 있었다.

"언니는 참 상냥한 것 같아. 아빠한테 매일 책을 읽어 드리잖아."

에스더 언니가 깜짝 놀라며 나를 올려다봤다.

"그럴지도 모르지. 하지만 엘리, 사실 나 자신을 위해서 읽을 때가 더 많아."

에스더 언니가 책을 무릎에 내려놓았다.

"나 자신이 쓸모없다고 느껴지는 건 끔찍하거든."

나도 그 기분을 잘 안다. 하지만 춥고 긴 세월을 거치면서 아빠가 오그라들고 희미해지는 동안 에스더 언니가 어떤 기분일지 미처 헤아리지 못했다. 우리는 금빛 어둠 속에서 서로를 마주 봤다.

"언니, 잘 자."

내가 말했다.

에스더 언니가 다시 책을 집어 들며 말했다.

"클리어리 부인을 발견한 게 내가 아니라서 정말 다행이야."

"하지만 언니도 할머니를 발견했는걸. 내가 처음 발견했을 뿐이지."

내가 대답했다.

난 케이트 할머니한테 저녁 식사를 갖다주었다. 말린 블루베리, 사과, 호두, 메이플시럽을 넣은 파이와 사슴 고기 죽이었다. 캡틴에게는 남은 송어에 옥수수빵의 부드러운 갈색 밑면을 얹어서 줬다.

아빠에게는 죽만 갖다줬다.

엄마는 아빠에게 죽을 새 모이만큼 조금씩 먹였다. 케이트 할머니도 내가 소량씩 떠 주는 죽을 홀짝홀짝 먹었다. 그러나 파이만큼은 우적우적 씹어 먹었다.

"내 나이에 새로운 종류의 파이를 만나는 건 놀라운 축복이지. 파이에 이런 재료가 들어갈 거라고 생각도 못 했는데, 정말 멋진 조합을 만들어 냈군요. 특히 바삭바삭한 껍질 부분에서 느껴지는 버터의 풍미가 일품이에요."

엄마 얼굴에 미소가 번졌다.

"거짓말이 서투르시네요. 그래도 감사해요."

엄마가 찻잔, 접시 그리고 식초 냄비를 챙기며 말했다.

"식초를 다시 데워 줄까?"

"네, 한 번만 더 하면 돼요. 그리고 아침까지 기다리면 될 것 같아요."

내가 말했다.

'여전히 내일 아침에 의사를 부를 생각인가요?'

엄마가 내 얼굴에 쓰인 질문을 읽었는지, 이렇게 대답했다.

"그럼 됐어, 엘리. 어떻게 될지 한번 기다려 보자."

그리고 엄마가 자리를 떴다.

"넌 엄마를 쏙 빼닮았구나. 전혀 다른 면도 있지만, 그렇지 않니?"

이번에도 질문인 듯 질문이 아닌 말을 했다.

그래도 질문형으로 말했으니까, 나도 대답했다.

"네, 엄마랑 저는 전혀 달라요. 하지만 엄마가 어렸을 때는 어땠을지 모르겠어요. 제가 커서 어떻게 될지 모르겠고요. 그러니까 엄밀히 말하자면 아는 게 거의 없는 셈이죠."

케이트 할머니가 졸린 눈으로 나를 한참 동안 응시했다.

"넌 아는 게 제법 많아, 엘리."

"엄마가 에스더 언니를 낳기 전의 모습을 보고 싶어요. 저나 사무엘을 낳기 전의 모습도요. 엄마가 그때는 어땠는지 궁금해요."

"흠, 물론 달랐겠지. 그리고 아빠랑 결혼하기 전에도 지금과 달랐을 거야. 저 만돌린을 처음 집었을 때도 그 전과 달랐을 테고. 만돌린을 다시 내려놓았을 때도 마찬가지고."

케이트 할머니는 눈을 살포시 감았다.

"오늘의 태양은 언제나 어제와 다른 모습으로 떠오른단다. 완전히 똑같을 수가 없지. 그리고 내일의 태양도 오늘과 다른 모습으로 떠오르지. 그래도 태양은 여전히 태양이야. 만약 태양이 없다면 우리는 추위에 떨게 될 거야."

그때 엄마가 식초를 들고 방으로 들어왔다. 엄마는 우리 넷에게 잘 자라는 인사를 했다.

"엄마, 제 침대에서 주무세요. 전 개들과 함께 자는 게 좋거든요."

난 엄마에게 말했다.

그 말을 들은 엄마의 입가에 쓸쓸한 미소가 어리자, 난 재빨리 말을 덧붙였다.

"강아지들과 함께 자는 건 행복한 일이에요."

우리는 그렇게 하기로 결정하고, 엄마는 등불 빛 그득한 이곳에 우리를 남기고 내 침대로 향했다. 등불 빛 너머로 온 세상이 사라져 버린 듯했다.

난 식초를 살짝 식힌 다음 국자로 조금 떠서 케이트 할머니 다리에 천천히 부었다.

우리는 식초가 상처에 스며들길 잠잠히 기다렸다. 식초가 아직 피부 위에 흥건히 고여 있었다.

"지금은 이 정도면 충분할 것 같아요."

내가 말했다.

케이트 할머니는 몹시 지쳐 보였지만, 전보다는 안색이 편안해 보였다. 조금은 나아진 듯싶었다.

난 상처를 그대로 열어 둔 채 깨끗한 천으로 케이트 할머니 다리를 감싸고 이불을 덮어 주었다. 그리고 침대 반대편으로 돌아가서 아빠 귀에 대고 부드럽게 속삭였다.

"아빠를 위해서도 제가 무언가를 할 수 있었으면 좋겠어요."

"내 생각에는 네가 이미 한 것 같다만. 아까 그런 뜻에서 한 말 아니었니?"

난 내가 무슨 말을 했는지 돌이켜 봤다.

"하나를 위한 행동이 결국 모두를 위한 행동으로 이어진다는 말이요?"

"그래."

"제가 할머니를 위해서 뭔가를 한다면, 다른 사람도 아빠를 위해서 뭔가를 할지도 몰라요."

"내가 할 거야. 내가 할 수만 있다면, 가능하기만 하다면."

그러나 결국 아빠를 도와준 사람은 케이트 할머니가 아니었다.

69

그날 밤, 강아지들과 보금자리에 누워 있는데 엄마가 나를 부르는 소리가 들렸다. 난 귀뚜라미처럼 벌떡 일어나서 헛간 밖으로 나갔다. 아빠나 케이트 할머니에 대한 이야기는 아닐 거라는 예감이 들었다.

“캡틴 때문이야. 캡틴이 날 깨우러 왔는데, 밖에 나가고 싶은 건 아닌가 봐. 뭘 원하는지 모르겠어. 침대에 누우면 내 옆에 다시 와서 자리를 떠나지 않아. 계속…… 내 귀에 대고 노래를 불러.”

난 졸린 눈을 비볐다.

“노래를 한다고요?”

“내 귀에 대고 대왕 모기처럼 앵앵거려.”

엄마가 나를 끌고 집 안으로 들어가더니 문을 닫았다. 캡틴이 눈을 보름달처럼 뜨고 어둠 속에 우두커니 서 있었다.

"케이트 할머니 때문이 아닐까요? 혹시 확인해 보셨어요?"

내가 엄마에게 물었다.

"물론 확인해 봤지, 엘리. 밤중에 저런 개가 찾아오면, 당연히 주인의 상태를 먼저 확인하게 되지. 하지만 부인은 곤히 잠들어 있었어. 열은 아직 있지만 심해지진 않았어."

엄마는 허리를 굽혀서 캡틴 얼굴을 자세히 들여다봤다.

"나를 따라서 부인을 보러 오더니, 내가 나가니까 다시 따라 나왔어. 캡틴이 뭘 원하는지 도무지 모르겠어."

불현듯 캡틴이 느끼는 걸 나도 느꼈다. 캡틴이 아는 걸 나도 알게 됐다. 그 순간 캡틴이 나와 매우 닮았다는 걸 깨달았다. 자장가와 외침으로 가득한 영혼. 이 개의 영혼도 절반으로 쪼개진 동시에 둘로 늘어나 있었다.

내가 다가가서 목덜미를 긁어 줘도 꿈쩍도 하지 않았다.

"무슨 노래를 부른 거니? 무슨 일이니, 캡틴?"

하지만 캡틴은 내가 아니라 엄마에게 시선을 고정했다.

"아무래도 엄마와 관련된 일인가 봐요."

난 옆으로 물러났다.

엄마가 손을 내밀자, 캡틴은 엄마 손바닥에 코를 대고 핥기 시작했다.

그리고 엄마를 위해 아껴 두었던 노래를 다시 불렀다.

난 캡틴을 만난 이래로 한 번도 저런 소리를 들어 본 적이 없다. 가끔 울부짖거나 짧게 낑낑대거나 두어 번 으르렁댄 것이 전부다.

이건 으르렁거리는 소리와 거리가 멀었다.

캡틴은 몸을 돌려서 케이트 할머니와 아빠가 잠들어 있는 침실로 향했다. 난 엄마가 발걸음을 옮길 때까지 기다렸다. 그리고 나도 그 뒤를 따라갔다.

이제 막 떠오른 여명처럼 어슴푸레한 등불 빛은 짙게 깔린 어둠을 쉬이 걷어 내지 못했다.

난 심지를 돋운 다음 등불을 높이 들었다.

모든 것이 괜찮아 보이는데도 캡틴은 노래를 멈추지 않았다. 노래를 부르는 내내 케이트 할머니가 아니라 엄마 곁에서 떨어지지 않았다.

"뭔가 잘못된 거니?"

엄마가 작은 소리로 내게 물었다. 엄마는 다시 허리를 숙이고 캡틴과 눈을 마주쳤다.

"네가 원하는 게 뭔지 모르겠어."

난 자장가는 이제 안 된다고 말했지만, 캡틴은 동의하지 않는 모양이었다.

캡틴이 부르는 노래는 필시 엄마를 위한 자장가였다.

갑자기 캡틴이 엄마를 떠나서 아빠가 있는 침대 쪽으로 다가갔다. 그리고 아빠 얼굴에 코를 갖다 댔다.

우리는 캡틴을 쳐다봤다.

캡틴은 엄마를 쳐다봤다.

한동안 노래를 부르면서 엄마를 응시했다.

그러더니 아빠를 돌아보고 *왕* 하고 크게 울부짖었다.

고막을 찢을 듯한 우렁찬 소리에 심장이 멎을 뻔했다.

캡틴이 짖는 소리는 처음 들었다.

"뭐야! 캡틴, 무슨 일이야?"

케이트 할머니가 놀라서 경기를 일으키며 소리쳤다.

왕! 캡틴이 또 벽력같이 짖었다.

"캡틴!"

나도 소리를 질렀다.

왕! 캡틴은 아까보다 훨씬 거세게 짖어 댔다.

엄마가 양손으로 귀를 틀어막았다.

"무슨 일이야? 왜 저렇게 짖는 거야?"

사무엘이 자빠질 것처럼 뛰어 들어왔다.

왕! 캡틴이 네 번째 울부짖음을 토해 냈다.

그때였다. 아빠가 가까스로 고개를 반대쪽으로 돌렸다.

"아아! 캡틴, 잘했다, 잘했어!"

난 한달음에 침대로 달려갔다.

"무슨 일이야?"

에스더 언니도 부스스한 얼굴로 달려와서 소리쳐 물었다.

"믿을 수가 없구나! 캡틴은 내 아들이 죽은 이후로 한 번도 짖지 않았거든."

케이트 할머니가 경이에 찬 목소리로 말했다.

내 가슴속의 불꽃이 더욱더 거세게 타올랐다.

난 옆으로 비켜서서 엄마를 아빠 쪽으로 끌어당겼다. 사무엘과 에스더 언니도 아빠 곁으로 떠밀었다.

왕! 캡틴이 또 목청껏 울부짖었다.

아빠가 몸을 움찔거렸다.

"오, 잘한다, 캡틴!"

내가 말했다.

그 말에 캡틴이 아까보다 더 우렁찬 목소리로 노래를 부르기 시작했다. 캡틴을 이해한 건 나지만, 캡틴은 내가 아니라 엄마를 바라보며 노래를 불렀다.

"오, 정말 착하구나. 캡틴, 넌 정말 멋지고 훌륭한 개야."

내가 말했다.

캡틴은 엄마에게 시선을 고정한 채 노래를 멈추지 않았다.

"뭘 원하는 거니?"

엄마가 당혹감에 뺨과 목과 손이 벌겋게 물들었다.

난 구석으로 걸어가서 아빠가 잠든 이후 한 번도 연주하지 않은 엄마의 만돌린을 집어 들었다.

"아아! 어여쁘고 아름다운 녀석."

케이트 할머니가 부드러운 목소리로 말했다.

난 케이트 할머니가 캡틴에게 한 말이 아니라고 생각했다. 물론 케이트 할머니도 캡틴의 행동을 이해했겠지만 말이다.

난 엄마에게 만돌린을 내밀었다.

엄마는 만돌린을 받아 들었다.

케이트 할머니는 꽃망울을 터뜨리기 직전의 장미를 바라보는 눈빛으로 엄마를 지켜봤다.

우리 모두의 시선이 엄마에게 집중됐다.

엄마는 아빠를 한 번 쳐다보고 캡틴의 노래를 듣더니 만돌린 줄을 부드럽게 튕기기 시작했다. 만돌린의 길쭉한 목에 달린 줄감개를 돌려 가며 한 줄씩 음을 맞췄다. 에스더 언니는 물론 사무엘마저도 움직이지 않았다. 케이트 할머니 입가에 미소가 피었다.

왕! 캡틴이 아빠를 보고 또 짖었다. 낭랑한 울음소리가 쨍쨍하게 울려 퍼졌다. 이번에는 엄마를 돌아보고 노래를 불렀다.

마침내 엄마의 연주 소리가 은은하게 흐르기 시작했다. 난 엄마를 보고, 또 보고, 또 바라보았다. 아주 오랫동안 듣지도 못하고, 차마 이름조차 부르지 못했던 소리였다. 너무나도 달콤하고 애처롭고 경이로운 선율에 캡틴마저 전율하며 노래를 흥얼거렸다. 우리도 모두 아이처럼 천진난만한 미소를 지었다.

우리는 음악이 선사한 찰나의 순간에 속절없이 빠져들었다.

크리스마스 아침을 맞이하듯 아빠도 마침내 눈을 떴다.

우리에겐 아빠가 선물이었다.

아빠는 아무 말도 하지 않았다. 그때처럼 한마디도 하지 않았다. 그러나 나와 눈이 마주쳤을 때, 난 아빠가 마침내 돌아왔음을 느꼈다. 아빠가 예전과 똑같은 눈빛으로 나를 쳐다봤을 때, 아빠가 마침내 우리 곁에 돌아왔음을 감지했다.

아빠가 드디어 눈을 뜨고 나를 바라봤을 때, 나도 아빠 곁에 있었다.

70

그날 밤, 우리는 모두 한숨도 자지 않았다.

우리는 침대를 둘러싸고 아빠가 눈을 깜빡이고 숨을 내쉬면서 천천히 깨어나는 모습을 지켜봤다. 아빠가 완전히 깨어났다는 희망과 다시 잠들어 버릴지도 모른다는 두려움 사이에서 감정이 널뛰었다.

캡틴은 다시 잠잠해진 상태에서 케이트 할머니 곁으로 돌아갔다. 사무엘은 침대 발치에 엎드려서 호랑이 무늬 개와 검은 뱀에 대한 노래를 만들었다. 에스더 언니와 엄마는 조곤조곤 이야기를 나누며 침대 주변을 서성였다. 난 케이트 할머니의 상처를 확인하고 차를 먹였다. 그리고 아빠에게는 "괜찮아요. 아빠, 이제 괜찮아요."라고 말하고, 또 말했다.

마침내 동이 틀 무렵, 아빠가 엄마를 향해 힘겹게 고개를 돌리고 컬컬한 목소리로 입을 열었다.

"무슨 일이 있었던 거야?"

일순간 아무도 대답하지 못했다. 엄마는 울음을 왈칵 터뜨렸고, 사무엘은 케이트 할머니한테 아빠를 어떻게 고쳤느냐고 물었다.

잠시 뒤 모두가 흥분을 가라앉힌 상태에서 에스더 언니가 입을 열었다. 내가 예상했던 답변이었다.

"아빠가 나무를 베고 있는데 엘리가 나무가 쓰러지는 길목에 서 있었던 거예요. 그래서 아빠가 엘리를 구하려다가 그만 나무에 깔리고 말았어요."

"에스더, 그만 조용히 해."

엄마가 말했다.

"아! 엘리를 탓하려던 게 아니었어요. 엘리는 아직 어린아이일 뿐인걸요."

에스더 언니가 말했다.

나도 토끼를 쫓던 사무엘을 보면서 에스더 언니와 똑같은 생각을 했다.

에스더 언니는 그저 자신이 진실이라고 생각하는 바를 이야기했을 뿐이다. 충분히 진실처럼 생각되기도 하고, 실제 진실이기도 하니까.

하지만 아빠가 나를 똑바로 쳐다보며 "엘리 때문이 아니야."라고 말하는 순간, 가슴 한구석이 뻥 뚫리면서 쾌재를 부르고 싶은 나 자신을 발견했다.

"하지만 사실인걸요."

내가 말했다.

사무엘은 작은 머리를 아빠 가슴에 얹고 우리가 하는 말을 하나도 놓치지 않고 듣고 있었다. 난 아빠와 마주 보고 있었지만, 신경은 온통 사무엘에게 쏠려 있었다.

"에스더 언니 말이 맞아요."

아빠 미간에 깊은 주름이 파였다. 아빠는 한참 동안 내 시선을 놓치지 않았다. 할 말이 더 남은 듯 보였지만, 잠자코 사무엘 머리에 손을 얹고 고개를 천천히 끄덕였다. 그리고 내게 희미한 미소를 지어 보였다.

나도 아빠에게 미소를 보냈다.

아빠는 자신의 옆에 누워 있는 사람이 누구인지 돌아봤다. 몸을 뒤로 젖히고 케이트 할머니 얼굴을 보더니 눈이 휘둥그레졌다.

"당신은……."

"캐서린 클리어리예요. 베델 병원의 간호사였죠."

케이트 할머니는 턱으로 에스더 언니를 가리키면서 말을 이었다.

"저기 에스더가 귓병에 걸려서 우리 병원에 왔었죠."

"하지만 당신은……."

"네, 마귀할멈이죠. 저도 알아요."

케이트 할머니가 이번에는 턱으로 나를 가리켰다.

"당신 딸인 엘리가 오두막집에서 홀로 앓고 있던 나를 발견했답니다. 그때부터 나를 돌봐 줬어요."

엄마가 아빠 손을 쓰다듬었다.

"그리고 엘리가 당신도 돌봐 줬어요."

그날 이후 며칠 동안 우리는 아빠와 케이트 할머니를 치료하고 우리 자신도 추스르는 데 전념했다.

아빠가 깨어난 다음 날 아침, 엄마는 아빠 옆에 앉아서 메이플시럽을 넣은 죽을 조금 떠먹였다.

"우리 집에 메이플시럽이 있는 줄 알았으면, 더 빨리 일어났을 텐데."

아빠가 침대에 기대앉은 채로 말했다.

아빠는 목을 오랫동안 사용하지 않은 탓에 여전히 쉰 소리를 냈고, 고개를 잘 가누지 못해서 얼굴이 살짝 앞으로 기울어 있었다.

케이트 할머니는 아빠를 흐뭇하게 바라봤다.

"당신을 보니까 우리 아들이 생각나요. 아들은 항상 날 웃게 했죠."

케이트 할머니가 캡틴의 목덜미를 긁으며 말했다.

난 케이트 할머니 다리를 치료하는 데 더 많은 시간을 할애

했다. 가죽 아교를 긁어내고, 상처를 열어서 꿀을 닦아 내고, 식초를 새로 부어서 상처를 빈틈없이 소독했다.

케이트 할머니는 산성인 식초가 생살에 닿는 고통에 신음을 토해 냈다. 그 소리를 듣고 캡틴이 다가왔다. 사무엘도 문간에 서서 "누나, 제발 마귀할멈 좀 그만 아프게 해."라고 잔소리를 해 댔다.

"얘야, 괜찮아. 엘리는 나를 새것처럼 고치려는 것뿐이야."

케이트 할머니가 나서서 사무엘을 말렸다.

사실 다리를 치료하는 과정은 우리 둘 모두에게 쉽지 않은 일이었다. 목소리를 되찾은 캡틴도 가만히 지켜보기 힘들었는지, 케이트 할머니가 비명을 지를 때마다 크게 짖거나 웅얼거렸다.

케이트 할머니의 상처는 조금씩 나아졌고 열도 차츰 내렸다. 이윽고 다른 건 필요 없이 붕대 한 겹만 동여매도 충분할 정도로 다리가 회복됐다.

그래도 난 혹시나 덧나지 않을까 걱정되는 마음에 다리를 확인하고 또 확인했다.

내가 그럴 때마다 아빠가 나를 쳐다보는 시선이 느껴졌다.

"그렇게 하는 방법은 어디서 배웠니?"

궁금증을 참다못한 아빠가 내게 물었다.

"어떤 걸요?"

"치료하는 방법 말이야."

난 그 말이 마음에 들었다.

"무엇을 배우는 데 있어서 직접 해 보는 것만큼 좋은 가르침이 없죠."

아빠가 나를 유심히 쳐다보며 물었다.

"누가 그런 말을 했는데?"

그 질문에 난 미소를 지었다.

"아빠가요."

그리고 케이트 할머니를 돌아봤다.

"그리고 할머니도요."

에스더 언니도 아빠와 케이트 할머니가 서서히 건강을 회복하는 여정을 기꺼운 마음으로 도왔다.

우리를 정작 놀라게 한 사람은 라킨 오빠였다. 케이트 할머니가 우리 집에 온 지 사흘째 되는 날 아침이었다.

라킨 오빠가 며칠째 모습을 드러내지 않아서 우리 모두 궁금해하던 참이었다. 특히 케이트 할머니는 라킨 오빠가 할머니의 상태를 확인하러 오지 않자, 한숨을 푹푹 쉬며 안절부절못했다.

"그 애의 엄마가 라킨을 오지 못하게 막고 있는 것 같아. 그렇지 않고서야 라킨이 오지 않을 이유가 없잖니?"

나도 스스로에게 같은 질문을 던지고는 비슷하게 상처를 받았다.

그러던 라킨 오빠가 도시에서 의사를 대동하고 떡하니 나타난 것이다. 우리 아빠가 다쳤을 때 '혼수상태'에 빠졌다고 선언했던 의사였다. 한 일도 거의 없으면서 도시에서 우리 집까지 산길을 올라온 것에 대한 대가로 엄마의 은목걸이를 받아 간 바로 그 사람이었다.

"이게 무슨 일이야?"

케이트 할머니는 라킨 오빠가 정찬용 접시 같은 얼굴을 한, 멀끔한 코트 차림의 통통한 의사와 함께 현관문으로 들어오는 모습을 보고 흠칫 놀라며 물었다.

"라킨, 여태 어디 있었니?"

이렇게 말하는 케이트 할머니 얼굴에 행복이 가득했다.

"의사를 데리러 도시에 갔었어요."

의사는 마침 아기를 받으러 럼포드 마을로 떠난 상태였다.

"여기서 나가자마자 의사를 찾으러 갔어요. 에스더 누나도 제가 도움을 청하러 가는 게 낫겠다고 했거든요. 그래서 일단 엄마한테 알렸죠."

물론 라킨 오빠의 엄마는 달가워하지 않았다.

"산을 걸어 내려간 다음에 도로에서 쓰레기차를 얻어 탔어요."

그래서 라킨 오빠 몸에서 이상한 냄새가 풍겼던 것이었다.

"그리고 다리 밑에서 하룻밤을 잤어요."

라킨 오빠 몸에서 풍기던 또 다른 냄새의 출처도 알게 됐다.

"그리고 다음 날 의사가 돌아왔어요. 여기까지 오는데도 시간이 좀 걸렸고요."

"그래도 제때 무사히 도착했구나."

케이트 할머니가 말했다. 목소리에 안도감과 미안함이 반반씩 섞여 있었다.

의사도 케이트 할머니한테 똑같은 말을 했다. 그리고 의사는 석탄산으로 상처를 소독하고 꼼꼼하게 봉합한 다음, 눈이 부실 정도로 새하얀 붕대를 다리에 칭칭 감았다.

그동안 의사를 원망했던 게 미안해졌다.

의사는 눈 깜짝할 사이에 자기 할 일을 능수능란하게 해냈다. 난 의사의 절반만큼도 해내지 못했을 것이다.

그래도 의사는 내게 잘했다며 상냥한 말을 건넸다.

"네가 겨우 열두 살이라고? 나중에 정말 훌륭한 간호사가 되겠구나."

'의사'가 아니라 간호사라고 말했지만, 그 말이 전혀 거슬리지 않았다.

나도 간호사가 될 수 있다. 케이트 할머니가 과거에 그랬고 지금도 여전히 간호사인 것처럼 말이다.

아니면 의사가 될 수도 있다.

아니면 다른 무언가가 될 수도 있다.

내가 찾아낸 '다른 것'들은 세상 어디에나 존재했다.

71

의사는 우리 집에 온 김에 아빠도 진료해 주었다. 아빠의 심장과 폐 소리를 듣고, 눈과 귀를 확인하고, 반사 운동을 검사했다. 반응 속도는 당연히 느렸다. 의사는 아빠에게 여러 동작을 시켜 보았다. 혀를 말아 보게 하고, 눈을 감은 채로 팔을 뻗은 다음 집게손가락으로 코를 만지게 했다. 왼쪽 손가락은 정확히 코에 닿았지만, 오른쪽 손가락은 살짝 빗나갔다.

"누워 있는 동안 문제가 생겼을 수도 있습니다. 하지만 실제 겪기 전까지는 어떤 문제가 있는지 알 수 없습니다."

의사가 말했다.

"예를 들어서 어떤 문제인가요?"

아빠가 물었다.

의사가 어깨를 으쓱했다.

"현기증이나 영구적인 근육 무력증이 생길 수도 있습니다."

의사는 엄마를 쳐다봤다.

"발작은 없었나요?"

엄마는 고개를 저었다.

"그래도 혼란이 발생할 수 있습니다. 시간이 지나 봐야 확실히 알 수 있죠."

우리는 이미 아빠를 한번 일으켜 세웠다가 고초를 겪은 적이 있었다. 아빠를 욕실로 천천히 데려가서 몇 달 만에 제대로 된 목욕을 시키려고 했던 것이다.

아빠 다리가 마음대로 움직여 주지 않았다.

의사는 직접 눈으로 확인하더니 우리가 모르는 단어를 툭 내뱉었다.

"위축증입니다. 환자분은 근육을 처음부터 다시 만들어야 합니다."

다행히 생각보다 무시무시한 병은 아니었다.

"그리고 욕창이 최대한 빨리 아물게 노력해야 합니다."

의사가 엄마를 쳐다보며 말을 이었다.

"환자를 청결하게 관리한 건 아주 잘하셨습니다. 환자가 다 나을 때까지 계속 청결한 상태를 유지해 줘야 합니다."

의사는 엄마에게 욕창에 바를 연고를 건넸다. 사실 엄마는 전에 남겨 둔 골마지를 이용해서 새로운 식초를 미리 만들어 두었다.

"말할 때는 문제가 없나요?"

의사가 물었다.

아빠는 선뜻 대답하지 못했다.

그러자 의사가 목에 걸린 청진기를 들었다.

"이게 뭔가요?"

"청진기요."

아빠가 대답했다.

의사는 캡틴을 가리켰다.

"그럼 이건 뭔가요?"

"시끄러운 개요."

캡틴이 그 말을 듣고 미소를 지었다.

"혹시 책이 있나요?"

의사가 주변을 두리번거리며 물었다.

엄마가 일어나서 방을 나갔다. 그리고 내가 케이트 할머니와 산꼭대기에 있던 날, 에스더 언니가 아빠에게 읽어 주던 책을 가져왔다.

엄마는 의사에게 책을 건넸다. 의사는 아빠에게 책을 전달했다. 아빠는 아무 페이지나 펼쳤다.

아빠는 큰 소리로 책을 읽기 시작했다. 속도는 느렸지만 글을 모르는 사람처럼 보이지는 않았다.

"'단시간에 되는 일이 아니야. 오랜 시간에 걸쳐서 네가 그 상태에 도달하는 거야. 그래서 쉽게 무너지거나 신경이 날카롭거나 세심한 보호를 필요로 하는 사람에게는 거의 일어나지 않는 일이지.' 말 인형이 말했다."

아빠가 나를 올려다보며 말했다.

"말하는 것도 별문제가 없어 보이는구나."

"기억력은 어떤가요?"

의사가 물었다.

아빠가 고개를 갸우뚱했다.

"내가 기억하지 못하는 게 있다는 걸 어떻게 알죠?"

"흠, 일단 중요한 사람들은 모두 기억하고 있는 것 같네요. 혹시 어린 시절도 기억나나요?"

아빠가 고개를 끄덕였다.

"여기에 와서 살게 된 것도요?"

"네, 모두 기억나요."

"그럼 사고가 났을 때의 기억은요?"

그 말에 아빠가 미간을 찡그렸다. 그리고 엄마를 한 번 쳐다보고, 나를 한 번 쳐다봤다. 그 순간 아빠 눈동자에 무언가가 스쳐 갔다. 아빠는 혼란스러운 게 아니었다. '다른' 무언가가 눈동자에 비쳤다.

"아니요, 그날은 기억이 잘 나지 않아요. 가족들이 말해 줬는데도 기억이 나지 않네요."

"그날에 대해 다른 건 기억나지 않나요?"

아빠가 나를 또 흘깃 쳐다봤다.

"아니요."

"차라리 잘됐네요. 그런 일은 기억해서 좋을 게 없죠."

의사가 철컥 소리를 내며 가방을 닫았다.

이제 치료비를 내야 하는 순간이 다가왔다. 그러나 의사는 손사래를 쳤다.

"저 애가 이미 치료비를 지불했어요."

우리는 일제히 라킨 오빠를 쳐다봤다.

"설마 오빠네 아빠가 마지막으로 남긴 만돌린은 아니겠지?"

난 라킨 오빠의 엄마가 했던 말이 기억나서 숨을 헉하고 들이켰다.

"그건 아닐 거야. 설마 나를 위해서 그걸 내주진 않았겠지."

케이트 할머니가 작은 목소리로 말했다.

라킨 오빠도 고개를 저었다.

"내 첫 만돌린을 드리기로 했어. 아직 만들기 전이지만."

의사가 헛기침을 하며 콧등을 긁적였다.

"라킨도 아직 만돌린을 만들 줄 모르고, 나도 아직 연주할 줄 모르거든. 그러니까 우리 둘 다 숙제가 남아 있는 셈이지."

'아직'이라. 내가 평생 가슴에 품고 살아야 할 단어가 또 등장했다.

난 그 자리에서 다짐했다. 나 자신을 위해서 '다른 것'은 언제나 시도할 가치가 있으며, 앞으로 그 어떤 것도 속단하지 않으리라고 맹세했다. 절대 다시는 그러지 않겠다.

의사에 관해서도 말이다.

72

에스더 언니는 라킨 오빠를 보내면서 나보다 더 능력 있는 사람을 찾아 오라고 했지만, 난 그런 언니를 원망하지 않는다.

케이트 할머니는 우리 집에 온 날, 작별 인사를 건네서 우리 모두를 겁나게 했다.

하지만 내가 겁내지 않았다면, 케이트 할머니에게 필요한 사람이 되지 못했을지도 모른다.

난 자장가도 안 된다고 말했다.

아빠에게도 나에게도 자장가는 필요 없다고 말했다.

그러나 결국 우리에게 가장 필요했던 건 자장가였다.

그렇게 훌쩍 떠나 버린 라킨 오빠도 원망하지 않는다.

라킨 오빠는 슬픔과 분노에 빠진 엄마에게 용감하게 맞섰다. 엄마의 분노를 무릅쓰고 도시로 내려갔다. 쓰레기차에 올라타고 다리 밑에서 잠을 자면서 힘든 여정을 이어 갔다. 그러는 동안 케이트 할머니가 아빠처럼 자신을 떠날지도 모른다는 두려움에 사로잡혔을 것이다.

난 나무가 쓰러지는 길목에 서 있던 나 자신도 원망하지 않는다. 케이트 할머니 말처럼 난 도움을 주려고 했다. 남을 돕는 일은 결코 나쁜 일이 될 수 없다.

난 그 뒤로도 꽤 많은 길목에 서 있었다.

그러면서 콰이어트를 구했다.

라킨 오빠의 멍 든 눈도 치료했다. 의사는 감자 찜질의 효능을 의심했지만, 상처가 순조롭게 낫고 있다고 말했다.

우리 아빠도 깨우려고 노력했다.

케이트 할머니를 간호했다.

외로워하는 만돌린을 집어서, 외로워하는 엄마에게 건넸다.

난 외로움이 뭔지 잘 안다.

라킨 오빠도 마찬가지다. 아빠가 깨어난 지 나흘째 되는 날, 오빠는 나와 함께 산꼭대기에 올라가서 케이트 할머니를 맞이하기 위해 오두막집을 정리했다.

"혹시 여기에 빗자루가 있을까?"

난 오두막집에 도착해서 바닥에 떨어진 낙엽을 보고 라킨 오빠에게 물었다.

"당연히 있지. 오두막집 뒤편의 헛간에 있어."

라킨 오빠가 나를 헛간으로 데려가서 문을 열어 주었다.

난 당연히 욕조나 빗자루 같은 물건이 들어 있을 줄 알았다.

장작으로 쓰기에는 너무 큰 목재가 수북이 쌓여 있을 줄은 상상도 못 했다. 벽과 서까래에는 재단한 목재가 걸려 있었다. 다듬어지지 않은 단면이 거칠거칠했지만, 언젠가 만돌린으로 재탄생할 재료가 분명했다. 그 밖에도 만돌린의 목과 몸통, 못에 걸려 있는 줄, 줄감개 부품 등이 보였다.

"오빠네 아빠가 이 모든 재료를 남겨 두고 갔구나."

내가 말했다.

라킨 오빠는 어린애치고 나이에 어울리지 않게 땅이 꺼져라 한숨을 푹 내쉬었다.

"아빠가 그랬지."

오랜 세월 반복된 더위와 추위 때문에 휘어져 버린 목재도 있었다. 케이트 할머니가 목욕할 때마다 피어오른 수증기도 한몫했을 것이다. 그러나 나무는 우리에게 기꺼이 즐거움을 선사하고 무한한 용서를 베푸는 존재다.

"여기서 의사 선생님한테 줄 만돌린을 만들면 되겠다."

내가 말했다.

라킨 오빠가 고개를 끄덕였다.

"네가 원하면 네 것도 하나 만들어 줄게."

당연히 나도 갖고 싶었다.

"나한테 조각하는 법을 가르쳐 줄 수 있어?"

내가 물었다.

그러자 라킨 오빠가 고개를 움츠리며 말했다.

"그건 누구나 할 수 있는걸."

"아니야. 아무나 할 수 있는 일이 아니야. 게다가 난 소질도 없는걸. 그래도 한번 배워 보고 싶어."

이것도 내가 할 수 있는 것 중 하나이다. 그러니까 할 것이다.

라킨 오빠의 엄마는 오빠가 무사히 돌아와서 당분간 곁에 붙어 있을 거라는 사실만으로도 너무 기쁘고 안심이 돼서 몇 가지 약속을 하고 반드시 지키겠노라 맹세까지 했다.

"엄마한테 나도 아빠처럼 만돌린을 만들겠다고 말하니까 엉엉 우시더라."

라킨 오빠는 나와 함께 케이트 할머니의 침대에 깨끗한 시트를 씌우면서 말했다.

난 라킨 오빠의 엄마를 눈곱만큼도 원망하지 않는다.

"아줌마도 이제 오빠가 글을 읽거나 찜질법을 배워도 뭐라고 하지 않을 거야."

"난 그저 아빠의 어깨너머로 배웠던 기술이 제대로 기억나길 바랄 뿐이야. 만돌린 제작법을 가르쳐 줄 사람이 따로 있는 것도 아니니까."

라킨 오빠가 난로에서 차갑게 식은 재를 퍼내며 말했다.

"오빠는 분명 기억하고 있을 거야. 그리고 만들면서 배우면 되지."

내가 말했다.

"너, 말하는 게 꼭 케이트 할머니 같아."

라킨 오빠가 말했다.

"우리 아빠 말투도 섞여 있지."

"그리고 내 말투도 섞여 있고."

라킨 오빠가 말했다. 아저씨가 쓰던 연장들이 우리를 가만히 지켜봤다. 머지않아 누군가 자신을 사용해 줄 거라는 기대감에 묵직한 검은 심장이 빠르게 고동쳤다.

73

"엘리, 나, 마음을 바꿨어."

다음 날 엄마가 옥수수를 갈다 말고 느닷없이 이렇게 선언했다.

옥수수 가는 걸 도와주던 나는 엄마가 옥수수빵 말고 케이크를 만들겠다는 말인 줄 알았다. 아니면 케이트 할머니를 산꼭대기에 언제쯤 데려가는 게 좋을지에 대한 이야기인가 싶었다. 그런데 엄마 입에서 다음과 같은 말이 나올 줄은 정말 상상도 못 했다.

"콰이어트를 보내지 않아도 돼."

엄마가 쓸쓸한 미소를 엷게 지었다.

난 콰이어트가 태어나기 훨씬 전부터 억눌러 왔던 숨을 토해 냈다.

"그럼 다른 강아지들은요?"

"한번 두고 보자꾸나."

엄마는 뒤돌아서서 다시 옥수수를 갈기 시작했다.

난 엄마의 말뜻을 이해했다. 아빠 건강이 빨리 회복돼서 앤더슨 아저씨의 젖소를 받지 않고도 여러 마리의 개를 키울 여건이 될지 기다려 보자는 말이었다.

앞으로 어떻게 될지 아무도 모른다. 아직은 말이다.

그래도 적어도 한 가지 사실은 확실히 알게 됐다.

콰이어트는 나의 것이고, 나도 콰이어트의 것이다. 그리고 이곳, 바로 이곳에 내가 그토록 그리워하던 우리 엄마가 내가 손을 뻗으면 닿을 거리에서 옥수수를 갈고 있었다. 지난 며칠간 힘겹지만 경이로운 나날을 보내며 엄마는 내게로, 나는 엄마에게로 조금씩 다가갔다. 그렇게 중간 지점에서 마주친 우리는 더할 나위 없이 서로에게 가까워졌다.

옥수수를 분쇄하고 주변 정리까지 모두 끝낸 뒤, 엄마가 입을 열었다.

"케이트 할머니가 집으로 돌아가기에는 아직 무리지만, 자리를 옮기는 건 가능할 것 같아. 그래서 말인데…… 네 침대로 옮기는 게 어떻겠니?"

엄마가 겸연쩍은 미소를 지었다.

엄마는 그동안 케이트 할머니한테 자신의 자리를 내주고, 나도 계속 헛간에 있는 메이지와 강아지들 품에서 밤을 보냈다. 그래도 전혀 아무렇지 않았다. 난 한방을 쓰게 된 케이트 할머니와 사무엘과 에스더 언니가 등불 아래서 도란도란 이야기를 나누는 모습이 떠올라 미소를 지으며 고개를 끄덕였다.

케이트 할머니를 다른 방으로 옮기는 일은 식은 죽 먹기였다. 우리가 천천히 조심스럽게 케이트 할머니를 옮기는 동안 캡틴은 춤을 추듯 우리를 따라왔다. 사무엘은 개 군단에서 캡틴이 사령관, 콰이어트가 장군, 메이지가 중위를 맡았다고 조잘조잘 떠들어 댔다. 결국 우리는 제발 조용히 하고 비키라고 핀잔을 줬다.

난 케이트 할머니의 베개를 챙기러 아빠 방으로 다시 들어갔다. 아빠가 깨어난 이후 처음으로 단둘이 남게 됐다.

"엘리."

베개를 품에 안고 문을 나가려고 할 때, 아빠가 나를 불러 세웠다.

난 혹시 물이 필요한가 싶어서 뒤돌아 아빠를 봤다. 아빠가 필요하다면 뭐든 갖다주고 싶었다. 그러나 아빠는 오히려 내가 원하는 걸 주었다.

"엘리, 난 기억하고 있단다."

아빠가 부드러운 목소리로 말했다.

난 아빠에게 가까이 다가섰다.

"어떤 게 기억났나요?"

아빠가 내 손을 감싸 쥐었다.

"그날 말이야. 나무가 쓰러지던 날."

처음에는 잊었던 기억이 다시 되살아났다는 말인 줄 알았다. 그래서 그러냐고 물었다.

"아니, 처음부터 기억하고 있었어. 깨어난 순간부터 모든 걸 기억하고 있었어."

아빠가 대답했다.

그날 에스더 언니가 아빠한테 사고에 대해 이야기했을 때, 아빠는 내 눈을 똑바로 쳐다보며 "엘리 때문이 아니야."라고 말했다. 그 한마디에 내가 그토록 듣고 싶었던 모든 말이 담겨 있었다.

"지난 몇 주간 아빠가 저와 함께 있었다면 정말 좋았을 거예요. 그러면 무슨 일이 있었는지 직접 볼 수 있었을 텐데요."

난 작게 속삭였다. 물론 아빠가 함께 있었다면, 상황이 달라졌겠지만 말이다.

아빠가 나를 보며 미소를 지었다. 어둑어둑한 방 안에서도 햇살 가득한 아빠 눈동자가 찬란하게 빛났다.

"내 눈에는 그동안 무슨 일이 있었는지 모두 선명하게 보인단다. 네가 성장한 모습만 봐도 다 알 수 있어."

잠시 뒤, 햇볕을 쬐러 밖으로 나가니까 콰이어트가 나를 기다리고 있었다.

메이지가 다른 강아지를 돌보느라 정신이 팔린 틈을 타서 혼자 마당으로 나온 모양이다. 두 눈을 여전히 똘망똘망하게 뜨고 있었다.

콰이어트는 유리 조각을 타고 기어오르는 개미를 지켜보고 있었다.

내 그림자가 드리우자, 콰이어트가 나를 향해 돌아서서 작은 꼬리를 반갑게 흔들었다. 입 밖으로 쏙 내민 혓바닥이 분홍 리본의 끝자락처럼 보였다.

"오, 네가 얼마나 멋진 선물인지 몰라."

난 콰이어트를 안아서 코를 맞대고 문질렀다.

"착하다, 우리 콰이어트, 참 착하다."

그 순간 깨달았다. 내가 난생처음으로 목숨을 살린 생명은 콰이어트가 아니었다.

마지막도 아니었다.

저 아래에서 올라오던 캡틴이 우리를 발견하고 멈칫하더니 속도를 올려서 우리에게 달려왔다.

캡틴은 현관문 밖에서 대부분의 시간을 보냈다. 안으로 들여보내 주지 않아도 인내심 있게 기다려 줬다.

늑대처럼 길게 울부짖는 일도 없었다. 다만, 가끔 할 말이 있다는 듯이 왕 하고 짖거나 노래를 짤막하게 불렀다. 그럴 때면 난 언제나 캡틴의 말에 귀를 기울였다.

지금도 그랬다. 캡틴이 내게 다가와서 콰이어트를 보고 노래를 불렀다.

자기 자식에게 매몰차게 구는 아빠 개도 있다던데, 캡틴은 아니었다.

내가 콰이어트를 땅에 내려놓자, 캡틴이 큼직하고 깔깔한 혓바닥으로 콰이어트를 핥았다. 몸을 닦아 주려는 의도도 있겠지만, 키스하고 싶은 마음도 있었을 것이다.

하나를 위한 행동이 결국 모두를 위한 행동으로 이어진다는 사실을 다시금 깨달았다.

그날 오후, 아빠와 케이트 할머니의 회복을 돕기 위해 오후 햇볕을 쬐러 나갔을 때도 같은 깨달음을 다시금 얻었다.

두 사람은 같이 아팠다가 회복하는 과정에서 동병상련을 느끼고 둘도 없는 친구가 됐다. 식탁에 앉아서 간단한 집안일을 하거나 우리 공부를 도와줄 정도로 건강해졌고, 에코 마운틴에서의 삶에 대한 이야기를 나누면서 둘의 우정은 더욱 돈독해졌다.

난 마당에 미리 갖다 놓은 의자에 두 사람을 앉혔다. 두 사람이 서로 마주 볼 수 있게 한 의자는 산 위쪽을, 다른 의자는 산 아래쪽을 향하도록 했다.

"엘리 같은 딸이 있다니, 당신은 정말 행운아예요."

케이트 할머니가 말했다.

"네, 맞아요."

아빠가 나를 보고 환하게 웃었다.

난 도란도란 대화를 나누는 두 사람을 뒤로하고 헛간으로 가서 강아지들을 위해 새 볏짚을 깔아 주었다. 그런데 항상 있던 자리에 발판이 없었다. 내 작은 보물들을 숨겨 놓은 선반 아래에 발판이 있는 것을 본 순간, 나 자신도 행운아였다.

발판을 밟고 올라서서 나무 조각이 열 개가 아니라 열한 개인 걸 발견한 순간, 나 자신도 행운아였다.

내 얼굴을 닮은 조각 옆에 새 조각이 나란히 놓여 있었다.

이번에는 남자애였다. 키가 크고 마른 남자애. 곰 털처럼 짙은 머리카락과 음악을 한가득 품은 얼굴을 보고 큰 소리로 웃음을 터뜨렸다.

그리고 발판에서 내려왔다.

그리고 숲으로 달려가서 라킨 오빠를 찾았다.

그리고 라킨 오빠를 발견했다.

옮긴이 이보미는 한국외국어대학교 프랑스어과와 동대학교 통번역대학원 한불과를 졸업했다. 정부 협력기관에서 통번역 업무를 했으며, 현재 번역 에이전시 엔터스코리아에서 번역가로 활동하고 있다. 옮긴 책으로는 『좋은 생명체로 산다는 것은』, 『에스더가 사는 세상』, 『아델은 이상해』, 『열한 번째 거래』, 『구름의 이름』, 『네모의 네모의 네모』, 『마인크래프트 마스터 빌더 어메이징 공룡』, 『에브리데이 해피니스』, 『365 드로잉』, 『월드 오브 워크래프트 공식 요리책』, 『와인 올 더 타임』 등 다수가 있다.

미래주니어노블 17

에코 마운틴

초판 1쇄 발행 2024년 12월 23일

글 로런 월크
옮김 이보미

펴낸이 도승철
펴낸곳 밝은미래
등록 2005년 5월 2일 (제105-14-87935호)
주소 경기도 파주시 회동길 349
전화 031-955-9550
팩스 031-955-9555
홈페이지 http://www.bmirae.com
인스타그램 @balgeunmirae1
편집 송재우
디자인 권영진
마케팅 김경훈
경영지원 강정희

본문 편집 진행 박현종

ISBN 978-89-6546-716-8 73840

이 책 내용의 일부 또는 전부를 재사용하려면 반드시 저작권자와 출판사의 동의를 얻어야 합니다. 책에 대한 단순 서평 수준을 넘어서는 내용을 SNS나 사진, 영상 등으로 출판사의 동의 없이 배포하는 것은 저작권법에 저촉될 수 있습니다.

* 책값은 뒤표지에 있습니다.

※ 공통안전기준 표시사항
① 품명 : 도서 ② 제조자명 : 밝은미래 ③ 주소 : 경기도 파주시 회동길 349
④ 연락처 : 031-955-9550 ⑤ 최초 제조년월 : 2024년 12월 ⑥ 제조국 : 대한민국 ⑦ 사용연령 : 10세 이상